HENRI**VERNES**

TOUT BOB MORANE 69

Les Géants De Mu
Un Collier Pas Comme Les
Autres (Et Autres Nouvelles)
La Bête Aux Six Doigts

Anank

D1734816

Copyrights

Réseaux sociaux

Rejoignez Les Editions Ananké sur FACEBOOK ou Twitter (@EditionsAnanke) et soyez avertis des prochaines parutions, participez au choix des illustrations, découvrez les anecdotes de l'auteur au sujet de sa création...

Table des matières

Avant-propos

Comment j'ai créé Bob Morane

Au printemps 1953, je repérai, à la vitrine d'une petite librairie — aujourd'hui disparue — de la rue des Comédiens, à Bruxelles, le premier numéro d'une nouvelle collection pour la jeunesse: Marabout Junior. Il s'agissait de Mermoz.

J'écrivais alors, entre autres choses, des contes d'aventures pour des revues telles que Heroïc Album, Story ou Mickey Magazine. Ce Mermoz éveilla en moi de vagues désirs romanesques, mais cela s'arrêta là.

Quelques mois passèrent. Un jour — cela devait être en juillet 1953 — je reçus une lettre de mon ami Bernard Heuvelmans, le zoologiste bien connu, qui devait, peu de temps après, inventer la cryptozoologie. Bernard Heuvelmans avait rencontré à l'Île du Levant, le directeur des éditions Marabout: Jean-Jacques Schellens.

Schellens cherchait un auteur capable d'écrire une série de romans d'aventures, avec un héros répétitif, pour la jeune collection « Marabout Junior ». Il proposait à Heuvelmans de devenir cet auteur. Voulant se réserver à son œuvre scientifique, Bernard se récusa mais il connaissait quelqu'un, un journaliste, auteur de quelques romans policiers et autres, qui... que... Bref, il donna mon adresse à Jean-Jacques. Jean-Jacques m'écrivit, — une carte postale jaune, malheureusement perdue — on se rencontra. On s'entendit tout de suite. D'autant plus que Schellens me commanda une histoire des Conquérants de l'Everest que, journalisme oblige, je lui fabriquai en deux coups de cuiller à pot.

Il fallait commencer par trouver un nom à notre héros répétitif... On en aligna plusieurs... Pour finir par opter pour «

Morane », le titre que prend un guerrier Masaï qui a tué son premier lion. En outre, je connaissais un peintre du dimanche qui avait pris ce pseudonyme. Le prénom? À cette époque, on était à l'américanisme. La guerre n'était pas loin et la « Série Noire », dont j'étais un fervent lecteur, faisait un « hit » chez Gallimard. Je choisis donc Robert comme prénom pour mon aventurier, car le diminutif en était Bob en français comme en anglais. Robert Morane... Ça ronflait bien. J'allais donc le populariser dans La Vallée infernale.

Il fallait également trouver un pseudonyme pour l'auteur, car je voulais conserver mon vrai nom pour une œuvre... disons... plus littéraire. Je choisis Vernès, avec un accent grave sur le « e » final, et sans songer le moins du monde à un certain Jules. Un accent grave qu'on s'empressa de laisser tomber sur les majuscules. Et c'est ainsi que «Vernès » devint « Vernes » sans accent grave, et cela le demeura. Pour le prénom, je choisis le deuxième des miens, Henri, comme se nommait mon parrain de baptême. Henri Vernes venait de naître, en même temps que son jumeau Bob Morane. De mère inconnue.

La Vallée infernale, La Galère Engloutie et Sur la Piste de Fawcett seront donc les premiers romans de cette collection. Les autres aventures de Bob Morane suivront dans l'ordre de leurs parutions.

Quand cela sera possible, ou nécessaire, je relaterai dans quelles circonstances chaque récit fut écrit. Autant pour la petite histoire que pour l'édification du lecteur.

Henri Vernes

Les Géants De Mu

1

C'était une petite île rocheuse, jetée par le temps, tel un cadeau empoisonné, en plein désert d'eau de l'océan Pacifique. Découverte le 6 avril 1727 par le Hollandais Roggeween, un jour de Pâques, on lui avait donné tous les noms. Easter Island. Île de Pâques. Waïhou. Sans oublier son appellation polynésienne de Rapa-Nui. Au centre, deux volcans éteints, aux gueules sinistres changées en lacs aux eaux plombées.

Une île volcanique comme il y en avait tant, disséminées à travers le vertigineux Pacifique, s'il n'y avait les statues. Cyclopéennes, taillées dans une pierre à gros grains, aux têtes hors de proportions, elles auraient pu paraître, à nos regards d'aujourd'hui, être l'œuvre expressionniste de quelque sculpteur dément. Dressées, silhouettes élémentaires coiffées de turbans de lave rouge, elles tournaient le dos à l'océan, comme par mépris. Une armée de naufragés géants, issus de quelque univers inconnu, prenant pied sur ce rivage désolé après un naufrage à leur mesure.

On avait longtemps cherché une origine à RapaNui. Pour certains, elle avait jailli de l'océan lors d'un séisme sous-marin. Pour d'autres, il s'agissait du sommet d'un continent englouti. Une Atlantide du Pacifique. Le nom de ce continent : Lémurie... Gondwana... Mu... Quant aux statues, elles ne pouvaient qu'être l'œuvre des habitants de ce continent hypothétique. Ou celle d'extra-terrestres.

Finalement les scientifiques avaient opté pour une solution plus rationnelle. L'île avait été peuplée en l'an 400 par des Polynésiens venus des Marquises. Et c'était eux qui, par une frénésie religieuse envers leurs ancêtres, avaient sculpté et dressé les moaï, comme les habitants de l'île appelaient les statues colossales. Une théorie qui, bien sûr, ne satisfaisait pas les théosophes en général et un certain professeur Aristide Clairembart en particulier.

— Nous sommes sur l'équateur, commença Bill Ballantine, et...

— Sous le tropique du Capricorne, Bill, corrigea Bob Morane. Pas sous l'équateur...

L'Écossais secoua sa tignasse rousse, se cambra pour élever encore ses presque deux mètres, grommela :

— Équateur ou Capricorne !... Comme si c'était pas du pareil au même !...

— Quelques milliers de kilomètres de différence, Bill...

Haussement d'épaules du géant, qui pointa le cube épais de ses mâchoires en direction du ciel.

Un ciel couleur de souris, bourré d'humidité, qui pesait comme du plomb en fusion sur le point de couler.

— On se croirait en Écosse, un mauvais jour, fit Ballantine. Va pleuvoir, c'est sûr...

— Normal, fit remarquer Morane. Cette île est entourée d'eau... Tout le Pacifique... Quand le soleil pompe, il n'a qu'à se servir... et ça dégringole à la moindre occasion... Comme si c'était la première fois que tu te baladais sous les tropiques !...

Cette fois, le colosse ne rétorqua rien et se contenta de secouer ses puissantes épaules pour rétablir l'équilibre de son sac à dos d'alpiniste.

Bob Morane et Bill Ballantine étaient arrivés sur l'île de Pâques une dizaine de jours plus tôt. Venus par leurs propres moyens, ils n'appartenaient pas à la horde de touristes emprisonnés dans le carcan des voyages organisés, sous la férule jacassante des guides touristiques. Leur but : effectuer un reportage en profondeur pour le grand magazine international Reflets, auquel ils collaboraient en free lance. Les deux amis étaient également chargés de récolter le plus de renseignements possible pour leur vieil ami le professeur

Aristide Clairembart, le cryptarchéologue bien connu. Celui-ci, retenu à Paris par une intempestive crise de goutte, n'avait en effet pas pu les accompagner. Peut-être les rejoindrait-il plus tard.

Légèrement équipés, les deux amis circulaient à travers l'île, à la recherche d'indices sur l'ancienne civilisation pascuane. Beaucoup de grottes naturelles, dont la petite terre volcanique était creusée, en faisaient une sorte de gigantesque pierre ponce, beaucoup de ces grottes donc avaient été déjà explorées et vidées de tout vestige archéologique. Mais beaucoup restaient à découvrir, et c'était surtout à cette découverte que les deux hommes s'employaient. Déjà, ils en avaient repéré plus d'une ne portant pas traces de visites antérieures. Pourtant, aucune de ces excavations naturelles ne leur avait apporté la moindre découverte. À part, peut-être, par-ci par-là, quelques ossements anonymes et à l'origine et l'âge incertains.

Le ciel s'obscurcissait toujours davantage. Mais ce n'était plus seulement à cause du mauvais temps s'aboulant des profondeurs de l'océan, mais par l'approche de la nuit.

— Faudrait trouver un abri, dit Bill Ballantine.

— Comme si nous n'avions pas l'habitude de dormir à la belle étoile ! remarqua Morane.

— Ouais, mais pas avec ce mauvais temps qui se prépare... Va doucher, c'est sûr... Et, vous savez, commandant, j'aime pas tellement la flotte...

Tout en parlant, l'Écossais s'était arrêté. Morane le dépassa, en disant :

— Deux choses, Bill... Pour commencer, cesse de m'appeler « commandant »... Te l'ai déjà demandé un millier de fois au moins...

Sans réagir, Bill Ballantine rejoignit son compagnon, se tint à sa hauteur tout en marchant.

Ils continuèrent leur route, fouillant par à-coups les buissons, les creux de roches, du faisceau de leurs lampes halogènes, à la recherche d'une quelconque excavation. Soudain, Bill Ballantine sursauta.

— Là-bas, commandant !

Bob Morane se tourna dans la direction indiquée par son ami, ne distingua rien d'anormal, interrogea :

— Quoi, là-bas ?

— Vous ne voyez pas ?... Les statues...

Deux grands moaï se dressaient à une cinquantaine de mètres, masses obscures, élémentaires, sur le gris plombé du ciel.

— Des statues ? s'étonna Morane. Qu'y a-t-il d'extraordinaire à ça ?... Il y en a partout...

— C'est que...

Bill hésita, poursuivit :

— elles ont bougé !

Rire de Morane.

— Bougé ?... Tu sais bien qu'il faudrait des grues pour faire bouger ces mastodontes...

— C'est pas ça que je voulais dire. Bougé d'elles-mêmes... oui... comme si elles marchaient...

Bob Morane haussa les épaules.

— Encore tes superstitions celtiques, Bill !... Quand ce ne sont pas des fantômes, ce sont des statues de plusieurs dizaines de tonnes qui se mettent à marcher... Voyons, Bill, soyons sérieux... Tu as cru que ça bougeait... Effet d'optique sans doute...

Le géant ne protesta pas. Pourtant, pendant quelques instants, les deux hommes s'attardèrent à observer les statues, mais elles demeuraient immobiles.

Ils se remirent en route, à la recherche d'un abri. La nuit tomba et, en même temps, les premières gouttes de pluie.

*

*   *

Ce fut Bill Ballantine qui, le premier, repéra l'entrée de l'excavation. Il avait dirigé le faisceau de sa lampe sur un buisson de mûriers et d'épineux mêlés.

— Eh ! fit-il. On dirait qu'il y a un trou là derrière... Peut-être l'entrée d'une grotte...

— Ce serait trop beau, fit Morane en s'efforçant à dominer de la voix les tambourinements serrés de l'averse. Si ça continue, on va finir par être noyés...

À présent, l'averse tropicale, drue et visqueuse, tombait à grosses gouttes et, sans les ponchos imperméables qu'ils avaient enfilés à la hâte, ils eussent été trempés.

Tout en parlant, Morane avait à son tour dardé le faisceau halogène de sa lampe sur les buissons, pour tenter d'y voir à travers le réseau lâche des branchages. Au bout d'un moment, il conclut en balayant de la main la pluie qui, malgré le capuchon du poncho, lui ruisselait sur le visage :

— Tu as raison, Bill... Il y a quelque chose qui ressemble à une ouverture là derrière...

Tout en évitant de se blesser aux épineux, Bob écarta les branchages, se glissa dans l'espace libéré. Une ouverture se révéla dans la roche, tout juste assez large pour livrer passage à un homme. À condition qu'il se baissât et progressât de biais. Au delà, la lampe éclairait un large espace caverneux, aux contours incertains.

— J'avais bien vu, hein, commandant ! triompha Bill Ballantine.

— On te décorera pour ça, c'est sûr, décida Morane.

L'un derrière l'autre, ils se glissèrent dans ce qui paraissait être une caverne. Et c'en était une assez vaste et qui, quand les deux hommes y pénétrèrent, se révéla être une sorte de bulle formée sans doute, il y avait bien longtemps, par les borborygmes des volcans.

À leur approche, quelques chiroptères s'envolèrent dans des claquements de leurs ailes membraneuses, pour disparaître dans des anfractuosités, au fond de la caverne.

Bill fit mine de frissonner.

— Brrr... J'aime pas ces bestioles, moi. Paraît qu'elles portent la poisse...

— Ça, c'était au bon vieux temps, fit Morane, quand on croyait à n'importe quoi...

Il connaissait suffisamment son vieux compagnon d'aventures pour savoir que, souvent, celui-ci jouait à la superstition. Rien que pour se souvenir qu'il était écossais, donc d'origine celte, donc superstitieux. Il en allait de même de son goût pour le scotch, mais ça, c'était par patriotisme.

Tout en parlant, ils promenaient la lumière de leurs torches à travers la vaste bulle de lave. Tout de suite, ils devaient découvrir que le fond en était occupé par une masse de détritus, pour la plupart constitués de vieux bois. Branchages morts et racornis, mais surtout fragments de planches sans âge qui, jadis, avaient assurément été taillées à l'aide d'outils relativement primitifs. Des hommes étaient donc déjà venus là. Restait à savoir qui, et quand.

— Peut-être des naufragés, risqua Morane. Ils ont même sans doute campé ici... Regarde ces traces de bois brûlés sur le sol...

Quelques fragments de bois calcinés traînaient en effet çà et là.

— Peut-être même que ça date d'avant l'arrivée des Polynésiens, poursuivit Bob.

— Ceux qui auraient taillé et élevé les statues ? risqua le géant. Tout au moins, c'est ce que pense Aristide...

L'Écossais faisait allusion au professeur Aristide Clairembart, leur ami. Qui, contrairement à la plupart des archéologues, croyait lui que les moaï avaient été élevés, bien avant la venue des Polynésiens, par les derniers habitants de l'Empire de Mu.

— Laissons Aristide de côté pour le moment, décida Morane. Fait humide ici, surtout avec ce qui tombe au-dehors... Un petit feu ne ferait pas de mal...

— C'est ça, commandant. Et, enfermés ici, nous serons enfumés comme des jambons...

Bob Morane secoua la tête et braqua sa lampe vers la voûte. Plus loin, quelques fissures, plus ou moins larges, laissaient échapper des filets d'eau, selon toute évidence issus de la pluie tombant au-dehors.

— La fumée passera par ces ouvertures, Bill. Des cheminées naturelles en quelque sorte... Donc, il y a des appels d'air...

— Et si vos... euh... cheminées ne fonctionnent pas ?

— Eh bien, on sera changés en jambons, voilà tout... ou en pièces de lard... au choix...

Un peu de moisissure sèche formant amorce, quelques copeaux de bois furent réunis, que Bob alluma à l'aide de son briquet à amadou. Quelques flammes jaillirent aussitôt, qu'un nouvel apport de copeaux nourrirent. De la fumée monta vers la voûte, pour être immédiatement aspirée au-dehors, donnant raison à Morane. Bill apporta quelques planchettes sèches et, bientôt, un feu vif, nourri, éclaira la grotte d'une clarté rougeâtre et mouvante.

Doucement, Morane se mit à souffler, visant le bas des flammes pour les activer. Entre deux souffles, il lança :

— Apporte du combustible, Bill... On en aura besoin si l'on veut entretenir ce brasier toute la nuit... L'Écossais obéit et on entendit les craquements du bois sec qu'il brisait entre ses puissantes mains. Soudain, il s'exclama :

— Commandant !... Regardez ça !...

Il tenait une plaque de bois aux rebords arrondis, qu'il tendit à Morane. Celui-ci s'en saisit, la caressa des doigts pour en chasser la terre séchée, ce qui révéla des gravures profondes figurant des caractères inconnus.

— On dirait un rongorongo, risqua Morane. Qui précisa aussitôt :

— Oui, c'est bien un rongorongo... Très ancien, c'est sûr, vu l'état du bois, sa patine... Ou plutôt un demi-rongorongo... Il n'y en a là qu'une moitié... Il a été rompu en deux... Intentionnellement, on dirait...

Les rongorongo étaient ces tablettes de bois, gravées de signes mystérieux qu'on n'avait pas encore réussi à déchiffrer, œuvres des anciens Pascuans. Les exemplaires authentiques étaient rares : la rage fanatique des missionnaires pour tout ce qui était étranger au christianisme en avait détruit la plupart.

Avec attention, Bob inspectait l'endroit où le rongorongo avait été rompu. Pendant que l'Écossais entretenait le foyer, il tira de sa poche une loupe, petite mais puissante, pour reprendre son étude.

— C'est ça, dit-il au bout d'un moment, l'outil dont on s'est servi a laissé des traces...

Il tendit l'objet à son compagnon, avec la loupe.

— Regarde, ces petits points jaunes, brillants. Des particules de métal, microscopiques...

Bill avait pris le rongorongo et la loupe, observait à son tour.

— Oui, fit-il au bout d'un moment. On dirait de l'or...

Morane secoua la tête.

— Non... Pas de l'or... De l'orichalque...

— C'est-à-dire du bronze... Pourriez pas parler comme tout le monde, commandant ?... Et pourquoi pas de l'or ?...

Nouveau mouvement de tête négatif de Morane.

— Non... Pas de l'or, Bill... Regarde bien... Il y a des traces vertes tout autour des particules de métal... Des traces d'oxyde, et l'or ne s'oxyde pas... Assurément des traces d'hydrocarbonate de cuivre... Il s'agit donc bien d'orichalque, ou de bronze, si tu préfères...

L'Écossais rendit l'objet et la loupe à son ami, en faisant :

— Bon... Ça signifie quoi, tout ça ?. Mais je suppose que, comme toujours, vous avez une réponse toute prête à cette question.

— Tu supposes bien, Bill... Pour commencer, ce rongorongo, ou ce quelque chose qui ressemble à un rongorongo, est très ancien. Il ne doit d'avoir survécu à l'usure du temps qu'à sa présence dans cette caverne, qui l'a mis à l'abri des intempéries... Jusque-là, tout est normal. Mais ce qui ne me paraît

pas normal, c'est qu'on ait coupé ce truc en deux tronçons... et à l'aide d'un outil en bronze qui y a laissé des traces imperceptibles à l'œil nu. Et tu vas

me demander pourquoi un outil en bronze...

— Je vous le demande, commandant...

— Tout simplement parce que, à l'époque où on a mutilé cet objet, le fer n'existait pas, ou plutôt était encore inconnu...

— Et vous en concluez ?

— Que ce débris doit être âgé d'au moins trois mille cinq cents ans, puisque le fer n'est apparu au Proche-Orient que vers 1400 avant notre ère. Avant, c'était l'âge du bronze...

— Trois mille cinq cents ans ! fit remarquer l'Écossais. Ça fait beaucoup pour un bout de bois...

De son index replié, Morane frappa le tronçon de rongorongo – en supposant que c'en fût un – qui rendit un son dur.

— Il y a des bois fossiles bien plus vieux que ça. Et celui-ci l'est à demi... Ou tout au moins cornifié... Reste à savoir...

— Reste à savoir, commandant ?

— Qui l'a gravé, et à quelle époque exactement...

— Et ce qui est écrit, bien sûr, c'est du charabia...

— Écrit est un grand mot, Bill... Parfois, ça ressemble à du mnémonique, parfois à de la calligraphie... Va savoir... Quant à l'objet lui-même, c'est peut-être du bois, peut-être une matière inconnue, fabriquée... Une sorte de conglomérat...

Pendant que l'Écossais s'occupait à entretenir le feu, Morane continuait, avec l'aide de sa loupe et de la lumière halogène de sa lampe, à étudier le tronçon d'objet. Au bout d'un moment, il décida :

— De toute façon, il ne s'agit pas d'un vrai rongorongo. Ça en avait l'air tout d'abord, mais non... Les gravures sont différentes... Parfois ça ressemble à des caractères grecs archaïques, mais ça n'en est pas... Sinon ça aurait un sens... D'autres fois, ça ressemble à des hiéroglyphes, mais ça ne doit pas en être non plus... Eh ! qu'est-ce que c'est que ça ?

— $E = mc3$, commandant ?... La quadrature du cercle ?

— Mieux que ça, Bill... Peut-être... Ou aussi bien... Mais oui, c'est ça... Pas d'erreur... C'est minuscule mais ça saute aux yeux... Un M, ou des vagues stylisées, barré par une ligne horizontale... Contrôle, pour voir si je n'ai pas la berlue ?... Regarde...

En prononçant ces deux derniers mots, Bob avait passé le fragment de pseudo-rongorongo en même temps que la loupe à son ami, en se contentant, lui, de garder la torche à halogène braquée.

— Oui... C'est ça ! s'exclama Bill Ballantine au bout d'un moment d'observation. Des vagues stylisées en lettre M et barrées d'une ligne figurant l'horizon. Le symbole de Mu !

— Et ce n'est pas un hasard, enchaîna Morane. L'île de Pâques n'est-elle pas, pour certains, les vestiges du continent Mu ?... Justement !...

— Et pour Aristide Clairembart en particulier, renchérit l'Écossais.

— Cette découverte lui donnerait raison, décida Bob. Il nous faut à tout prix trouver l'autre partie de ce... euh... rongorongo...

— Si elle existe, commandant. Bob Morane haussa les épaules.

— Qui ne risque rien n'a rien, mon vieux. Cherchons.

Au bout d'un quart d'heure de recherches parmi les débris de bois et les détritus encombrant le fond de la caverne, la chance les servit et ils devaient finir, miraculeusement, par découvrir le second tronçon du pseudo-rongorongo.

Non seulement ce second tronçon s'adaptait parfaitement au premier mais, en outre, il portait également, gravé, le symbole de Mu.

2

Au dernier étage, changé en un gigantesque lieu de travail de sa villa-musée de Neuilly, le professeur Aristide Clairembart détourna les yeux de l'écran de son ordinateur. Un IBM modèle spécial, bien sûr branché sur le net, et dans lequel il avait emmagasiné toutes les connaissances en archéologie, classique ou non. Et, en particulier, tout ce qui concernait le continent perdu de Mu.

Un téléphone posé à l'autre bout de la grande table de travail avait sonné. La petite barbiche de chèvre de l'archéologue se mit à frémir, tandis que, derrière les verres des lunettes à monture d'acier, ses petits yeux de couleur indécise se mettaient à fulgurer. Autant d'indices marquant la mauvaise humeur. Car le vieil archéologue détestait qu'on le dérangeât quand il travaillait. Même si son numéro de téléphone, inscrit sur la liste rouge, n'était connu que de quelques-uns, parmi ses plus intimes.

Ça continuait à sonner. Finalement, Clairembart décrocha, porta le combiné à hauteur de son visage, lança une remarque qui lui était coutumière :

— J'avais demandé qu'on ne me dérange pas, Jérôme !

Jérôme. L'homme à tout faire. À la fois chauffeur, valet de chambre et majordome du savant.

— J'ai cru pouvoir faire une exception, professeur... C'est Monsieur Bob...

Bob Morane, le compagnon de tant d'aventures !

— Bob ! ronchonna Clairembart. Je le croyais à tous les diables !... Peut-être en train de se faire manger par les derniers cannibales... Passez-le-moi, Jérôme.

Un bref déclic. Puis une voix que l'archéologue reconnut aussitôt :

— Professeur ?

— Bob ?... Revenu du nombril de l'Univers ?...

— Pas encore, professeur... Toujours à l'île de Pâques... C'est de là que je vous appelle...

— Pas en collect, j'espère...

Morane ne releva pas. Il connaissait son vieil ami. Financièrement, le professeur Clairembart était riche, mais il lui arrivait d'être un peu pingre — ou de faire semblant.

— Cela fait deux jours que j'essaie de vous atteindre, professeur, sans y parvenir...

— J'étais en cure pour ma crise de goutte, Bob... Mon répondeur était coupé et Jérôme avait ordre de ne prendre aucune communication...

— Et votre portable, professeur ?

— Coupé, Bob... Je voulais avoir la paix...

— Votre goutte, professeur, puisqu'il en est question ?

— Ça se calme peu à peu... Maintenant, je peux marcher sans traîner la patte. Mais je suppose que vous ne me téléphonez pas du continent Mu — ou tout au moins de ce qui en reste — pour me demander des nouvelles de ma goutte...

— Pas vraiment, professeur... Pas vraiment...

En phrases rapides, Morane résuma les circonstances de leur découverte, à Bill et à lui, du pseudorongorongo. Au fur et à mesure qu'il parlait, l'intérêt de l'archéologue montait, cran par cran. C'était d'émerveillement que ses yeux brillaient à présent.

— Vous êtes certain, Bob, qu'il s'agit bien du symbole de Mu ? interrogea-t-il quand Bob eut terminé. Je veux parler des signes tracés sur votre... euh... rongorongo...

— Certain, professeur Des vagues stylisées figu-rant un M et barrées d'un trait horizontal... Pas d'erreur possible...

Maintenant, la voix du professeur s'était changée en un chevrotement marquant l'intensité de son émoi.

— Vous ne vous rendez pas compte, Bob Vous

ne vous rendez pas compte... Le symbole de Mu. Et sur l'île de Pâques... Justement. JUSTEMENT SUR L'ÎLE DE PÂQUES !

Sur ces derniers mots, l'archéologue avait élevé la voix, mais sans réussir à la rendre plus ferme. Selon toute évidence, l'événement le dépassait. Et le comblait en même temps. L'île de Pâques n'était-elle pas, justement, pour les cryptarchéologues, le dernier vestige de l'empire de Mu ?

— J'aurais une question à vous poser, Bob, reprit Clairembart. Réfléchissez bien... Vous avez retrouvé les deux tronçons du rongorongo — nous continuerons à l'appeler ainsi — mais êtes-vous certain qu'il n'a pas été brisé par accident au cours de ce long passé...

— J'en suis certain, professeur, fut la réponse de Morane. La coupure était trop nette, et j'y ai repéré des traces d'outil. Non, quelqu'un, il y a longtemps, a sectionné intentionnellement cet objet en deux parties...

— Vous êtes-vous demandé pourquoi, Bob ?

— Supposeriez-vous qu'il y ait une raison, professeur ?

— Je ne suppose rien du tout... Je trouve cela étrange, tout simplement. Pourquoi aurait-on, il y a longtemps, peut-être tout juste avant la disparition de Mu sous les flots du Pacifique, pourquoi aurait-on donc, intentionnellement, séparé en deux parties cet objet que je crois magique ?... Il faudrait que je l'étudie...

— Pourquoi ne pas sauter dans le premier avion pour venir nous rejoindre, professeur ?

— Ce n'est pas l'envie qui me manque, Bob, mais je suis un traitement médical qui ne peut être interrompu, et je ne marche encore qu'avec une canne... Je veux cependant, avant toute chose, vous recommander de reconstituer l'objet, d'en réunir les deux tronçons... On ne sait jamais...

Il y eut un silence long de plusieurs milliers de kilomètres. Puis, la voix de Bob Morane :

— Là, il y a un hic, professeur... C'est que. justement, j'ai déjà reconstitué le rongorongo. Je continue à appeler ce truc comme ça... Ça s'est parfaitement recollé... Les deux morceaux s'emboîtaient exactement... Tout juste si l'on distingue une petite ligne... Un cheveu, comme disent les collectionneurs de faïences anciennes... C'est que, voyez-vous, professeur, de nos jours on trouve n'importe quoi, n'importe où. Même le plus inattendu. L'un des bienfaits, si l'on peut dire, de la mondialisation. Tout ça pour vous dire que j'ai trouvé de la colle ultra-rapide... même ici... à Rapa-Nui... On n'arrête pas le progrès, professeur...

Il y eut un nouveau silence, long encore de plusieurs milliers de kilomètres. Puis, la voix de Clairembart cette fois :

— Vous avez eu tort, Bob... Vraiment tort...

— Pourquoi ? s'étonna Morane. Pour avoir reconstitué un objet brisé... et précieux en plus je suppose ? Moi, je trouve que j'ai eu plutôt raison...

— Vous avez eu tort, insista l'archéologue en élevant la voix et en martelant les mots. Je répète que ce n'est certainement pas sans raison qu'on a coupé cet objet en deux... et ce n'est certainement pas pour qu'on le reconstitué...

— Je ne vois pas où vous voulez en venir...

— Nulle part et partout... Ou tout simplement qu'il pourrait y avoir de la magie là-dessous. À
l'époque de Mu, la magie existait encore vous savez...

— À l'époque de Mu, peut-être, professeur, mais pas à la nôtre, rétorqua Morane sans croire vraiment à ce qu'il disait...

— Soit, fit Aristide Clairembart. Le mal est fait... Pourtant, je crois que Bill et vous pourriez encore aller jeter un coup d'œil dans votre caverne... Peutêtre pourriez-vous trouver quelque chose qui nous renseignerait sur l'origine de ce que vous persistez à appeler un rongorongo... On ne sait jamais...

— On ira jeter le coup d'œil en question, professeur... Nous sommes aussi curieux que vous l'êtes... Et, quant à vous, prenez soin de votre santé... N'oubliez pas que vous n'avez plus vingt ans...

— Vingt ans ? fit l'archéologue. Mais bien sûr que j'ai encore vingt ans... Plusieurs fois même... Ah ! j'allais oublier... Bien des choses à Bill...

*
* *

En même temps, le professeur Clairembart et Bob Morane avaient interrompu la communication. Le premier s'était remis à son ordinateur. Le second avait déposé son portable « longue distance » sur la table de nuit de son hôtel pascuan : le Tapa Tapa. Tout près, le rongorongo, recollé, attirait les regards. C'était une masse de couleur indécise. Un brun qui, selon les incidences de la lumière, tournait au gris. De bois peut-être, il donnait l'impression, par instants, de se changer en métal. Un métal inconnu. Vingt centimètres sur quinze. Une structure légèrement bombée, affinée sur son pourtour. L'objet, dans son aspect général, avait bien tout du rongorongo classique, mais Bob savait qu'il ne s'agissait pas réellement d'un rongorongo. Peut-être l'ancêtre de celui-ci, mais ce n'était là qu'une supposition.

À présent, Bob Morane observait l'objet avec une vague hostilité. Avant sa conversation avec le professeur Clairembart, il n'était rien d'autre qu'une découverte archéologique comme il en avait fait de nombreuses au cours de son existence aventureuse ; à présent, il devenait peut-être une menace. Bob se souvenait des paroles du vieil archéologue : « Ce n'est pas sans raison qu'on a coupé cet objet en deux. »

Un haussement d'épaules. Bob se détourna au moment où Bill Ballantine, habillé de pied en cap, pénétrait dans la chambre.

— Vous avez pu atteindre le professeur, commandant ?

Morane fit « oui » de la tête et rapporta à son ami la conversation qu'il venait d'avoir avec Aristide Clairembart. Quand il eut terminé, l'Écossais jeta un regard dur en direction du rongorongo demeuré sur la table, en disant :

— Je suis de l'avis du professeur... Moi, ce truc-là ne m'a jamais paru très catholique... On aurait dû le laisser où il était... Ce qui appartient à la terre doit rester à la terre. Ça finit toujours mal, ce genre d'affaires... Souvenez-vous de Toutankhamon, commandant. Tous ceux qui ont découvert son tombeau sont morts... Tous... La vengeance du Pharaon. Et le trésor de Schliemann. Et le Diamant Bleu, qui tue tous ceux qui le possèdent...

Le géant pointa le doigt vers le rongorongo et conclut :

— Ça finira peut-être comme ça avec ce truc ! Morane se mit à rire :

— Ce truc !... Sois respectueux, Bill... Il s'agit peut-être de la découverte archéologique la plus importante de tous les temps... La preuve définitive de l'existence passée d'un continent du Pacifique... Quant à...

Ricanement de l'Écossais.

— La découverte archéologique la plus importante de tous les temps !... Ce truc !... N'exagérez pas un peu ?

Bob Morane ignora l'interruption, reprit :

— Quant à l'affaire de Toutankhamon, on sait que les protagonistes sont morts à la longue de leur belle mort, comme tout un chacun... Le trésor de Schliemann, lui, ne s'est pas volatilisé, mais il a été emporté par les Soviétiques en 1945 et se trouve à présent à Saint-Pétersbourg... Et le Diamant Bleu, j'aimerais qu'on m'en fasse cadeau, en dépit de la malédiction...

— Ça c'est votre affaire, commandant, ronchonna Bill Ballantine. Moi je dis...

— ... que demain nous irons faire un tour dans notre caverne, coupa et enchaîna Morane. Histoire de voir si on ne découvre pas quelque chose qui aurait un rapport avec le truc... comme tu dis !

3

Dès l'aube, le lendemain, Bob Morane et Bill Ballantine se mettaient en route vers la caverne où, deux jours plus tôt, ils avaient découvert l'objet mystérieux auquel ils avaient, faute de mieux, donné le nom de rongorongo. Cette fois cependant, ayant un but précis, ils n'allaient pas à l'aventure et, pour gagner du temps, ils roulaient à bord d'un 4x4 Toyota de location.

Bien qu'une écharpe de lumière pâle traînât déjà, bas vers l'est, sur les lointains du ciel, la nuit régnait encore sur l'île. Une obscurité relative que le 4x4 trouait des faisceaux de ses phares allumés à leur grande puissance. Parfois, à gauche ou à droite, venu on ne savait d'où, un moaï dressait sa haute silhouette de spectre élémentaire figé dans l'éternité par la colère des anciens dieux du Pacifique. Au passage du véhicule, ses orbites énucléées fixaient sur celui-ci et ses passagers leurs regards à la fois vides et menaçants.

Selon son habitude, Bob Morane fonçait à tombeau ouvert. En dépit des difficultés du terrain. Fort intelligent, il y avait une notion qu'il n'était jamais parvenu de décortiquer, celle de la limitation de vitesse. Ce qui, en pays dit « civilisé », lui avait valu à maintes reprises bien des problèmes avec les autorités chargées de la police des routes.

— Pourriez pas lever un peu le pied, commandant ? fit l'Écossais. Vous vous croyez à Francorchamps ou quoi ?

— Pas à Francorchamps, Bill, répondit Morane en souriant. À Daytona, oui...

Bill Ballantine enchaîna, montrant à la volée une gigantesque statue que la Toyota avait dépassée de trop près :

— Ça fait plusieurs fois que vous avez manqué de percuter un de ces gros pères...

— À moins que ce ne soit eux qui m'aient manqué, Bill... Tu sais que les Pascuans affirment qu'il arrive aux statues de se promener la nuit. Même si, le matin, on les retrouve à la même place que celle qu'elles occupaient la veille... Toi-même, l'autre jour, tu as affirmé en avoir vu une qui marchait...

— Ouais, grogna Bill. Pourquoi elles n'auraient pas le droit de se promener, comme tout un chacun, ces statues ?

Il y eut un long silence entre les deux hommes. Avec, comme toile de fond sonore, le bruit du moteur et les crissements des pneus dans la caillasse.

Un silence que Morane rompit.

— Tu sais bien que, quand je conduis, tu n'as rien à craindre, Bill. Je crois te l'avoir dit au moins un million de fois...

— Ouais... ouais, ricana le colosse. Vous êtes le meilleur pilote du monde, je sais... N'empêche que, si vous pouviez me dire combien de tires vous avez déjà envoyées à la casse ?

— Rien que des accidents, Bill... Rien que des accidents... Mais ce n'est pas parce que je suis supposé être le meilleur pilote du monde que tu n'as rien à craindre. Tu sais aussi que j'y vois en pleine nuit comme les...

— comme les chats, coupa et enchaîna en même temps le colosse. Votre fameuse nyctalopie. Ça aussi, je me demande s'il ne s'agit pas d'une légende...

D'un coup de volant, Bob évita un bloc de rocher à demi taillé et qui avait échappé à la lumière des phares.

— Tu vois bien que ma nyctalopie n'est pas une légende, Bill !

L'Écossais se renfrogna, mauvais perdant.

— Un coup de pot, commandant !... un coup de pot et rien d'autre !...

Pour passer aussitôt du coq à l'âne :

— Vous êtes certain d'être sur la bonne route ?

— Lors de notre première visite, j'ai repéré soigneusement l'endroit... On va y arriver... Aussi sûr que deux et deux font cinq !...

— Votre logique personnelle, bien sûr, commandant...

— Pas ma logique personnelle, Bill, mais celle de Dostoïevski dans les Mémoires écrits dans un souterrain...

Cette fois, l'Écossais ne protesta pas. Il n'ignorait pas que Dostoïevski avait existé, ni même qu'il s'agissait d'un écrivain russe, mais c'était tout juste...

*

*   *

Bob Morane avait dit, en parlant de la caverne :

« J'ai repéré soigneusement l'endroit... On va y arriver... » Et ils y arrivèrent.

Un coup de pied sec à la pédale de frein, et la Toyota stoppa net devant le buisson de mûriers et d'épineux repéré l'avant-veille par l'Écossais, qui dut reconnaître qu'il s'agissait bien du même buisson de mûriers et d'épineux.

Les deux hommes mirent pied à terre. À présent que les phares de la voiture avaient été éteints, l'obscurité s'était réinstallée en dépit de la proximité du jour. Vers l'est, au-dessus de la protubérance des volcans éteints, la bande de clarté continuait à s'élargir. Mais, vers l'ouest, au contraire, les ténèbres semblaient s'épaissir.

Bill Ballantine montra le ciel dans cette direction.

— Va avoir un sérieux orage, on dirait...

De lourds nuages au ventre chargé de suie roulaient dans les lointains.

Morane haussa les épaules.

— Rien d'étonnant. On n'est pas loin de la période des ouragans... Ça vient un peu trop tôt, tout simplement.

Un petit ricanement de l'Écossais.

— D'aussi longtemps que je me souvienne, la saison des pluies est toujours en avance...

— Ce n'est pas ce qu'on pense en Inde, par exemple, Bill, et tu le sais bien... La venue de la mousson y est une bénédiction...

Quelques gouttes de pluie, larges comme la paume de la main, se mirent à tomber en tambourinant sur la carrosserie de la Toyota.

— Quand on parle du loup... euh. je veux dire de la mousson...

Le géant s'interrompit et enchaîna :

— Je crois qu'on ferait bien de se mettre à l'abri avant de ressembler à de la soupe...

Ils réunirent en hâte leur matériel et, la lampe halogène au poing, ils s'engagèrent dans les buissons et, ensuite, dans l'entrée de la caverne.

Rien n'y était changé depuis leur première visite. Les traces calcinées du feu qu'ils y avaient allumé demeuraient visibles sur le sol de lave durcie et, selon toute évidence, personne n'était venu là depuis leur départ.

Au-dehors, la pluie s'était mise à tomber avec une telle violence que son crépitement leur parvenait et qu'ils devaient élever la voix pour s'entendre.

Pourtant, ils eurent beau chercher, repasser là où ils étaient déjà passés, la lumière vive des lampes halogènes ne leur révéla rien de nouveau. Pas d'autre rongorongo. Celui qu'ils avaient trouvé deux jours plus tôt semblait unique.

Après une heure environ de recherches minutieuses, à déplacer des tas de détritus de toutes sortes, dont certains relativement récents, ils se retrouvèrent devant le feu qu'ils avaient allumé pour chasser l'humidité soufflée du dehors par la tempête qui, maintenant, s'abattait sur l'île. Il avait suffi de quelques secondes passées sous la pluie naissante pour qu'ils fussent eux-mêmes trempés.

— Bon, fit Bill Ballantine, ou je me trompe ou nous sommes venus ici pour rien. Avec le temps qu'il fait au-dehors, il ne s'agit même pas d'une promenade de santé...

Morane ne dit rien. L'expression fermée de son visage, l'éclat fixe de ses yeux gris d'acier en disaient assez sur sa déception. Il n'était pas du genre à accepter la défaite. Et, comble des combles, il s'était mis à se passer et se repasser une main aux doigts écartés en peigne dans les cheveux. Ce qui était chez lui, entre autres choses, le signe d'une intense perplexité.

Soudain, il sursauta.

— Les chauves-souris !... Les chauves-souris !

— Ben quoi, les chauves-souris, commandant ?...

C'est vrai qu'on n'en a guère vu...

— Souviens-toi, Bill... L'autre jour, nous en avons fait fuir et elles ont disparu de ce côté — Bob désignait le fond de la grotte, noyé d'ombre —, et elles n'ont pas reparu... Il y avait une faille, souviens-toi... On l'a négligée alors...

L'Écossais haussa les épaules.

— Des failles, il y en a partout... Reste à savoir si elles mènent quelque part...

Bob se leva.

— Allons nous rendre compte quand même. Pour ce qu'on risque...

Ils trouvèrent en effet la faille qu'ils cherchaient derrière un léger ressaut de la muraille. Une étroite fente dans le roc, juste assez large pour livrer passage à un homme de corpulence moyenne. Bob la franchit sans trop de mal, mais il n'en fut pas de même pour l'Écossais. Pourtant, après que Morane l'eut asticoté, il réussit à passer lui aussi. Non sans s'écorcher à différents endroits et avoir proféré en gaélique ancien des jurons qu'il serait malséant de rapporter.

La faille franchie, une salle beaucoup plus vaste que la première s'offrit aux visiteurs. Pourtant, la lumière halogène ne devait révéler qu'un espace vide aux parois lisses, à la voûte bombée et ornée seulement de quelques concrétions calcaires. Un sol tapissé de guano de chiroptères dans lequel on s'enfonçait jusqu'aux chevilles et d'où montait une odeur écœurante. Quant aux chiroptères eux-mêmes, ils grouillaient par grappes, aveuglés par la lumière, dans la moindre anfractuosité.

— Rien à trouver ici, constata Bill Ballantine avec une grimace de dégoût. En plus, ça schlingue... Alors, on met les bouts ?

Mais Bob Morane ne parut pas entendre les remarques de son compagnon. Ses regards tournaient autour de la caverne, inquisiteurs. Il dit au bout d'un moment :

— J'ai une drôle d'impression... Comme si cette grotte n'était pas naturelle ou, au mieux, une grotte naturelle aménagée... Les contours sont trop réguliers, l'ensemble trop équilibré...

— Peut-être avons-nous affaire à des chauves-souris architectes ? persifla l'Écossais.

Une nouvelle fois, Morane parut ne pas entendre. Il avait l'habitude des remarques saugrenues de son inséparable compagnon d'aventure. Il s'approcha de la paroi, y promena le faisceau de sa lampe halogène, de biais, afin d'obtenir une lumière frisante.

— Vous cherchez quoi, commandant ? fit Ballantine. La signature de l'architecte ?

— Quelque chose comme ça, oui...

Tout en parlant, Bob frottait de la paume de la main la paroi, de façon à détacher la patine de poussière et de fines moisissures qui s'y étaient accumulées.

Au bout d'un moment, un large pan de roc ayant été mis à nu, il s'arrêta, murmura :

— C'est bien ce que je pensais...

— Vous pensiez quoi ? interrogea l'Écossais.

— Qu'il y avait quelque chose sous cette crasse, ou plutôt cette patine, répondit Morane. Regarde...

Le géant se pencha et, sous la lumière frisante, remarqua lui aussi le dessin large d'une cinquantaine de centimètres sur quarante. Il sursauta.

— Encore le symbole de Mu !

Il s'agissait des mêmes vagues stylisées en M et barrées horizontalement.

— Cette fois-ci, il n'y a aucun doute, fit Morane. Le symbole de Mu, et sur l'île de Pâques ! Cela va réjouir Aristide, qui a toujours pensé que l'île faisait bien partie du continent englouti.

Gros rire du géant qui déclara :

— Sûr qu'il va encore enfourcher son dada, le professeur.

Pendant que ces paroles s'échangeaient, Morane, du bout de l'index enfoncé dans la gravure, suivit les lignes du dessin représentant le symbole de Mu. Au bout d'un moment, il conclut :

— Aucun doute, ce pétroglyphe est bien ancien... Très ancien même... Le temps a effacé toute trace d'outil... Les fonds de la taille sont parfaitement lisses...

— Reste à savoir qui en est l'auteur, risqua Bill. Bob Morane secoua la tête.

— Inutile de nous compliquer la vie pour le moment... Une chose à la fois. Pour l'instant, je vais passer de la craie sur le dessin pour en prendre des photos bien nettes à l'intention d'Aristide...

— Va être content, ce vieil Aristide, c'pas, commandant ?

— Et moi, je serais content si tu cessais de m'appeler « commandant », Bill...

Bob était en train de fouiller dans son sac pour y pêcher le morceau de craie dont il venait de parler, quand il sursauta violemment. Si violemment que cela attira l'attention de l'Écossais.

— C'qui s'passe, commandant ?

— Cette voix, Bill... Tu as entendu ?...

4

Entre les deux amis, il y avait eu un long moment de silence encore accentué par le creux de la caverne. Un silence lourd qui prenait par le fait même de la consistance. Un silence dans lequel la respiration des deux hommes se muait en souffle.

— Tu as entendu ? répéta Morane. Qui aussitôt répéta en corrigeant :

— Tu entends ?

La tête légèrement penchée, Bill Ballantine tentait d'enregistrer le moindre son. Finalement, il grogna :

— Beau écouter, j'entends rien, moi...

— Cette voix, Bill... une voix de femme... Jeune... Voilà, ça recommence... Elle n'arrête pas de parler...

Le géant se mit à rire.

— V'là qu'vous entendez des voix, maintenant !...

Vous vous prenez pour Jeanne d'Arc ?

— Ne dis pas de bêtises, Bill... Et puis, Jeanne d'Arc, mieux vaut que tu n'en parles pas... Ce sont les Anglais qui l'ont brûlée si tu te souviens...

Haussement d'épaules du colosse.

— Suis pas anglais, moi, mais Écossais... C'est pas la même chose... Ça non plus faut pas l'oublier... Bob oublia. Il continuait à prêter l'oreille mais,

apparemment, il était seul à entendre. Il fit :

— Chut !... Écoute !...

— Écouter quoi ? dit Bill. Je n'entends rien...

— La voix, Bill... Cette voix de femme... Tu n'entends pas...

— Rien du tout... Faites attention, commandant... Jeanne d'Arc a cramé sur le bûcher, comme vous venez de le dire... Pourrait finir par vous arriver la même chose...

— Vraiment, tu n'entends pas ?... Moi, j'entends parfaitement... La femme... Elle appelle un certain Rah-Mu, et elle paraît s'adresser à moi...

Un rire gras échappa à l'Écossais.

— Ou vous avez des hallucinations auditives, commandant, ou vous souffrez d'acouphènes... On croit d'ailleurs que c'est de ça que souffrait Jeanne d'Arc... Oui... que ses « voix » n'étaient rien d'autre que des acouphènes... Un de ces jours, faudrait passer chez un audio-laryngo...

Cette fois, Morane montra de l'impatience et jeta :

— Cesse de dire des bêtises !... Je sais parfaitement ce que c'est que des acouphènes... Moi, c'est une voix que j'entends... Je comprends même parfaitement maintenant... Écoute... Oui... c'est ça...

« Prince Rah-Mu... Vous avez reconstitué le sceau de Mu... Le moment... est venu... pour vous... de venir au secours de l'Empire du... Milieu des... Eaux... » Et il y a encore ce mot qui revient sans cesse... « Robor... Robor... Robor-Tho... » oui... c'est ça... « Tho-Thep... Robor-Tho-Thep... Tho-Thep, ça fait égyptien, mais ça n'en est pas, c'est sûr.

— Quand allez-vous cesser de faire le pitre, commandant ? intervint Bill Ballantine. À moins que vous ne soyez devenu cinglé... en supposant, bien sûr, que vous ne le soyez pas depuis toujours...

— Je ne blague pas, Bill, assura Morane. Je suis tout ce qu'il y a de plus sérieux. J'entends réellement

cette voix... Elle résonne à l'intérieur de mon crâne puisque, apparemment, je suis seul à l'entendre. On dirait... oui... de la transmission de pensée... Voilà, ça recommence... Toujours « Prince Rah-Mu » et il semble encore que ça s'adresse directement à moi...

— Prince Rah-Mu ! ricana l'Écossais. Vous v'là devenu prince maintenant ! Comment va falloir vous appeler désormais ? Commandant, ou Prince ?... Faudrait savoir...

Mais Bob ne réagit pas. La tête toujours légèrement penchée de côté, il écoutait « ses » voix. Au bout d'un moment, il se détendit pour déclarer :

— Voilà, c'est fini... Toujours le même message... Le sérieux affiché par son ami coupa court à l'attitude narquoise de Bill Ballantine. Il se fit grave lui aussi, pour interroger :

— C'était quoi, à votre avis ?

— De la transmission de pensée, Bill, c'est certain... À moins que ce ne soit moi qui.   que cela ne se passe seulement dans ma tête...

Bob Morane se secoua violemment, comme s'il voulait chasser une idée. En même temps, il enchaînait :

— Mais cela m'étonnerait... Je ne suis pas chèvre à ce point.

Il haussa les épaules.

— Un mystère qu'il nous faudra éclaircir...

Et il pensa : « À moins qu'il ne s'éclaircisse lui même... »

À nouveau, il haussa les épaules, tout en parvenant cette fois à récupérer le morceau de craie qu'il cherchait dans son sac au moment où la voix mystérieuse avait interrompu son geste.

Et, avec application, il se mit à passer à la craie les contours du symbole de Mu gravé dans la paroi.

Cela au moment même où l'île tout entière donnait l'impression de se désintégrer.

*

*   *

Retourné sur le dos, telle une tortue qui vient d'être capturée, Bill Ballantine hurla :

— C'qui s'passe ?... C'est la fin du monde ?

Comme son compagnon, Bob Morane avait été renversé par la secousse qui avait ébranlé le sol sous eux, mais il avait réussi, lui, à demeurer agenouillé. Il cria :

— Un tremblement de terre, oui...

Tous deux devaient hurler pour s'entendre dans le fracas qui s'était abattu sur eux.

La caverne semblait changée en un gigantesque accordéon au soufflet prêt à crever de toutes parts. Les parois se crevassaient. Le sol se lézardait. De la voûte, de la pierraille tombait en averse. Les chauves-souris, arrachées à leur engourdissement diurne, volaient désespérément en tous sens, petits fantômes noirs dans la clarté des lampes halogènes demeurées allumées et qui, ayant roulé sur le sol, allongeaient les ombres.

Puis, soudain, tout s'apaisa, s'immobilisa. Le silence se fit avec seulement les claquements d'ailes des chauves-souris qui, vite, se replongèrent, par vagues, dans leur torpeur.

Imité par Morane, Bill Ballantine se redressa en époussetant ses vêtements par geste réflexe.

— On arrive quelque part et la terre se met à trembler, fit-il. C'est bien connu...

— Comme si c'était nous qui avions provoqué ce séisme, protesta Morane en ramassant sa lampe. Il y a des volcans partout dans le Pacifique. Sur cette île entre autres, même s'ils sont éteints. Pas étonnant si ça bouge de temps en temps...

Le silence se fit soudain plus lourd, trop lourd. Bob Morane montra le passage qui permettait de regagner la première salle, lança :

— On n'attend pas la seconde secousse !. On file !

Ils se mirent à courir vers l'issue, s'y engagèrent l'un après l'autre. Ils avaient tout juste pénétré dans la première caverne que le sol se remit à trembler, plus violemment encore que la première fois.

— Dehors ! hurla encore Morane. Dehors !...

D'épais morceaux de roc, dont chacun aurait réussi à les assommer, pleuvaient autour d'eux et rebondissaient sur le sol avec un bruit de mondes qui s'entrechoquent. Le sol lui-même se lézardait. Un tintamarre assourdissant, venu de partout, qui rendait toute parole vaine.

Plus rapide, Bob atteignit la première sortie, s'engagea dans la faille, se sentit projeté en avant par la poigne du géant qui le talonnait. Il plongea la tête la première dans une végétation changée en algues par la pluie qui tombait à torrents, boula dans de grands éclaboussements. Changé en bombe humaine, Bill Ballantine surgit derrière lui, tout de suite changé en bête palustre.

— Bon sang, c'qui s'passe ! hurla l'Écossais. Un nouveau big-bang ou quoi ?

Des paroles que Morane devina plutôt qu'il ne les entendit. La terre n'était pas seule à se déchaîner. Les rugissements du ciel se superposaient aux siens. Le jour s'était fait nuit, bouché par des nuages de suie compacte que des éclairs livides crevaient tous azimuts. Les grondements de la foudre répondaient en se superposant à ceux du séisme et un vent glacial, soufflant en rafales, déchiquetait tout en un furieux ballet de faux.

— À la voiture ! lança Morane. Il faut nous mettre à l'abri...

— Dans la caverne plutôt, risqua l'Écossais.

— C'est ça !... Pour que la voûte nous dégringole sur la tête. À la voiture, j'te dis !...

Secoués par le séisme qui continuait à faire trembler le sol, bousculés par les rafales, assourdis par les roulements conjugués du tremblement de terre et de l'ouragan, les deux amis se mirent à courir en direction de l'endroit où se trouvait stationnée la Toyota. Enlacés pour unir leurs forces afin de résister au déchaînement des éléments, ils atteignirent le véhicule, s'y enfournèrent, claquèrent les portières derrière eux.

Un demi-silence s'était fait, mais la voiture, secouée de partout, ressemblait à un bateau aux prises avec la tempête. Roulis, tangage, tout y était.

— Que se passe-t-il, commandant ? interrogea Bill Ballantine. L'ouragan en même temps que le tremblement de terre... Drôle ça...

— Le séisme peut avoir tout chamboulé dans l'atmosphère, risqua Morane. Je ne vois pas d'autre explication...

— Bien sûr... bien sûr... Pourtant, en général, les secousses sismiques ça ne dure que quelques secondes. Et ici, ça s'éternise...

Bob Morane haussa les épaules en signe d'impuissance. Tout en parlant, il avait enfoncé la clef de contact. Il la tourna et le moteur de la Toyota démarra au premier appel.

— Vous allez où comme ça ? s'étonna l'Écossais.

— Je vais essayer de trouver une zone plus calme, ou moins exposée, expliqua Bob, tandis que le véhicule se mettait à rouler.

— Une zone plus calme ? grogna le géant. Si ça existe encore... Si vous voulez mon avis, toute cette île va bientôt être aspirée par le fond.

— Ne sois pas pessimiste, Bill. Ne sois pas pessimiste...

Il ignorait lui-même, en raison du déchaînement des éléments, si la zone de calme dont il venait de parler existait réellement. Tout ce qu'il voulait, c'était agir.

À présent, le véhicule fonçait, précédé par la lueur des phares que la violence de l'averse diffusait. Les essuie-glaces, affolés, se révélaient inutiles. Seules peut-être la vitesse de la Toyota et la puissance de son moteur permettaient-elles de contrer celles des rafales. Sous ses roues, le sol se craquelait, pouvant se changer à tout moment en autant de pièges mortels.

Soudain, Bill cria :

— Commandant ! Attention, les statues !

Les dents serrées, les mains crispées sur le volant, les bras tendus pour absorber les chocs, Morane gronda :

— Bien quoi... les statues ?

— Elles nous entourent !...

— Normal... il y en a partout...

— Oui, mais... elles marchent, commandant.

La voix de l'Écossais se changea soudain en hurlements.

— ELLES MARCHENT ! ELLES MARCHENT !!!

5

Bob Morane avait ralenti. Il connaissait assez son ami, après tant d'aventures périlleuses vécues ensemble, pour reconnaître quand il était sérieux ou quand il ne l'était pas. Cette fois, le ton de surprise de l'Écossais ne pouvait tromper : quelque chose d'inhabituel se passait.

Ralentissant encore la progression du véhicule qui, à présent, roulait à pas d'homme, luttant avec le volant pour contrer la violence des bourrasques, Bob fit néanmoins en criant :

— Il n'y a pas de statues dans ce coin, et pourtant... Tu as raison, Bill, il y en a maintenant... Reste à savoir comment elles sont venues là !

Dans la lueur des phares, éclairés en plein par la fulgurance des éclairs d'un ciel de ténèbres qui se lézardait, des moaï avaient jailli de partout.

— Et elles bougent... réellement ! acheva Bob en contrant la bousculade d'une rafale de vent d'un coup de volant.

Les géants de pierre se révélaient maintenant dans toutes les directions. Devant, derrière, à gauche, à droite de la Toyota que Morane, qui avait accéléré, pilotait maintenant de toute la vitesse que lui permettaient les irrégularités du terrain, tandis qu'il grognait entre ses dents serrées :

— Mais qu'est-ce que ça veut dire ?... Qu'est-ce que ça veut dire ?

Il était rare qu'il fût débordé par les événements. L'habitude qu'il avait du danger lui permettait de considérer presque normales des situations qui en auraient épouvanté beaucoup d'autres. Pourtant, cette fois, il se sentait littéralement dépassé.

On comptait en général un millier de moaï dans toute l'île de Pâques, certains juchés sur leur ahu tandis que d'autres demeurés couchés là même où ils venaient d'être taillés. Pourtant, tous semblaient à présent groupés là, menaçants, prêts eût-on dit, à écraser la voiture et ses occupants. Une armée de géants de pierre, aveugles, mus par on ne savait quelle force, ni pourquoi...

Les statues, en réalité, ne « marchaient » pas. Elles glissaient, leur base à un mètre du sol, comme sustantées par une force inconnue. Par à-coups également, il leur arrivait de progresser par bonds et, chaque fois qu'elles retombaient, le sol résonnait sous leur masse avec un bruit de grosse caisse s'ajoutant à celui de la terre qui continuait à gronder et à frémir. Ouragan, séisme, gigantesques coups de mailloches des colosses de pierre, tout contribuait à créer une ambiance d'enfer au creux de laquelle la Toyota n'était plus qu'un jouet dérisoire.

— Bon sang, c'que ça veut dire ? ne cessait de gronder Bill Ballantine. C'est du Spielberg ou quoi ? Bob Morane avait autre chose à faire qu'à comparer leur situation à une créature du maître du film catastrophe. Il ne s'agissait pas d'« effets spéciaux », ni d'images de synthèse. Chaque moaï présentait à lui seul une masse de destruction réelle. À moins que...

Mais Bob ne se posait pas cette question tronquée, occupé qu'il était à maîtriser son véhicule, à éviter les colosses erratiques qui se faisaient de plus en plus menaçants, se rapprochaient dangereusement. Des golems de roc prêts à tout écraser sous leurs masses.

À présent, les moaï formaient un cercle de plus en plus serré autour de la voiture, et l'Écossais ne put s'empêcher de constater :

— Sûr, c'est à nous qu'ils en veulent !

— Tu en doutais ? grogna Morane.

En même temps, il visait un espace entre deux statues. Un coup de volant. Un coup d'accélérateur. Une bourrasque poussa en avant la Toyota qui fila vers l'endroit dégagé à la vitesse d'un obus.

Soudain, Bob se raidit. D'un mouvement désespéré, bras tendu pour bloquer son corps entre le dossier du siège et le volant, il enfonça la pédale de frein. Devant lui, à quelques mètres à peine du museau de la voiture, les deux moaï s'étaient rejoints, bouchant l'ouverture. Une action pensée, raisonnée, sans qu'il pût y avoir aucun doute.

Ses quatre roues bloquées net par les servos, la Toyota piqua du nez et s'immobilisa à un mètre à peine des deux colosses dont, en gros plan, éclairée en plein par les phares, on apercevait la surface grenue du tuf dans lequel ils étaient taillés.

Arc-bouté au volant, Bob avait encaissé le choc, amorti par ses bras à demi-tendus. Bill, lui, avait plongé en avant, la tête protégée par ses avant-bras relevés en garde de boxeur en « clinch », ce qui lui évita d'avoir le front écrasé contre le tableau de bord. Il se redressa quand, dans des cris de douleur des pneus, le véhicule se fut immobilisé, il hurla :

— Ça va pas, commandant !... On vous a jamais dit d'y aller mollo sur les freins ?

— Tu préférais sans doute être écrasé par ces brutes ? fit calmement Bob en pointant le menton en direction du pare-brise.

L'Écossais ne répondit pas. Se contenta de serrer les poings en signe d'impuissance. Il possédait une force herculéenne et pourtant il se sentait aussi faible qu'un enfant face aux titans de pierre qui les entouraient, menaçants.

Les deux moaï qui venaient de barrer la route au véhicule demeuraient immobiles, à un mètre à peine du capot. Alors que, d'une seule masse, ils auraient pu écraser la Toyota et ses occupants.

— Qu'est-ce qu'ils attendent ? grogna Bill Ballantine.

Bob se contenta de hocher la tête. Dans la lumière des phares, les masques figés des deux statues, avec leurs orbites envahies par la nuit, cavités sombres qui cachaient on ne savait quelle cruauté, étaient plus menaçants que s'ils avaient été animés.

— C'que vous attendez, commandant ? hurla Bill. Morane sortit soudain du bref moment d'hypnose dans lequel l'incroyable l'avait plongé, et il réagit, enchaînant ses mouvements avec la rapidité de la pensée. En freinant, il avait bloqué son moteur. Débrayage. Contact. Explosion de l'engin qui repartait. Marche arrière.

La Toyota recula. S'immobilisa au milieu du cercle de statues. Repartit en direction d'une autre ouverture entre deux géants de pierre. Et le processus se répéta :

les deux statues se joignirent pour lui barrer le passage.

— On dirait que ces géants de pierre veulent nous empêcher de passer, remarqua Ballantine. C'est comme s'ils pensaient...

— À moins qu'on ne pense pour eux ? corrigea Bob en amorçant une nouvelle marche arrière.

Mais, chaque fois qu'il tentait de se frayer un chemin entre deux moaï, ceux-ci se rapprochaient l'un de l'autre pour empêcher le véhicule de passer.

Le sol tremblait toujours. Un séisme prolongé, inhabituel, secousse après secousse. Et, à aucun moment, la tempête ne faiblissait. Des meutes de loups géants qui hurlaient. En même temps, de seconde en seconde, le cercle des moaï se refermait. Maintenant, entre eux, aucun espace ne demeurait dans lequel aurait pu se faufiler le 4x4. Sauf, en un endroit.

À vrai dire, il ne s'agissait pas vraiment d'un cercle. Plutôt une sorte de fer à cheval, dont l'ouverture seule demeurait libre. Une ouverture qui, à aucun moment, ne se rétrécissait. Un peu comme une invite à tenter le coup pour Morane. Celui-ci n'hésita pas longtemps. Il n'était d'ailleurs pas homme à hésiter. Il hurla, dominant les borborygmes de fauves enragés de l'ouragan :

— Accroche-toi, Bill !... On fonce !...

— Méfiez-vous, commandant !... C'est peut-être un p...

Le mot « piège », changé en râle, demeura dans la gorge du colosse. Morane avait enfoncé la pédale des gaz d'un coup de pied rageur. La Toyota bondit, démarra avec une telle violence que les crissements de ses pneus sur la rocaille dominèrent le bruit de la tempête, la sciant littéralement.

À tout moment, Bob s'attendait à ce que l'ouverture qu'il visait se referme comme il en avait été pour les autres, précédemment, et il était prêt à passer de la pédale des gaz à celle du servo-frein. Rien ne se passa cependant de cette façon. Le véhicule franchit le vide entre deux monstres de pierre de quatre mètres de hauteur et aux visages figés de fin du monde.

— Ça y est ! jubila Ballantine. On s'en est tirés !

C'était triompher trop vite. Morane voulut incurver la trajectoire du véhicule vers la droite, en direction des hautes constructions qui brillaient de leurs fenêtres éclairées avec, parfois, la fulgurance d'un éclair. Mais plusieurs statues, soudain dressées, lui barrèrent la route.

Coup de frein. Braquage à gauche. Même résultat.

Nouvelles statues, surgies soudain, dressées en barrière infranchissable.

À plusieurs reprises encore, Morane tenta la même manœuvre. Toujours sans succès. Seule, une ouverture demeurait accessible, toujours dans la même direction, dans le cercle de pierre. Le véhicule la franchissait, et les statues suivaient, toujours aussi menaçantes dans leur attitude erratique.

— On dirait qu'on cherche à nous faire aller dans une direction précise, supposa Bill Ballantine.

— On dirait, fit Morane.

Les dents serrées il enrageait, conscient de son impuissance. Mais que pouvaient son compagnon et lui, en dépit de leur force, contre la horde des géants de lave, dont le moindre pesait des tonnes ?

Haussement d'épaules de Morane.

— De toute façon, on ne peut rien y faire...

Allons-y... on verra bien...

Les deux hommes devaient continuer à hurler pour se faire entendre, et cela en dépit du fait que la carrosserie du 4x4 tamisait les sons. L'ouragan se déchaînait toujours avec la même violence. La pluie formait un réseau serré, en une multitude de jets drus. Les bourrasques venaient de partout à la fois, formant comme un entonnoir de bruit et de fureur. Des éclairs, presque continus, mettaient l'étendue du ciel en pièces.

Un ciel couleur de nuit, bien qu'on fût en plein jour. Mais était-on encore en plein jour ? C'était comme si le jour n'existait plus, comme s'il n'existerait plus jamais. Et le sol continuait à trembler. Tout à fait comme si, ainsi qu'on le croyait jadis, un monstre, dragon ou autre, se secouait dans les entrailles de la terre.

— Jamais vu un séisme pareil, gronda Bill. D'habitude, ça s'arrête après une ou deux secousses et...

— C'est à n'y rien comprendre, enchaîna Morane.

Comme si toutes les lois de la nature étaient...

Il n'acheva pas. Une nouvelle fois, le véhicule venait de franchir la « porte » laissée entr'ouverte dans le cercle des moaï.

Et Bob hurla :

— L'océan !... C'est vers l'océan qu'on nous mène !...

*
*   *

À présent qu'ils avaient progressé dans la direction qui leur était en quelque sorte imposée, le décor devant eux s'était modifié. À la lueur presque continue des éclairs, dans le vide laissé par les statues, ils apercevaient, au delà de la ligne brune du rivage, l'étendue bleu noir tavelée de blanc du Pacifique.

Bob Morane poussa à nouveau son véhicule dans la « porte » qui lui était offerte. Puis à travers une autre. Le paysage marin se précisa dans la fulgurance du tonnerre. Encore quelques centaines de mètres et les gueules innombrables de l'océan Pacifique démonté se révéleraient à portée, prêtes à les engloutir.

— Bon sang, stoppez, hurla Bill Ballantine, ou on va faire le plongeon !

— Comme si je ne me serais pas arrêté avant ! jeta Bob en immobilisant la Toyota d'un coup de frein.

Les deux amis demeurèrent encore un moment silencieux. Tout autour d'eux, les moaï formaient un cercle de plus en plus serré, de plus en plus menaçant, avec le regard fixe de leurs orbites vides, pareilles chacune à des gouffres.

À plusieurs reprises, Bob tenta encore de passer entre deux d'entre eux, une fois à gauche, une autre fois à droite. Sans succès à chaque tentative. Toujours les statues se rapprochaient, menaçant d'écraser le véhicule. Seul, l'espace en direction de l'océan demeurait libre.

— Rien à faire ! gronda Morane en stoppant une fois encore.

— Si nous tentions notre chance à pied ? proposa Bill. On pourrait réussir à se faufiler...

— Pourquoi pas ? fit Morane en haussant les épaules. Tout ce qu'on risquerait, c'est se faire écraser...

Chacun de son côté, ils mirent pied à terre et, s'étant rejoints, ils se précipitèrent vers un interstice entre deux statues. Pourtant, celles-ci furent plus rapides et se rejoignirent, sans laisser le moindre espace entre leurs masses, avant même que les deux hommes aient pu parvenir à leur hauteur.

Plusieurs fois, Bob et l'Écossais répétèrent leur tentative à différents endroits du cercle de moaï. Toujours sans résultat. Le mieux, ou le pire, qu'ils pouvaient espérer était d'être écrabouillés au moment où deux géants se rejoindraient pour leur interdire le passage.

Un moment, ils demeurèrent indécis. Les masses des moaï les dominaient, les écrasaient, leur donnaient la certitude de leur faiblesse.

— On décide quoi ? demanda l'Écossais, le souffle un peu court.

Du menton, Morane désigna l'espace ouvert, en direction de l'océan, décida :

— On tente le coup par là !

— Et on se balance dans la flotte, en plein ouragan ? protesta Bill.

— Si tu vois une autre solution ? Et Morane enchaîna :

— Si nous réussissons à passer, on descendra le long de la falaise et on y cherchera un chemin quelconque.

— Au-dessus du vide ?

— C'est ça... Les moaï ne pourront pas nous poursuivre, et on tentera de remonter plus loin, à l'écart...

— Et si nous ne trouvons pas le chemin en question ?... On se balancera à la flotte ?

— Exactement... Nous nageons comme des poissons... N'oublions pas...

— Sûr... sûr... Mais, par un temps pareil, même les poissons doivent risquer de se noyer...

— On verra bien, Bill... On verra bien... L'Écossais sur les talons, Morane s'élança et,

comme il l'espérait, ils réussirent à passer. Mais, aussitôt, le cercle des moaï se referma sur eux, ne leur laissant comme issue que l'étendue mouvante du Pacifique déchaîné.

Ils allaient s'engager parmi les éboulis qui couronnaient le sommet de la falaise quand, soudain, Morane sursauta, murmura, la voix changée en souffle dans les fracas des éléments :

— Écoute !... Écoute !...

Bill Ballantine ne réagit pas. Tournant le dos à l'océan, il surveillait les moaï, figés en rang serré, véritable armée de titans aux limites des éboulis. Tout à fait comme s'il leur était interdit, ou impossible, d'y accéder.

— Tu entends ? dit encore Morane en haussant le ton. Tu entends, Bill ?... PRINCE RAH-MU. JE

VOUS ATTENDS... VENEZ DÉLIVRER L'EMPIRE DU MILIEU DE L'OCÉAN... JE VOUS ATTENDS... MOI... RAPA-NUI...

Mais, une fois encore, l'Écossais n'entendait pas. Il avait détourné ses regards des statues, en direction de l'étendue marine, noire et hostile, illuminée seulement par les éclairs. Au creux des vagues, hautes de plusieurs mètres, une colonne de vapeur — ou de quelque chose qui ressemblait à de la vapeur — montait, se précisait, prenait forme en se rapprochant de la falaise.

— Qu'est-ce encore ? s'étonna l'Écossais. Eh !... commandant, vous avez vu ça ?

Bob Morane avait vu. S'était tourné, lui aussi, vers la colonne de vapeur — ou de ce quelque chose qui ressemblait à de la vapeur. Dire qu'elle prenait forme était un euphémisme car, justement, elle ne cessait d'en changer. Parfois, elle prenait l'allure d'un animal accroupi. Ou elle se dédoublait pour se refondre aussitôt en une seule masse. S'étirer ensuite et prendre forme humaine. Une forme humaine dont le sommet — pour ne pas dire la tête — se hissait jusqu'aux nuages bas et lourds qui encombraient le ciel telle une lèpre. Et puis, brusquement, ce n'était plus qu'une nappe informe. Et cela se rapprochait rapidement du rivage, à la façon d'une marée.

Aux oreilles de Morane, la voix continuait :

« VENEZ À MOI PRINCE RAH-MU... VENEZ... VENEZ... »

— Tu n'entends vraiment pas, Bill ? s'impatienta Morane.

Mais l'Écossais ne répondit pas. Toute son attention était captée par la colonne de « vapeur » qui se rapprochait d'eux, menaçait de les engloutir.

— C'est à nous qu'elle en veut ! Filons !... J'aime pas ça, moi...

Ils se glissèrent parmi les éboulis, à flanc de falaise. La colonne de « fumée » s'était soudain parée d'une lumière aux reflets changeants, qui éclairait les rochers. Elle rejoignit les deux hommes, incapables de lui échapper, car fuir en catastrophe leur aurait fait courir le risque d'une chute vertigineuse dans le vide pour aller se fracasser, une vingtaine de mètres plus bas, sur un amas de rochers battus par l'océan.

En haut, sur la crête de la falaise, la horde de moaï s'était arrêtée, n'offrant plus à la lueur des éclairs que leurs visages figés d'êtres d'un autre monde. Leurs regards éteints paraissaient plonger hors du temps.

De la colonne de brume montait à présent une douce musique. Comme un chant de sirènes. Et la voix, à l'intérieur du crâne de Morane. « VENEZ, PRINCE RAHMU... VENEZ... JE VOUS ATTENDS. »

La colonne de brume avait pris forme humaine. Plutôt celle d'un énorme moaï aux contours mouvants. Elle atteignit Bob Morane et son compagnon. Les absorba dans une lumière éblouissante. Le chant de sirène s'était changé en murmure de fée.

Morane et l'Écossais avaient beau se débattre, unir leurs forces, ils n'étaient plus que le jouet d'une puissance qui les dépassait.

Et ce fut la chute dans le vide. Un vide qui ressemblait à du néant...

6

À vrai dire, ce n'était pas vraiment du néant. Plutôt de la stupeur, doublée d'engourdissement, sans perte réelle de conscience.

Bob Morane et Bill Ballantine avaient l'impression de baigner dans un brouillard laiteux, parfois ponctué de fulgurances colorées. Sans contact physique. Ils ne reposaient sur rien. Flottaient. En même temps, une sensation de chute. Interminable. Sans heurts. Cela ressemblait à une succion. Et ce bruit !... Ce seul bruit. Un clapotis soyeux d'eau doucement remuée.

Ils tombaient... Tombaient... Lentement, sans heurts... Une sensation de noyade, peut-être à cause de ce bruit d'eau. Et pourtant, ils respiraient aisément, sans suffocation.

Puis, après une brève éternité, il y eut ce choc, très léger, quand leurs corps touchèrent une surface dure sur laquelle ils demeurèrent étendus.

— On dirait qu'on est arrivés, fit Bill d'une voix déjà ferme.

Bob se contenta de toucher de la main le sol sur

lequel son compagnon et lui gisaient. Une surface lisse, humide, mouillée même.

L'Écossais avait enchaîné :

— Oui... mais arrivés où ?

Morane porta la main à ses lèvres, tendit les doigts, sortit la langue. Le goût du sel. L'eau, sur le sol, était salée.

— Je me trompe peut-être, fit Bob en réponse à la question de son ami, mais j'ai l'impression qu'on a fait un tour dans la flotte...

— La flotte ? s'étonna l'Écossais. Je ne suis même pas mouillé...

— Toi non, mais le sol oui... Et en outre, c'est salé...

L'Écossais caressa à son tour le sol du bout des doigts, porta ensuite ceux-ci à sa bouche, constata :

— C'est vrai ce que vous dites, commandant... Mais...

— Je me trompe peut-être encore, Bill, mais on doit être quelque part au fond du Pacifique...

— L'océan Pacifique !... Rien que ça ? Vous rigolez ou quoi ?

— Comme si c'était le moment de rigoler, Bill !

Autour d'eux, la brume laiteuse qui tamisait les formes se dissipait lentement. Les fulgurances s'estompaient, pour cesser tout à fait. Jusqu'alors les deux hommes n'étaient que des silhouettes vagues l'un pour l'autre. À présent, ils pouvaient s'apercevoir réciproquement plus nettement. En même temps, le décor se précisait.

D'un coup de rein, Bill Ballantine se redressa, se tourna vers Bob, décida :

— Nous v'là encore dans un sale pétrin... Morane se redressa à son tour, en approuvant :

— Un sale pétrin, Bill, ça tu peux le dire. Une fois de plus...

— On devrait avoir l'habitude, ricana l'Écossais. Comme si les sales pétrins, ça n'était pas fait exprès pour nous !

Le voile de brume s'était à présent tout à fait levé.

Ils se trouvaient dans une salle carrée, de cinq mètres sur cinq environ, aux murs, au sol et au plafond nus et lisses. À chaque bout, une porte. Plutôt des valves que des portes avec, tout autour, en rondebosse, des masques de dragons tous différents mais qui, en dépit de leur immobilité, distillaient une horreur sans nom. Ils auraient pu être d'origine tibétaine, ou maya, mais ce qui était sûr, c'était que, justement, ils ne l'étaient pas. Tout ce dont on pouvait être certain, c'était que chacun d'eux faisait songer aux masques monolithiques des statues de l'île de Pâques.

— À votre avis, où sommes-nous, commandant ? s'inquiéta encore Bill Ballantine.

Bob Morane ne réagit pas au « commandant ». Pour l'instant il avait à penser à bien autre chose. Il hocha la tête dubitativement.

— Aucune idée précise, fit-il en réponse à la question de son compagnon. Mais le fait que le sol et les murs ruissellent encore me donne à penser que nous nous trouvons dans une sorte de sas...

Il montra les deux portes, absolument identiques, qui s'ouvraient à chaque extrémité de la petite pièce et enchaîna :

— L'eau entre par une de ces portes et sort par l'autre.

— Et nous aurions fait le plongeon sans nous en rendre compte ?

— Oui, mais je n'ai aucune explication, Bill... Peut-être cette brume qui nous entourait nous a-t-elle isolés tout le temps de la descente.

— Ou de la montée, commandant ?

— J'opte pour la descente. La montée, ça mène au Paradis, et ici ça ressemble plutôt à l'Enfer...

— Sauf qu'il y fait frisquet, remarqua l'Écossais en mimant un frisson.

Morane ne réagit pas. Il se mit debout et effectua quelques mouvements d'étirement pour ranimer ses muscles engourdis par l'humidité et le froid. Bill fit de même et, après leur petite séance de stretching, ils s'entre-regardèrent.

— Faudrait trouver le moyen de sortir d'ici, fit Morane.

— Et pas un peu, enchaîna le colosse.

Aucun des deux amis n'aimait l'inaction. Ils étaient plutôt du genre à foncer.

Pourtant, ils venaient à peine de prononcer leurs dernières paroles que la voix féminine déjà perçue précédemment par Morane se fit entendre. Mais, cette fois, l'Écossais l'enregistra lui aussi.

— VENEZ PRINCE RAH-MU... VENEZ ME REJOINDRE... VENEZ AU SECOURS DE L'EMPIRE DU MILIEU DES EAUX.

— Transmission de pensée, décida l'Écossais. Je suis dans le coup cette fois on dirait...

Il y eut quelques instants d'attente. Puis l'une des portes s'ouvrit devant eux, lentement, en coulissant...

*

*　　*

Quelques nouveaux instants. Le rectangle noir ouvert devant eux, noir comme l'entrée d'un tombeau, était à la fois une invite et une menace. Une invite à quoi ? Et quel genre de menace ?

— Ici ou là ! décida Bill Ballantine.

C'était aussi l'avis de Morane. Il avança de quelques pas et, l'Écossais sur les talons, franchit la porte, pour pénétrer dans un étroit couloir noyé de ténèbres et au bout duquel brillait une lumière vive.

Assuré par sa nyctalopie qui lui permettait de voir dans l'obscurité, Bob continua à avancer. Une main sur son épaule à la façon d'un aveugle, Bill lui emboîta le pas.

Une vingtaine de mètres seulement et ils débouchèrent dans un vaste espace dégagé qui avait tout de la caverne, et qui ne pouvait qu'en être une.

Aussi loin que les regards pouvaient porter, ce n'était qu'une suite de piliers soutenant une voûte invisible et ornée de sculptures comme n'en auraient pas imaginé les sculpteurs de diableries du Moyen Âge.

Derrière eux il y eut soudain un claquement sec. Ils se retournèrent pour se rendre compte que la « porte » qu'ils venaient de franchir s'était refermée automatiquement. En même temps, ils constataient que ladite porte était entourée d'un imposant portail de pierre sculptée. Des dragons aux formes indescriptibles, aux gueules barbelées, aux ailes de chauves-souris et aux serres entrelacées. Avec, par endroits, des masques en protomes faisant penser aux faces de moaï de l'île de Pâques. Au centre, dominant le tout, le monumental blason royal de Mu. Une étoile à huit branches insérée dans une sorte de baldaquin stylisé, que Bob Morane et Bill Ballantine identifièrent aussitôt.

— Cette fois, pas d'erreur, constata l'Écossais.

Nous sommes bien dans ce qui reste de l'Empire du Milieu des Eaux, c'est-à-dire de Mu...

— Comme si nous en doutions encore ! fit Morane en haussant les épaules.

Une ride verticale creusait son front. Ses mâchoires s'étaient crispées. Et, à plusieurs reprises, il se passa une main ouverte en peigne dans les cheveux, ce qui était chez lui, entre autres choses, un signe d'intense perplexité.

La voix de femme retentit à nouveau :

— VENEZ, PRINCE RAH-MU... VENEZ...

— Cela venait de là-bas, dit Bill en montrant une direction.

« Là-bas », ça ne voulait rien dire. Devant eux, la salle — ou aurait-il fallu dire la « caverne » ? — s'étendait à l'infini, mais sans offrir de perspective dans la forêt de piliers qui, sans aucun doute, soutenaient une voûte invisible.

— On y va, décida Morane.

Qui haussa les épaules, pour enchaîner :

— puisque de toute façon, il n'y a rien d'autre à faire.

Ils se mirent en marche dans la direction d'où venait la voix, qui répétait :

— VENEZ, PRINCE RAH-MU... VENEZ...

Bob et Bill continuèrent à avancer, de pilier en pilier. Une luminosité plus ou moins intense, qui semblait issue de la pierre elle-même, éclairait leur marche.

— Ça vient d'où, cette lumière ? s'étonna Bill.

Sont quand même pas abonnés à l'EDF ?

— Sans doute une phosphorescence naturelle, tenta d'expliquer Morane, ou artificielle. Les anciens Égyptiens étaient déjà soupçonnés d'user d'un procédé de ce genre.

Autour d'eux, les piliers formaient une Brocéliande de pierre, la plupart étaient sculptés de monstres aux ailes griffues, aux gueules béantes, découvrant d'invraisemblables mâchoires aux crocs en poignards. Hydres ou gorgones. Dragons ou Leviathan. Il eût été difficile de donner un nom à ces chimères de roc qui, à tout moment, semblaient sur le point de se précipiter sur les deux amis pour les déchiqueter et les dévorer. Pourtant, rien de ce genre ne se passait, et cela rendait l'angoisse encore plus présente.

Du poing, Bill Ballantine frappa l'un des piliers et, en même temps, la chimère ailée qui l'embrassait.

— Ça soutient quoi, ces trucs, commandant, à votre avis ?

— Le fond de l'océan, Bill... N'oublie pas que Mu est un continent englouti...

— C'est-à-dire qu'au-dessus de nos têtes il y a tout le Pacifique ?

— Seulement une partie, Bill, et c'est bien assez... Ils continuèrent à avancer, dans un silence presque total. Seul le bruit de leurs pas retentissait en un martèlement de fin du monde. Et ce fut sur cette impression que l'Écossais reprit :

— Et que se passerait-il si ces piliers cédaient ?...

— On prendrait un bain, Bill... On prendrait un bain.

Et toujours la voix de femme, toute proche cette fois, semblait-il.

VENEZ PRINCE RAH-MU... VENEZ À MOI... VENEZ... JE VOUS ATTENDS...

Au détour d'un pilier, Bob et Bill tombèrent en arrêt devant une grande statue de bronze vert-degrisé. Elle représentait, à trois fois la taille normale, un homme vêtu d'une sorte de chlamyde, ce manteau court porté par les anciens Grecs. Une première chose étonnait dans cette effigie : le style. Alors que toutes les autres statues, en pierre celles-là, étaient d'un caractère nettement surréaliste, celle-ci présentait des formes nettement académiques. Un peu comme une sculpture grecque perdue au milieu d'œuvres cubistes. Mais autre chose dans ce géant de bronze était remarquable, et ce fut Bill qui s'en étonna.

— Mais, commandant... Cette statue... c'est... c'est vous ! En plus grand, bien sûr...

Morane hocha la tête, sourit.

— Oui... peut-être, Bill. Cela a un nez, une bouche, des yeux... comme moi...

— Je dis que ça vous ressemble, commandant. Je dirai même plus : c'est vous tout craché !. Même la coupe de cheveux !...

— Un hasard, Bill... Un hasard...

Tout en prononçant ces derniers mots, Bob s'était détourné pour se remettre en marche. Il feignait l'indifférence. Pourtant il se sentait troublé. En luimême, il devait reconnaître que les traits de la statue de bronze étaient bien calqués sur les siens, la taille et le vert-de-gris en plus...

7

VENEZ À MOI PRINCE RAH-MU... JE VOUS ATTENDS... LE SORT DE L'EMPIRE DU MILIEU DES EAUX DÉPEND DE VOUS... VENEZ...

La femme venait d'apparaître au détour d'un groupe de statues représentant des monstres aux formes reptiliennes entrelacés. Elle était très grande. Trop grande. Deux fois la taille humaine. Et elle possédait cette beauté qu'on trouve sur certaines peintures symbolistes où les femmes ressemblent davantage à des morceaux de rêves éveillés qu'à des êtres vraiment humains. Un visage de jeune déesse. Des cheveux en vagues dorées qui lui coulaient sur les épaules. Des yeux d'émeraudes vivantes. Elle portait une longue robe de voile diaphane qui la rendait irréelle. Elle parla encore, en s'adressant directement à Morane.

— VENEZ... PRINCE RAH-MU... VENEZ...

Les deux amis ne réagirent pas immédiatement. La circonstance les dépassait. Puis Bill commenta à mivoix :

— Plutôt mignonne, la poupée ! Mais trop grande... même pour moi...

— Faut pas se fier aux apparences, fit Morane. Il s'agit d'une projection et non d'un être réel... C'est comme si on projetait une image sur un décor au lieu de le faire sur une toile...

L'Écossais ferma à demi les yeux pour affiner son regard, hocha la tête en signe d'assentiment.

— Ouais... Vous avez raison, commandant... comme toujours... On distingue les détails du décor à travers l'image... Une image de synthèse ?

— Ça m'étonnerait... Plutôt une projection psychique, ou quelque chose dans le genre...

Maintenant l'image — puisqu'il s'agissait d'une image — se déplaçait. Et la voix reprit :

— SUIS-MOI, RAH-MU... SUIS-MOI...

L'image féminine continuait à se déplacer, et Morane décida :

— Suivons-la, puisqu'elle nous le demande. D'ailleurs, nous n'avons rien à faire d'autre pour le moment.

— Et si on cherchait à nous attirer dans un traquenard ? risqua l'Écossais.

Bob éclata de rire.

— Comme si nous n'y étions pas déjà !

Devant eux, l'image se déplaçait comme se serait déplacé un spectre ; sans toucher le sol, en flottant dans l'air.

Les deux hommes lui emboîtèrent le pas. Si l'on pouvait s'exprimer ainsi, car l'apparition ne marchait pas. Elle flottait à cinquante centimètres au-dessus du sol, à travers un décor de catastrophe. Un peu partout, les ruines d'une grande cité défunte. Des murs cyclopéens écroulés. De monstrueuses statues, brisées, faisaient penser à une shoa pétrifiée, souvenir d'une fabuleuse hécatombe. Des têtes de pierre décapitées gisaient sur le sol, offrant leurs regards vides et cependant hallucinés, et hallucinants. Des frises morcelées, imagées de corps écailleux, agglomérés en de repoussants accouplements, témoignaient d'une religion ancienne, aux horreurs depuis longtemps oubliées.

Un peu partout, des stalactites pendant d'une voûte invisible dardaient leurs dagues de pierre, à la rencontre de stalagmites jaillies des profondeurs du sol de dalles usées par le temps.

— Jadis ces cavernes, aujourd'hui sans doute sousmarines, ont été en surface, tenta d'expliquer Morane. La présence de ces concrétions calcaires le prouve...

À ce complexe de stalactites-stalagmites, souvent, comme c'est le cas dans beaucoup de cavernes, s'ajoutaient des piliers. Certains étaient naturels, d'autres évidemment de construction artificielle. Toutes étaient renforcées par des blocs de maçonnerie faits d'énormes masses de pierre équarries et soigneusement imbriquées. À la plupart de ces piliers étaient accolées d'épaisses cariatides dont la presque totalité rappelait les grands moaï de l'île de Pâques. D'autres représentaient des monstres innommables, issus d'une esthétique barbare. Toutes ces statues avaient été dressées là dans l'intention évidente de renforcer par leur masse les piliers eux-mêmes.

Toujours précédés par l'image vaporeuse de l'inconnue aux cheveux dorés, Bob et Bill avançaient à travers un monde qui pouvait rappeler les civilisations ancestrales, hors de l'Histoire, où les hommes adoraient des divinités dévoratrices, davantage démons malfaisants que dieux protecteurs.

Seuls, le courage des deux amis, leur habitude du danger leur permettaient de continuer à avancer. Sinon, ils se seraient arrêtés, terrorisés, à attendre leur sort.

Il serait inutile d'essayer de préciser le temps que dura cette poursuite d'un fantôme, tout attirant qu'il fût. Bob Morane et Bill Ballantine avançaient, un pas après l'autre, poussés par la fatalité. Et toujours cette voix qui les encourageait :

— VENEZ, PRINCE RAH-MU... VENEZ...

— Venez... Venez..., gronda Bill Ballantine. C'est facile, mais pour aller où ?

Le sol se mit à trembler sous leurs pieds. Un frémissement sismique, prolongé. Juste un « murmure » tellurique, mais assez puissant pour rendre flou le décor, faire des cavernes une image vue à travers une eau doucement remuée. De la pierraille, détachée de la voûte invisible, se mit à tomber en une pluie drue.

Bill Ballantine fit mine de se tasser sur lui-même, grogna :

— J'espère que le plafond ne va pas nous dégringoler sur la cafetière, juste au moment où nous sommes là ?

— Cela a tenu pendant des millénaires, fit Bob.

Pourquoi ça n'attendrait pas encore un peu ?

Lui-même n'était pas très rassuré. Mais il savait que, dans la situation où son compagnon et lui se trouvaient, ils n'avaient que la passivité comme arme.

Ils avaient repris leur marche avec, à quelques dizaines de mètres devant eux, l'image irréelle de la femme. Parfois, elle disparaissait au détour d'un pilier, pour réapparaître plus loin, fantôme lumineux dans la clarté diffuse des cavernes.

Tout avait cependant changé. À présent, à intervalles réguliers, le sol tremblait. La chute de pierrailles se transformait en chute de rochers contre laquelle il fallait se mettre à l'abri dans des anfractuosités sous peine d'être écrasé. Le tout dans un grondement de catastrophe. Dans les hauteurs, d'énormes quartiers de roc passaient en vrombissant, échappant selon toute évidence aux lois de la gravitation. Instinctivement, Bob Morane ne pouvait s'empêcher de penser à l'Enfer de Dante réimaginé.

Pour éviter la chute des pierres, les deux hommes s'étaient blottis dans un creux formant niche, à la base d'une des colonnes monumentales. Cela ne les empêchait pas d'avoir vue sur un grand pan de caverne. En même temps, ils sursautèrent.

— Les statues ! s'exclama Bill.

Et Bob précisa, de la même voix où se lisait l'angoisse :

— Les moaï !... Les moaï !...

Dans les profondeurs des cavernes sous-marines, tout s'était soudain animé. Des formes étaient apparues, verticales et mouvantes. Encore imprécises, elles s'étaient rapidement matérialisées en se rapprochant de Morane et de Ballantine. Et c'était leurs présences, maintenant toutes proches, qui avaient motivé la double exclamation des deux hommes.

— Les statues !

— Les moaï !... Les moaï !...

Les « formes » se rapprochaient davantage et, vite, Bob Morane et Bill Ballantine ne gardèrent plus le moindre doute : il s'agissait bien de reproductions exactes des géants de pierre de l'île de Pâques. Mais, alors que, sur l'île, ils étaient tous de tailles différentes, là elles étaient de même grandeur. Quatre mètres. Pour le reste, elles étaient identiquement semblables aux moaï pascuans. Et elles se déplaçaient de la même façon, en glissant à ras du sol, mues par une force de sustentation inconnue qui les libérait de la gravité.

Maintenant, les monstres de pierre entouraient les deux hommes suivant un processus identique à celui employé par les moaï de la surface : entourer les deux hommes en leur laissant une sorte de possibilité d'avancer dans une direction précise.

— Ça recommence, grogna Ballantine. Et si on bousculait une de ces brutes pour tenter de passer en force ?

— Ce serait inutile, Bill, fit remarquer Morane. On est plutôt costauds tous les deux, mais chacune de ces statues pèse plusieurs tonnes. Tout ce qu'on récolterait, c'est le risque d'être écrasés... Non... On veut nous conduire dans une direction précise, eh bien, allons-y ! Je suis même plutôt curieux de savoir où cela va nous mener...

— Curieux, curieux, grommela l'Écossais. On sait où elle conduit d'habitude, votre curiosité...

— Et nous nous en sommes toujours tirés, non ? protesta Morane avec une indifférence qui n'était qu'à demi feinte.

Résolument, il s'avança dans la direction que lui indiquait le mouvement des moaï, et Bill suivit.

Les secousses telluriques avaient cessé, mais des quartiers de rocher continuaient à siller en ronflant assez haut en direction de la voûte qui demeurait invisible. Peut-être s'agissait-il là également des effets d'une force tellurique ou, peut-être, anti-gravitationnelle.

C'est alors seulement que les deux compagnons se rendirent compte que la jeune femme — ou tout au moins son image — qui les guidait tout à l'heure avait disparu.

L'Écossais en fit la remarque à Morane, qui hocha la tête.

— Encore un fait qui restera inexpliqué, Bill. Et nous ne sommes pas, justement, en état de répondre aux questions pour le moment. Tout ce que nous pouvons faire, c'est nous abandonner aux caprices du destin.

— De NOTRE destin, commandant...

— Peut-être, Bill... Peut-être...

Égarés dans ce monde hostile, au-dessus de toute réalité, ils se sentaient perdus, oppressés par le poids des âges, la lourdeur invincible du temps. Seule leur habitude du danger leur donnait la force d'aller de l'avant, afin de procurer une issue positive à l'aventure. Afin de sauver leurs vies en dépit de faits qui dépassaient leurs forces humaines.

L'atmosphère lourde, humide, débilitante régnant dans ces cavernes imprévues, la lumière irréelle et les géants de pierre qui les hantaient ajoutaient encore au poids de l'inconnu.

Ils ne surent pas combien de temps ils marchèrent. Quelques minutes ? Quelques heures... Le temps était aboli... Prisonniers des moaï, qui les guidaient, ils allaient droit devant eux, à travers cette forêt de pierre et de monstres sculptés, aux formes touchant à la démence.

Puis d'autres ennemis apparurent. De même forme que les moaï, ils avaient presque taille humaine et bougeaient avec les mouvements déliés que donne la vie. Apparemment, ils étaient faits de chair, ou d'une matière qui ressemblait à de la chair. Tous portaient d'étranges armures faites de métal jaune, brillant. De l'orichalque sans doute. Les casques se terminaient par un nasal en bec d'oiseau de proie. À la main, ils tenaient une arme qui ressemblait à une épée à lame courbe, au tranchant en dents de scie.

— Cette fois, il s'agit d'êtres vivants, commenta Morane en continuant à marcher.

Et il poursuivit presque aussitôt :

— À présent, je sais ce que représentent les moaï de l'île de Pâques... Une des races du lointain passé... Mais une race inhumaine... Une race d'oppresseurs sans doute, à laquelle même Pluton n'aurait pas osé penser.

— Une race inhumaine ? fit Bill. Mais elle venait d'où ?

— De l'Enfer, Bill... Elle ne pouvait venir que de l'Enfer...

8

Au fur et à mesure de l'avance, Bob détaillait les gardes qui, bien que ressemblant aux moaï par la forme, semblaient faits de chair, ou de quelque autre matière qui y ressemblait. Leur taille était très en dessous de la moyenne humaine, celle de pygmées. Ils ne parlaient pas, car on ne pouvait appeler parler les grésillements qu'ils laissaient parfois échapper, bien que modulés et de tons différents.

Les grandes statues s'étaient écartées et on ne les apercevait plus que de loin en loin, prêtes, eût-on dit, à intervenir à tout moment.

Bill Ballantine finit par réagir. Il gronda :

— On ne va quand même pas se laisser guider par ces homoncules !... Pas notre habitude...

— Nous pouvons essayer, fit Bob Morane, mais sans grande conviction.

Il stoppa, et l'Écossais l'imita. Pour faire aussitôt une désagréable constatation. Il leur était impossible de demeurer immobiles. Une force qui les dépassait les obligeait à avancer, sans savoir s'ils étaient poussés ou attirés. Ils tentèrent de résister, mais la force s'accrut, au point qu'ils étaient à présent obligés de courir. Les gardes-moaï les accompagnaient en grésillant de plus belle, comme saisis de joie.

Morane désigna un énorme rocher en forme de boule mal équarrie et jeta :

— Planquons-nous là derrière !... Ça nous permettra d'échapper à l'attraction...

D'une même ruée, ils se précipitèrent derrière le rocher auquel, aussitôt, la force à laquelle ils étaient soumis les plaqua.

— Ça marche ! constata Bill en haletant, la poitrine écrasée contre le roc.

Bob ne répondit pas. Le rocher, formant écran, les immobilisait, mais avec une sensation d'écrasement qui leur coupait le souffle.

— J'en peux plus, râla Ballantine. Peux plus... respirer...

C'est alors que le rocher lui-même se mit à bouger, et pourtant, il devait peser des tonnes. Ce fut tout d'abord un frémissement, qui se changea en secousses de plus en plus violentes. Ensuite, le bloc tout entier se souleva de sa base, décolla, pour être brusquement projeté en avant, comme s'il s'agissait d'un boulet de canon. Surpris, Bob et Bill plongèrent à plat ventre, déséquilibrés.

— Tu n'aurais pas dû pousser si fort, Bill, ricana Morane en se relevant.

Réponse de l'Écossais :

— Vous savez bien que je ne connais pas ma force, commandant !

Il se relevait, lui aussi. Mais, déjà, l'énergie inconnue les reprenait, les attirant, ou les poussant, dans une direction précise, sans qu'ils tentent encore de résister.

Cela dura de longues minutes. L'attraction était si forte à présent qu'ils étaient contraints de courir.

Ensuite, presque soudainement, l'attraction cessa de se faire sentir, et ils purent se remettre à marcher normalement.

C'était un peu comme si on avait voulu leur donner un avertissement. Leur démontrer que toute résistance était inutile.

Entourés par les pygmées, Bob et Bill continuaient à avancer, librement cette fois. Où les menait-on ? Une question à laquelle, pour le moment, ils ne cherchaient pas une réponse qui, tôt ou tard, viendrait d'elle-même.

De temps à autre, le sol tremblait à nouveau. De petites secousses très courtes, et qui se succédaient à intervalles presque réguliers. Les pygmées ne semblaient pas s'en préoccuper, ni de la pierraille qui dégringolait de la voûte invisible. C'était comme si de tels séismes étaient courants, faisaient partie de la vie de tous les jours dans ce monde souterrain écrasé sous des milliards de tonnes d'eau.

Au bout d'un nouveau quart d'heure de marche, la topographie des cavernes changea. Les stalactitescolonnes se firent plus rares. Des piliers artificiels les remplacèrent, faits de blocs imbriqués et réunis entre eux par une sorte de ciment métallique d'une dureté extrême.

En même temps, la lumière jusqu'alors diffuse, se faisait plus intense, presque aveuglante. Puis, brusquement, ils débouchèrent dans une grande caverne dont les dimensions leur parurent infinies. Les extrémités dans tous les sens, comme la voûte, demeuraient invisibles.

Un peu partout, ce n'était qu'un amoncellement de statues gigantesques, à la fois grotesques et sinistres, images d'une religion barbare où les démons étaient dieux. Déités entrelacées en des combats féroces. Gueules barbelées se refermant sur des tentacules. Toutes ces représentations étaient sculptées dans de la lave, mais on ne pouvait s'empêcher de leur imaginer une odeur de carnage.

Pourtant, ce qui attirait surtout le regard, c'était, au centre de cette agora souterraine, un dôme à l'assaut duquel montait une meute d'entités reptiliennes qui semblaient ajoutées à l'ensemble. Entre ces entités, taillées dans la pierre, la surface du dôme lui-même, polie, brillait d'un éclat métallique. Au bas du dôme, un large escalier flanqué de dragons menait à une large porte privée de battants.

— J'ai l'impression que c'est ici que tout se passe, constata Bill Ballantine. La place du village en quelque sorte, avec ce truc comme église... Il ne manque que le curé...

— Ça m'étonnerait qu'il y ait un curé, fit Morane.

Quant à l'église, il s'agit plutôt d'un temple...

— On y perpétrerait des sacrifices humains que je n'en serais pas étonné.

Bob haussa les épaules.

— Comme si, à part nous, il y avait quelque chose d'humain dans le coin !

Il y eut un silence. Les moaï-pygmées continuaient à conduire les deux amis à travers la salle.

— Vous n'avez pas remarqué quelque chose, commandant, demanda l'Écossais.

Qui, comme Bob Morane ne réagissait pas, poursuivit :

— Tout le monde s'écarte de ce... euh. temple, comme vous dites. C'est comme si on en avait peur... Tout   le monde, c'était des hommes et des femmes, des humains, qui erraient, sans but apparent, à travers la vaste caverne. Tous avaient l'allure craintive des esclaves, mais tous s'écartaient visiblement du temple, accomplissant même de larges détours afin d'éviter de passer dans ses parages immédiats. Et il en allait de même pour les moaïpygmées. Autre fait troublant : personne sur les marches menant au portique ni, apparemment, à l'intérieur de l'édifice lui-même.

Bob Morane et Bill Ballantine n'eurent cependant pas le loisir d'épiloguer, ni de chercher une explication à la constatation qu'ils venaient de faire. Leurs gardiens les poussaient en avant et, devinant que ce serait momentanément inutile, ils ne tentaient pas de résister.

Finalement ils furent poussés dans une pièce étroite édifiée entre des piliers, et une lourde porte se referma derrière eux.

— J'ai l'impression que nous sommes prisonniers, fit Bill Ballantine.

— Pas seulement une impression, approuva Morane.

Car l'étroite pièce dans laquelle ils se trouvaient — quatre mètres sur quatre à peine — était en réalité un cachot. La porte qui le fermait était faite de métal et, verrouillée de l'extérieur, elle résistait à tous les assauts. Quant à l'unique fenêtre, qui donnait sur le « temple », elle était garnie de solides barreaux. Les murs, constitués de blocs de lave cimentés, défiaient, eux aussi, toute tentative de fuite. Tout comme le plafond d'ailleurs, constitué d'épais madriers de bois fossilisé ou d'un matériau qui y ressemblait.

Les deux prisonniers étaient assis sur une grossière banquette faite de moellons empilés. Bill se leva, alla à l'étroite fenêtre et, saisissant deux barreaux de la grille, tenta en vain, et pour la dixième fois peut-être, de les arracher. Et, pour la dixième fois peut-être, Morane lui lança :

— Cesse donc d'insister, Bill. Je te répète que ces barreaux sont faits dans un alliage de cuivre et que le cuivre ne s'oxyde pas en profondeur... C'est comme si ces barreaux étaient neufs...

— C'est beau la science, gémit l'Écossais, mais ça sert à quoi ?

Pendant un moment, le colosse laissa errer ses regards sur l'étendue de la caverne, au-delà des murs étroits du cachot, mais il vint se rasseoir auprès de son compagnon.

Il y eut un moment de silence. Puis Ballantine demanda :

— C'est quoi, à votre avis, ces pygmées, commandant, puisque vous savez tout ? Des êtres venus d'une autre planète ? Des aliens ?

Morane haussa les épaules.

— Des aliens ? Peut-être... Mais ce serait trop simple... De nos jours, on se sert un peu trop des aliens — s'il en existe — pour expliquer un tas de choses inexplicables... Je suppose que tu veux parler des moaï-pygmées ?... Il peut s'agir d'une espèce humaine différente de la nôtre et issue d'une autre souche de primates pré-humains... Ou d'un peuple préhistorique dont les membres furent frappés, il y a très longtemps, par une maladie génétique déformante, genre acromégalie... D'origine hormonale, cette maladie se serait transmise de génération en génération jusqu'à former une nouvelle race, aujourd'hui éteinte pour cause, peut-être, de consanguinité...

— Et les derniers représentants de cette race auraient survécu ici, dans ce monde confiné ? risqua l'Écossais.

— Quelque chose comme ça, Bill. Oui. Quelque chose comme ça...

Un silence. Ballantine considérait son ami par endessous, l'air soupçonneux.

— Vous croyez vraiment à ce que vous dites, commandant ?

Morane eut un geste vague.

— Pas vraiment... Je cherche une explication, un point c'est tout... Rien qu'une explication...

Au-dehors, il y eut un brouhaha qui s'imposa sur les autres bruits. L'Écossais se leva pour aller jeter un nouveau coup d'œil à travers les barreaux de l'étroite fenêtre. Il lança presque aussitôt, en se tournant vers Morane :

— J'ai l'impression qu'on vient...

Dix secondes s'écoulèrent. Puis la porte s'ouvrit et une voix fit :

— Sortez, Prince Rah-Mu... Qu'on puisse voir à qui vous ressemblez !

Cette voix, ce n'était pas cette fois une douce voix de femme, mais celle d'un homme. Une voix grinçante, agressive, aux éclats de menace. Une voix qui faisait penser à celle du Polichinelle des théâtres de marionnettes. Ce qui ne l'empêchait pas de donner froid dans le dos.

9

Sans hésiter, plus animés par leur propre volonté que par l'ordre lancé par la voix de polichinelle, Bob et l'Écossais avaient franchi le seuil de leur cachot. Pour se trouver aussitôt face à un attroupement composé d'une douzaine de gardes pygmées et, derrière, d'un nombre à peu près égal d'êtres humains prostrés en des poses de soumission : des esclaves sans doute. Ce qui attira cependant, dès le premier instant, les regards de Morane et de Ballantine, ce fut le personnage de haute taille qui, par sa position, semblait commander la cohorte. Un visage de vieillard, mais cependant sans âge. Des joues creuses, un nez busqué, en fer de pioche, un menton en galoche prolongé par une barbiche provocante. Les yeux, larges, en soucoupe sous d'épais sourcils broussailleux, possédaient une fixité étrange, presque minérale. Sous des oripeaux faisant penser à un costume de théâtre, le corps devait être d'une maigreur cachexique. À son côté, suspendue à un baudrier, l'homme portait une grande colichemarde à la poignée dorée et tarabiscotée.

— C'est quoi ? fit Bill à haute voix en toisant le personnage. Le carnaval ?

Bob détaillait le vieillard. Ses traits fortement accusés et grotesques en dépit de leur aspect menaçant, sinistre, lui rappelaient quelque chose, ainsi que le corps squelettique sous les vêtements chamarrés. Il eut un léger sursaut, marmonna, sous une soudaine inspiration :

— Un akuaku !... Grandeur nature... En chair et en os...

— C'que vous baragouinez, commandant, fit Bill, avec votre aku-je-ne-sais-quoi ?

Morane n'eut pas le loisir de répondre. L'étrange vieillard s'était soudain déchaîné. Agitant ses longs bras emmanchés de mains décharnées, semblables à des serres d'oiseau charognard, il s'était mis à hurler :

— Je suis le grand Robor-Tho-Thep, le Maître de Mu. Le Maître des Abîmes...

Les longues boucles d'oreilles, accrochées à ses oreilles aux lobes étirés, s'étaient mises à cliqueter, ainsi que les bracelets entourant ses poignets. Ses yeux, jusqu'alors atones, s'étaient mis à fulgurer. Il répéta :

— Je suis le Maître de Mu !... Le Maître des Abîmes...

— Turlututu, chapeau pointu ! glissa Bill Ballantine.

Moins irrévérencieux, Morane demanda, en français :

— Que nous voulez-vous ?

— Nous inviter à un bal masqué, c'est sûr, commandant, glissa encore Bill.

Encore une fois, Bob ne réagit pas. Il venait de faire une étrange constatation. Il était quasi certain que Robor-Tho-Thep — puisque c'était son nom — ne parlait pas français, ni aucune autre langue de l'humanité moderne. Pourtant, quand il avait parlé, c'était en français que Bob avait compris ses paroles.

Il demanda encore :

— Que nous voulez-vous ?

Robor s'anima davantage. Les nombreuses pendeloques, accrochées à son justaucorps de théâtre se mirent à carillonner quand il hurla :

— Silence !... On courbe l'échine quand je parle !...

— Et si on te la brisait, ton échine ? jeta Bill. Ça doit se casser comme du bois mort...

La main de Morane se posa sur le bras de l'Écossais, afin d'imposer le silence à celui-ci.

— Gardons notre calme, Bill... Attendons la suite des événements.

Des paroles qui n'échappèrent pas audit Robor, que la fureur empoigna soudain. D'une saccade, il dégaîna son épée pour la brandir. La lame siffla dans l'air en jetant des éclats dorés d'orichalque soigneusement poli et aiguisé.

— Taisez-vous !... Taisez-vous !... hurla encore le fantoche.

Puis, à l'adresse de Morane :

— Vous êtes un usurpateur ! Vous dites être le Prince Rah-Mu... et la Princesse Rapa-Nui le croit. Mais vous n'êtes rien... Un menteur Le Prince RahMu est mort depuis longtemps... Je l'ai tué de ma main... DE MA MAIN...

Robor-Tho-Thep se calma soudain. Sur son visage de vieillard de carnaval, un grand sourire remplaça l'expression de cruauté, mais cela ne le rendait que plus menaçant. Sa voix baissa d'un ton, tout en demeurant grinçante. Une voix de vieux démon issu de la géhenne. Il jeta à l'adresse des gardes, en leur désignant Bob et l'Écossais :

— Enfermez-les et traitez-les comme des esclaves. Morane avança d'un pas, en disant :

— Minute, Seigneur Robor, puisque c'est votre nom... Mon compagnon et moi avons été amenés ici contre notre volonté... Je lui ressemble peut-être, mais vous avez raison, je ne suis pas le Prince Rah-Mu et...

— Et personne ne nous réduira en esclavage, gronda Bill Ballantine.

Pour poursuivre à voix basse, afin de n'être entendu que de Morane :

— Emparons-nous de ce polichinelle, commandant... On verra après...

Les deux amis se rapprochèrent pour faire masse en conjuguant leurs forces.

Robor leva soudain les bras, les mains tendues et battantes, en un geste d'hypnotiseur et il commanda en hurlant :

— À GENOUX !... À GENOUX !...

Tandis que ses yeux en soucoupe fulguraient, brillant soudain d'un éclat insoutenable. En même temps, Bob et Bill sentaient leurs muscles se vider de toute force. Et, malgré eux, toute volonté brisée, leurs jambes ployaient, et ils se retrouvèrent agenouillés sur le sol fait de lave cristallisée.

Bien qu'immobilisés, Bob et Bill gardaient toute leur conscience.

— J'ai beau tenter de réagir, je n'y parviens pas, fit l'Écossais. C'est comme si j'étais devenu paralysé.

— Sans doute est-ce l'effet de la même force qui nous entraînait tout à l'heure, tenta d'expliquer Morane.

Robor-Tho-Thep s'était remis à parler, sur un ton de commandement :

— Venez à moi !... Je vous l'ordonne... Venez à moi !...

Toujours à genoux, Morane et l'Écossais, comme attirés par un aimant, ne pouvaient s'empêcher d'obéir. Quand ils ne furent plus qu'à deux mètres de lui, celui qui se parait pompeusement du titre de Maître des Abîmes les arrêta d'un geste. Il éclata de rire, pour reprendre, de sa voix de crécelle :

— Vous voyez, vous êtes en mon pouvoir. Comme un jour sera en mon pouvoir la terre de dessus les eaux, comme maintenant pour celle de dessous les eaux...

Saisi de frénésie, l'étrange personnage s'était mis à hurler :

— Un jour, Prince Rah-Mu ou non, je lancerai toute une armée de géants invulnérables à la conquête du monde, et rien ne pourra me résister...

Il se calma soudain, enchaîna :

— À présent, vous pouvez vous lever... En attendant d'assister à mon triomphe, vous serez mes esclaves.

Et il enchaîna encore, à l'adresse de ses gardes-moaï cette fois, en leur désignant les deux amis :

— Emmenez-les !

Imité par Bill, Morane s'était redressé. Il souffla :

— Mieux vaut ne pas tenter de résister pour l'instant. Ce maudit guignol nous briserait...

*

* *

Quelques minutes plus tard, les deux amis avaient réintégré leur étroite cellule et la lourde porte de bronze s'était refermée sur eux. Une fois encore, ils avaient tenté d'ébranler l'épais battant et de desceller les barreaux de la fenêtre. Sans résultat.

— Rien à faire, conclut Bill. Tout ça est aussi solide que le blindage d'un cuirassé.

— En tout cas nous avons une belle vue, fit Morane en inspectant l'étendue, au delà de l'ouverture grillagée.

L'espace devant eux était presque désert. Robor et ses monstres avaient disparu. Seuls quelques esclaves humains passaient, l'air halluciné. Au delà, à l'extrémité de cette agora, le « temple » à dôme de métal se dressait, toujours aussi énigmatique. Son escalier monumental, orné de dragons, demeurait désert. Tout à fait comme si, jamais, personne ne s'y hasardait.

Bob Morane était venu rejoindre l'Écossais près de l'étroite fenêtre.

— Vous ne trouvez pas ça bizarre, commandant ?
— Quoi ?... Comme si tout n'était pas bizarre ici !...
— Je veux parler du temple...
— Puisque tu veux m'en parler, parle-m'en...
— Eh bien ! personne ne semble jamais y pénétrer... Un temple, comme une église, c'est fait pour prier... Alors, des gens y entrent, tandis qu'ici...

Bob Morane laissa errer ses regards sur les marches de l'escalier désert et, à son sommet, sur l'entrée béante, gueule au fond de laquelle rien ne bougeait. Quelques minutes s'écoulèrent sans que rien ne se passe. Le « temple » paraissait à jamais déserté.

— Tu as raison, Bill, finit par conclure Morane. Il y a un temple, ou quelque chose qui ressemble à un temple, et personne n'y entre... jamais... Curieux... Vraiment curieux...

— Si on pouvait, on irait y jeter un coup d'œil, c'pas, commandant ?...

— Sûr... sûr... Mais cesse de m'appeler commandant !

Ils allèrent se rasseoir sur le mauvais banc de pierre. Demeurèrent silencieux, cherchant chacun de son côté à trouver une issue à la situation à laquelle ils se trouvaient confrontés. Puis Bill reprit la parole.

— Tout à l'heure, quand ce... euh... Robor... machin oui c'est ça... a surgi de sa boîte comme une marionnette montée sur ressort, vous avez parlé d'un... aku... je ne sais quoi... grandeur nature...

— Un akuaku, Bill...

— C'est quoi un akuaku, commandant...

— Sur l'île de Pâques, tu as entendu parler des moaï-kavâkava...

— Vous voulez parler de ces statuettes de bois représentant un vieillard décharné ?... On en vend des reproductions dans toutes les boutiques de souvenirs de l'île... Un peu comme les tours Eiffel à Paris et les Manneken-Pis à Bruxelles...

— C'est ça, Bill... Les vrais moaï-kavâkava, les anciens, valent des fortunes... Tu dois savoir aussi... Les kavâkava représentent, pense-t-on, les ancêtres déifiés, les akuaku...

— Et ce Maître des Abîmes serait donc un akuaku ? risqua Ballantine.

— Je n'ose le supposer, fit Morane d'une voix sombre. Avoir un ancêtre pareil !

Les deux amis se turent, laissant le temps passer. Les heures se ressemblaient toutes dans cette ambiance souterraine sans jours ni nuits.

On leur apporta à manger. Une sorte de fricassée au goût incertain, composée sans doute de cryptogammes assaisonnés, et qui leur permit de se réconforter. Pour boisson, de l'eau fade, qui força Bill à regretter son whisky national.

Les heures continuèrent à s'écouler. Régulièrement, les deux prisonniers allaient à la fenêtre pour surveiller le « temple ». Mais, à aucun moment, personne n'y pénétra ni même ne se risqua sur le monumental escalier aux dragons. Bob et Bill remarquèrent même que les passants qui traversaient l'agora, de quelque espèce qu'ils fussent, s'écartaient de l'édifice et, passant devant lui, détournaient leurs regards.

Au cours des quelques heures de la captivité de Bob et de l'Écossais, de brèves secousses sismiques avaient fait frémir le sol des cavernes sous-marines. Rien de plus que ce qui semblait être coutumier à l'endroit. Cependant, à un moment donné, comme les deux amis se pressaient à la fenêtre, la catastrophe se produisit.

Tout d'abord, il y eut un sourd grondement, qui alla en s'intensifiant jusqu'à se changer en une série d'explosions fort rapprochées, se confondant presque en une seule.

Ensuite le sol se mit à trembler. Ce n'était plus des frémissements, mais d'intenses secousses faisant penser à deux mondes qui s'entrechoquent. Avec, en plus, le roulement des avalanches de roches, partout à travers les cavernes, changées elles-mêmes en une monstrueuse grosse caisse frappée par une gigantesque mailloche...

Tout, autour de Bob et de Bill, n'était plus que sonorités discordantes, assourdissantes. L'impression d'être enfermés dans un accordéon manié par un musicien frappé de démence. La poussière les entourait, leur bouchait la vue. De la pierraille, arrachée à la voûte, les lapidait.

Bill Ballantine trouva malgré tout la force de hurler :

— C'que c'est ?... La fin du monde ?...

Morane devina plutôt les paroles de son ami qu'il ne les entendit.

— Quelque chose comme ça, Bill...

10

Bill Ballantine laissa passer une quinte de toux qui eût pu faire croire que tous les pneumocoques du monde s'étaient logés dans ses poumons et dans sa gorge. Il s'éclaircit une dernière fois les cordes vocales, réussit, entre deux rauquements, à articuler :

— Toujours vivant... euh... commandant ?

La voix de Bob Morane se fit entendre, enrouée elle aussi.

— Je l'espère... Je l'espère...

Il n'en paraissait pas plus sûr que ça.

Le séisme — sans doute de puissance 6 ou 7 — s'était calmé, mais la poussière soulevée par les éboulements n'était pas encore retombée. Elle entourait les deux hommes d'une série de voiles opaques, leur pénétrait dans la gorge, le nez, les yeux. Impossible d'y voir quelque chose.

Aux premiers borborygmes du séisme, les deux amis s'étaient jetés chacun dans un coin de leur étroite cellule, accroupis en momies péruviennes, les mains sur la tête et le visage protégé par leurs avantbras repliés. En attendant que la terre ait fini de se déchaîner. En espérant qu'aucune pierre détachée du plafond ne serait assez lourde pour les assommer.

Maintenant, le calme s'était complètement rétabli, et avec lui le silence. Ce silence qui succède toujours aux catastrophes.

Peu à peu, la poussière retombait. Puis l'atmosphère se liquéfia, devint transparente. Bill Ballantine s'éclaircit une dernière fois la gorge en poussant quelques râles sonores, cracha pour libérer ses cordes vocales, déclara :

— Nous avons une chance de nous en être tirés, hein, commandant ?

— Pas seulement de nous en être tirés, Bill... Le colosse haussa les sourcils, s'étonna :

— C'que vous voulez dire ?

— Regarde...

Bill Ballantine tourna la tête, sursauta en constatant, comme le lui montrait son ami, que tout un pan de mur s'était écroulé, emportant avec lui la fenêtre grillagée. Un grand trou béait, ouvrant la voie vers l'agora. Il suffisait d'enjamber quelques chicots de maçonnerie pour retrouver la liberté.

— Qu'est-ce qu'on attend ? explosa l'Écossais.

D'un bond, ils furent dehors. Un long moment, ils demeurèrent immobiles, scrutant l'étendue de la grande caverne. Un peu partout, ce n'était qu'effigies monstrueuses renversées, brisées, changées en épaves. Un désastre sur lequel planait encore, au ras du sol, une brume ténue faite de pierre et de bronze pulvérisés. Au fond, le « temple » demeurait intact, comme figé dans le temps et l'espace. Pas une marche ne manquait au grand escalier monumental. Pas un dragon qui le flanquait n'avait été jeté bas. Et le dôme — s'il s'agissait bien d'un dôme comme il paraissait — gardait toute sa brillance de métal poli.

Parmi les débris tombés de la voûte, des hommes esclaves couraient, encore affolés, hagards. D'autres gisaient, écrasés, broyés. Quelques gardes-pygmées erraient, sans but apparent.

Bill se baissa, empoigna un tronçon de grille à l'extrémité duquel adhérait encore un fragment de moellon, pour s'en faire une massue. Morane, lui, récupéra de son côté une simple tige de bronze qui, maniée par un bras vigoureux, se révélerait une arme redoutable.

— On y va ! décida Bob.

— On va où ? interrogea Bill.

— Aucune idée, fut la réponse, mais on y va... Et Morane corrigea aussitôt :

— Nous devons à tout prix fuir cette place, où nous sommes trop visibles, pour nous perdre dans le dédale des grottes.

— Pour aller où ? insista l'Écossais. Morane haussa les épaules.

— N'importe où, et nulle part. Dans la situation où nous nous trouvons, nous ne pouvons envisager que le provisoire...

Tout en parlant, ils s'étaient avancés à travers l'agora en tentant de se dissimuler de leur mieux. De la voûte invisible, des gouttes d'eau tombaient pour s'écraser, avec un floc sourd, sur le sol fait de lave solidifiée.

Bob se baissa, pointa l'index dans l'une des étroites flaques, goûta, fit :

— Salée...

— L'océan ? risqua Bill.

— Oui... Le Pacifique au-dessus de nos têtes...

Des fissures provoquées par le séisme sans doute...

Bob en avait la quasi-certitude, mais il évitait d'énoncer le pire. Bill Ballantine insista cependant :

— On ne risque pas que ça nous dégringole sur la tête, et tout l'océan Pacifique en même temps ?

Morane eut un geste marquant l'impuissance, pour dire simplement :

— Espérons que ça tiendra jusqu'au moment où nous aurons réussi à nous tirer d'ici...

Rire amer de Ballantine.

— Ce que j'aime chez vous, commandant, c'est votre optimisme...

— Puisqu'il ne nous reste que l'espoir, conclut Morane d'une voix égale.

Et il enchaîna :

— Mais cesse de m'appeler commandant ! Je t'ai déjà dit cent mille fois que je ne commandais rien du tout...

Ils rirent à ce vieux « private joke », mais leur situation n'en demeurait pas moins critique.

Cherchant à se dissimuler de leur mieux en sautant d'un obstacle à un autre — rocs tombés de la voûte lors du séisme, statues colossales renversées — ils s'avancèrent à travers l'agora. Leur but : atteindre l'entrée d'une galerie secondaire dans laquelle ils se perdraient. C'était du moins ce qu'ils espéraient.

Au début, tout se passa bien. Personne ne parut les repérer. De toute façon, leur allure n'avait rien pour attirer l'attention dans la pagaille qui régnait partout autour d'eux.

Sur le sol couraient maintenant d'étranges bestioles ressemblant à de gros scarabées. Peut-être étaient-elles tombées des hauteurs lors du tremblement de terre. Il pouvait s'agir également d'arthropodes marins précipités du fond du Pacifique à travers des failles soudainement ouvertes, ou agrandies, par les vibrations engendrées par le séisme.

Cela courait partout. Souvent, l'une ou l'autre de ces bestioles, affolée, grimpait le long des jambes des deux fuyards, qui devaient les chasser de la main.

Parfois, l'un ou l'autre garde-moaï passait à proximité de l'endroit où Bob et Bill s'étaient planqués à son approche. Il se penchait sur le sol et, avec les pinces grossières qui lui servaient de mains, il saisissait une des bestioles et la croquait, avec une satisfaction évidente, entre ses mâchoires en forme de meule. Dans le silence environnant, les deux fuyards pouvaient entendre nettement le craquement de la carapace chitineuse de l'arthropode.

— Pas ragoûtant, fit Bill avec une grimace quand le garde se fut éloigné.

— On mange bien des langoustines, Bill, rétorqua Morane avec une feinte indifférence.

— P'têt' bien, mais on les fait cuire avant. Croquer ces choses vivantes !... Pouah !...

Ce n'était pas le moment d'entrer dans des considérations d'ordre culinaire.

Se coulant d'abri en abri, ils continuèrent à progresser en direction du débouché de la galerie par laquelle ils comptaient fuir. Ils allaient l'atteindre, et ils étaient à découvert, quand un groupe d'une demi-douzaine de gardes jaillit précisément de cette même galerie et les repérèrent.

Aussitôt, des appels fusèrent. Bob et Bill n'y comprenaient rien, mais il ne leur était pas difficile de deviner qu'ils les concernaient.

Derrière, à gauche, à droite, d'autres appels répondaient aux premiers.

Les deux amis s'étaient immobilisés.

— On va être bloqués, décida Bill Ballantine.

Un moment d'hésitation. Venant de toutes les directions, les gardes-moaï se rapprochaient. Combien étaient-ils ? Cinquante ?... Peut-être plus...

De toutes les directions ! Bob sursauta, corrigea :

« De PRESQUE toutes les directions ! » Seule, la voie en direction du « temple » restait libre.

Petit à petit, le cercle menaçant des gardes se refermait.

— Le temple ! cria Morane. C'est notre seule chance, on dirait.

L'Écossais et lui se mirent à courir. Les gardes tentèrent, mais trop tard, de leur barrer le passage avant qu'ils n'aient atteint l'escalier monumental sur les premières marches duquel ils se hissèrent. Sans que les gardes ne fassent mine de les suivre.

— On dirait que cet édifice leur est interdit, fit Bill.

— On dirait, approuva Morane.

Il montra le sommet de l'escalier.

— Grimpons là-haut...

Ils n'étaient plus qu'à quelques mètres du porche, quand le Maître des Abîmes apparut au bas de l'escalier, mais sans s'engager. Il agita les bras en direction des deux fugitifs et se mit à hurler :

— Arrêtez !... Moi, Robor-Tho-Thep, le Seigneur de Mu, Maître des Abîmes, je vous ordonne de redescendre. Venez à moi !

Toujours cette voix inaudible, qu'on n'entendait que de l'intérieur. En même temps, l'attraction dont Bob et Bill avaient déjà été victimes se faisait sentir.

Le ton de commandement de Robor-Tho-Thep se haussa.

— VENEZ À MOI !... VENEZ À MOI !. JE VOUS L'ORDONNE !...

— Le temple ! rauqua Morane.

— Peux pas bouger, fit Bill avec désespoir, en luttant contre une force qui le dépassait.

La même impuissance gagnait Morane. Il se raidit, rassembla ses forces, échappa un court instant à l'emprise et, d'un coup d'épaule, il propulsa son compagnon à l'intérieur de l'édifice, y plongea luimême dans une ultime ruée.

Tout de suite, l'énergie du Maître des Abîmes cessa de se faire sentir.

— Ici fit Bob, on ne sent plus l'influence de Robor...

— Et il n'a pas l'air d'aimer ça, renchérit Bill.

Au bas des marches, Robor se démenait, battant des bras. Visiblement, il hurlait, mais ses paroles, comme coupées au couteau, ne parvenaient plus à Morane et à son compagnon. Robor semblait maintenant appartenir à un autre univers. Tout juste si Bob et Bill parvenaient à deviner :

— Jamais vous ne sortirez de là... Vous mourrez de faim... Soyez maudit, Prince Rah-Mu... Si vous êtes le Prince Rah-Mu... Soyez maudit...

C'est alors que Bill Ballantine remarqua :

— On dirait que plus aucun bruit ne nous parvient du dehors... À croire que nous sommes passés brusquement dans un autre univers...

Morane hocha la tête.

— Peut-être n'es-tu pas loin de la vérité, Bill... En tout cas, une chose me paraît certaine, le pouvoir de Robor s'arrête ici... Sinon, il nous y aurait poursuivis...

Il se tourna vers l'intérieur du « temple », pour proposer :

— Si nous visitions les lieux ? Puisque, de toutes façons, il ne nous reste rien d'autre à faire pour le moment...

11

L'intérieur du « temple » — puisqu'il fallait continuer à donner ce nom à l'édifice — était fort vaste. Ou tout au moins il paraissait fort vaste. En réalité, il était difficile de lui préciser une dimension. Selon l'angle suivant lequel on l'observait, il semblait se rétrécir, ou s'élargir. Un peu comme l'intérieur d'un gigantesque accordéon, aurait-on pu dire ; mais la comparaison n'eût été qu'approximative.

Quant au décor, avec un peu d'imagination, il pouvait faire penser au film expressionniste Le Cabinet du Docteur Caligari. Les mêmes perspectives fausses, mais ici exacerbées, changeantes. Les mêmes lignes s'entrecoupant pour former des visions non-euclidiennes. Le tout changeant, se compliquant jusqu'à la démence. Les statues grotesques qui se dressaient un peu partout se transformaient suivant l'angle sous lequel on les regardait. Des monstres, elles se faisaient anges... De bêtes, elles devenaient humaines... Quant aux couleurs, elles se mixaient, se mélangeaient, éclataient, au-delà de toutes les règles du prisme.

— Un monde dingue ! décida Ballantine.

— Super dingue même, approuva Morane.
— On visite, commandant ?
— Plutôt deux fois qu'une...
— Ouais... Je sais... Z'avez toujours aimé les musées...
Le géant hocha la tête, dit encore :

— Vous n'avez pas remarqué ?... Cela paraît beaucoup plus vaste à l'intérieur que vu de l'extérieur... Un peu comme les maisons hollandaises quoi !...

— Un peu seulement, Bill... Un peu seulement...

Pendant un moment, les deux amis devaient demeurer abasourdis par cette étrange constatation. Puis Morane décida de faire une expérience.

Il mit les mains en porte-voix de chaque côté de sa bouche pour hurler :

— Ohé !... Ohé !... OHÉ !...

Les deux syllabes éclatèrent en bombes sonores, se changèrent en tonitruances, trébuchèrent sur d'invisibles obstacles, s'éloignèrent, revinrent, répercutées par des échos en folie. Un peu comme une balle, dont le bruit aurait remplacé la mousse et qui rebondissait indéfiniment, se calmait, pour grossir à nouveau, et gonfler jusqu'à la démesure.

Bill Ballantine avait posé les mains de chaque côté de sa tête, s'écrasant les oreilles pour amortir les sons. Il murmura :

— Surtout, ne recommencez pas ça, commandant !

Peu à peu — mais il fallut de longues minutes — le tintamarre s'atténua pour se gommer tout à fait. Et ce fut le silence.

— C'est bien ce que j'avais craint, fit Morane à mi-voix. Nous avons pénétré dans un monde à part, différent de celui qui nous est coutumier. Un monde où les sens, dont la vue et l'ouïe, sont ordonnés différemment que dans celui que nous connaissons. Le monde de la légende peut-être. Le monde de Mu, le continent légendaire, justement...

— Et le pire, fit Bill, c'est que nous voilà bloqués ici... Si nous mettons le nez dehors, le Maître des Abîmes et ses épouvantails nous tomberont dessus... C'est sûr...

Morane montra un interminable escalier dont les degrés se hissaient jusqu'à d'invisibles lointains pour s'y perdre. Il décida :

— On va en profiter pour visiter les lieux, comme nous l'avons suggéré tout à l'heure... Escaladons cet escalier... Ça nous prendra peut-être pas mal de temps pour arriver en haut, mais nous aurons une meilleure vue d'ensemble sur cette bicoque. C'est ce que j'espère du moins...

Ils se mirent à grimper, de degré en degré. Vite pourtant, ils devaient se rendre compte que, contrairement à leur première impression, cet escalier n'était pas interminable, car ils en atteignirent rapidement le sommet.

— Tout est relatif ici, conclut Bob. Ce qui paraît grand peut se révéler petit à l'usage, et le contraire est sans doute vrai...

Ils avaient pris pied sur un palier qui, lui-même, donnait sur une vaste salle qui devait leur paraître moins spacieuse qu'elle n'était réellement. Une lumière diffuse y régnait et tout le fond était occupé par une série de sièges de formes insolites. Devant chacun de ces sièges — s'il s'agissait bien de sièges

— un grand tableau, appliqué à la paroi, brillait de couleurs vives, en un bariolage éblouissant.

— Des tableaux pop ? risqua Ballantine.

— Ça ressemble à des Miro, approuva Bob, mais ça n'en est pas, c'est sûr... Tous sont identiques, paraissent copiés l'un sur l'autre. Et les lignes sont trop régulières...

Morane montra un rectangle jaune cerné de rouge, au bas d'un des tableaux. En dessous, une série de lignes verticales, qui faisaient penser à l'image d'un groupe de chromosomes.

— Regarde ça, Bill... On dirait des cadrans et ces petites lignes verticales, en dessous, ça donne l'idée de caractères, ou de graduations...

— En tout cas, fit l'Écossais, rien de semblable dans une langue terrestre, morte ou vivante... Tout au moins pour ce que j'en sais...

Bob Morane se passa à plusieurs reprises une main ouverte en peigne dans les cheveux. Hocha la tête. À plusieurs reprises aussi. Fit :

— Tu sais ce que je me demande, Bill... Une supposition plutôt fantaisiste, mais...

— Fantaisiste ? ricana l'Écossais. Comme si ça pouvait m'étonner de vous !

Morane ignora la remarque.

— Je me demande si nous ne nous trouvons pas en présence d'un... oui... d'un tableau de commandes.

Le géant eut un léger sursaut marquant l'étonnement.

— Dans ce cas, tout ceci... le temple.   Pourrait être...

— Une machine... Pourquoi pas ?...

Entre les deux hommes, il y eut un long moment de silence, comme s'ils se donnaient le temps de peser les dernières paroles de Morane. Un silence que Bill rompit :

— Et elle servirait à quoi, cette machine ? Haussement d'épaules de Morane.

— Si tu me le disais...

— Un vaisseau spatial, peut-être, risqua l'Écossais.

Morane eut un geste vague.

— Nous ne pouvons qu'imaginer...

Et il ajouta aussitôt, avec précipitation :

— Surtout, ne touchons à rien... On ne sait pas ce qui pourrait se produire...

Un ricanement échappa à Ballantine.

— Comme si la situation pourrait être pire que celle que nous vivons !

Bob Morane demeurait songeur. Un pli vertical barrait son front.

— Tu viens de parler de vaisseau spatial, fit-il.

Plus j'y pense, tu pourrais ne pas te tromper...

L'Écossais secoua la tête.

— J'ai dit ça comme ça... J'aurais pu dire autre chose... Bon... J'ai parlé de vaisseau spatial. Mais, dans ce cas, comment ce vaisseau spatial aurait-il pu parvenir ici, dans ces cavernes sous-marines ?

— Voilà le hic, mon vieux !... Imaginons cependant que cet engin voyageait dans une autre dimension du continuum que la nôtre. Il lui aurait alors été possible de passer à travers le roc pour se matérialiser dans ces cavernes...

— Une explication qui en vaut une autre, commandant... Mais ça ne change rien au fait que nous voilà bloqués ici... Au-dehors, ce maudit Maître des Abîmes nous attend avec ses épouvantails... Et si nous restons ici, nous risquons de finir par mourir de faim... et de soif.

Le géant claqua de la langue, poursuivit d'une voix soudain enrouée :

— Mourir de soif !... C'est ça qui doit être terrible...

Bob Morane approuva :

— Tu as raison... Il nous faut absolument trouver une issue...

Pourtant, après de longues recherches, après avoir fouillé le « temple » dans ses moindres recoins, ils ne devaient découvrir aucun autre point de sortie que le porche et l'escalier monumental qui le prolongeait. Et, au bas de cet escalier, des gardes-moaï attendaient toujours, prêts à s'emparer d'eux. Ils étaient à ce point nombreux que les deux amis, en dépit de leur force, ne pouvaient espérer pouvoir leur résister.

Finalement, Bob s'arrêta, leva les bras « au ciel », jeta, découragé :

— Ce que je me demande, c'est pourquoi on ne nous poursuit pas ici ?... Alors, on pourrait au moins se livrer à un baroud d'honneur...

L'Écossais, qui se trouvait à quelque distance, héla son compagnon.

— Hé, commandant !... V'nez voir... C'que c'est qu'ces trucs ?...

Morane rejoignit son ami. Ce dernier se tenait devant une niche oblongue au creux de laquelle une demi-douzaine d'objets de forme ovoïde se trouvaient alignés.

— On dirait des cloches à melons, risqua Ballantine.

— Des cloches à melons ici ? fit Morane. Ça m'étonnerait... Ça ressemble plutôt à des casques...

En effet, lesdits objets faisaient penser à des casques chinois de l'époque Tang, mais ce ne pouvait en être. Les Tang n'avaient rien à faire là-dedans.

Au sommet de chacun de ces « casques », une petite protubérance saillait, mettant chacune une vague luminosité rougeâtre dans la pénombre ambiante.

— Il doit s'agir de casques d'apparat, décida Bill.

Et ça, c'est peut-être des rubis...

— Surtout, ne touche à rien ! lança Morane.

Trop tard. Le géant avait déjà posé un index sur l'une des protubérances, qui s'enfonça légèrement sous la pression...

*

* *

Un éclair, une nébulosité dorée. Puis plus rien. Le casque avait disparu.

— C'qui s'passe ! sursauta Bill. Le casque...

Pfftt... Et je sens encore le rubis sous mon doigt... Le casque a disparu... ouais... et il est toujours là...

— Relâche, puis pousse, dit Morane.

Le géant obéit et le casque reparut, puis disparut à nouveau. Bob insista :

— Encore une fois... Une seule... Et le casque reparut définitivement.

La même opération fut répétée pour les autres casques, et tous réagirent de la même façon que le premier. Bill conclut :

— C'est de la magie !

— Pas de la magie, corrigea Morane. Un phénomène physique sans doute, issu d'une science qui nous échappe... Je vais tenter une expérience...

Il saisit l'un des casques à deux mains et s'en coiffa puis, levant une main, l'index pointé, il enfonça la protubérance. Il y eut un grésillement, une douce fulgurance, et Bob disparut aux regards de son compagnon, qui s'inquiéta :

— Hé !... Où vous êtes passé, commandant ?

— Je suis là, Bill, fit la voix de Morane, toujours invisible.

— J'aimerais autant que vous reveniez...

Bob Morane accomplit la manœuvre inverse et reparut.

— Ça me donne une idée, fit-il.

— Je pige, fit l'Écossais. On se coiffe de deux de ces casques, on se rend invisibles, et on passe ni vu ni connu au nez et à la barbe du Maître des Abîmes et de ses gardes ?...

— Tu lis dans mes pensées, Bill...

Quelques minutes plus tard, chacun coiffé d'un casque et rendu invisible, ils retraversaient le « temple » en direction de la sortie.

Arrivé au sommet de l'escalier monumental, Bill Ballantine demanda :

— Vous croyez que ça marchera ?

— Regarde, là, au bas des marches, les gardes... Ils devraient déjà nous avoir repérés, et aucun d'eux ne réagit...

Les gardes-moaï étaient bien une cinquantaine. Plusieurs regardaient en direction du sommet de l'escalier, mais sans manifester pourtant la moindre émotion particulière.

— On y va ! décida Morane.

Toujours invisibles, ils se mirent à descendre les marches une à une, prêts à regagner le « temple » à la moindre réaction des gardes. Pourtant, celle-ci n'eut pas lieu et ils atteignirent le bas de l'escalier monumental sans être apparemment repérés.

Ils s'arrêtèrent, assurés de demeurer invisibles, car ils ne se voyaient pas réciproquement.

— On continue ? interrogea Bill Ballantine à mi-voix.

Une voix qui venait de nulle part.

— On continue ! décida Bob sur le même ton.

Ils atteignirent la ligne des gardes, se glissèrent entre eux en prenant soin de ne pas les heurter, ce qui, bien qu'invisibles, aurait risqué de révéler leur présence.

Rien de semblable ne se passa cependant, et ils dépassèrent sans encombre le groupe des gardes pour s'éloigner. Tout ce que Morane détectait de la présence de son ami à ses côtés, c'était le bruit de ses pas. Et il en allait de même pour l'Écossais.

— Ça a marché, décida Ballantine. Je crois que nous voilà tirés d'affaire.

— Ne crions pas victoire trop tôt, rétorqua Bob.

On pourrait déchanter.

Tous deux avaient l'impression de parler dans le vide.

L'Écossais devait s'être retourné, car il déclara :

— On n'a toujours pas l'air de nous suivre. Bob approuva.

— On doit toujours nous croire à l'intérieur du « temple »...

— Ouais, commandant... S'il s'agit bien d'un temple...

Ils avaient enfilé une large galerie qui s'enfonçait au hasard, à l'intérieur du monde des cavernes sous-marines. Ils continuaient de parler à mi-voix pour être certains de ne pas courir le risque de se perdre.

— Robor-Tho-Thep devait ignorer la présence des casques d'invisibilité dans le « temple », risqua Bill.

— D'autant plus, enchaîna Bob, qu'apparemment il n'y pénétrait jamais.

— Me demande bien pourquoi...

— Je ne cesse de me poser la même question, mon vieux...

Au bout d'un moment, alors qu'ils avaient repris leur route hasardeuse, une crainte leur vint. La crainte, en raison de leur invisibilité, de se perdre et d'être séparés.

— On pourrait se tenir par la main, proposa Bill.

— Nous allons faire mieux, fit Morane. Ramassons chacun une pierre et...

— À moins que ces pierres deviennent elles aussi invisibles à notre contact, commandant...

— Nous allons bien voir...

Bob se pencha et ramassa un épais caillou, de la grosseur de deux poings, fait d'un minerai très clair, sans doute calcaire du marbre peut-être, et il se redressa. La pierre demeurait parfaitement visible, comme suspendue à un mètre au-dessus du sol.

— L'expérience est concluante, décida Morane.

Allons-y...

Chacun tenant une grosse pierre blanche, ils remirent en route. Dans la lumière diffuse régnant partout dans les cavernes, les pierres, petits fantômes clairs, leur permettaient de se situer...

L'errance se poursuivit, quasi au hasard, à travers des grottes qui s'enchaînaient l'une à l'autre. Les sculptures avaient disparu pour faire place à des forêts de stalactites-stalagmites à la monotonie effrayante.

Bob Morane stoppa soudain. – Écoute !...

Presque en même temps, les deux pierres blanches s'étaient immobilisées, comme suspendues au-dessus du sol.

Le bruit perçu par Morane se précisait. Un frottement de rocher contre le rocher. Ensemble, Bob et Bill s'accroupirent en déposant leurs pierres blanches sur le sol.

De plus en plus audible, le bruit de rochers frottés l'un contre l'autre se rapprochait. Et une demi-douzaine d'immenses formes verticales apparurent entre les piliers de la forêt pétrifiée.

— Des moaï ! souffla Bill Ballantine.

Il ne s'agissait pas de gardes, mais de statues animées, rappelant celles de l'île de Pâques. D'une taille devant atteindre les trois mètres, elles progressaient, comme suspendues, par une sorte de glissement, leurs bases à un mètre du sol de ces cavernes perdues au fond des temps et de l'océan.

— Elles sont à notre recherche ? risqua Bill à voix basse.

— Peut-être, peut-être pas, murmura Morane. Elles sont les ancêtres de cet empire sous les eaux. Ou tout au moins elles les représentent.

Les statues avaient disparu. Et, petit à petit, le bruit de rocher contre le rocher s'estompa. Cessa de se faire entendre.

Quand le silence fut tout à fait revenu, les deux cailloux blancs quittèrent le sol où on les avait déposés, indiquant ainsi que les deux naufragés des cavernes de Mu avaient repris leur route.

12

— On dirait que vous redevenez visible, commandant, fit Bill Ballantine qui était un peu à la traîne.

Bob Morane s'arrêta, se retourna, repéra une silhouette transparente de la taille de son compagnon.

— Toi aussi, Bill, tu redeviens visible.

Le processus s'accentuait rapidement. Peu à peu les silhouettes, de transparentes au début, se précisaient, prenaient épaisseur.

Finalement, le phénomène d'invisibilité disparut complètement et, après avoir à de nombreuses reprises actionné la commande, au sommet des casques, il leur fallut se rendre à l'évidence.

— Rien à faire, grogna Bill. Nous sommes condamnés maintenant à demeurer visibles.

Et Morane tenta d'expliquer :

— Le peu d'énergie qui restait stocké dans les casques doit être épuisé...

— Nous aurions dû emporter les autres casques, remarqua le géant. Il y en avait une demi-douzaine...

Bob Morane haussa les épaules.

— J'aurais dû y penser... et toi également. Mais les regrets sont superflus... Impossible de retourner en arrière... Et cessons de jouer les chevaliers errants...

Ils abandonnèrent les casques et reprirent leur route. Isolés dans le dédale des cavernes, ils étaient littéralement perdus, tels le Petit Poucet et ses frères dans la forêt de l'ogre. L'ogre s'y trouvait, en la personne de Robor-Tho-Thep, mais les petits cailloux blancs semés par le Petit Poucet manquaient.

Depuis un moment, Morane se retournait sans cesse pour regarder par-dessus son épaule, l'air inquiet. Bill Ballantine le remarqua, s'enquit :

— Qu'avez-vous, commandant, à vous mettre comme ça le visage dans le dos ?

— Sais pas, Bill... Une drôle d'impression... La sensation d'un danger...

— C'est l'atmosphère de ces cavernes... Pas réjouissant... Ça vous flanque la pétoche comme rien...

— Peut-être... Peut-être... N'empêche... J'ai la sensation qu'on est suivis...

Le reste de la phrase fut étouffé. Ils furent là, soudain... Cette fois, le bruit de la pierre frottée contre la pierre ne les avait pas annoncés. Les six moaï géants

— assurément les mêmes que précédemment — avaient soudain surgi entre les piliers calcaires. Tout proches, ils entourèrent de toutes parts les deux compagnons d'aventure.

— On fonce ! hurla Bob.

En même temps, en une ruée désespérée, les deux hommes se précipitèrent vers les espaces libres séparant les monstres de roc. Ceux-ci réagirent aussitôt, avec une rapidité étonnante en raison de leur masse et de leur poids. L'un d'eux manqua Morane de peu et alla heurter une colonne stalactite-stalagmite qui se fracassa en menus morceaux.

Mais les deux amis passèrent.

— On s'en est tirés ! triompha Ballantine.

— Pas sûr ! fit Morane.

Toujours avec la même incroyable vélocité, les moaï revenaient, en masse compacte. Une fois encore, Bob et Bill réussirent à les éviter, et cela à plusieurs reprises. Une suite d'attaques et de fuites qui ne pouvait cependant durer. Les monstres de roc avaient l'avantage sur les hommes de ne pas connaître la fatigue. Au bout de quelques minutes, l'essoufflement commençait à gagner Morane et son compagnon.

— Vont finir par nous avoir ! grogna Bill, le souffle court.

Tandis que les moaï se regroupaient pour un nouvel assaut massif, Morane regarda avec désespoir autour de lui. Sursauta. Montra, au sommet d'une petite éminence rocheuse, d'énormes blocs de rocher en équilibre apparemment instable. Jeta :

— On va jouer aux quilles... Suffira de balancer un de ces rochers... Le reste ira tout seul...

— Tout seul ! gronda l'Écossais. Si on en a la force... Ces rochers doivent peser des tonnes...

— Des tonnes ou non, on n'a pas le choix. On grimpe !...

Groupés, les moaï fonçaient, force élémentaire que rien n'aurait pu arrêter. D'une commune ruée, presque dans le désespoir, Bob et l'Écossais se hissèrent sur la déclivité, la caillasse cédant sous leur poids, menaçant à chaque instant de les faire reglisser en arrière pour être aussitôt broyés sous la masse de leurs assaillants. Ils réussirent cependant à s'élever d'une dizaine de mètres à flanc de butte. Là, ils firent une étrange et heureuse constatation : les moaï ne tentaient pas de les rejoindre. Ils demeuraient groupés, immobiles, comme en attente, au bas de la pente.

— Qu'attendent-ils ? s'étonna Bill.

Sous eux, les monstres de pierre demeuraient toujours immobiles.

— Je crois pouvoir expliquer leur comportement, fit Morane. Ils sont animés, à mon avis, par une sorte d'énergie télékinésique, mais celle-ci ne peut sans doute agir qu'horizontalement, et pas dans le sens vertical. Bien sûr, ce n'est là qu'une explication...

Longuement, l'Écossais étudia le groupe des moaï qui, en contrebas, conservaient leur immobilité. Il risqua :

— Ils demeurent groupés, d'un seul côté de l'endroit où nous nous trouvons... Pourquoi ne pas nous défiler par l'autre côté ?

Morane secoua la tête.

— On risquerait d'être repérés et nous les aurions encore sur le dos... Non, j'en reviens à mon jeu de quilles... ou de chamboule-tout, si tu préfères...

Tout en parlant, Morane montrait un énorme bloc de rocher, parmi tant d'autres, en équilibre instable au bord de la pente.

— Si je comprends bien, fit Ballantine, on va essayer de balancer ça sur l'ennemi...

— On ne va pas essayer, Bill... On va le faire...

Ils s'appuyèrent de l'épaule au quartier de roc et se mirent à pousser, unissant leurs forces. Tout d'abord, rien ne se passa. L'obstacle ne réagit pas. Ensuite, une légère vibration. Un tremblement.

— Allons-y ! encouragea Bob. On est dans le bon...

Les mâchoires serrées, les muscles bandés, ils insistèrent, et la vibration se changea petit à petit en balancement de plus en plus accentué.

De balancement en balancement, d'effort en effort des deux hommes, le bloc penchait à chaque seconde davantage en direction du vide. Et, soudain, tout se déclencha. Définitivement déséquilibrée, la lourde masse rocheuse, emportée par son poids, débloula à flanc de côte, entraînant dans sa chute d'autres blocs, aussi volumineux qu'elle, à qui s'ajouta la dégringolade de la pierraille.

Une véritable avalanche de rocs qui emportait tout sur son passage, grossissait en cours de chute. Elle balaya les moaï, fracassant en même temps les piliers et provoquant un mini-séisme.

À travers le fracas, Morane hurla :

— À terre !... À terre !...

Bill Ballantine devina le cri plutôt qu'il ne l'entendit. Les deux hommes plongèrent au sol, la tête rentrée dans les épaules, les mains croisées sur la nuque pour se protéger de l'avalanche de pierres détachées de la voûte.

Cela dura quelques secondes. C'est-à-dire une éternité. Le silence succéda. La poussière retomba. Bill Ballantine se redressa, toussa, demanda :

— Intact, commandant ?

Bob Morane se redressa à demi, un genou au sol.

— Cesse de m'appeler commandant, bon sang !... Ça commence à bien faire !... Oui, intact... Du moins j'en ai l'impression... Et toi, pas de bobo ?

— La caisse est solide, vous le savez... commandant...

Le géant avait les yeux fixés sur la base de la butte. Là où tout à l'heure se trouvaient les moaï, il y avait à présent un informe amas de blocs de rochers d'où montaient encore quelques volutes de poussière.

— On balance un bloc et c'est le carambolage, comme au billard, constata l'Écossais.

— Plutôt la théorie des dominos, corrigea Morane. Mais peu importe, tout ce qui compte, c'est que nous voilà débarrassés des moaï et que nous pouvons continuer notre route.

— Pour aller où ? Haussement d'épaules de Bob.

— Bah !... On finira bien par arriver quelque part...

Grognement de l'Écossais.

— Ouais... ouais... On finit toujours par arriver quelque part... bien sûr... mais ça dépend où...

*

*   *

— PRINCE RAH-MU,   VENEZ À   MOI...
VENEZ...

Bien que la voix fût déformée par les cavernes qui faisaient caisse de résonance, ils l'avaient tout de suite reconnue.

— C'est la voix féminine que nous avons déjà entendue, remarqua Bill Ballantine.

Bob approuva.

— Pas d'erreur... Une vraie voix de sirène, même si elle est un peu sonore...

— Une machine parlante, risqua l'Écossais. Un haut-parleur, un amplificateur, ou quelque chose dans le genre ?

— Peut-être, Bill...

La voix anonyme reprenait :

— JE VOUS ATTENDS, PRINCE RAH-MU.   JE   VOUS
ATTENDS...

Il y avait dix minutes à peine que Bob et Bill avaient quitté la butte pour reprendre leur route hasardeuse à travers le dédale sous-marin.

— Ça venait de par là, fit Bill en indiquant de la main une direction.

Morane n'en était pas certain, mais, d'après son propre sentiment, il se pouvait que son ami eût raison.

La voix répétait sur un ton plus saccadé, en articulant nettement :

— VENEZ À MOI... VENEZ À MOI...

Cette fois, Bob n'hésita plus : cela venait bien de la direction indiquée par l'Écossais. Il décida :

— Allons-y, puisqu'on nous le demande...

Ils se mirent en marche, vite guidés par la voix qui ne cessait de répéter son « Venez à moi... Venez à moi... »

Au détour de la galerie qu'ils suivaient, l'apparition qui s'était déjà manifestée plus tôt se dressa à une vingtaine de mètres devant eux. La même jeune femme à la chevelure d'or, aux yeux couleur d'émeraude. La même transparence qui la rendait irréelle.

Elle leur fit un signe de la main, tourna le dos et ils la suivirent. « Une projection psychique », avait décidé Morane. Quelque chose dans le genre, c'était évident, car la belle créature, en plus de la transparence de son image, ne marchait pas mais flottait au ras du sol. En plus, elle était trop grande pour être vraiment réelle.

Ils la suivirent sur quelques centaines de mètres puis, de coude en coude, la galerie prit fin brusquement, pour s'emmancher à une caverne aux dimensions en apparence infinies. En même temps, l'image de la fille blonde disparaissait, comme soufflée par un des innombrables courants d'air errant à travers les cavernes.

En même temps également, la lumière changeait. De blafarde, un peu lunaire, elle prenait une teinte rosée, douce aux regards, presque rassurante.

— Et nous voilà dans la Grèce antique, remarqua Morane.

Devant eux, ce n'était que constructions de pierre blanche faisant penser à du marbre. Un peu partout, des statues se dressaient. Mais elles n'avaient rien à voir avec celles de la caverne du « temple » où régnait le Maître des Abîmes. Là, c'était l'horreur des dragons et des monstres, l'envahissement des oxydes. Ici, c'était la beauté, l'équilibre de la statuaire grecque antique. Hommes et femmes — des dieux et des déesses — aux formes parfaites, qu'aucun vêtement ne cachait. Gestes figés dans l'équilibre de la perfection. Phidias n'était pas loin. Au centre, sur une butte, une grande construction rappelait, dans ses grandes lignes, l'Acropole athénien.

— Et voilà le comité d'accueil, fit Bill Ballantine. Un groupe s'avançait à leur rencontre. Quelques hommes vêtus de robes et, à leur tête, la fille blonde aux yeux d'émeraude, mais en chair et en os cette fois.

Bob s'était arrêté pour montrer une statue de pierre blanche, dressée au bord du chemin. Elle reproduisait les mêmes caractéristiques physiques que celles de l'effigie de bronze aperçue lors de leur arrivée dans le monde des cavernes.

— Je comprends de plus en plus pourquoi dans le coin, on s'entête à vous donner du « Prince RahMu », commandant, fit l'Écossais.

Comme la première statue, en bronze celle-là, celle-ci représentait, trait pour trait, ceux de Morane. Et, cette fois encore, ce ne pouvait être qu'un hasard.

13

La jeune femme était maintenant toute proche de Bob Morane et de Bill Ballantine. Plus belle encore en réalité qu'en image projetée, elle formait comme un éclat de lumière dans l'atmosphère de ténèbres de ces cavernes où elle évoluait. Sa chevelure semblait filée d'or fin et encadrait un visage aux traits délicats, tachés de carmin par les lèvres et d'émeraude par les yeux. Un corps délié, vêtu de voiles diaphanes d'où, parfois, s'évadait une longue jambe fuselée. Les bijoux barbares dont elle se parait ne faisaient, par leur lourdeur, qu'accentuer sa beauté.

Elle parla, mais les deux amis ne surent jamais si elle s'exprimait dans leur langue — anglais ou français — ou par transmission de pensée. Pourtant, ses lèvres bougeaient mais sans qu'on puisse être certain que des sons en sortaient.

— Je suis Rapa-Nui, reine des Cités englouties de Mu... Sois le bienvenu, valeureux Prince RahMhu...

J'ai l'impression que vous montez en grade, commandant, avait soufflé Bill. Vous v'là bombardé prince maintenant !

Mais la jeune femme n'avait pas paru entendre la remarque du géant. Elle poursuivait :

— Tous nos espoirs, tout notre avenir sont en toi, ô Prince Rah-Mu...

Elle dit, plus bas, et son visage s'était assombri :

— ... si nous possédons encore un avenir... Et elle ajouta encore :

— Daigne me suivre dans ma demeure... Brusquement, Bob décida de jouer le jeu. Provisoirement du moins.

— Nous vous suivons, Rapa-Nui...

Bob Morane et Bill Ballantine furent menés dans une maison tenant du palais, bâtie à proximité de l'éminence où s'élevait le pseudo-Parthénon. Un palais marqué par le temps car, par endroits, ses murs s'effritaient, comme rongés.

Après un bref passage dans une pièce qui leur était réservée, ils se retrouvèrent dans un large patio où Rapa-Nui les attendait. Elle leur parla longuement.

— Il y a très longtemps, avant d'être englouti sous les eaux du Grand Océan, Mu formait un vaste continent, divisé en sept îles, avec sept cités. On y adorait des dieux bienfaisants, et aussi des démons... Un jour, un démon plus puissant que les autres, nommé Robor-Tho-Thep et venu on ne savait d'où, se mit à hanter les profondes cavernes creusées sous le continent.

— Robor-Tho-Thep ! interrompit Ballantine. On n'a pas fait qu'en entendre parler, hein... euh. commandant ?

Cette fois encore, Rapa-Nui ne parut pas remarquer l'interruption.

— Vint le cataclysme, poursuivait-elle. Depuis longtemps, nos savants l'avaient prévu et nos élites s'enfermèrent dans ces cavernes, aménagées en prévision de la catastrophe, afin qu'elles soient étanches. De cette façon, la race des Muvians fut sauvée de l'anéantissement... Par la suite, grâce à leur science, mes ancêtres purent observer et enregistrer tout ce qui se passait en surface... C'est ainsi que nous pûmes connaître vos mœurs, apprendre vos langages.

Bob Morane intervint :

— Pourquoi les Muvians n'ont-ils pas regagné la surface, puisqu'ils en possédaient les moyens ?

Rapa-Nui hocha la tête, ce qui l'enveloppa d'une auréole dorée, et elle expliqua :

— Une malédiction affirmait que les Muvians seraient tous détruits s'ils tentaient de revenir à la surface de la Terre. En outre...

La jeune fille hésita.

— Parlez sans crainte, l'encouragea Morane. Et Rapa-Nui reprit :

— En outre, Robor-Tho-Thep nous interdit de quitter ce refuge sous la mer où il règne depuis des millénaires.

— Des millénaires ! grogna Bill. En voilà un qui a la vie dure !... Quant au commandant... euh. Le Prince Rah-Mu je veux dire... je ne vois pas quel rôle il joue dans tout ça...

— Jadis, le Prince Rah-Mu sauva l'Empire d'envahisseurs venus d'un autre continent. La légende veut qu'il se réincarne pour protéger à nouveau notre race...

Les regards de la jeune fille se tournèrent directement vers Morane et ne le quittèrent plus. On y lisait une intense expression de ferveur.

— Voilà quelques jours, enchaîna-t-elle, alors que j'inspectais la surface à l'aide d'appareils détecteurs, je vis, sur l'île des Ancêtres, deux hommes dont l'un était le double vivant des statues de Rah-Mu qui se dressent dans ces grottes...

— C'est-à-dire vous, commandant, glissa Bill Ballantine.

De la main, Morane engagea son compagnon à ne pas interrompre la jeune femme qui, toujours sans paraître avoir entendu, poursuivait encore :

— Je décidai de vous attirer ici car, toujours selon la tradition, c'était le Prince Rah-Mu qui devait vaincre Robor-Tho-Thep. Mais ce dernier me devança en provoquant la ruée des dieux de pierre sur l'île des Ancêtres.

— Mais cette brume qui nous a capturés ? interrogea Bill.

Cette fois, Rapa-Nui réagit aux paroles de l'Écossais, pour expliquer :

— Une forme d'énergie... C'est moi qui l'ai envoyée mais, à votre arrivée, Robor-Tho-Thep a repris l'avantage et vous a capturés.

— Si je comprends bien, dit Morane, il me faut donc vaincre ce démon.

— Je me demande bien comment vous y parviendrez, fit Bill.

Morane cligna de l'œil.

— Peut-être ai-je ma petite idée, Bill... Une idée encore fort vague...

*

*   *

Un long silence avait succédé aux paroles de RapaNui. Un silence au cours duquel Bob Morane et Bill Ballantine ne pouvaient qu'échanger des regards dans lesquels elle crut deviner de l'incrédulité.

— Vous ne me croyez pas ? s'inquiéta-t-elle.

Morane la considéra longuement. Sa beauté, sa fraîcheur ne cadraient en rien — il se le répétait encore — avec le tragique de l'endroit. Elle était un peu comme une fleur précieuse au milieu d'un désert, comme une flamme au cœur des ténèbres.

— Vous savez, commença Bob, nous sommes des hommes du vingt et unième siècle et...

Il s'interrompit, haussa les épaules, reprit :

— Ce que nous avons vu ici nous incite bien sûr à vous croire...

Il enchaîna presque aussitôt :

— Si vous nous parliez encore un peu de ce Robor-Tho-Thep ?

— Je vous l'ai dit, c'est un démon... Un monstre... Plus puissant, plus maléfique entre tous. Régulièrement, il envoie des guerriers ici afin de razzier des esclaves. Jamais personne n'est revenu vivant de la cité-repaire de Robor-Tho-Thep !

— Personne ? fit Morane. Mon ami et moi en sommes revenus... Échappés plutôt...

— Cela prouve que vous êtes bien le Prince RahMu...

Toujours la même expression de certitude sur le visage de la jeune femme. À tel point que l'Écossais souffla à l'adresse de son ami :

— Je vais finir par le croire, moi aussi, commandant... euh... je veux dire Prince Rah-Mu...

— Et les statues ? interrogea Morane.

— La légende veut qu'il s'agisse de monstres pétrifiés, répondit Rapa-Nui. Ils seraient venus d'un autre univers et Robor-Tho-Thep les animerait par magie. On affirme aussi que ce serait lui qui les aurait créés et qu'il les nourrit de chair humaine.

« Un autre univers ! songea Morane. Voilà une explication quant aux origines de l'île de Pâques, si farfelue soit-elle. Mais cela m'étonnerait si l'on n'y avait pas déjà pensé... »

Un garde pénétra dans la pièce et s'adressa à RapaNui dans une langue inconnue des deux amis. Quand il se fut retiré, Rapa-Nui expliqua :

— Robor-Tho-Thep nous ordonne de nous rendre auprès de lui...

— Nous ordonne ! fit Bill. Pour qui se prend-il, cet épouvantail de carnaval ?

Et Bob :

— Que se passerait-il si nous refusions de nous rendre à cette. invitation ?

— Il nous ferait venir de force, assura la jeune femme, sans qu'il nous soit possible de lui résister... Il règne en maître ici...

Une fois encore, Bob se demanda si Rapa-Nui leur parlait vraiment ou s'il s'agissait de transmission de pensée. Pourtant, cela n'avait qu'une importance secondaire en la circonstance, et il décida :

— Parfait... Il ne nous reste donc plus qu'à nous rendre à l'invitation du Maître des Abîmes...

— Mais ce serait de la folie ! protesta l'Écossais. Nous rendre à ce Robor-je-ne-sais-quoi, alors que nous venons tout juste de lui échapper !... À moins que, comme vous venez de le dire, vous n'ayez une petite idée derrière la tête, commandant ?

— Une petite idée ? fit Morane en souriant. Peutêtre... Peut-être...

En réalité, il n'en avait pas la moindre. Tout ce qui comptait, c'était trouver au plus vite le moyen d'échapper à ce tyran ridiculement sinistre de RoborTho-Thep, et il comptait bien y parvenir...

14

Lorsque Bob Morane, Bill Ballantine, Rapa-Nui et la suite de celle-ci atteignirent le forum, ce dernier présentait le même aspect que précédemment. Sous la surveillance des gardes-moaï, des esclaves humains y erraient, les épaules lasses, la tête baissée, comme écrasés par le poids de leur hébétude.

Une fois encore, Bob remarqua un détail. Jamais, en aucune circonstance, quelqu'un, garde ou esclave, ne s'approchait du « temple », ni même ne s'aventurait sur les marches de l'escalier monumental menant au porche ouvert à deux battants, telle une gueule avide.

Pourtant, Bob et Bill avaient visité le « temple ». Sans le moindre dommage. Une sorte de gigantesque musée expressionniste, aux formes changeantes, issu d'un autre univers aux dimensions inconnues. Un musée qu'ils avaient soupçonné n'être rien d'autre qu'une machine à la destination mystérieuse. Un vaisseau spatial peut-être, avait brièvement supposé Bill. Mais pourquoi, vaisseau spatial ou non, tous les membres de la société muviane, y compris sans doute Robor-Tho-Thep, semblaient-ils avoir peur d'y pénétrer ? Et pourquoi, par contre, Morane lui-même et l'Écossais y avaient-ils, eux, pénétré pour en ressortir sans encombre ? En lui-même, Bob se mit à supposer que, s'il trouvait réponse à ces deux questions, il se procurerait peut-être le moyen de vaincre le Maître des Abîmes.

Tous les regards se tournèrent soudain vers l'une des extrémités du Forum.

Robor-Tho-Thep venait d'apparaître, entouré d'une escouade de gardes-moaï. Toujours vêtu de ses oripeaux dignes d'un théâtre de marionnettes, avec sa grande épée bringuebalant à son côté, le personnage eût pu paraître ridicule, mais ses yeux en soucoupes, aux regards fixes, lui conféraient au contraire un aspect redoutable.

À pas comptés, le monstre s'était avancé vers le groupe formé par Bob et ses compagnons. Parvenu à quelques pas, il s'arrêta, tandis que ses gardes-moaï s'écartaient. À plusieurs reprises, il secoua la tête, ce qui fit cliqueter les longues boucles d'oreilles accrochées à ses lobes étirés par leur poids. Il s'adressa à Rapa-Nui, accompagnant ses paroles d'une série de ricanements.

— Vous voilà enfin en mon pouvoir, Rapa-Nui ! Peut-être est-ce la présence du... Prince Rah-Mu qui vous rend si audacieuse...

Rapa-Nui se tenait très raide. Plus belle que jamais, mais changée en statue de chair. Elle laissa tomber d'une voix atone mais où cependant une agressivité contenue se révélait en filigrane :

— Le Prince vaincra quiconque cherche à opprimer le peuple de Mu... Il te vaincra, monstre...

Elle parlait comme si ce qu'elle disait était une certitude. Robor, lui, éclata de rire.

— Pour me vaincre, il faudrait qu'il existe, votre Prince, ce Rah-Mu...

Le ton du Maître des Abîmes avait atteint un tel point de raillerie que Rapa-Nui sursauta. Ce fut comme si on l'avait frappée. Ses beaux yeux couleur d'émeraude flamboyèrent, tandis que le rose de la colère envahissait ses traits. Sa voix se changea en une série de cris presque hystériques, tandis qu'elle désignait Morane, pour assurer :

— Le Prince Rah-Mu existe !... puisque le voici !...

« Aïe, pensa Bob. Voilà le moment de vérité, ou je ne m'y connais pas... » Et il enchaîna, d'une voix forte, assurée, en élevant le ton :

— Je suis le Prince Rah-Mu !

Bill Ballantine, qui se traînait debout derrière lui, se pencha pour lui souffler à l'oreille :

— Vous forcez pas un peu la dose, commandant ? Morane tourna légèrement la tête vers son ami et murmura, juste assez haut pour n'être entendu que de lui :

— Laisse... J'ai mon plan...

En réalité, il n'avait pas le moindre plan. Seulement l'intuition que, s'il tentait quelque chose — il ne savait pas exactement quoi — il aurait peut-être la chance de venir à bout du Maître des Abîmes. Mais il lui faudrait pour cela — il le supposait — répondre à cette question : pourquoi tout le monde, y compris Robor, semblait ainsi éviter le « temple » ?

Après les paroles de Morane « Je suis le Prince Rah-Mu », un lourd silence s'était formé. Puis, au bout d'un long moment de suspense, le rire de Robor éclata à nouveau, se faisant tonitruant. Il se mit à agiter les bras, fauchant l'air de ses grandes mains osseuses aux ongles en griffes, pareils à des poignards. En même temps, il hurlait à l'adresse de Morane :

— Si tu es le Prince Rah-Mu, prouve-le. Puisque la légende veut que le Prince Rah-Mu soit invulnérable, tu dois pouvoir vaincre ces géants !

Les mains du monstre désignaient maintenant les moaï géants qui, peu à peu, avaient pénétré dans le forum à sa suite. Une douzaine de titans de lave, haut chacun de plusieurs mètres et qui, animés par quelque force lévitationnelle, glissaient au ras du sol.

Morane secoua la tête.

— Ce ne sont que des êtres inertes, sans vie, Robor, indignes de moi comme adversaires. Il me suffirait d'une poussée pour les renverser.

— Je trouve encore que vous y allez un peu fort, commandant, glissa Bill Ballantine dans un murmure.

Mais Bob fit mine de ne pas avoir entendu. Il poursuivait à l'adresse de Robor :

— Le seul adversaire qui soit à ma taille, c'est toi, le Maître des Abîmes, et personne d'autre !

Les yeux de Robor s'étaient mis à fulgurer. Il gronda :

— Crois-tu être un adversaire à ma mesure ?

— L'issue du combat nous le dira, répondit froidement Morane.

Nouveau mouvement de bras de Robor. Sifflement dans l'air des ongles en griffes.

— Bientôt, je serai le roi des univers, et tu oses me défier ?

— Aurais-tu peur, Robor ?

Le Maître des Abîmes avait retrouvé son calme. Sur ses traits d'épouvantail, un sourire chargé de condescendance remplaça son rictus. Il répondit d'une voix calme, vaguement moqueuse :

— Comment pourrais-je avoir peur d'un imposteur ?

— Par lâcheté, fit Morane de la même voix calme. Et il ajouta, haussant le ton :

— Bientôt, toutes les cavernes, tout l'Empire englouti de Mu retentiront du bruit que le grand Robor-Tho-Thep, Maître des Abîmes, n'est rien d'autre qu'un lâche.

Un silence, puis Bob martela, d'une voix de plus en plus forte :

— Un lâche !... UN LÂCHE !... UN LÂCHE !...

L'insulte porta, comme Bob l'espérait. Les yeux charbonneux de Robor se changèrent en escarboucles jetant le feu. Tout son grand corps, en apparence décharné sous les oripeaux de carnaval, ne fut plus qu'une menace. Il hurla :

— Je vais te briser, que tu sois le Prince Rah-Mu ou non, t'arracher les membres un à un !...

En même temps, il dégainait sa grande épée d'orichalque qui ressemblait, le métal en moins, à ces « espadons » qui, à l'époque de la Renaissance, servaient aux lansquenets à se frayer un passage dans les rangs ennemis.

Feignant une légère crainte, Morane avait reculé d'un pas, pour dire :

— Facile de faire le bravache devant un homme désarmé...

Robor-Tho-Thep lança un regard autour de lui, commanda :

— Qu'on lui donne une arme !

L'un des gardes de Rapa-Nui dégaina son épée et la tendit à Morane. Ce dernier en empauma la garde, en jugea le poids. Ce n'était pas une arme comparable, par sa masse, à celle de son adversaire, mais il lui faudrait s'en contenter.

Tout près, Bill Ballantine lui souffla :

— Prenez garde, commandant... Ce type est peutêtre un échalas, mais cela ne l'empêche pas d'être un géant... A tout du malaxeur...

— Comme si tu ne savais pas, Bill, que justement je sais comment m'y prendre avec les malaxeurs...

Bob Morane avait parlé calmement, montrant une confiance qui, au fond, lui faisait défaut. Tout ce qui comptait pour lui, c'était mener à bien son plan. Et ce plan n'avait rien de commun avec un duel à la régulière.

*
* *

Plantés à quatre mètres l'un de l'autre, l'épée brandie, Bob Morane et Robor se défiaient du regard. Bob ignorait ce que pensait son adversaire, mais lui devinait à présent que le Maître des Abîmes, sous son apparence de bouffon de la comédie italienne, pouvait se révéler redoutable. Il dominait Morane de toute la tête et l'expression de son visage faisait maintenant voir en lui une machine à tuer.

Cependant, il était évident que le monstre hésitait. L'assurance, en partie feinte, de Morane, l'impressionnait visiblement.

— Si tu ne viens pas à Lagardère, goguenarda Morane en s'inspirant du Bossu...

Robor ne pouvait comprendre, car il ne devait jamais avoir lu Paul Féval. Pourtant, ce fut la plaisanterie — disons plutôt le « private joke » — de Morane qui déclencha son attaque. Elle fut soudaine, frénétique, et ce ne fut que par réflexe que Bob réussit à parer le choc de la lourde épée maniée par des bras dont il n'avait pas soupçonné la vigueur. Tout juste si sa propre épée ne lui avait pas été arrachée des mains.

Il pensa : « Hé ! c'est plus sérieux que je ne l'avais cru. » En même temps, il reculait pour donner l'impression de crainte, de céder aux assauts de son adversaire. En réalité, il se rapprochait de l'amorce de l'escalier menant au « temple ».

Robor-Tho-Thep tomba dans le piège. Croyant Morane à sa merci, il s'élança et frappa à nouveau.

La lame de son épée d'orichalque frappa celle de Bob dans un bruit de métal torturé.

À nouveau, Bob eut l'impression que son arme allait lui être arrachée des mains. Il recula encore. À présent, il avait atteint le premier degré de l'escalier. Il crâna, mais sa voix tremblait. Il fallait que le Maître des Abîmes crût à sa peur.

— Viens me rejoindre ! cria-t-il. Tu n'es qu'un épouvantail... Viens... Viens... Viens...

Robor frappa encore... Et encore... Et encore... À chaque assaut, sa lame heurtait celle de Morane, et chaque fois celui-ci avait de la peine à empêcher que son épée ne lui échappe. Mais, à chaque assaut également, il en profitait pour grimper une marche à reculons. Tout à fait comme s'il cédait du terrain aux attaques de l'assaillant.

Ces attaques se faisaient de plus en plus rageuses, violentes. Tout à fait comme si Robor-Tho-Thep mettait plus de hâte à triompher au fur et à mesure que les deux combattants se hissaient le long de l'escalier monumental du « temple ».

Maintenant, Bob éprouvait toutes les peines du monde à endiguer les assauts du Maître des Abîmes. Non seulement à cause de la force physique de celuici, incroyable dans ce grand corps étique, mais par l'énergie psychique qui la doublait. Bill avait raison. Autant s'attaquer à un malaxeur.

À Polytechnique, Bob s'était entraîné à l'escrime et cette circonstance seule lui permettait de faire front aux attaques de Robor. Il devinait cependant que, en dépit de sa propre force et de son habileté, il finirait par succomber. Déjà, sa résistance mollissait, son opposition aux charges se faisait moins nette.

Les deux combattants étaient parvenus, marche par marche, aux deux tiers de l'escalier. Les assauts de Robor montaient à chaque instant en violence, et Morane comprenait qu'il ne pourrait plus résister longtemps. Il était en nage. Ses forces s'amenuisaient. À tout moment, il pouvait céder, et la grande épée d'orichalque du monstre mettrait fin à sa carrière de coureur d'aventures...

Il prit une soudaine décision. Tourna les talons. Se mit à grimper quatre à quatre la jetée de marches restant à gravir pour atteindre le seuil du « temple ».

Là, il s'arrêta, les jambes tremblantes, les bras presque privés de toute force. Littéralement épuisé. Vidé. Lentement, il se retourna pour apercevoir, sous lui, Robor qui avait stoppé, hésitant selon toute apparence, au milieu de la dernière volée de marches.

En sportif qu'il était, Morane avait repris son souffle. Il hurla :

— Alors, qu'est-ce que tu attends, vieille ganache ?

L'insulte glissa sur le Maître des Abîmes. Il cria à son tour :

— Tu fuis, Rah-Mu de comédie... Non seulement tu es un imposteur, mais aussi un couard...

— Viens donc me rejoindre, et tu verras si je suis un couard ! lança Morane.

Robor-Tho-Thep hésitait encore. Visiblement, le « temple » lui procurait une certaine crainte. Ce qui persuadait encore Morane que c'était là que se trouvait pour lui le moyen de vaincre le monstre qui, depuis des siècles, terrorisait l'Empire de Mu.

Au bas de l'escalier, un murmure de désapprobation montait, venant des rangs des sbires de Robor. Grésillements, rauquements métalliques, bruits de limes frottées l'une contre l'autre, froissements de tôles entrechoquées... Rien qui ressemblât à des sons formés par des gosiers humains. Cependant il était certain qu'il s'agissait de réprobations à l'apparente lâcheté du Maître des Abîmes qui continuait à demeurer immobile, hésitant.

« Faut absolument que je réussisse à le faire monter jusqu'ici », pensa Bob. Après, la chance serait maîtresse du jeu et, s'il se trompait...

De la pierraille, tombée de la voûte lors des séismes, jonchait le sol. Morane se baissa et, faisant passer son épée de sa main droite dans sa main gauche, il saisit un fragment de rocher gros comme une balle de tennis. Un moulinet du bras, et le projectile fila en direction de Robor, accompagné d'un féroce :

— Mais viens donc, LÂCHE !

Le mot « LÂCHE », hurlé, fit retentir les échos des cavernes, mais Robor ne broncha pas, se contenta d'effectuer un pas de côté pour éviter le morceau de rocher.

— LÂCHE !... LÂCHE !... hurlait Morane.

En même temps, il continuait à mitrailler le Maître des Abîmes. En même temps encore, les manifestations de réprobation montaient, toujours plus violentes, des rangs des assistants.

— LÂCHE !... LÂCHE !. hurla Morane en haussant le ton autant qu'il pouvait tout en continuant à lancer des pierres.

L'une d'elles toucha Robor à la tête.

Cette fois, c'en fut trop. Une rage aveugle fondit sur le Maître des Abîmes, tuant en même temps toute prudence en lui.

Il bondit, hurlant à son tour :

— Tu vas périr, maudit... TU VAS PÉRIR !...

Ces derniers mots se répercutaient à travers les cavernes comme à l'intérieur d'un tambour.

À grandes enjambées, Robor bondissait de marche en marche, sa grande épée brandie, prête à s'abattre. Au fur et à mesure, Morane, qui attendait l'assaut, voyait grossir la face de carnaval, rendue tragique par la rage. Les yeux du Maître des Abîmes, changés en phares, semblaient sur le point de lui jaillir des orbites, et une férocité sauvage s'y lisait. La bouche, ouverte sur des imprécations qui ne sortaient pas, laissait voir des dents pareilles à des crocs.

Visiblement, Robor se déchaînait, perdait la raison, ce qui faisait l'affaire de Morane. Tout ce que voulait ce dernier, c'était mener le monstre là où il le désirait : l'obliger à pénétrer dans le « temple ».

L'assaut fut d'une telle violence que Morane plia sous le choc. Tout juste si son épée réussit à s'opposer à celle de Robor. Les deux lames se heurtèrent avec une telle force que l'arme de Morane faillit une fois encore lui être arrachée des mains. Il recula, se dirigeant, marche par marche, vers l'entrée de l'édifice. Il lui fallait donner le change à son adversaire et feindre d'attaquer à son tour.

Vite, l'entrée du « temple » ne se trouva plus qu'à quelques mètres des antagonistes — trois mètres à peine — et Bob comprit qu'il devait tenter de mettre fin au combat. Dans le cas contraire, il finirait par succomber sous la violence des assauts du monstre.

Il se baissa, entendit la lame de son adversaire siffler au-dessus de sa tête, si près que le déplacement d'air fit frémir ses cheveux.

À son tour, Bob frappa. Un coup bas, rasant. Le coup de Jarnac. Sa lame, fauchant à moins de cinquante centimètres du sol, toucha Robor-Tho-Thep à la jambe, entama le cuir de la botte, cisailla la chair, toucha l'os...

Robor poussa un cri de douleur, plia le genou, tenta de se redresser. L'os n'était peut-être pas brisé, mais sa jambe blessée lui refusait cependant tout usage. À nouveau, il voulut reprendre son équilibre, mais la douleur était trop vive, le rendait bancal. Il semblait même ne plus avoir la force de soulever sa lourde épée d'orichalque, et Bob en profita pour le désarmer d'un grand revers de lame. L'épée vola en l'air, tournoya, retomba sur l'escalier pour rebondir de degré en degré dans des tintinnabulements de cloche fêlée.

À deux mètres à peine de l'entrée du « temple », Robor cherchait vainement à rester debout, à fuir le porche monumental ouvert telle une gueule pour l'engloutir. La terreur se lisait maintenant sur le masque de polichinelle qui, de grotesque, se faisait tragique.

De toute la force qui lui restait, profitant de toute sa masse, Bob se projeta sur son adversaire. Un placage classique de rugby, mais sans l'aide des bras. Son épaule emboutit à la hanche Robor qui tenta de résister au choc. Mais sa jambe blessée lui refusait tout appui et, projeté en arrière, il franchit le seuil du

« temple », roula sur le sol, voulut se redresser mais, cette fois encore, sa jambe blessée le trahit.

« Il faut que je réussisse à l'immobiliser, pensait Morane, les dents serrées. Il faut que je réussisse. »

De tout son poids, il pesait sur Robor maintenant aussi impuissant qu'une tortue retournée sur le dos. Ses longues jambes maigres pédalaient dans le vide, à l'intérieur du « temple », cherchant une prise sur les dalles glissantes. « À l'intérieur du temple, pensait encore Bob Morane. Il faut que je le maintienne À L'INTÉRIEUR DU TEMPLE !!! »

Ça pouvait marcher Mais ça pouvait aussi ne pas

marcher   La seule certitude que Bob avait, c'était la répugnance, voire la peur, qu'avait marquées le Maître des Abîmes à pénétrer dans l'édifice.

Sous lui, la résistance de son adversaire faiblissait rapidement. Ses mouvements s'amenuisaient. Ses ruades s'étaient changées en secousses de plus en plus faibles, qui se transformèrent vite en frémissements, puis en immobilité totale.

Les ongles en serres de Robor-Tho-Thep cessèrent de griffer le sol. De sa bouche, ouverte pour un hurlement, aucun son ne sortait. Puis le grand corps décharné demeura immobile. Rapidement son aspect changeait. Les vêtements qui le recouvraient tournaient à la charpie, puis leurs matières se pulvérisaient, pour disparaître tout à fait.

Ensuite, il n'y eut plus, sous les regards de Morane, qu'une structure verdâtre, aux reflets métalliques, qui lentement se décomposait. Ce qui avait été le Maître des Abîmes n'était plus qu'une statue de bronze attaquée par les oxydes et l'usure du temps.

Un temps qui s'accélérait. Rapidement, le corps de métal s'écaillait, se résorbait en une poudre verte : la putréfaction du métal.

Bientôt, de Robor-Tho-Thep, il n'y eut plus, sur les dalles du « temple », qu'un peu de poudre verte marquée des traces couleur de rubis de la cuprite. C'était tout ce qui restait de l'être qui, quelques minutes plus tôt encore, terrorisait l'Empire de Mu — ou tout au moins ce qui en subsistait. Un peu d'oxyde de cuivre réduit en poudre et qu'à tout moment un souffle d'air, même de faible puissance, balayerait...

15

— Qu'est-ce... que... ça signifie ?... Qu'est-ce que ?... Qu'est-ce que ?...

Les mots avaient de la peine à sortir de la gorge de Bill Ballantine et son visage, ses lèvres, ses regards témoignaient d'un total étonnement.

— Le Bien a triomphé du Mal, disait Rapa-Nui.

Et tout en elle indiquait un total ravissement, qui la rendait plus belle encore.

Bill Ballantine, Rapa-Nui et la suite de celle-ci avaient pris pied au sommet de l'escalier menant au « temple » et, de là, ils avaient assisté à la fin du combat.

Du menton, Morane désigna ce qui restait de celui qui avait été le Maître des Abîmes : un peu de poussière verte. Il dit simplement :

— Voilà Robor-Tho-Thep retourné au néant auquel il appartenait...

Un cri, poussé par un des assistants, retentit, venant du bas de l'escalier.

— Regardez, les gardes !... Morts !...

— Et les gardes sont devenus comme de la pierre ! enchaîna une autre voix.

En effet, les gardes de Robor s'étaient écroulés, sans vie. Quant aux statues-moaï, elles s'étaient immobilisées, blocs inertes.

— La force magnétique de Robor les animait, tenta d'expliquer Morane. Robor n'est plus et son magnétisme a disparu en même temps que lui...

— Allez-vous nous expliquer ce qui s'est passé exactement, commandant ? insista Bill Ballantine.

Morane eut un vague mouvement de tête.

— Expliquer ?... Supposer plutôt... Admettons définitivement que ce... euh... temple... se trouve être en réalité un vaisseau spatial... — À son bord, voilà des millénaires, Robor a débarqué sur la Terre en compagnie de ses séïdes, et sa puissance le fit prendre pour un démon par les habitants de Mu... En outre, Robor pouvait donner l'impression d'être immortel parce que, dans la dimension d'où il venait, le temps s'écoulait selon un rythme différent du nôtre... Plus lentement...

— Mais pourquoi Robor a-t-il été anéanti quand vous l'avez obligé à pénétrer dans le « temple » ? interrogea encore l'Écossais.

Bob Morane eut un geste vague.

— Je ne vois qu'une explication, Bill... Et c'est ce que j'ai cru deviner depuis le début... Le « temple », ou mieux l'astronef — si c'est bien d'un astronef qu'il s'agit — est l'enclave d'un autre univers, ou d'une autre dimension, dans le nôtre. Quand RoborTho-Thep y a pénétré, en me combattant, il a été anéanti parce que, justement, dans cet autre univers, ou cette autre dimension, IL ÉTAIT MORT DEPUIS LONGTEMPS !

Sur ces dernières paroles, Bob avait volontairement élevé la voix, criant presque, pour bien marquer leur importance.

— Ce que je ne comprends pas, commandant, c'est pourquoi, nous, nous avons pu pénétrer dans le... euh... temple sans avoir été anéantis...

— Sans doute, Bill, parce que nous ne sommes pas morts, pas plus dans un autre univers, ou une autre dimension, que dans celui-ci...

Rapa-Nui avait suivi cette conversation sans paraître comprendre. Elle continuait à couver Morane d'un regard plein de ferveur. Et, soudain, elle tomba à genoux devant lui.

— Vous avez vaincu Robor-Tho-Thep, Prince Rah-Mu... Vous nous avez sauvés des monstres qui terrorisaient l'Empire sous les Eaux...

Bob Morane se courba, lui prit les mains, la força à se relever, lui dit, ses regards plongés dans les siens :

— Relevez-vous, Rapa-Nui... Vous n'avez pas à vous prosterner devant quiconque...

Ses regards se firent plus persuasifs quand il poursuivit, mettant également plus de persuasion dans la voix :

— Je ne suis pas le Prince Rah-Mu... Ma ressemblance avec les statues qui représentent celui-ci n'est due qu'au hasard... Il faut me croire... Vous êtes victime d'une ressemblance... Mon ami et moi appartenons à un autre monde... Il faut nous aider à le regagner...

— Vous aider à regagner votre monde ? murmura la jeune femme.

— Oui, insista Morane d'une voix ferme. Vous nous avez fait venir ici ; vous pourrez nous en faire repartir...

À ce moment, les cavernes tremblèrent. Une secousse sismique de faible intensité, mais qui intervenait tel un avertissement. Détachée de la voûte, une grêle de pierres larda le sol du forum et les degrés de l'escalier monumental.

Personne ne broncha. Les habitants de l'Empire sous la Mer étaient habitués à ce genre de manifestation tellurique qui, pourtant, présageait du cataclysme qui, tôt ou tard, engloutirait définitivement Mu et ses derniers habitants.

Seule, Rapa-Nui réagit. Peut-être comprit-elle qu'elle ne pouvait entraîner Bob et l'Écossais dans cet inévitable anéantissement.

— Oui, décida-t-elle, puisque vous le voulez, je vous aiderai à regagner votre monde...

Mais ses yeux brillaient de larmes...

16

Bill Ballantine fit mine de s'ébrouer, partit d'un grand rire, constata :

— Et nous ne sommes même pas mouillés...

Rapa-Nui les avait ramenés à l'air libre de la même façon qu'elle les en avait tirés. La colonne de brume. Une brume qui n'était pas de la brume. Et à présent les deux amis se retrouvaient sur une courte plage de sable volcanique baignée par l'océan Pacifique. Et, devant eux, dans une nébulosité matinale, l'île de Pâques hissait son paysage bossué, sans arbres pour rompre sa monotonie.

— Ce qui compte, fit Morane, c'est qu'on s'en soit tirés...

Et il mentait un peu. Chaque fois qu'une aventure se terminait, il éprouvait ainsi une sensation inavouée de vide, de regret. Un peu comme si sa vie était devenue inutile. Pourtant, maintenant, ce n'était pas seulement l'aventure qu'il regrettait, mais surtout Mu et ses mystères, et aussi la belle princesse à la chevelure de rêve.

Les deux hommes s'avancèrent parmi les rochers qui bordaient la grève, les dépassèrent. Et les détails leur apparurent dans la clarté oblique de l'aube. Partout, ce n'était que bâtiments éventrés, ou affaissés sur eux-mêmes. Des pans de murs ébréchés. Des maisons écroulées. Les hôtels pour touristes, eux aussi, avaient souffert mais, construits en dur, contre les séismes, ils avaient mieux résisté que les autres habitations. Un peu partout, des feux couvaient encore dans des lueurs rougeâtres d'où montaient des fumées âcres. Des crevasses lézardaient le sol et il fallait les enjamber, ou sauter par-dessus pour progresser.

— C'était bien un tremblement de terre, décida Bill Ballantine.

— Tu n'as pas remarqué quelque chose ? dit Morane.

— Remarqué quoi ?... Je devrais remarquer quelque chose d'autre ?

— Les statues, Bill... Les statues...

— Ben quoi, les statues ?

Morane désigna, sur la droite, un alignement de moaï dont les hautes silhouettes aux formes élémentaires se détachaient en sombre sur les plages nacrées du ciel, et il fit remarquer :

— Elles n'ont pas bougé, Bill...

L'Écossais sursauta, montra, à gauche, un autre alignement de colosses de pierre.

— Celles-là non plus n'ont pas bougé... Et pourtant...

— Et pourtant elles bougeaient... Elles MARCHAIENT même... C'est ça que tu veux dire, Bill ?...

— C'est ça tout juste, commandant. Vous n'allez quand même pas dire, vous...

— Que nous avons rêvé, ou tout au moins que nous avons été victimes d'une illusion...

— Collective alors ?...

— Pourquoi pas, Bill... Pourquoi pas ?... Mais le géant insista :

— Moi, je suis certain de ne pas avoir rêvé, ni d'avoir été victime d'une illusion...

— Qui sait, Bill... Qui sait...

L'Écossais voulut insister encore, mais déjà Bob prenait les devants et s'éloignait. C'était sa façon de montrer qu'il ne désirait pas pousser plus loin les débats.

*

* *

À l'hôtel, qui avait été épargné par le séisme, ils devaient retrouver, dans la chambre de Morane, le rongorongo dont ce dernier avait recollé les deux fragments.

— Si vous voulez mon avis, devait déclarer l'Écossais, il faudrait reporter ce truc dans la caverne où nous l'avons découvert. C'est lui qui est la cause de tout, c'est sûr... Comme si, en le ramenant à l'air libre, nous avions déclenché une malédiction...

Morane sourit.

— Voilà que tu te laisses encore emporter par tes superstitions d'Écossais. Ce « truc », comme tu dis, n'est qu'un morceau de bois bien incapable de porter la poisse à quiconque... Tiens-le-toi pour dit une fois pour toutes...

Le colosse décida de ne pas s'entêter. Il se contenta d'interroger :

— Bon, c'qu'on va en faire ?... Je veux parler du truc... le rongorongo...

— Nous allons l'emporter, fit Morane, et le remettre à Aristide. Il parviendra peut-être à en tirer quelque chose. Les rongorongo n'ont pas encore été déchiffrés, bien sûr... Mais le professeur est tenace et, aujourd'hui, avec les ordinateurs...

— Trouver le secret de Mu ? fit Ballantine. C'est ça, commandant ?

— C'est ça, Bill... Le secret de Mu, ou autre chose...

Peut-être, avec cet « autre chose », Bob Morane pensait-il à la Princesse aux regards d'émeraude, mais on ne le sut jamais...

Rapa-Nui, La Mystérieuse

Lancés à la poursuite des continents légendaires, les chercheurs de chimères eurent souvent l'occasion d'aborder à des îles, où ils comptaient découvrir les vestiges de quelque civilisation disparue. Cependant, exception faite pour les Canaries et leurs mystérieux habitants, les Guanches, ils ne trouvèrent souvent que des palmiers et des oiseaux multicolores. Au contraire, ils cherchaient une terre hors série, insolite, avec des ruines et des monuments couverts d'écritures inconnues. Et, le plus étrange, c'est qu'ils la trouvèrent, cette terre de légende, en plein Océan Pacifique, à l'écart des voies maritimes, par 27° 10′ de latitude sud et 109° 20′ de longitude ouest. C'était Rapa-Nui, à laquelle ses découvreurs donnèrent le nom d'Île de Pâques.

*

* *

Elle était bien faite pour enflammer les imaginations, cette île tropicale mais désolée, avec ses volcans éteints, ses rocailles sombres, ses laves, ses cavernes secrètes, ses tombes cyclopéennes remplies de squelettes et ses gigantesques statues monolithiques.

Ce fut, pense-t-on, le flibustier anglais John Davis qui, en 1687, découvrit l'île, mais les vents étant contraires, il n'y aborda pas. Il se contenta d'en relever la position et de lui donner son nom : Terre de Davis.

Trente-six ans plus tard, le lundi de Pâques, 6 avril 1722, trois navires, commandés par l'explorateur hollandais Jacob Roggeween, mouillent près de l'île. En souvenir de ce jour, ils l'appellent cette fois « Paasch Eiland », Île de Pâques. Roggeween donne l'ordre de débarquer et, à peine les canots ont-ils touché la plage, un grand nombre d'indigènes s'avance pour considérer les nouveaux venus. Sans raison apparente, les matelots ouvrent le feu. Une douzaine de naturels sont tués. Ensuite, après cette démonstration de force de la part des arrivants, des relations amicales se nouent. On échange un peu de pacotille contre trois cents poulets et, aussitôt, toujours protégés par leurs mousquets, dont les indigènes connaissent à présent les vertus destructrices, les voyageurs entreprennent la visite de l'île.

Presque immédiatement, le scribe de l'expédition, l'Allemand Behrens, remarque les étonnantes statues qui, taillées dans un seul bloc de tuf volcanique noirâtre, se dressent un peu partout le long du rivage. Certaines atteignent dix mètres de hauteur et, par endroits, elles sont si nombreuses qu'elles forment comme une haie de guerriers cyclopéens dressés le dos tourné à la mer.

Ces statues se ressemblent toutes, à quelques détails près, avec leurs corps frustes, coupés à hauteur du bassin, leurs bras à peine ébauchés et collés au tronc, leurs têtes énormes, coniques, souvent surmontées d'une sorte de coiffe cylindrique en lave rougeâtre. Leurs faces surtout, sont étonnantes. Larges du bas, les lèvres minces, elles se rétrécissent vers le haut, pour s'arrêter presque à ras des yeux, rendant ainsi le front quasi-inexistant. Le nez est long et fort, et les oreilles, aux lobes étirés vers le bas, touchent presque les épaules. Les arcades sourcillières s'avancent en visière sur les yeux et, les noyant d'ombre, accentuent encore la sévérité de ces masques pétrifiés. Les statues sont en général dressées sur de grands entablements de pierres imbriquées à l'intérieur desquels sont aménagés des caveaux qui se révélèrent remplis de squelettes. Sur toute l'étendue des côtes pascuanes, on a dénombré 180 de ces entablements, nommés ahus par les indigènes, la plupart supportant des statues.

Après Roggeween, une expédition espagnole, commandée par Felipe Gonzalès, tentera, en 1770, de prendre possession de l'île pour le compte du Roi d'Espagne et lui donnera le nom d'île San Carlos. Il faudra cependant attendre l'arrivée du capitaine Cook, en 1774, pour obtenir de nouveaux renseignements sur cette terre mystérieuse. Tout de suite, le grand voyageur anglais remarque la grande ressemblance existant entre le langage des Pascuans et celui des Tahitiens, puis il s'étonne de la majesté et de l'étrangeté des statues.

« On ne peut concevoir, écrit-il, comment ces « indiens » (sic) qui n'ont aucune connaissance en mécanique ont pu élever des masses aussi étonnantes et ensuite placer au-dessus de grosses pierres cylindriques... Les habitants actuels n'y ont certainement aucune part. Ils ne réparent même pas les fondements des statues qui tombent en ruine. Ces magnifiques ouvrages leur viennent des siècles reculés... Il est donc très probable que ces insulaires sont les tristes restes d'une nation riche et industrieuse qui sut élever des monuments durables à la mémoire de ses princes. Un volcan l'aura détruite en bouleversant toute l'île. Quelques êtres auront survécu pour ne plus habiter qu'une terre aride et présenter le tableau de l'indigence sur les traces mêmes d'une antique prospérité. » Les officiers de Cook achetèrent aux « indiens » des statuettes de bois représentant, les unes, des vieillards squelettiques au menton orné d'une barbiche en forme de « bouc », les autres, des hommes ailés, ces fameux Tangata-Manu, ou HommesOiseaux, adorés par les Pascuans. D'après eux, les statuettes des Tangata-Manu seraient capables de s'animer sous l'influence de certains rites prescrits à cet usage. Selon Cook, ces statuettes étaient d'une facture moins brutale que celle des grandes statues de lave.

Plus loin, Cook parle encore d'une main de femme « sculptée en bois jaune et à peu près de grandeur naturelle. Les ongles s'étendaient à trois quarts de pouce au-delà de l'extrémité des doigts, qui étaient dans la position que leur donnent les Tahitiens en dansant. Elle était d'un bois odorant. Comme nous n'avons trouvé aucun arbre de cette espèce dans l'île ni remarqué que l'usage y existât de porter les ongles longs, nous ne pouvons concevoir d'où leur venaient ce fragment de sculpture ».

Une autre particularité frappe également le voyageur, c'est le nombre relativement restreint de femmes, trente ou quarante en tout, parmi la population, pourtant assez nombreuse de l'île. Et, il ajoute :

« Il n'est pas probable que d'autres (femmes) se soient dérobées à nos regards. Cependant, on se souviendra que les naturels nous défendirent l'entrée de leurs retraites souterraines. Les cavernes d'Islande contiennent plusieurs milliers d'habitants et il est probable que, dans une île volcanique telle que celle-ci, elles pourraient servir d'asile à un grand nombre de naturels. »

À son tour, La Pérouse, en 1786, soit deux ans avant d'être tué et mangé par les cannibales de Vanikoro, mouille ses deux frégates, l'Astrolabe et la Boussole dans une baie située au nord de l'île, baie à laquelle il donnera son nom. Les constatations de M. Bernizet, son savant compagnon, n'apporteront aucun complément à celles déjà faites par Cook.

Puis commence une ère sombre pour Rapa-Nui, car les navires succèdant à ceux de La Pérouse sont montés par d'infâmes forbans, pirates ou négriers, qui dépeuplent l'île et inspirent à ses habitants une véritable haine de l'homme blanc. Tout visiteur est chassé à coups de pierres et, en 1843, des religieux, dirigés par Mgr Rouchouze, tentant de s'installer dans l'île, sont massacrés à titre de représailles et, probablement, dévorés. Enfin, les nations civilisées se liguent pour faire la chasse aux marchands d'esclaves, et la paix revient à Rapa-Nui. Mais sa population a été décimée. En 1786, La Pérouse l'estimait à 5 000 âmes environ ; moins de cent ans plus tard, en 1877, après le passage des négriers, elle ne se montait plus, lors de l'arrivée du croiseur Le Seignelay, qu'à 111 habitants, dont 26 femmes.

Tout, dans le comportement de ses indigènes, dans l'aspect de son sol, dans les vestiges retrouvés un peu partout, allait contribuer à faire de l'île une terre étrange, semblant appartenir à un autre monde.

Déjà, les premiers voyageurs avaient remarqué que les Pascuans étaient séparés en deux groupes bien distincts, les membres de l'un de ces groupes, de race vulgaire, possédaient tous les caractères polynésiens, avec une pointe de négroïsme. Les membres du second groupe, nommés Ariki-Paka, moins nombreux, représentaient la race noble, descendant des anciens rois. L'ovale allongé de leurs visages, leur nez fin, aquilin, aux ailes bien dessinées, leur menton accusé, leur front haut et bien dégagé, signe d'intelligence, leur peau claire, les différenciaient des types canaque ou nègre. Tous adoraient le Manutara, ou Oiseau de la Chance, nom désignant le Sterne ou hirondelle de mer. Ce culte se rattachait à celui du dieu Make-Make et de l'œuf qui est sa représentation. Chaque année, un chef était nommé et prenait le titre de Tangata-Manu (homme-oiseau). Pour acquérir ce titre, il devait aller chercher à la nage, dans un îlot voisin, le premier œuf de sterne pondu cette saison-là. Pendant tout son règne, le Tangata-Manu devait vivre dans un état de tabou absolu. Sa femme et ses enfants eux-mêmes ne pouvaient l'approcher ni le voir. Ce culte étrange de l'homme-oiseau, ne se retrouvant nulle part ailleurs, contribua encore à accentuer le caractère d'exception de cette terre perdue.

Le règne du Tangata-Mana ne devait cependant pas résister à la venue des Européens. Lorsque les Pères Picpus vinrent s'installer dans l'Île de Pâques en 1864, ils n'eurent aucune peine à convertir au christianisme les Pascuans ayant survécu aux massacres et à l'esclavage. Ces missionnaires, au cours de leur guerre contre les idoles, détruisirent beaucoup d'objets anciens dont l'étude aurait peut-être permis aux ethnographes de recueillir des renseignements précieux sur les anciens habitants de l'île. Beaucoup de statues furent même jetées au bas de leurs ahus, victimes de l'intolérance.

*

*　　*

Ce fut néanmoins à un religieux, Mgr Topano Janssen, Vicaire Apostolique de Tahiti, que l'on doit la plus grande découverte archéologique jamais faite sur l'île, celle des Kohau-Rongo-Rongo, bois d'hibiscus intelligents.

En 1886, le R. P. Gaspard Zumbohm, devant se rendre à Tahiti, fut prié par les Pascuans de remettre à leur évêque, en témoignage de fidélité, un écheveau d'une fine cordelette faite de cheveux humains tressés et enroulée sur une planchette. Mgr Janssen, ayant examiné cette planchette, la trouva couverte de signes inconnus. Le premier bois parlant venait d'être découvert. Par la suite, on réussit à en ramener plusieurs autres en Europe.

Au cours des enquêtes menées dans l'Île de Pâques, on se rendit compte qu'aucun indigène n'était capable de déchiffrer les caractères mystérieux gravés sur les planchettes. Les Pascuans considèrent d'ailleurs ces Rongo-Rongo comme maléfiques et, s'ils en trouvent, les brûlent ou s'empressent de les vendre aux Européens. Parfois, par un étonnant paradoxe, ils s'en servent pour enrouler le fil de leurs lignes de pêche.

Après bien des recherches, on supposa que les caractères mystérieux étaient purement idéographiques et servaient à la représentation d'un objet ou d'un événement, représentation servant d'aide mémoire. Les lecteurs les interprétaient par la suite et les reliaient entre eux par des mots destinés à former des phrases. Les textes, suppose-t-on, devaient être chantés. Leur lecture se faisait en commençant par la ligne du bas, en lisant celle-ci de droite à gauche. La seconde ligne, se lisait, elle, de gauche à droite. La troisième, à nouveau de droite à gauche, et ainsi de suite, l'œil du lecteur passant de ligne en ligne, en remontant, à la façon d'un bœuf qui, traînant la charrue, passe de sillon en sillon. C'est donc là une écriture en « boustrophédon », semblable à celle employée par les anciens Grecs. Cependant, malgré toutes les recherches, les Rongo-Rongo ne livrèrent pas leur secret et, à l'heure actuelle, on n'a pas encore réussi à déchiffrer leur message.

Mais, en septembre 1933, le Hongrois Hevesy, étudiant les bois gravés, en compara les signes avec ceux des sceaux d'albâtre trouvés à Mohenjo-Daro, dans la vallée de l'Indus. À son grand étonnement, 130 de ces signes se révélaient, de part et d'autre, presque parfaitement identiques. Un hasard était possible, mais il devenait douteux qu'il ait pu se reproduire cent trente fois de suite en deux endroits différents seulement. Les caractères des sceaux hindous et ceux des Rongo-Rongo, devaient donc avoir, logiquement, la même origine. Ceux des Rongo-Rongo étant beaucoup moins évolués, Hevesy les considéra à juste titre comme plus anciens que ceux des sceaux d'albâtre qui remontent à trois ou quatre mille ans avant notre ère. Il faudrait donc assigner aux Rongo-Rongo une origine plus lointaine encore.

On n'avait cependant pas attendu ces dernières constatations pour se lancer dans les suppositions les plus variées au sujet de cette terre d'exception qu'est l'Île de Pâques. Pour certains, elle serait le reliquat d'une sorte d'Atlantide de l'Océan Pacifique, dont les habitants auraient, jadis, sculpté les grandes statues. S'il faut en croire Macmillan Brown, Rapa-Nui aurait fait partie d'un archipel aujourd'hui englouti et aurait servi de nécropole aux habitants des îles voisines. Par un singulier paradoxe, seule l'Île des Morts aurait survécu au cataclysme.

Ces différentes théories étaient servies par la totale ignorance des Pascuans quant à leur passé. Cependant, la découverte d'Hevesy semblait corroborer l'hypothèse d'un grand continent du Pacifique. Puisque les caractères des sceaux d'albâtre de Mohenjo-Daro dérivaient de ceux des Rongo-Rongo et comme, d'autre part, on ne pouvait les supposer originaires de la seule Île de Pâques, il fallait admettre, que cette dernière fit jadis partie d'une grande terre abritant une civilisation prospère ayant pu étendre son influence jusqu'aux Indes. C'était rejoindre les découvertes faites par le colonel James Churchward, au début de ce siècle — donc bien avant les études comparatives d'Hevesy —, sur cette étrange Terre du Mu[1] 1, dont nous parlerons plus loin en détails.

Personne, à vrai dire, ne croyait aux théories de Churchward, qui semblaient d'ailleurs se rattacher davantage à

---

[1] Il ne faut pas confondre, comme on le fait trop souvent, Mu et la Lémurie. La Lémurie était située dans l'océan Indien tandis que Mu, selon Churchward, occupait la partie centrale de l'actuel océan Pacifique.

la théosophie qu'à la science pure. Et, cependant, Hevesy venait presque de les confirmer ou, tout au moins, de confirmer l'existence probable, dans un lointain passé, d'un continent du Pacifique, dont le nom importe peu et dont l'Île de Pâques serait un des sommets non immergés.

*
*   *

La science ne pouvait évidemment être mise en face d'une telle possibilité sans tenter de réagir et de ramener la chose à des proportions plus raisonnables. Les savants ont toujours aimé enfermer la nature dans des boîtes afin de pouvoir plus facilement la maîtriser, la mettre sous leur coupe. Jamais, ils le savaient, ils ne parviendraient à mettre sous leur coupe ce Continent Mu, disparu des milliers d'années avant notre ère. Tenter d'y parvenir serait se ranger aux côtés des théosophes et, depuis longtemps, on le sait, ce seul mot de « théosophe » a empêché de dormir des générations entières d'hommes de science.

Bref, il fallait détruire, de toute urgence, la légende de l'Île de Pâques, Celle-ci devait absolument être mise en bocal, étiquetée et oubliée une fois pour toute sur une étagère. Plusieurs expéditions, dont la plus récente, à ma connaissance, est celle de 1934, dirigée par Henri Lavachery et Alfred Métraux, tentèrent d'élucider cette triple énigme, à la fois géologique, géographique et ethnographique. Disons tout de suite que toutes leurs conclusions, visant à priver l'Île de Pâques de son caractère insolite, font long feu, tant par leur gratuité que par l'existence de certains faits concrets qui pousseraient à accréditer, au contraire, des conclusions toute opposées.

L'Île de Pâques, disent les savants, fut occupée au XIIe et XIIIe siècle de notre ère par des émigrants venus des Îles Gambier et qui la trouvèrent inhabitée et vide de statues. Cette assertion est cependant toute gratuite et demande à être prouvée. On peut se demander d'ailleurs pourquoi les habitants des Îles Gambier se seraient aventurés dans ce désert d'eau qu'est le Pacifique Est, pour, finalement, se fixer à Rapa-Nui, cette terre déshéritée, sans eau et sans végétation, alors que tout près les Touamotous leur offraient des terres désertes et édeniques.

La pauvreté de la flore et de la faune de l'Île de Pâques, son aspect désolé qui a tant contribué à en faire un monde à part, s'expliquerait par sa situation géographique, son climat plus froid que celle des autres îles polynésiennes. Il suffit cependant de regarder une planisphère pour s'apercevoir que l'Île de Pâques se trouve à proximité du Tropique du Capricorne, à quelques centaines de kilomètres au sud des Touamotou et à la hauteur du Transvaal et de Madagascar. La distance la séparant de l'Équateur, reportée sur l'hémisphère nord, la mettrait à la latitude de la Floride, du Sahara ou des Indes.

Toujours selon les savants, la confection des statues, malgré leur taille gigantesque, peut s'expliquer aisément. Il en va de même de leur transport, des carrières du volcan Rano-Raraku à leurs ahus situés le long de la côte. Les anciens Pascuans n'étaient en effet pas pressés par le temps et pouvaient tailler les statues à leur aise et les acheminer, en les glissant petit à petit, jusqu'au point où elles devaient être dressées. Souvenons-nous cependant que Rapa-Nui est une terre pauvre, dépourvue de végétation et de gibier. Le poisson, sur ses côtes, n'est guère abondant, à cause des courants qui l'entraînent au large. Les Pascuans devaient donc, contrairement aux habitants des autres îles de Polynésie, lutter âprement pour trouver leur subsistance. Cette nécessité de chaque jour s'accorde mal avec la réalisation de travaux dont l'ampleur égale presque ceux nécessités par la construction des pyramides d'Égypte. Une véritable folie semble en effet s'être emparée des sculpteurs de statues, car on en a dénombré plus de cinq cents, pouvant peser jusqu'à 250 tonnes chacune. Quant au transport, qu'on a tenté d'expliquer de différentes façons, toutes plus laborieuses les unes que les autres, il suffit de rappeler que, pour hisser à bord du yacht Topaze la statue de taille moyenne nommée Hoa-Haka-Nama-Ta, ou Briseuse de Lames, aujourd'hui au British Museum, il fallut mobiliser 300 marins et 200 Pascuans et s'aider de grues et de palans modernes. Lavachery, qui a tenté de minimiser les difficultés de transport des statues, semble oublier que, quand il fit transporter à bord du navireécole

Mercator la petite statue actuellement au Musée de Bruxelles, il fallut employer de robustes cordages de marine, qui se rompirent d'ailleurs, un solide filet, un palan différentiel de 5 tonnes et mobiliser en outre 140 hommes.

Les savants affirment également que, lors de la venue des premiers Européens, les Pascuans considéraient les statues et leurs ahus comme de construction récente et les honoraient encore au cours de cérémonies rituelles. Ces cérémonies se seraient perpétuées jusqu'en 1880. Or, il suffit de relire Cook, qui fut le second Européen à mettre le pied sur l'île, pour s'assurer du néant de ces assertions. Le grand voyageur anglais n'écrit-il pas, en effet : « … Les habitants actuels n'y ont certainement aucune part. Ils ne réparent même pas les fondements des statues qui tombent en ruine. Ces magnifiques ouvrages leur viennent des siècles reculés… » Si, à l'époque, un culte quelconque avait été rendu aux statues, il faut supposer que Cook s'en serait aperçu et, dans ce cas, n'aurait pas écrit les phrases qui précèdent.

Tentant d'expliquer l'oubli des Pascuans quant à leur passé, Lavachery écrit de son côté : « Devenus chrétiens, les Pascuans ont eu honte de toute une partie de leur passé et ils se sont efforcés, non sans succès, de l'effacer d'un esprit naturellement oublieux. » Malheureusement, ces chrétiens « ayant honte de toute une partie de leur passé » n'hésitent pas à fabriquer de fausses statuettes rituelles et de faux RongoRongo afin de les « redécouvrir » pour les vendre aux voyageurs crédules. Étrange « honte » que celle-là qui ne résiste pas à l'appât du gain. Étrange « oubli » aussi. Étranges chrétiens, ces Pascuans qui, comme l'affirme Lavachery lui-même, vivent dans la crainte continuelle des fantômes et des maléfices. Si les actuels Pascuans avaient jamais adoré les statues, il est fort probable qu'ils continueraient à le faire aujourd'hui, tout comme les paysans haïtiens, bons catholiques pourtant, célèbrent toujours le Vaudou, culte des anciens dieux africains.

On trouve également dans le livre de Lavachery L'Île de Pâques, une phrase qui, si elle fait montre d'objectivité de la part de l'écrivain, ne manque pas, en même temps, de nous laisser rêveurs. « Métraux, dit Lavachery, m'a fait part de ses doutes au sujet des découvertes de l'érudit Hongrois (Hevesy).

La transmission de cette écriture à travers des siècles, sans que l'on connaisse aucun point de relais, lui paraît, avec raison, contraire à tous les phénomènes historiques déjà connus. D'autre part, nous avons quelques-uns des tableaux de Hevesy et ils paraissent irréfutables à première vue. »

J'ai moi-même sous les yeux, en ce moment, les tableaux de Hevesy, dans lesquels les caractères des Rongo-Rongo et ceux des sceaux d'albâtre de l'Indus sont juxtaposés, et l'identité entre ces caractères est telle que leur filiation me paraît également irréfutable. Alors, pourquoi continuer à ratiociner ? Pourquoi nier cette filiation parce que « l'on ne connaît aucun point de relais » entre les deux écritures ? Ce point de relais a, peut-être, existé et, en l'occurrence, serait ce continent du Pacifique tant décrié. Mais, attention, nous abordons le sujet tabou, car ce continent du Pacifique ne peut être, et pour cause, touché du doigt...

Mais notre but n'est pas de prendre parti. Seulement d'exposer les faits, et de tenter d'arriver à une conclusion quelconque. Pour l'Île de Pâques, cette conclusion se refuse à nous, car cette terre étrange, malgré les recherches, garde tout son mystère. Que se cache-t-il derrière le masque clos de ses statues ? Peut-être la réponse se dissimule-t-elle au fond de ses cavernes secrètes, taillées à flanc de falaises, dans des endroits souvent inaccessibles, et dont les Pascuans n'ont jamais voulu montrer le chemin aux européens.

Qui nous dira si les théories des savants, dans leur méfiance scientifique, sont exactes et si Rapa-Nui est une île sans mystère ou si, au contraire, elle est un des derniers vestiges de cet étrange Continent Mu, Terre des Premiers Hommes ?

FIN

Un Collier Pas Comme Les Autres (Et Autres Nouvelles)

C'est Jacques Van Herp qui me suggéra l'idée de collier dont les perles, suivant leur ordre et leur poids, fournissent le secret d'une formule clinique.

J'usai de cette idée pour écrire une nouvelle destinée a une publication du C.G.R.I. (Wallonie-Bruxelles) éditée à l'occasion d'une exposition qui eut lieu à Paris, fin 1993 pour fêter les 40 ans de Bob Morane.

Le même sujet – l'achat d'un collier chez un antiquaire – fut développé et vu sous un autre angle, servit pour le roman intitulé Les démons de la guerre (Lefrancq, 1993).

Un collier pas comme les autres fut également scénarisé pour une courte BD illustrée par Coria.

H. V.

— Eh ! commandant, v'là un drôle de nom pour un brocanteur...

Bill Ballantine stoppa net ses cent quarante et quelques kilos de muscles et d'os. « Avec un peu de graisse », aurait dit sournoisement Bob Morane.

La boutique du brocanteur, qui se voulait antiquaire, portait l'enseigne : DASHIELL HAMMETT — Antiques — Curios. Et, en plus petit : Pawnbroking[2].

— Sans doute un pseudonyme, dit Bob Morane. Le type a dû lire trop de romans policiers.

De passage à New York, les deux amis se baladaient dans le Bronx, à la recherche d'ils ne savaient quoi exactement. Bien sûr, en enragé collectionneur, Morane était en quête d'un hypothétique trésor. Le chapeau de Buffalo Bill. Ou la tête d'un jésuite réduite par les Jivaros. À moins que ce ne fût le crâne de Lincoln adolescent. Ou encore l'épée qui avait tranché le nœud gordien. Jusque-là, rien de semblable. Bob et Bill devaient se contenter du spectacle de la rue. Juifs hassidim en manteaux noirs, chapeaux plats et boucles. Filles noires belles comme des morceaux de nuit. Ivrognes tenant leur bouteille embrassée comme s'il s'agissait de tous les trésors d'Arabie. Chinois qui marchaient comme s'ils étaient ailleurs. Noirs ballottés par le vent de la marihuana. Jeans et blousons de cuir fatigués. Quelque part, un transistor beuglait le dernier rap des Feet and Feet. De temps à autre, une auto de police passait telle une voiture fantôme.

— Si on entrait pour voir ? fit Morane. Il parlait de la boutique de brocante.

---

[2] Prêts sur gage

— Le contraire m'aurait étonné, grommela Bill. Ça fait au moins le vingtième capharnaüm de ce genre qu'on visite depuis le matin.

Déjà, Morane avait poussé la porte, déclenchant le bruit de cristal brisé d'un carillon. Derrière son comptoir encombré d'objets hétéroclites, le marchand surveillait l'entrée de ses deux visiteurs comme une araignée, dans le coin de sa toile, surveille deux mouches imprudentes. Mais, si le brocanteur avait tout de l'araignée, Bob et Bill, eux, n'avaient rien de la mouche imprudente.

— On veut jeter un coup d'œil, si vous permettez, dit Morane.

Le brocanteur ne dit rien. Il permettait.

Chacun de son côté, Bob et Bill se répandirent à travers la boutique.

Comme l'avait dit l'Écossais, il s'agissait d'un véritable capharnaüm. Pourtant Bob, qui observait chaque objet d'un œil averti, n'y découvrit rien d'intéressant. Quelques Katanas japonais. Certains pris par les G.I.'s sur des officiers nippons lors de la guerre du Pacifique, soixante-deux ans plus tôt. D'autres, plus nombreux, fabriqués à Nagasaki pour les touristes. Poupées javanaises de fabrication récente, par bottes. Masques et totems africains sans valeur, vaisselle, verreries dépareillées. Faire le tour du contenu de cette boutique eût été une gageure.

Un appel vint, lancé par Bill.

— Eh ! Venez voir, commandant !

Morane s'approcha de son ami, regarda ce qu'il tenait à la main, eut un haussement d'épaules réprobateur et qui témoignait également d'un vague agacement.

— C'est pour ça que tu me déranges, mon vieux ? Bill exhibait sous le nez de Bob un collier de verroterie composé d'une trentaine de perles de verre de différentes couleurs et de grosseur inégale.

— Joli, non ? fit l'Écossais. Moue de Morane.

— Un chien n'en voudrait pas pour collier. Ça lui donnerait des crises d'épilepsie...

Le géant ignora la remarque.

— Ça plairait à ma petite nièce... Pour son anniversaire...

— Savais pas que tu avais une petite nièce, goguenarda Morane. De toute façon, elle ne peut être petite.

Nouvelle remarque ignorée par Ballantine, qui se détourna, marcha vers le comptoir, demanda au brocanteur :

— J'aimerais acheter ce collier Combien coûte-t-il ?

Le visage du marchand se figea. Il contempla un instant le collier, le regard soudain devenu fixe, puis il secoua la tête.

— Ce collier n'est pas à vendre...

— Comment, pas à vendre ? s'étonna l'Écossais.

La voix du brocanteur s'affermit, se fit presque dure.

— Je vous le répète, ce collier n'est pas à vendre... Morane intervint, dit à l'adresse de son ami :

— N'insiste pas, Bill... Puisque monsieur dit que cette babiole n'est pas à vendre.

Ballantine haussa les épaules, déposa le collier sur le comptoir, devant le commerçant.

— Dommage... Je voulais acheter ce collier pour ma petite nièce, qui aime les perles de couleur...

Les traits du brocanteur se détendirent aussitôt.

— Pour votre petite nièce ? dit-il. Dans ce cas, j'accepte de vous le vendre.

Cette brusque volte-face eut le don d'étonner Bob et Bill qui échangèrent un bref regard. De surprise chez Morane ; de triomphe chez Bill, qui demanda à l'adresse du marchand :

— Et le prix ?... Combien il coûte, votre collier ?

— Cent dollars.

Moue réprobatrice de Ballantine.

— Vous êtes fou, ou quoi ?... Cent dollars pour cette petite saloperie ?... Je vous en donne la moitié, et vous avez de la chance que c'est pour ma petite nièce !... Cinquante dollars... C'est à prendre ou à laisser...

Le marchand eut à peine une hésitation.

— D'accord... Cinquante dollars... Mais c'est bien parce que c'est pour votre petite nièce...

Bill paya les cinquante dollars, empocha le collier et les deux amis sortirent. Quand ils eurent quitté la boutique, l'Écossais se tourna, triomphant, vers Morane.

— Vous voyez, commandant, faut savoir parler aux gens et on obtient tout ce qu'on veut... Facile, non ?

« Oui, pensa Morane l'air soucieux. Facile. Trop

facile même... » Il n'avait jamais vu un brocanteur se comporter comme ce... euh. Dashiell Hammett.

*

*   *

Bob Morane et Bill Ballantine avaient à peine quitté la boutique depuis trente secondes quand un homme y pénétra. Il portait un trench à la ceinture nouée et chiffonné, un chapeau de feutre mou au bord baissé. On aurait pu le prendre pour Humphrey Bogart si celui-ci n'était mort depuis pas mal d'années.

Il s'approcha du comptoir et s'adressa au brocanteur. Il avait une voix un peu éraillée qui dénotait l'emploi abusif de la drogue à Nicot.

— Je viens pour le collier... C'est pour ma petite nièce...

Le brocanteur sursauta, sa mâchoire inférieure tomba et il resta bouche béante, trouvant tout juste le moyen de balbutier :

— Mais... le collier... est déjà venu... Vendu...

— Comment ça, vendu ? aboya l'homme au trench.

Le brocanteur avait de la peine à retrouver son calme.

— Oui... Deux hommes. L'homme roux m'a dit qu'il

voulait acheter le collier... pour sa petite nièce. Comme c'était convenu... Je lui ai dit que le collier coûtait cent dollars... Comme c'était convenu... Et il m'a offert cinquante dollars... Comme c'était convenu...

— Qui étaient ces hommes ? interrogea l'homme au trench.

— Sais pas... Un grand roux... très grand... et un, un peu plus petit, brun... Costauds tous les deux... J'ai cru...

— Fallait pas croire ! hurla l'homme au trench. Il y a longtemps qu'ils sont partis ?

— Non... Quelques minutes... Vous auriez pu les croiser... Sont allés vers la droite... Pourrez peut-être les rejoindre...

En grognant entre ses dents des mots de menace, l'homme au trench quitta la boutique, enfila la rue en direction de la droite, courant presque.

Il ne tarda pas à apercevoir Bob et Bill, qui marchaient en baguenaudant, et il n'eut aucune peine à les reconnaître en se basant sur la description du brocanteur. Il ralentit son allure, pour se contenter de suivre les deux hommes à distance respectueuse afin de ne pas se faire repérer.

La filature dura près d'une heure. Bob Morane et Bill Ballantine avaient quitté le Bronx pour gagner Manhattan. Là, ils pénétrèrent dans un hôtel, dont l'homme au trench lut le nom. Il murmura à voix basse :

— Le Sunday Inn... C'est là qu'ils habitent... Faudra agir avec doigté !

*

*　　*

Dans la chambre, Bob Morane inspectait avec curiosité le collier que Bill venait de lui passer.

— Cette babiole m'intrigue, fit Morane au bout d'un moment.

Par-dessus l'épaule de son ami, Ballantine observait lui aussi le collier.

— Vous avez remarqué que les perles sont enfilées en désordre, fit-il. D'habitude, les grosses sont au centre et ça va en décroissant. Ici il y a des petites, des grosses, toutes mélangées...

— Oui, approuva Bob. C'est justement la première chose que j'ai remarquée. Curieux ça ! Et ça me force à me poser une question : pourquoi a-t-on enfilé les perles de cette façon ?

— Peut-être le collier s'est-il brisé et l'aura-t-on reconstitué au hasard ? supposa Bill.

À ce moment, on frappa à la porte. Croyant qu'il s'agissait de la femme de chambre, Bob lança pardessus son épaule :

— Entrez !. c'est ouvert !

La porte s'ouvrit et l'homme au trench entra. Sans même enlever son feutre, qui semblait vissé à son crâne, il tendit une carte à Morane. Celui-ci lut, passa la carte à Bill, qui lut à son tour, à haute voix :

— Philip Marlowe, détective privé. C'est une plaisanterie ou quoi ? Tout à l'heure Dashiell Hammett, maintenant Philip Marlowe... L'impression de jouer dans un mauvais film.

Morane, lui, gardait son calme. Il se contenta de froncer le sourcil et de demander à l'adresse du pseudo détective privé :

— Que pouvons-nous pour vous, monsieur... euh... Marlowe ?

Sans hésiter, l'homme répondit :

— Voilà... Vous venez d'acheter un collier qui a été vendu par erreur au brocanteur qui vous l'a cédé. Il s'agissait d'une liquidation de succession. Mon client m'a chargé de récupérer ce collier.

Bob et Bill échangèrent un regard.

— Tiens... tiens ! fit Bill.

— Eh... eh ! fit Morane. Ledit Philip Marlowe insista :

— Bien entendu, mon client ne lésinera pas sur le prix du collier. Il vous en offre mille dollars... Cash... Un souvenir de famille...

— L'ennui, fit Bill, c'est que j'ai acheté ce collier pour ma petite nièce... Je suis certain qu'elle va en raffoler...

De son côté, Morane songeait : « Mille dollars pour cette petite saloperie qui n'en vaut même pas dix !... Curieux ça... »

L'homme au trench décida de ne pas trop insister. Cela pouvait paraître bizarre. En outre, il ne se voyait pas très bien arrachant le collier de force à ces deux malabars, dont chacun eût été sans doute capable de le briser en deux d'une seule main.

— Si vous changez d'avis, dit-il, appelez-moi aujourd'hui encore. Mon numéro de téléphone est sur ma carte... Mais n'oubliez pas : mon client tient beaucoup à ce collier.

Quand Morane et Bill se retrouvèrent seuls, ils restèrent un instant silencieux. Puis l'Écossais dit :

— Je me demande ce que ce collier de quatre sous peut bien avoir dans le ventre pour qu'on m'en offre mille dollars... À moins qu'il n'ait appartenu à la reine Victoria...

— M'étonnerait, fit Morane. La reine Victoria devait avoir meilleur goût, c'est sûr...

*

* *

Soir. Même jour.

Dans la salle à manger de l'hôtel, Bob Morane et Bill Ballantine dînaient, installés à une table un peu à l'écart. Cuisine sans relief, dépourvue de toute imagination, comme celle de tous les grands hôtels.

N'ayant pas de projets pour la soirée, les deux amis prenaient leur temps. Ils en étaient au café, puis au pousse-café. Bill entamait son second whisky, quand une voix demanda, tout près, une voix féminine bien posée, dans un anglais presque digne d'Oxford :

— Monsieur Morane ?... Monsieur Ballantine ?...

En même temps, Bob et Bill relevèrent la tête. Ils n'avaient pas vu la jeune femme s'approcher. Elle était mignonne. Une mini-jupe qui découvrait des jambes parfaites. Une veste de fourrure en lynx. Un visage joliment dessiné, avec cependant trop de dureté dans le modelé des lèvres. Des lunettes aux verres teintés chevauchaient un petit nez qui, ainsi orné, paraissait encore plus petit.

— Oui, dit Morane, c'est ça...

Il fit mine de se lever, mais l'inconnue l'arrêta d'un geste.

— Non... non... Je ne veux pas vous déranger...

— Pourtant c'est fait, grogna Ballantine. La jeune femme désigna une chaise libre.

— Puis-je m'asseoir ?

Ni Bob ni Bill n'eurent le temps de répondre, elle s'était déjà assise. Bob interrogea :

— Que pouvons-nous pour vous ? Miss... euh ?...

— C'est vrai, dit la jeune femme. J'aurais dû commencer par me nommer. Je m'appelle Patricia... Patricia Highsmith...

Ballantine sursauta, laissa échapper un ricanement.

— Pourquoi pas Agatha Christie ? fit-il.

La dénommée Patricia Highsmith ne releva pas l'allusion. D'un geste parfaitement étudié, elle enleva ses lunettes. Ses yeux étaient aussi beaux que le reste de sa personne, mais sa bouche ne perdait rien de sa dureté. Sans attendre, elle entra dans le vif du sujet.

— Je suis venue pour vous parler d'un collier...

— On aurait dû s'en douter, dit Ballantine.

Nouvelle remarque ignorée par Miss Highsmith, qui enchaîna :

— Je tiens beaucoup à ce collier. Il a appartenu à ma grand-mère...

— La mienne de grand-mère, glissa Bill, possédait un collier de diamants. Elle l'a vendu pour s'acheter du whisky...

— Voyons, Bill, intervint Morane, laisse mademoiselle s'expliquer...

— Je vous en offre deux mille dollars, fit Patricia Highsmith.

Elle parlait, bien sûr, du collier.

— Les prix montent ! lança l'Écossais. Qui dit trois mille ?

Rapidement, Morane consulta son ami du regard.

— Comme vous voyez, Miss Highsmith, ou Christie..., commença-t-il...

— Highsmith, précisa la jeune femme.

— Ma grand-mère s'appelait Marie-Antoinette, ricana Bill. À cause du collier... Ah !... Ah !... Ah !... Ah !...

— Mon ami n'est pas décidé à se séparer de ce collier, poursuivit Morane.

Ladite Patricia Highsmith se tourna résolument vers Bill.

— Voyons, Mister Ballantine... Deux mille dollars... Vous me donnez le collier et je vous verse immédiatement deux mille dollars, en cash !

L'Écossais secoua la tête.

— Rien à faire, ma belle. Tout est bidon dans cette affaire... Le collier... votre nom... vos deux mille dollars. Un jeu auquel je ne joue pas. Alors, allez lire un roman de votre consœur Agatha et laissez-moi finir mon whisky en paix...

Morane adressa un geste d'impuissance à la jeune femme.

— Vous voyez... Il ne veut pas... Inutile donc d'insister...

Elle n'insista pas, rechaussa ses lunettes solaires, trop grandes pour son petit nez, fouilla dans son sac, en tira un carré de bristol, le posa devant Bill.

— Voilà ma carte... Si vous changez d'avis...

Elle se leva, eut un signe de tête, tourna les talons, disparut.

— Tu viens de perdre deux mille dollars, Bill, fit Morane.

Haussement d'épaules du géant.

— Bah !... L'argent... Toujours l'argent !. Voyons où habite cette donzelle...

Il prit la carte, lut à haute voix :

— Patricia Highsmith, 126 Holmes Street. On aurait dû s'en douter !

*

* *

Bill Ballantine rêvait rarement. Bob Morane affirmait que c'était la conséquence d'un manque total d'imagination. Bill, lui, disait que c'était parce qu'il avait la conscience tranquille.

Cela n'empêcha pas Bill de rêver cette nuit-là... Ou de croire qu'il rêvait qu'un homme entrait dans sa chambre. Bill reconnut le pseudo Philip Marlowe. Celui-ci fouillait les tiroirs. Soudain, il heurta une lampe, qui s'écrasa sur le sol.

Nettement, Bill entendit le bruit du verre qui se brisait. Il sursauta, tandis qu'une vérité s'imposait à lui : dans un rêve, on ne perçoit pas les sons. Alors, il se rendit compte qu'il était éveillé. Il regarda autour de lui. Ses yeux s'habituèrent à la pénombre et il repéra aussitôt la silhouette penchée sur la table, de l'autre côté de la chambre.

— Eh ! c'que vous faites là ? cria Bill en allumant la lampe de chevet.

La silhouette fit face et la lumière accrocha un visage. Le visage de Philip Marlowe. Effectivement.

D'une ruée, le détective privé fila vers la fenêtre. Mais il eut à peine le temps de faire quelques pas, Bill s'était lancé à sa poursuite, l'avait rejoint, lui avait croché le poignet.

La poigne de l'Écossais était redoutable et le fuyard poussa un cri de douleur. Il se retourna, frappa, manqua Bill qui s'apprêta à riposter.

Dans des circonstances normales, le visiteur nocturne n'eût pas été capable de résister au colosse. Pourtant, en se levant, Ballantine avait entraîné le drap derrière lui. Il s'empêtra dans un de ses pans, trébucha, s'étala sur la moquette. Marlowe en profita pour se dégager, filer vers la fenêtre, disparaître.

Se débattant, Bill s'efforça de se dégager du drap qui s'entortillait tel un python autour de ses chevilles. Finalement, il parvint à s'en débarrasser, se redressa, bondit vers la fenêtre, jeta un coup d'œil au-dehors.

Tout le long de la façade arrière de l'hôtel couraient des balcons auxquels s'articulaient les échelles d'incendie. Très bas au-dessous de lui, l'Écossais perçut le bruit que faisait le fuyard en dévalant les échelles. Il poussa un juron en gaélique — juron que nous éviterons de traduire — jugea que la poursuite s'avérerait inutile : Marlowe possédait maintenant trop d'avance.

En continuant à jurer en gaélique, Bill quitta la fenêtre. À ce moment, Morane pénétrait dans la chambre par la porte de communication, pour interroger :

— Que se passe-t-il ?. On chasse l'éléphant par ici ?

— Le type ! fit Bill. Il était là !

— Quel type ?

— Marlowe... Vous vous souvenez... Ce détective privé... Je l'ai surpris. Il fouillait ma chambre pendant
mon sommeil...

— Que voulait-il à ton avis ? demanda Morane.

— En voilà une question, commandant !... Le collier, pardi !. Tout le monde le veut, ce collier !

Le géant alla vers la table, l'inspecta rapidement, sursauta.

— Je l'avais mis là !... Et il n'y est plus !. Ce salopard a réussi à l'emporter !

— Tu te trompes, dit Morane. Le voilà, ton collier du diable !

Tout en parlant, Bob se baissait, ramassait le collier gisant sur la moquette, là où le détective privé avait été contraint de l'abandonner quand Bill avait tenté de l'arrêter.

Longuement, Morane observa le bijou lové au creux de sa main, l'y fit sauter à plusieurs reprises, fit à mi-voix :

— En sommeillant, j'ai pensé à cette babiole, et je commence à avoir une petite idée à son sujet... Demain, il faudra que je trouve une balance de joaillier !

*

* *

Le 747 d'International Airlines avait décollé depuis plusieurs minutes de l'aéroport Kennedy et prenait son altitude de croisière. Direction : Paris.

Bloqué dans son siège, à côté de Morane, Bill Ballantine brûlait d'impatience. La veille, il avait vu Bob désenfiler les perles du collier, peser chacune d'entre elles dans une petite balance, puis les renfiler. Ensuite, Morane avait glissé le collier dans une enveloppe matelassée et l'avait envoyé à l'adresse de la mystérieuse Patricia Highsmith. Tout cela sans daigner fournir la moindre explication à son ami.

Les quatre réacteurs chantaient doucement, et Bill explosa :

— Ah ! ça, commandant !... Allez-vous m'expliquer à la fin ?... L'avion a décollé et vous m'avez dit que vous me renseigneriez dès que nous aurions quitté New York.

Morane sourit, déboucla sa ceinture de sécurité, plongea la main dans la poche de côté de sa veste, l'en retira au bout de quelques secondes de recherche. Il souriait toujours.

— Voilà, dit-il, tu vas savoir, Bill...

Il ouvrit la main. Quatre grosses perles de verre, de différentes couleurs et grosseurs, apparurent.

— Quatre perles du collier ! s'exclama Ballantine. Mais...

— Tu vas comprendre, mon vieux... C'est simple... Le poids de chaque perle correspondait à un symbole chimique et l'ensemble constituait une formule secrète... Sans doute celle d'un explosif, ou d'un gaz, ou de toute façon d'une saloperie quelconque. C'est pour cela que les perles n'étaient pas enfilées par ordre de grosseur Quand j'ai reconstitué le collier, j'ai renfilé les perles dans un ordre différent. En plus, j'en ai gardé quelques-unes.

— De cette façon, la formule ne veut plus rien dire ! fit Bill. C'est ça hein, commandant ?

— Exactement, Bill... Exactement...

Morane fit rouler les quatre perles au creux de sa main.

— Ces perles renferment peut-être le secret d'une arme terrifiante...

Grimace de Bill.

— Et moi, j'en suis pour mes cinquante dollars...

— Je te les rembourserai, Bill, si tu y tiens...

— C'est pas ça, commandant. L'argent ne fait pas le bonheur, même pour un Écossais... C'est pour ma petite nièce...

— Nous lui achèterons un collier dans un Prisunic, à Paris, assura Morane. Avec des perles de couleur aussi...

Le colosse haussa ses lourdes épaules, éclata d'un grand rire qui secoua le 747 comme s'il allait se désintégrer.

— Pour tout vous avouer, commandant, je n'ai jamais eu de nièce, ni grande ni petite ; mais, comme j'ai toujours rêvé d'en avoir, je m'en suis inventé une. Ce qui nous a permis de jouer un tour à des salopards...

— Probablement des espions internationaux, supposa Bob. Qui sourit, enchaîna :

— Des espions internationaux vaincus par une petite nièce qui n'existe pas ! Je crois que c'est notre meilleure histoire.

— Pas notre meilleure histoire, commandant, corrigea l'Écossais. UNE DE NOS MEILLEURES HISTOIRES.

FIN

L'Œil D'Emeraude

On me demanda, pour le 100e volume de « Marabout Junior », d'écrire une nouvelle mettant en scène Bob Morane.

Je me servis d'un conte paru précédemment dans « Story » : La caverne aux cent mille regards qui devint L'œil d'émeraude, avec Bob Morane en plus. Plus tard, le même sujet, que je développai largement, devint l'un des pivots du roman portant le même titre, 65e aventure de Bob Morane.

H. V.

— Cette jonque qui nous suit sans arrêt commence à m'inquiéter, mon vieux Bob...

Le personnage qui venait de parler était un jeune homme blond, sympathique, de type parfaitement britannique. Il s'adressait à un grand gaillard musclé, au visage énergique couronné par des cheveux noirs coupés en brosse et qui tenait la barre du cotre qui louvoyait à travers les nombreux îlots et îles parsemant la mer aux environs de Hong-Kong.

L'homme aux cheveux en brosse tourna la tête à son tour en direction de la jonque à un seul mât qui, depuis plus d'une heure, voguait dans leur sillage. Il fit la grimace.

— Peut-être s'agit-il de simples pêcheurs, dit-il. Je me demande cependant pourquoi ils ont peint leur vaisseau en noir...

Longuement, il regarda autour de lui, comme s'il cherchait quelque chose sur l'étendue verte de la mer, mais il n'y avait que les îlots, au-delà desquels, sur la gauche, on apercevait le ruban sombre de la côte chinoise.

— Un coin rêvé pour une agression, dit encore l'homme aux cheveux en brosse. À part nous et cette jonque, pas un seul bateau dans les parages et, si un vaisseau de Sa Majesté faisait son apparition, je me mettrais aussitôt à croire aux miracles...

Cela faisait une huitaine de jours que Bob Morane, revenant du Japon, était arrivé à Hong-Kong, pour y passer quelque temps chez son ami Peter Quimby, fils d'un riche commerçant anglais. Depuis la veille, les deux compagnons étaient partis pour une brève croisière à bord du voilier de Peter, qui voulait faire visiter à Morane les environs de la grande cité commerciale asiatique.

Quimby n'avait cessé de regarder en direction de la jonque.

— On dirait qu'elle se rapproche de plus en plus, fit-il remarquer.

Morane tourna à nouveau la tête, et il lui fallut se rendre à l'évidence : la jonque grossissait sans cesse.

— Je me demande comment cela peut être possible, fit-il. Nous avons toute notre toile, et ce rafiot, avec sa mauvaise voile de roseaux, ne doit même pas atteindre la moitié de notre vitesse...

— Pourtant, il n'y a pas à douter, dit Peter, elle nous remonte sans coup férir...

L'Anglais venait à peine de prononcer ces paroles qu'un bruit de moteur se fit entendre.

— Un diesel ! s'exclama Morane. Cette vieille barcasse marche au diesel ! Je veux bien être pendu par les pouces si cela ne cache pas quelque chose de louche...

À cet instant précis, un pavillon monta à la pomme du mât de la jonque, qui ne se trouvait plus à présent qu'à quelques encablures du voilier. C'était un vulgaire carré de drap noir sur lequel était cousu un dragon rouge stylisé, coupé lui aussi dans un morceau de drap.

— Le Dragon Rouge ! dit Quimby. Nous avons affaire à ce bandit de Tao Su !

Tao Su était un pirate chinois célèbre dans la région de Hong-Kong et de Macao, dont les jonques menaçaient sans cesse les voies de communication maritimes. Malgré plusieurs expéditions punitives entreprises contre lui par les unités de la Navy stationnées à Hong-Kong, on n'avait pu encore mettre fin à ses agissements.

— J'ai entendu parler de ce Tao Su, fit Bob, et il ne doit pas avoir l'habitude de plaisanter. Ou je me trompe fort, ou il serait temps de nous défiler...

— Et comment ! jeta Peter Quimby en disparaissant par l'écoutille menant à la cale arrière.

Morane l'entendit qui s'expliquait avec le moteur qui, presque aussitôt, se mit à tourner. Son étrave soulevée au-dessus de l'eau comme celle d'un canot automobile, le cotre fila à une vitesse accrue. Malgré cela, il s'avéra bientôt qu'il ne pourrait parvenir à distancer le bâtiment pirate qui, entraîné par son puissant diesel, se rapprochait même toujours davantage.

— Je me demande ce que ces bandits peuvent bien nous vouloir, demanda Morane. Ils doivent quand même bien se douter qu'un yacht de plaisance ne transporte pas de cargaison de valeur...

— Non, mais les passagers peuvent avoir de l'argent, ou encore servir d'otages en prévision d'une demande de rançon.

Une détonation sourde retentit et un obus vint faire jaillir une gerbe d'eau à une vingtaine de mètres en avant du cotre.

— L'artillerie à présent, fit Bob. Notre petite excursion prend une allure de plus en plus sinistre.

Cependant, après plusieurs nouveaux coups de canon, il fut aisé de se rendre compte que les pirates ne voulaient pas couler le yacht, mais seulement intimider ses passagers.

— S'ils nous coulent, fit remarquer Peter, l'argent que nous pouvons transporter coulera lui aussi et sera perdu pour tout le monde. Voilà pourquoi ils préféreront assurément nous capturer.

La canonnade avait en effet cessé et la jonque se rapprochait de plus en plus. Visiblement, ses occupants s'apprêtaient à l'abordage.

Peter Quimby disparut dans la cabine et en revint quelques instants plus tard avec deux lourds colts automatiques. Il en tendit un, avec plusieurs chargeurs, à Morane, en disant :

— Quand ils aborderont, nous nous mettrons à tirer tous deux ensemble, en tentant d'abattre le plus de pirates possible. Ensuite, ce sera à la grâce du Ciel...

Morane glissa l'automatique dans sa ceinture et les chargeurs dans sa poche.

— Nous défendre serait bien, dit-il, mais nous ne tarderions pas à succomber sous le nombre. Mieux vaudrait tenter de nous échapper...

— Nous échapper ? interrogea le jeune Anglais. Je ne vois pas comment nous pourrions y réussir. Cette maudite jonque gagne sans cesse sur nous.

Tendant le bras, Morane montra sur la gauche un groupe d'îlots formant un labyrinthe d'eau et de rocs.

— Glissons-nous entre ces rochers, dit-il. Notre bateau est assurément plus facile à manœuvrer que la jonque, et nous parviendrons peut-être ainsi à la distancer.

— Tentons notre chance, approuva Quimby. Tout ce que nous pouvons risquer, c'est d'améliorer notre position.

Sous l'impulsion du gouvernail, le yacht se dirigea vers le groupe d'îlots, entre lesquels il s'engagea bientôt. Pourtant, malgré tous les efforts de Bob, ils ne parvinrent pas à distancer la jonque de façon appréciable. Certes, elle avait disparu au détour des rochers, mais on entendait toujours le bruit de son moteur, tout proche.

C'est alors que Peter Quimby désigna une faille étroite dans les falaises d'un îlot et qui, après avoir fait un coude, semblait se prolonger assez loin à l'intérieur du rocher.

— Allons nous dissimuler au fond de cette faille, dit l'Anglais. En passant devant, les pirates ne nous apercevront pas et ils nous perdront. Par la suite, ils se lasseront peut-être et nous laisseront en paix...

Sans hésiter, Morane engagea le yacht dans la faille, qui se révéla par bonheur trop étroite pour laisser passage à la jonque. Après un coude à angle droit, derrière lequel le cotre devait passer totalement inaperçu, le passage se terminait brusquement en un cul-de-sac au fond duquel s'ouvrait une caverne à laquelle on pouvait accéder en gravissant un éboulis de rochers.

Peter Quimby avait arrêté le moteur du yacht et l'on entendait celui de la jonque qui se rapprochait sans cesse, pour décroître, puis devenir à nouveau plus intense, et ainsi de suite.

— Ils continuent à nous chercher, dit Bob. S'ils repassent par ici, ils finiront par avoir leur attention attirée par la faille. Ils enverront alors une embarcation quelconque l'explorer et...

Le Français n'acheva pas sa phrase. Il se passait et repassait les doigts dans la brosse de ses cheveux en signe d'incertitude. Finalement, il tendit le bras vers l'entrée de la caverne, au sommet de l'éboulis.

— Et si nous allions nous réfugier là-haut ? fit-il. Avec nos revolvers, nous parviendrons à tenir tête à nos ennemis pendant un bon bout de temps et peut-être les coups de feu finiront-ils par attirer quelque patrouilleur britannique qui enverra une chaloupe de ce côté...

Peter alla chercher une torche électrique dans la cabine du cotre et les deux hommes, quittant le bord, se mirent à grimper le long de l'éboulis, jusqu'à ce qu'ils eurent atteint l'entrée de la caverne.

Du menton, Morane désigna l'intérieur.

— Jetons un coup d'œil là-dedans, fit-il. Si les pirates s'avisent de venir nous traquer jusqu'ici, peut-être serons-nous heureux de connaître les lieux.

Sans prononcer une parole, les deux amis s'enfoncèrent dans la grotte que la lumière, venant du dehors, éclairait de façon indirecte.

Au fur et à mesure qu'ils avançaient, l'obscurité se faisait plus épaisse, et Peter allait allumer sa lampe, quand ils s'arrêtèrent, stupéfaits. Devant eux, des centaines d'yeux scintillaient, ronds comme des pièces d'or et tous braqués dans leur direction.

Quimby avait reculé d'un pas en disant, avec un peu de frayeur dans la voix :

— La caverne aux Cent Mille Regards !. Nous sommes dans la caverne aux Cent Mille Regards !...

— Et si vous allumiez votre lampe, dit Morane sans chercher à comprendre les paroles de son compagnon. Peut-être verrions-nous de quoi il retourne...

L'Anglais pressa sur le bouton de sa torche et le faisceau lumineux éclaira un étrange spectacle. Tout le long de la paroi rocheuse, profitant de chaque crevasse, de chaque aspérité pour se poser, des centaines de hiboux étaient perchés.

Cette fois, toute frayeur avait quitté Quimby. Il se mit à rire.

— Voilà donc le secret de la caverne aux Mille Regards ! Ce sont ces pauvres hiboux qui, venus de la côte pour se mettre à l'abri du jour dans ces grottes profondes, ont créé la légende...

— Et si vous me contiez un peu de quoi il s'agit, Peter, fit Morane. Je ne comprends rien de rien à ce que vous me racontez avec votre caverne aux Mille Regards.

— C'est vrai, Bob, vous ne pouvez savoir. Laissez-moi donc vous conter l'histoire du bon mandarin Lin-Peï-Min et du méchant Lou-Tchin-Si...

*

*   *

— Voilà un siècle environ, commença Peter Quimby, vivait à Hong-Kong un riche mandarin, Lin-Peï-Min, renommé pour sa sagesse et sa bonté. Dans sa jeunesse, Lin-Peï-Min avait, à la suite d'un accident, perdu un œil qu'on avait remplacé par une bille d'émeraude taillée. Mais, malgré son œil postiche, Lin-Peï-Min était estimé de tous, sauf d'un autre mandarin qui le haïssait justement à cause de sa renommée. Ce mandarin, nommé Lou-Tchin-Si, fit, une nuit, enlever Lin-Peï-Min par ses sbires, le mena dans une grotte située sur une île et, là, le fit décapiter. Ce crime fut puni sans retard, car comme le jour était venu, alors qu'ils transportaient le corps de leur victime, cousu dans un sac, hors de la caverne, Lou-Tchin-Si et ses complices aperçurent des milliers d'yeux allumés dans les ténèbres et braquant sur eux des regards pleins de reproches. Devenus subitement fous, les assassins coururent jusqu'à la mer et s'y précipitèrent, abandonnant au gré des flots la dépouille mutilée de Lin-Peï-Min. On connaît l'attachement que les Chinois portent à leurs morts. Ils pensent que ceux-ci ne peuvent accéder au Royaume des Bienheureux qu'à condition d'être intacts. Les parents de Lin-Peï-Min ayant réussi à retrouver son corps, qui avait été recueilli par des pêcheurs, firent recoudre la tête sur les épaules, mais ils s'aperçurent alors que l'œil d'émeraude manquait. Il avait appartenu au mandarin durant la plus grande partie de sa vie ; sans lui, Lin-Peï-Min demeurerait une âme errante jusqu'à la fin des temps. L'œil d'émeraude ne fut jamais retrouvé par la suite, ni d'ailleurs la grotte où avait eu lieu le crime. Seuls, quelques-uns des hommes de Lou-Tchin-Si avaient réussi à regagner Hong-Kong, où ils propagèrent la légende de la caverne aux Mille Regards. Aujourd'hui encore, dans son mausolée de marbre, la momie du mandarin attend le miracle qui lui rendra son œil perdu, lequel, suivant la tradition, lui permettrait seul de gagner le repos éternel...

Quand Peter Quimby eut fini de parler, Morane hocha doucement la tête.

— Une bien belle histoire, fit-il, un peu sinistre, mais belle quand même. Rien ne dit cependant que nous nous trouvions dans la caverne où ce pauvre Lin-Peï-Min a été assassiné. Il doit y avoir pas mal d'excavations semblables creusées dans ces îlots, où d'autres hiboux viennent se réfugier, eux aussi...

— Bien sûr, bien sûr reconnut l'Anglais. Mais cela ne doit pas nous empêcher d'explorer cette caverne. Je n'entends plus le moteur de la jonque. Sans doute les pirates, lassés, ont-ils décidé de s'éloigner.

Morane ne répondit pas immédiatement. Malgré la menace des pirates qui, comme venait de le supposer Peter, semblaient avoir interrompu leurs recherches, il se sentait intéressé par la caverne aux Mille Regards et par sa légende.

— Vous avez raison, Peter, dit-il enfin. Jetons un coup d'œil au fond de cette grotte. Après tout, nous n'avons rien à y perdre...

Sans se soucier autrement des inoffensifs hiboux, Bob et son ami continuèrent à avancer, empruntant un couloir si étroit que, parfois, ils devaient progresser de côté. Ils parvinrent enfin à une sorte de rotonde dont le plafond laissait passer la lumière du jour par une étroite crevasse. À une dizaine de mètres l'un de l'autre, deux squelettes humains gisaient sur le sol. À côté de celui se trouvant le plus près de la sortie, un sac de cuir pourri laissait échapper des objets précieux : petits Bouddhas d'or massif incrustés de pierreries, brûle-parfums richement ciselés, colliers, bagues et joyaux de toutes sortes...

En inspectant les deux squelettes, Peter reconstitua rapidement le drame qui s'était déroulé là.

— Sans doute s'agit-il de deux voleurs, supposa-t-il. Après avoir pillé la jonque de quelque riche marchand, ils se seront réfugiés ici pour partager leur butin. Au lieu de cela, ils se seront entretués, et le vainqueur se sera traîné vers la sortie de la caverne, sans pouvoir l'atteindre cependant, car il succomba presque aussitôt à ses blessures.

Mais Bob ne semblait pas avoir prêté attention aux paroles de son compagnon. Avec intérêt, il tournait et retournait entre ses doigts un objet qu'il venait de découvrir au fond du sac de cuir : une sorte de bille taillée dans une matière verdâtre.

— On dirait une émeraude, fit-il enfin. Mais comme elle est étrangement travaillée ! Elle ressemble à un œil...

Les regards des deux hommes se croisèrent. Une même idée leur était venue, mais ils ne la formulèrent pas immédiatement. Ce qui leur arrivait leur semblait tellement incroyable qu'ils se demandaient s'ils n'étaient pas le jouet d'une hallucination. Peter Quimby, le premier, parla.

— Serait-il possible que nous ayons trouvé ce que la famille de Lin-Peï-Min cherche depuis un siècle ? Ce que je me demande, dans ce cas, c'est comment ces voleurs ont pu entrer en possession de l'œil d'émeraude...

— Sans doute les hommes de Lou-Tchin-Si, après avoir décapité Lin-Peï-Min, cachèrent-ils les trésors qu'ils lui avaient dérobés, en même temps que l'œil d'émeraude, quelque part dans la caverne, tenta d'expliquer Morane. Par la suite, deux d'entre eux, ayant échappé à la mort et à la folie, peuvent être revenus ici pour récupérer le trésor. Ils se seront battus pour la possession de celui-ci et aucun d'entre eux n'aura survécu à ses blessures...

Bob se tut un bref instant, pour reprendre ensuite :

— Naturellement, ce ne sont là que suppositions, mais cette théorie en vaut bien une autre.

Quimby haussa les épaules et dit :

— Tout cela a d'ailleurs bien peu d'importance. Le hasard fait souvent bien les choses, Bob, et le principal est que nous ayons trouvé l'œil. Je connais les descendants de Lin-Peï-Min, qui habitent toujours Hong-Kong. Ils seront heureux de pouvoir joindre l'œil d'émeraude à la momie de leur malheureux ancêtre et, en même temps, assurer son repos éternel.

Morane ne put s'empêcher de faire la grimace.

— Il nous faudrait avant tout regagner Hong-Kong. Reste à savoir si les pirates de Tao Su nous en laisseront la possibilité. Mais retournons au yacht. Là, nous verrons bien de quel côté souffle le vent.

Après avoir enveloppé les richesses contenues dans le sac de cuir dans une de leurs vestes, les deux hommes se mirent en devoir de quitter la caverne. Quand ils se retrouvèrent à bord du cotre, ils prêtèrent longuement l'oreille, mais aucun son ne leur parvint.

— Je crois que nous pouvons tenter notre chance, dit Bob. Les pirates auront cru que nous avons réussi à fuir et ils seront partis à la recherche d'autres victimes.

Ils mirent le moteur en marche et sortirent de la faille. Nulle part, ils ne devaient apercevoir la jonque pirate. Ils menèrent alors le cotre parmi les îlots et regagnèrent la pleine mer. Là, ils hissèrent les voiles et mirent le cap sur Hong-Kong.

Cela faisait dix minutes à peine qu'ils naviguaient ainsi quand, soudain, Bob, qui tenait la barre, poussa une exclamation dans laquelle le dépit et la peur se mêlaient.

— Là, la jonque !

Elle venait d'apparaître en effet de derrière un îlot proche, par l'avant, et il n'y avait plus, cette fois, ni moyen de fuir, ni de lui échapper.

— Préparons-nous à nous défendre, dit Bob en tirant son automatique.

La jonque noire arrivait droit sur le yacht et Peter Quimby s'était jeté à plat ventre derrière le bordage, prêt à ouvrir le feu sur les agresseurs. Au moment où les bateaux n'étaient plus qu'à quelques mètres l'un de l'autre, Morane donna un adroit coup de barre et le cotre, docile comme un cheval dompté, fila soudain le long des flancs du bateau pirate, si près que trois Chinois, enjambant la lisse, purent se laisser tomber sur le pont du yacht. Presque en même temps, Bob et Peter en foudroyèrent chacun un d'un coup de feu. Le troisième s'était précipité sur Bob, son large coupe-coupe levé. Avant même que le Français ait eu le temps de presser une seconde fois la détente de son automatique, le pirate était sur lui. Le coupe-coupe s'abattit, mais Bob, d'un retrait du corps, réussit à l'éviter de justesse. Il entendit le sifflement de la lame à son oreille puis, comme le pirate, emporté par son élan, avait trébuché, il le frappa derrière la nuque à l'aide du canon de son arme et, le saisissant de sa main libre par le fond du pantalon, il le fit passer par-dessus bord.

Le cotre avait à présent dépassé la jonque. Bob reprit la barre qu'il avait dû abandonner pendant un instant. Le bateau pirate, plus lourd à manœuvrer, avait été laissé en arrière, mais ce succès ne devait être qu'éphémère car, dans la ligne droite, avec son puissant diesel, il n'aurait aucune peine à rejoindre le yacht.

— Nous ne nous en tirerons pas, fit Peter Quimby d'une voix désespérée. Quand ces bandits se lanceront en masse à l'abordage, nous succomberons sous le nombre.

— Et ce qui me fait enrager davantage encore, dit Morane en serrant les dents et en songeant aux objets précieux et à l'œil d'émeraude trouvés dans la caverne aux Mille Regards, c'est que cette fois leur butin ne sera pas négligeable.

Mais, presque aussitôt, son visage s'éclaira.

— Sauvés ! s'écria-t-il. Sauvés ! Nous sommes sauvés !...

De derrière un groupe de rochers en forme de crocs gigantesques, la longue forme grise d'un destroyer britannique venait d'apparaître. La jonque pirate tenta bien de fuir, mais un obus la toucha en plein sous la ligne de flottaison et elle coula aussitôt. Il ne resta plus alors aux marins du destroyer qu'à mettre des canots à la mer pour recueillir les pirates survivants.

Peter Quimby s'était mis à rire nerveusement.

— Vous voyez, Bob, qu'il ne faut jamais désespérer des marins de Sa Majesté...

Bob Morane ne répondit pas, mais il songeait que c'eût été avec allégresse qu'il aurait serré chacun de ces marins-là sur son cœur.

*

* *

Le lendemain, le yacht regagnait Hong-Kong. Aussitôt, Bob et Peter devaient se rendre chez les héritiers du mandarin Lin-Peï-Min, auxquels ils remirent l'œil d'émeraude. Cependant, ces héritiers, qui étaient riches, refusèrent de recevoir les autres objets précieux trouvés dans le sac de cuir, et ils prièrent les deux amis de les accepter en souvenir de leur ancêtre. Et c'est ainsi que, grâce à l'esprit aventureux de Bob Morane et de son ami anglais Peter Quimby, l'esprit de l'infortuné mandarin Lin-Peï-Min put enfin gagner le Royaume des Bienheureux...

FIN

La Dernière Rosace

La saga d'Ananké était-elle terminée avec Les plaines d'Ananké, le dernier roman de la série parue initialement chez « Marabout » puis aux

« Champs-Élysées » ? Là encore, des lecteurs s'en inquiétèrent.

Bob Morane et ses comparses avaient réussi à fuir Ananké, mais Ananké existait toujours et demeurait une menace.

D'où cette Dernière rosace, censée détruire Ananké. Pourtant, cet univers parallèle, cœur de tous les dangers, pourra-t-il jamais être détruit ?

L'originale de La dernière rosace parut dans le volume l'Intégrale du cycle d'Ananké aux éditions « Lefrancq ».

H. V.

Les cubes de glace cessèrent de tinter dans le verre de whisky de Bill Ballantine, qui déclara :

— Fameux gaillard ce Schwartzeneger ! Presque aussi costaud que moi...

— Toi, tu es plus gros, fit Bob Morane.

Le rire clair de Florence Rovensky vint se greffer en appoggiature sur cette dernière déclaration.

— Bill n'est pas gros, commenta la jeune femme.

Seulement un peu enveloppé, c'est tout.

Le géant poussa un grognement.

— Merci du coup de pouce, Flo... De toute façon, rassurez-vous : demain je commence mon régime...

Déclaration qui arracha un ricanement sonore à Morane.

Une semaine que Bob, Bill et Flo avaient réussi à s'échapper du « monde pourri » d'Ananké. L'Écossais était demeuré à Paris, et Florence venait passer toutes ses soirées auprès des deux amis. Peur ?... Elle ne voulait pas se l'avouer... Pourtant, la même crainte les occupait. La crainte qu'Ananké ne les lâche pas aussi aisément. Dans le domaine de l'Irrationnel, il fallait s'attendre à tout.

Sur le grand écran de télévision, dans le salon de Morane, quai Voltaire, la 15e chaîne alignait à un rythme d'enfer les fabuleuses aventures de Conan le Barbare.

Brusquement, le film fut coupé au moment où Conan levait sa grande épée pour pourfendre un adversaire. Un jingle, puis l'annonce : Publicité dans une musique céleste.

— V'là qu'on fiche de la pub en plein film maintenant ! râla Ballantine. Je croyais que c'était interdit.

— On n'arrête pas le progrès, commenta Morane d'une voix sombre.

Ils durent subir « l'eau qui fait Bang ! », la « lessive qui lave si blanc qu'elle rend le linge invisible », « la nourriture pour chiens qui rend un pékinois aussi fort qu'un Saint-Bernard... ».

Soudain, Bob, Bill et Flo sursautèrent en même temps. Une publicité pour un jeu électronique venait d'envahir l'écran. La boîte du logiciel en gros plan et un titre : ANANKÉ. Dans un coin, une rosace faite de triangles imbriqués dans un heptagone lui-même inscrit dans un cercle.

— La rosace d'Ananké ! murmura Flo d'une voix sourde.

Celle du commentateur disait :

— Ne manquez pas le nouveau jeu de rôle électronique d'Ananké. Vous y passerez de muraille en muraille, à votre guise. Le cercle des Anges, des Monstres de la Nuit, de Peste, de Vlad Tepes, des Lycanthropes, et j'en passe... Aux éditions Essul...

Une autre « pub » y succéda. Il s'agissait cette fois de « Sha », la nourriture pour chats.

D'un bond, Morane se leva, coupa le contact de la TV, et la nuit envahit l'écran, tandis que Bill disait, telle une litanie :

— Ça alors !... Ça alors !... Ça alors !...

— Qu'est-ce que vous en pensez, Bob ? interrogea Flo.

Une ride verticale creusait le front de Morane. Il se mit à se passer et à se repasser les doigts d'une main ouverte en peigne dans les cheveux.

— Je ne sais pas, dit-il. Je ne sais pas...

— C'est trop horrible pour être vrai, dit Flo. Il doit s'agir d'un hasard...

Bill Ballantine s'était repris.

— Oui... oui, hurla-t-il. Un hasard !... Il ne peut s'agir que d'un hasard ! Dites, commandant, qu'il ne peut s'agir que d'un hasard ?

Morane ne répondit pas. Son visage s'était fait de pierre. Ses yeux gris d'acier étaient devenus fixes, leurs regards plongés dans l'infini.

— Mais dites quelque chose ! finit par s'impatienter Ballantine. Dites quelque chose !... Dites qu'il s'agit d'un hasard !

Sortant de son mutisme, Morane hocha la tête. On eût dit qu'elle ne lui appartenait plus.

— Un hasard ? murmura-t-il. Ce serait plutôt une suite de hasards qu'il faudrait dire... Tout y est. Le nom :

Ananké... La rosace... Les murailles... Les Anges. Les

Monstres de la Nuit... Vlad Tepes... Les Lycanthropes... Tout y est... Tout y est...

— Heureusement que nous n'avons jamais entendu ce nom de Pierre Essul quand nous étions sur Ananké ! Ça soulage...

— Ne sois pas trop vite soulagé, Bill...

La voix de Morane avait un accent de gravité que l'Écossais n'avait jamais surpris que dans les moments particulièrement critiques.

— Épelle Essul à l'envers, Bill... Le géant sursauta.

— Épeler !... Qu'est-ce que vous voulez dire ?

— Épelle Essul à l'envers, te dis-je...

— Bon... bon..., grommela l'Écossais. Et il se mit à épeler, à l'envers :

— L... U... S... S... E... Et ça fait ?

Dans un rugissement, Bill lança :

— LUSSE !!!

— LUSSE ! gémit Flo en même temps.

— Ça aussi c'est un hasard sans doute ? fit Morane sur un ton mi-contrit mi-triomphant.

— Oui, oui, un hasard de plus, chevrota Flo. Et puis, il y a Pierre... Ça, ça ne colle pas... Notre Lusse à nous s'appelait Simon...

— Voire, fit Morane, le sourcil soucieux. Voire...

— Voir quoi... Voir quoi ? jeta Ballantine, agressif.

— Oui, Bob, expliquez-vous, dit doucement Florence Rovensky... Dites...

En elle, il y avait tout de la noyée qui cherche à se raccrocher à une dernière planche de salut, et Bob se sentit peiné de devoir, définitivement, la rejeter en pleine épouvante, et Bill en même temps. « Tant pis, pensa-t-il, ils l'auront voulu... »

— Souvenez-vous du Nouveau Testament, dit-il. Comment l'apôtre Pierre s'appelait-il avant qu'il ne rencontre le Christ ?...

— S'appelait autrement ? s'étonna Bill, à qui les romans d'Agatha Christie servaient de Bible...

Les yeux de Flo s'agrandirent, sa bouche s'arrondit en O. Tout à coup, elle se souvenait, mais les mots se refusaient à franchir la barrière de ses lèvres.

— Il s'appelait Simon, dit Morane.

— Simon le Pêcheur, réussit à articuler Florence.

— C'est ça tout juste...

La voix de Bob Morane s'était faite sourde, comme sous l'influence d'une catastrophe. Et, de fait, la nouvelle intrusion d'Ananké dans son existence et dans celle de ses amis se révélait réellement une épouvantable catastrophe. Depuis une semaine qu'ils avaient quitté le « monde pourri » d'Ananké, ils avaient tout fait pour le chasser de leurs mémoires. Sans y parvenir vraiment. Plusieurs fois, Morane avait été tenté d'aller rôder autour de la maison du Marais. Le secret d'Ananké le fascinait et il aurait aimé le découvrir. Pourtant, chaque fois, il avait réussi à résister à la tentation.

Il décida brusquement :

— Nous devons en avoir le cœur net !

Il se leva, alla au téléphone, décrocha le combiné,. forma un numéro. Au bout de quelques minutes, il était en communication avec la régie de la 15e Chaîne. Durant quelques minutes encore, il parlementa avec un responsable, puis il raccrocha, revint vers ses amis. La ride verticale de son front s'était encore accentuée.

— La 15e Chaîne n'a passé aucune pub sur les jeux de rôle électroniques Essul, dit-il.

— Ça veut dire quoi ? interrogea Bill Ballantine.

Morane se tourna vers Flo. Elle ne disait rien, son beau visage s'était fait de marbre.

Finalement, Bob conclut.

— Ça veut dire qu'Ananké nous a retrouvés.

La phrase tomba telle une sentence. Ni Bill ni Flo ne trouvèrent quelque chose à dire. L'évidence les écrasait. Bob se taisait lui aussi. Sans cesse, il regardait autour de lui, s'attendant à tout moment à voir la terrible marque d'Ananké s'imprimer sur l'un des murs de la pièce, mais la rosace demeurait invisible.

— Alors, dit Flo, ces Éditions Essul n'existeraient pas ?

— Le bottin de téléphone, risqua Ballantine. Morane sursauta.

— Bill a raison... Le bottin...

Il prit le bottin par professions posé sur l'étagère inférieure du guéridon supportant le poste lui-même, le feuilleta, atteignit la rubrique « jeux électroniques », trouva rapidement ce qu'il cherchait. Il lut à haute voix :

— Éditions Pierre Essul... Logiciels... Jeux de Rôles... Dépositaire mondial des Jeux « Ananké »... N° 13, rue des 13 Roses... Paris.

— Voilà beaucoup de 13, remarqua Flo.

— Et « Rose » comme « rosace », enchaîna Bill.

Morane fit la grimace, se balança d'un pied sur l'autre, se passa et se repassa les doigts de la main droite ouverte dans les cheveux. Il donnait l'impression de réfléchir intensément.

— Rue des 13 Roses, murmura-t-il. Me souviens pas d'une rue de ce nom... Pourtant, je connais Paris comme ma poche... On va bien voir...

Il alla prendre un plan de Paris, feuilleta la liste alphabétique des rues, trouva ce qu'il cherchait, passa au plan, trouva encore.

— La rue des 13 Roses, dit-il. Voilà... D'après le plan, ça donne dans la rue Lepic, à Montmartre. C'est un quartier que je connais bien... J'y traîne souvent. Et pourtant, je ne me souviens pas d'une rue de ce nom...

— Suffirait d'aller voir sur place, risqua Bill Ballantine en faisant preuve d'un gros bon sens...

— Il faudrait finir par là, dit Morane. Mais, avant, je vais faire une dernière expérience...

Il décrocha à nouveau le téléphone, forma un numéro sur le cadran à touches. Une demi-douzaine de sonneries retentirent à l'autre bout du fil, puis quelqu'un décrocha et une voix fit, sur un ton neutre :

— Ici la résidence du professeur Clairembart...

Aristide Clairembart, un des meilleurs amis, sinon le meilleur, de Bob Morane et Bill Ballantine.

Bob avait reconnu la voix du maître d'hôtel de l'archéologue.

— Bonjour Jérôme... C'est Bob ici. Pouvez-vous me passer le professeur ?

— Le professeur est absent, commandant Morane, fit Jérôme. Parti à New York pour un congrès de cryptarchéologie. Puis-je vous aider personnellement ?

— Vous le pouvez, Jérôme. Pourriez-vous mettre la main rapidement sur un bottin de téléphone par professions, et aussi un plan de Paris...

— Oui, commandant Morane...

— Alors, prenez-les et cherchez, dans le bottin, l'adresse d'un éditeur du nom de Pierre Essul, à la page 432... Sur le plan, vous chercherez une rue des 13 Roses... C'est à Montmartre, et ça donne rue Lepic...

— Éditeur Pierre Essul... Rue des 13 Roses. Patientez un moment, commandant Morane...

Cinq minutes s'écoulèrent, puis la voix de Jérôme retentit à nouveau.

— Pas de Pierre Essul à la page 432, commandant Morane...

— De quelle année est votre bottin, Jérôme ?...

— De l'année dernière, commandant Morane. La dernière édition...

Bob fit la grimace. Le bottin qu'il venait lui-même de compulser datait également de l'année précédente.

— Et la rue des 13 Roses ? interrogea-t-il.

— Pas de rue des 13 Roses non plus, commandant Morane. Puis-je encore quelque chose pour vous, commandant Morane ?...

— Non, Jérôme... Vous ferez mes amitiés au professeur...

Là-dessus, Morane raccrocha.

— C'qui se passe ? interrogea Bill.

— Il se passe que l'adresse des Éditions Pierre Essul n'est portée que dans mon bottin...

— Et la rue des 13 Roses ? demanda Florence.

— Seulement sur mon plan, Flo.

Un moment de silence, puis la jeune fille éclata :

— MAIS CE N'EST PAS POSSIBLE !

— PAS POSSIBLE ! enchaîna Bill.

— Quand il est question d'Ananké, tout devient possible, commenta Morane d'une voix sombre.

Et il poursuivit, à l'adresse de l'Écossais :

— Tu te souviens du Cimetière de Marlyweck, de Jean Ray ?

— C'est vous qui m'avez forcé à le lire, commandant...

— Eh bien, souviens-toi encore... À un moment, le tavernier crie au héros : Laissez le cimetière en paix, sinon il ne vous laissera pas la paix, à vous...

— Qu'est-ce que ça signifie ? s'inquiéta Flo.

— Il suffit d'adapter ces paroles à la situation présente, dit Bob, et on a : Laissez Ananké en paix, sinon il ne vous laissera pas la paix, à vous...

— Clair comme du whisky écossais, commenta Ballantine.

— Oui, Bill... Comme le héros de Jean Ray a fait pour le cimetière de Marlyweck, nous l'avons fait pour Ananké... Nous y avons pénétré et nous l'avons fui, et maintenant Ananké nous relance...

— Vous croyez ce que vous dites, Bob ? fit Florence.

— Pas tout à fait, mais j'ai l'intention d'en avoir le cœur net. Pour cela, une seule façon de procéder...

— Aller jeter un coup d'œil à cette rue qui n'existe pas, la rue des 13 Roses, dit Flo. C'est ça ?

— Tout juste, Flo...

— C'est-à-dire aller nous jeter dans la gueule du loup, précisa Bill.

— Ou aller prendre le taureau par les cornes, corrigea Morane.

*

*   *

Quittant le quai Voltaire, la petite 204 de Morane s'engagea sur le pont du Carroussel, le franchit, tourna à dextre et se mit à longer la rive droite de la Seine, en direction du Châtelet.

Difficilement, Bill Ballantine s'était casé à l'arrière de la voiture. Florence occupait la place du passager, aux côtés de Morane.

Depuis le quai Voltaire, aucune parole n'avait été échangée et Bob sentait presque physiquement la tension occupant ses compagnons. Flo surtout. Par moment, il lui jetait un regard à la dérobée, pour découvrir le profil figé, les regards fixes, comme hallucinés, de la jeune fille. Elle avait peur, certainement, mais elle s'efforçait de n'en rien laisser voir.

La place du Châtelet fut dépassée et la 204 avait à peine parcouru une vingtaine de mètres le long du quai de Gesvres, quand Bill fit remarquer :

— Hé, commandant, vous vous gourez... Pour aller à Montmartre, aurait fallu tourner dans le Sébasto, ou même avant...

— Je sais, fit Morane, mais avant de gagner cette rue des 13 roses, puisque rue des 13 Roses il y a, j'aimerais jeter un coup d'œil à la maison du Marais...

— Vous voulez dire à la maison de Simon Lusse ? interrogea Florence.

Sa voix n'était qu'un souffle.

— Oui, répondit Morane, rien que pour voir... pour m'assurer de quelque chose...

Comme il comprenait les craintes de Flo, il enchaîna aussitôt :

— Mais rassurez-vous, on s'arrangera pour ne courir aucun risque... Je ne tiens pas moi non plus à reprendre le chemin d'Ananké. Pas plus que vous, croyez-moi...

Cette évidence énoncée, ce fut à nouveau le silence.

Peu de circulation à cette heure de la nuit — presque vingt-trois heures — et il fallut à peine dix minutes, y compris les feux de signalisation, pour atteindre le petit hôtel particulier qui, pendant des années, avait servi de logis au défunt Simon Lusse.

Là, une surprise attendait Morane et ses amis. La maison avait flambé et il n'en restait plus que des pans de murs noircis. Les fenêtres et les portes, éclatées, étaient barricadées avec des planches. Cependant, les toits demeuraient intacts. Une barrière de sécurité, élevée à la hâte par les pompiers, interdisait l'accès immédiat de la bâtisse.

L'incendie ne devait pas avoir eu lieu il y avait bien longtemps. Dans l'air flottait encore une odeur de brûlé.

— C'que vous pensez de ça, commandant ? interrogea Bill.

— Sans doute la même chose que toi, répondit Morane. Ananké n'a pas fini de nous étonner...

Il alla garer la voiture à peu de distance de la maison sinistrée, décida :

— Je vais jeter un coup d'œil... Attendez-moi...

— Je suppose qu'il est inutile de vous demander de ne pas y aller , risqua Ballantine.

— Inutile, en effet...

— Soyez prudent, Bob, fit Flo d'une voix frémissante.

— Je serai prudent, assura Morane.

Il traversa la rue déserte, franchit les barricades, s'approcha de la maison. Tout de suite, il se rendit compte qu'il lui serait impossible d'y pénétrer à cause des planches, solidement ancrées, qui obturaient portes et fenêtres. Au fur et à mesure qu'il s'approchait, l'odeur de brûlé devenait plus forte et, malgré lui, il pensa aux trésors d'art entassés par Simon Lusse et qui, sans doute, s'en étaient allés en fumée.

À pas lents, inspectant avec attention les alentours feutrés par la nuit, il s'engagea dans le jardinet qui contournait la maison, atteignit la façade arrière. Immédiatement, il repéra la petite porte que Lusse avait fait ouvrir sur le jardin, mais elle aussi était barricadée par des planches solidement fixées. Nulle part, Bob ne trouva trace de la douzième rosace par laquelle Bill, Flo et lui avaient quitté l'univers maudit d'Ananké. Tout à fait comme si l'incendie l'avait effacée.

— Rien à faire ici, murmura-t-il.

Tout en se promettant de venir, un jour ou l'autre, visiter l'intérieur de la maison, il rejoignit ses amis.

— Juste une maison comme les autres et qui a cramé, dit-il. Et pas la moindre trace de la rosace... À croire que nous avons rêvé...

N'obtenant pas de commentaires, il enchaîna :

— Tout ce qui nous reste à faire, c'est aller jeter un coup d'œil à cette rue des 13 Roses...

— Je ne protesterai pas, fit calmement Ballantine. Je sais que ce serait inutile... Quand vous avez quelque chose dans la tête, commandant... Pire qu'une mule écossaise...

— Croyez-vous que ce soit prudent, Bob ? risqua Flo.

— Non, mais nous ne pouvons rester dans le doute. Surtout quand il s'agit d'Ananké. Il nous faut savoir ce que les... Éditions Pierre Essul ont à voir avec ce « monde pourri »...

Tout en parlant, Morane s'était installé au volant de la petite 204. Il la décolla de l'accotement et elle bondit en avant dans des crissements de pneus torturés.

*
*   *

— D'après mon plan ça doit être là, dit Morane en désignant une rue étroite qui s'ouvrait dans la rangée de maisons, à leur gauche.

Plus une ruelle qu'une rue d'ailleurs. Pour l'atteindre, il n'avait fallu remonter la rue Lepic que sur une centaine de mètres.

Bob Morane alla ranger la 204 le long de l'accotement, juste en face de l'embouchure de la rue des 13 Roses.

— Si vous voulez mon avis, commandant, dit Ballantine, cette rue a tout du genre bizarre.

— D'autant plus, fit Bob, qu'elle n'est portée que sur MON plan, et qu'en plus, je le répète, je suis souvent passé par ici sans la repérer...

D'où ils se trouvaient, les regards des deux amis et de leur compagne pouvaient plonger dans la ruelle, qu'ils prenaient en enfilade, mais ils ne distinguèrent que de vagues reflets sur des pavés en ronde bosse.

Quelques passants, fort rares, qui remontaient ou descendaient la rue Lepic.

— Cette rue a réellement quelque chose de bizarre, dit Florence, comme vient de le dire Bill.

Elle parlait de la rue des 13 Roses.

— Vous n'avez pas remarqué ? insista Flo. Regardez... Les maisons, à droite et à gauche, ont l'air d'avoir été coupées en deux. Comme si la rue passait au travers...

— Mais c'est vrai ça, reconnut Bill, et je n'aime pas ça du tout...

— Moi non plus, dit Bob. C'est un peu comme si cette ruelle n'existait pas, OU QU'ELLE N'EXISTAIT QUE POUR NOUS...

— Moche ça, fit encore l'Écossais.

Silence. Ou presque. Seuls les bruits ténus de la capitale à moitié endormie. Dans le ciel nocturne, une vague nébulosité marine.

— On va y voir, décida Bob.

Florence Rovensky secoua violemment la tête, ce qui fit voler en tous sens la masse de ses cheveux blonds cendrés, presque blancs, coupés à la Jeanne d'Arc. Un éclat doré dans la pénombre.

— Je n'irai pour rien au monde, souffla la jeune fille. Bob la comprenait. Elle se trouvait encore submergée par la terreur d'Ananké. Lui-même se sentait près d'y

céder, mais sa volonté de fer l'en empêchait.

— Moi je vous accompagnerai, commandant ! lança Bill. Z'avez toujours eu besoin d'un chaperon, sinon vous n'arrêtez pas de faire des bêtises.

Morane ne rétorqua rien. Il savait pouvoir compter en toutes circonstances sur l'Écossais à qui des remarques bourrues servaient de masque. Il se tourna vers Florence Rovensky.

— Vous allez vous enfermer dans la voiture, Flo, bloquer les portières, et attendre notre retour. Nous n'en aurons pas pour longtemps... Le temps de voir ce qui se passe au n° 13, là-bas...

— Et si vous ne reveniez pas ? fit Florence d'une voix ouatée par l'inquiétude.

— Nous reviendrons, assura Morane. Très vite... Au fond de lui-même, il n'en était pas aussi sûr.

Morane et Bill quittèrent la voiture, franchirent la chaussée d'un pas alerte, atteignirent le débouché de la ruelle, jetèrent un coup d'œil à l'intérieur. Des traînées de lumière parasitaire leur permirent de détailler, à gauche, à droite, un mur de briques. Plus que tout à l'heure encore, ils eurent l'impression que la venelle avait été découpée à l'emporte-pièce, après coup, dans le pâté de maisons.

— On y va ? interrogea Bill.

— Bien sûr, fit Morane. On est là pour ça...

Après avoir adressé un signe de la main en direction de la 204 et de Flo, il s'avança entre les deux murs de briques, suivi aussitôt par Bill.

Le passage était très étroit, deux mètres à peine, et les deux hommes devaient marcher à l'indienne. Au bout d'une dizaine de mètres cependant, le passage s'élargit et ils purent progresser côte à côte.

En même temps, ils se retournèrent, s'attendant à voir la rosace s'interposer entre eux et le monde réel, leur empêchant tout retour en arrière. Mais, au-delà de l'étroit passage, de l'autre côté de la rue Lepic, ils distinguaient toujours la silhouette d'un bleu métallisé, brillant doucement dans la pénombre, de la petite 204. En outre, une série de bruits ténus, appartenant à la vie nocturne de Paris, leur parvenait. Autant d'éléments qui les rassurèrent, et ils se remirent en marche.

À gauche, à droite, quelques portes aveugles, à la peinture écaillée. Tour à tour, Bill tenta de les ouvrir, mais elles résistèrent. Tout, dans cette ruelle perdue, dénotait l'abandon, le désespoir. Les deux amis se sentaient écrasés. À tout bout de champ, ils se retournaient en direction de la rue Lepic. Chaque fois, ils apercevaient la silhouette bleutée, mais de plus en plus indistincte à cause de l'éloignement, de la 204.

Tout à coup, Bill stoppa.

— Là, fit-il.

À leur droite, une nouvelle porte, plus large que les autres, se découpait dans le mur de briques. Deux battants, cintrés avec, au-dessus, un grand écriteau :

« ÉDITIONS PIERRE ESSUL — Jeux électroniques ». Au-dessus encore, une plaque émaillée avec un numéro 13 en blanc sur fond sombre.

— Je crois que nous y sommes, dit encore Bill.

— Aucun doute, approuva Morane. Mais ça nous avance à quoi ? On risque de rester ici en carafe. Je ne vois de bouton de sonnerie nulle part...

— Frappez et l'on vous ouvrira, récita l'Écossais.

S'approchant de la porte, il se mit à la heurter à grands coups de poing. Un vrai roulement de grosse caisse. Auquel le silence succéda. Quelques minutes, et Bill répéta le martellement sur l'huis. Toujours sans succès.

— Ça sonne vide, décida Bill. M'étonnerait s'il y avait même une souris là-dedans...

— M'étonnerait s'il n'y en avait pas, dit Morane, certain de ne pas se tromper.

Il sursauta brusquement.

— Regarde la porte, Bill !

— Ben quoi, la porte ? fit l'Écossais. Sursautant à son tour, il enchaîna :

— Par ce vieux Nick !... Elle est ouverte...

Sous les coups du colosse, un des battants s'était entrebâillé.

— Elle n'était même pas fermée, dit Bob en poussant sur le battant qui céda petit à petit avec un léger grincement.

— Attention, commandant !... C'est peut-être un piège...

— On verra bien, fit Morane en accentuant sa pression.

Le battant s'ouvrit en grand, révélant une large zone de pénombre. Une odeur d'humidité, d'abandon.

À pas comptés, Bob s'avança. Quand il fut de quelques mètres à l'intérieur, il s'arrêta et se retourna, distingua tout de suite l'énorme silhouette de son compagnon qui se découpait dans l'embrasure de la porte cochère. Derrière Bill, la rue. Pas de rosace. Morane soupira d'aise.

— Tu peux venir, Bill... L'Écossais vint le rejoindre.

— Je n'aime pas ça, commandant... Trop calme...

À nouveau, Morane se retourna. Toujours pas de rosace. La porte demeurait ouverte à un battant sur la vague luminosité de la ruelle. Rassurant.

Nyctalope, Bob y voyait assez bien dans la pénombre. Néanmoins, il alluma la petite lampe-stylo qui ne le quittait jamais et promena autour de lui le faisceau lumineux.

Un vaste hangar aux murs nus, dont le plâtras s'écaillait par endroits en larges taches lépreuses. Dans les hauteurs, quelques fenêtres étroites, aux vitres poussiéreuses, garnies de toiles d'araignées. Les armatures de métal se désagrégeaient lentement sous la fermentation des oxydes. Le sol lui-même, fait de dalles de ciment, disparaissait sous une épaisse couche de poussière.

— Je serais étonné si cette turne avait jamais connu les jeux électroniques, murmura Bill.

Morane approuva de la tête. Il montra, sur la droite, un escalier de métal qui se hissait le long de la muraille.

— On va aller voir là-haut ? Mais avant, on va bloquer la porte. Je ne tiens pas à ce qu'elle se referme derrière nous.

Ils ouvrirent la porte cochère à deux battants et calèrent ceux-ci à l'aide de morceaux de bois trouvés dans un coin et enfoncés à coups de pieds de façon à ce qu'il eût fallu disposer d'un outil pour les dégager.

Toujours à pas comptés, Bob s'engagea sur l'escalier de métal. Derrière lui, le poids de Bill faisait vibrer les marches.

Sur un étroit palier, une porte. Elle s'ouvrit à la première poussée. Au-delà, une pièce de dix mètres sur dix environ, au plancher à demi-pourri et éclairée par une grande baie vitrée ouverte sur la nuit. Pour tout meuble et objet, un vieux banc, amputé d'un de ses pieds, oublié dans un coin. À part cela, rien, le vide, et une énorme odeur de moisissure.

— On ne doit pas souvent faire le ménage dans le coin, dit Ballantine. Un coup d'aération ne ferait pas de mal.

Sur la pointe des pieds, comme s'ils craignaient d'être entendus, ils s'avancèrent vers la baie. Miraculeusement, toutes les vitres étaient intactes et les poignées d'ouverture à leur place. Au-delà de la taie de poussière agglomérée par les ruissellements de pluie, Paris s'étendait, mouchetée de lumières et, au loin, la haute flèche de la Tour Eiffel poignardait le ciel.

— Rien à faire ici, dit Bill.

Déçus et soulagés à la fois, ils tournèrent le dos à la verrière. Et c'est alors qu'ils l'aperçurent.

La rosace. Elle était là, sur la porte qu'elle couvrait toute entière. Il ne s'agissait pas d'une rosace de pierre, comme les treize précédentes, mais d'une image transparente et polychrome, comme projetée par une lanterne magique invisible. Pas de faisceaux lumineux. Seulement cette image jaillie on ne savait d'où. Pourtant, aucune erreur possible. Il s'agissait bien du symbole d'Ananké, avec son heptagone dans un cercle et ses triangles imbriqués.

Bob et Bill échangèrent un regard. Sans prononcer la moindre parole. Mais l'expression de leurs visages, éclairés par les reflets bariolés de la rosace lumineuse, disait sans équivoque possible : « On s'est fait piéger »

— Non, Bill ! jeta Morane.

En même temps, il saisissait l'Écossais par la manche du vêtement, pour l'empêcher de se précipiter vers la porte dans l'intention de tenter de l'ouvrir.

— Pourquoi m'avoir arrêté ? interrogea Bill.

— Ça n'aurait servi à rien, fit Morane. Et puis, tu courais le risque d'être capturé par la rosace, projeté dans un monde parallèle, que sais-je moi ?

Le colosse n'insista pas.

— C'qu'on va faire ? s'enquit-il.

— Aucune idée...

Et, soudain, Morane eut une inspiration.

— La verrière ! hurla-t-il.

En même temps, ils se projetèrent en direction de la baie vitrée. Trop tard. La rosace les avait devancés. Quittant la porte, elle se découpait maintenant sur les vitres de la baie, la changeant en vitrail.

Volte-face de Bob et de Bill, ruée vers la porte maintenant libre. Nouvel échec. La rosace les devançait encore.

Nouvelle volte-face, nouvelle ruée en direction de la verrière, mais là, à nouveau, la rosace leur barra le passage.

Vite, les deux amis devaient deviner qu'il était inutile d'insister. Chaque fois, la rosace les prendrait de vitesse. À présent, elle recouvrait à nouveau la verrière.

Le souffle rendu court par l'angoisse, Morane et l'Écossais demeuraient debout au centre de la pièce vide. Avec un désespoir qui montait sans cesse, près d'atteindre le point de panique, Morane regardait autour de lui, à la recherche d'une planche de salut. Et soudain, ses regards tombèrent sur le banc oublié contre un des murs. Un meuble bancal, inutile, une épave...

— Le banc ! souffla Bob à l'adresse de Ballantine.

On le balance dans la verrière, et on verra bien...

Ils empoignèrent le banc, chacun à un bout, et se mirent à le balancer, avec l'impression que la rosace lumineuse se changeait en un œil gigantesque braqué sur eux et guettant leurs réactions.

— Un... deux..., murmura Morane.

À trois, ils lâchèrent le banc qui, propulsé par des bras vigoureux, vola en direction de la baie vitrée, la fracassa dans des éclats de verre, la traversa, se perdit dans la nuit du dehors.

Le cliquetis des éclats qui ruisselaient sur le plancher, puis un énorme silence. La rosace avait disparu et, à sa place, un grand trou béait dans la verrière. Au loin, la haute flèche lumineuse de la Tour Eiffel brillait telle une constellation inconnue.

Morane se tourna vers la porte. Pas de rosace. Il lança :

— On fonce, Bill !

Le premier, l'Écossais atteignit la porte, l'ouvrit. Elle ne résista pas et, l'un derrière l'autre, ils se mirent à dégringoler l'escalier de métal. Presque en même temps, ils prirent pied dans le hangar d'en bas. La porte cochère donnant sur la rue était demeurée ouverte, comme ils l'avaient laissée. Au-delà, les pavés en ronde bosse de la rue des 13 Roses brillaient doucement, frottés par le temps.

— Vite ! fit Morane d'une voix rauque. Vite !

À tout moment, ils s'attendaient à ce qu'une rosace leur barât le chemin, mais rien ne se passa et ils purent gagner la rue sans encombre. Là-bas, la forme métallique de la 204, toujours garée à la même place.

Bob et Bill venaient à peine d'atteindre la rue que, à gauche, à droite, les murs de briques se mirent à frémir, comme s'ils cherchaient à s'arracher à leur base pour se rejoindre, fermer à jamais le passage.

— Courons ! jeta Bob.

Ils se mirent à galoper en direction du débouché de la ruelle, avec la sensation que les murs se refermaient sur eux de plus en plus vite au fur et à mesure de leur progression. Le sol tremblait sous leurs pas. Morane couvrait cent mètres en douze secondes et quelques centièmes, et pourtant il avait l'impression de ne pas avancer. Devant lui, le passage se rétrécissait de plus en plus. Derrière, il entendait les halètements de Bill soufflant comme un phoque en essayant de battre son propre record de vitesse.

En sueur, les tempes en feu, Morane atteignit le premier le débouché de la ruelle, si étroit maintenant qu'il se demandait s'il réussirait à passer.

D'un sursaut, il se projeta en avant, parvint de justesse à passer, se retrouva dans la rue Lepic, se retourna juste à temps pour voir Bill tenter de se dégager de la gangue de briques qui le retenait aux épaules. L'Écossais lui tendit la main, Morane l'agrippa, tira. Bill jaillit tel un bouchon arraché à sa bouteille, roula sur le sol, se releva en éructant :

— Juste à temps !... Encore un peu, et je passais au presse-purée...

Devant eux, les murs s'étaient rejoints. Les maisons, de chaque côté, s'étaient reformées. La rue des 13 Roses avait cessé d'exister dans l'univers à trois dimensions. En silence, comme écrasés, Bob et Bill regagnèrent la voiture, et en même temps ils retrouvaient Florence — les éléments tangibles d'un monde réel. Du monde de tous les jours.

*

* *

Ils avaient roulé en silence durant quelques minutes, en direction de la Seine. Morane conduisait crispé, les mains nouées au volant, les mâchoires soudées. À l'arrière de la voiture, Bill Ballantine poussait sans cesse des grognements sonores qui cependant allaient en s'atténuant. Finalement, Florence se risqua à interroger :

— Que s'est-il passé, Bob ?

Quelques secondes, puis Morane se décida à raconter ce qui leur était arrivé, à Bill et à lui, dans la rue des 13 Roses, cette rue qui à présent n'existait plus. Il parlait à mots avares, qui avaient de la peine à franchir la barrière de ses lèvres. Comme si, même en pensée, il répugnait à revivre l'aventure.

À nouveau quelques secondes. On atteignait les grands boulevards. Bill demanda :

— Croyez-vous que nous en ayons fini avec Ananké, commandant ?

Morane hocha la tête.

— Sans vouloir présager de l'avenir, je le pense, Bill... En pulvérisant la verrière, nous avons en même temps détruit la rosace. C'est-à-dire le signe d'Ananké. Ananké existe sans doute encore, mais nous avons fermé les portes qui le mettaient en communication avec notre monde. Un peu comme si nous avions rompu un sortilège...

— Et Ananké, qu'est-ce que c'était, à votre avis, Bob ? fit Florence.

Morane décrocha une de ses mains du volant, l'agita en un geste d'incertitude.

— Sans doute rien d'autre qu'un jeu de rôles à l'échelle du cosmos hyperdimensionnel. Un jeu de rôles dont nous étions les héros... Je sais que cela peut paraître extraordinaire. Mais la formation de l'Univers,

la vie, l'histoire ne font-ils pas, eux aussi, partie d'un gigantesque jeu de rôles ?

— Reste à savoir qui est le maître du jeu, dit Bill. La main de Morane s'agita à nouveau.

— Si je le savais, Bill, je n'en dirais rien. Il y a des choses qu'il vaut mieux ignorer...

À partir de ce moment, plus personne ne parla d'Ananké. JAMAIS.

Retour au Crétacé

Ce Retour au Crétacé est un rebondissement, et peut-être une fin, à l'une des aventures les plus fameuses de Bob Morane intitulée Les chasseurs de Dinosaures. On y est en pleins paradoxes temporels.

Retour au Crétacé parut en première édition dans le volume du tome 1 de l'Intégrale du Cycle du Temps, aux éditions « Lefrancq », en 1993.

H. V.

Regard de Bill Ballantine en direction de Bob et d'Aristide Clairembart, mais l'Écossais ne trouva que des visages pétrifiés. La concierge paraissait tout à fait désemparée. Elle devait se demander ce qu'il y avait d'extraordinaire dans le fait qu'une jolie dame vienne rendre visite à Morane. Le silence s'était fait pesant. À peine si l'on entendait encore les bruits de la rue. Tout à fait comme si la stupeur des trois amis venait de figer le monde entier.

Ce silence, Bill Ballantine le rompit.

— On monte, commandant ?

— Je crois que nous n'avons pas le choix, dit Morane. Nous ne pouvons pas rester plantés dans ce corridor jusqu'à la fin des temps...

Et il enchaîna, comme s'il doutait encore :

— Qu'en pensez-vous, professeur ?

— Comme vous, Bob, fit l'archéologue. Nous n'avons pas le choix.

Dans l'ascenseur, l'Écossais interrogea :

— Croyez-vous qu'il soit possible de vivre deux fois le même événement ?

— Possible, assura Bob, puisque nous nous retrouvons au premier juin... comme la première fois[3].

— On ne joue pas impunément avec le Temps, fit Clairembart sur un ton de sentence.

Ils atteignirent l'étage de Morane et pénétrèrent dans l'appartement.

Quand ils entrèrent dans le salon-bureau, Carlotta Pondinas-Reeves se leva et alla vers eux. Ils savaient qu'ils la trouveraient là. Pourtant, la fatalité les poussa tous trois à s'exclamer :

---

[3] Voir Les Chasseurs de Dinosaures (BMP 2041).

— Carlotta !

— Carlotta !

— Carlotta !

Tout recommençait vraiment.

La jeune femme, toute menue dans son manteau de fourrure trop chaud pour la saison, se précipita dans les bras de Morane. Les larmes remplissaient ses beaux yeux égyptiens.

— Oh, Bob, Bob !... C'est trop terrible !...

Il la repoussa en la tenant par les épaules et la tint à bout de bras.

— Je sais, Carlotta... Je sais... Frank a disparu...

Dans les yeux de la jeune femme, une intense expression de surprise se superposait maintenant à la tristesse. Elle balbutia :

— Comment ?... Comment savez-vous ?...

Doucement, Morane la guida vers un fauteuil, la força à s'asseoir.

— Écoutez-moi, Carlotta... Et, surtout, ne vous étonnez pas, ne pensez pas que je suis devenu fou. Bill et le professeur sont là pour me servir de témoins...

D'une voix lente, sans omettre le moindre détail, essayant de se faire aussi convaincant que possible, il entreprit de relater l'aventure que Bill, le professeur et lui venaient de vivre. Au fur et à mesure qu'il parlait, les yeux de Carlotta s'agrandissaient. On n'y lisait plus maintenant de la surprise, mais de l'incrédulité.

— Comment tout cela pourrait-il être possible, Bob ? interrogea-t-elle quand il eut terminé.

— Nous avons voyagé à travers le Temps et sommes revenus à notre point de départ, tenta d'expliquer le professeur Clairembart.

Il s'interrompit, secoua la tête, sourit derrière ses lunettes cerclées d'acier, enchaîna :

— Mais je crois qu'il serait inutile de vous faire un cours sur les paradoxes temporels. Vous n'y comprendriez rien. Personne d'ailleurs n'y comprendra jamais rien...

La jeune femme parut en prendre son parti. Visiblement, elle ne cherchait plus à comprendre. Et puis, elle éprouvait une confiance à ce point totale en ses amis qu'elle ne pouvait supposer un seul instant qu'ils se moquaient d'elle. Elle fronça ses sourcils finement dessinés, ses lèvres pleines se crispèrent et elle eut un léger sursaut, comme si une soudaine pensée lui venait. Bob Morane, Bill et l'archéologue le comprirent et tournèrent vers elle des regards interrogateurs.

Carlotta s'adressa plus directement à Morane.

— Ne venez-vous pas de dire, Bob, que cette... Patrouille du Temps avait déposé Frank et le professeur Hunter en Floride ?

— J'ai dit cela, en effet, approuva Morane.

— Eh bien ! dans ce cas...

— Dans ce cas, explosa Ballantine, et on aurait dû y penser plus tôt, Frank doit à présent se trouver chez vous !... C'est ça que vous pensez, Carlotta ?

— Exactement...

— Bill a raison, intervint Morane. On aurait dû y penser plus tôt... On va en avoir le cœur net...

Il se dirigea vers le téléphone, posé sur un guéridon bas, décrocha le combiné, forma un numéro : indicatif étranger... les États-Unis... Miami, puis le numéro privé de Reeves.

Quelques secondes à peine s'écoulèrent. La communication s'établit, et une voix fit, en anglais :

— Ici la résidence Reeves...

Une voix anonyme. Celle d'un majordome, ou d'un secrétaire.

— Je suis Robert Morane, dit Bob. Je désirerais parler à monsieur Reeves... Frank Reeves...

— Je vais voir si monsieur Reeves..., fit la voix.

— Non, non... coupa Morane. Pas de « si »... Dites seulement mon nom à monsieur Reeves... Il prendra la communication...

Encore quelques secondes, puis la voix de Frank Reeves :

— Bob !... Vous êtes à Paris ?...

— Oui, mais Carlotta y est aussi, pour me demander de partir à votre recherche...

— Qu'est-ce que ça veut dire ?

— Nous sommes le 1er juin, Frank... Le même jour que celui où elle est déjà venue à Paris pour me demander la même chose... En un mot, tout recommence...

— Impossible, Bob... Ce n'est pas la même chose...

La première fois, j'avais bel et bien disparu... Ce n'est pas le cas aujourd'hui... Ou plutôt j'ai reparu...

Morane sursauta. Quelque chose ne tournait pas rond dans tout ça. Il ne savait pas encore exactement quoi, mais quelque chose ne tournait vraiment pas rond.

Derrière Morane, tout près, la voix de Carlotta fit :

— Passez-le-moi, Bob...

Morane obéit, passa le combiné à la jeune femme. Une longue conversation, à mots hachés, entre Frank et

Carlotta, à l'issue de laquelle cette dernière recommanda :

— Surtout, ne bouge pas, Frank... Reste à la maison... Je rentre par le premier avion...

Quelques instants, puis Carlotta se retourna vers Morane.

— Frank veut vous parler...

Morane reprit le combiné, entendit aussitôt Reeves qui disait :

— J'ai le professeur Hunter à mes côtés, Bob... D'après lui, il y a un pépin. Il faut que vous rappliquiez

sans retard à Miami... Par le premier avion... Avec Bill et le professeur...

— Passez-moi Hunter, dit Morane avec une certaine impatience. Qu'il m'explique...

— Trop long, jeta Reeves. De toute façon, il faudra que vous veniez... Rappliquez... Quick !... Quick !... Vite !... Vite !...

— Passez-moi Hunter, insista Bob. De toute façon, c'est moi qui paie la communication...

— O.K., Bob... Je vous passe Hunter...

Presque aussitôt, Morane reconnut la voix du physicien.

— Hello, Bob ! Tout va bien, j'espère...

— Tout va bien, professeur. Si on peut dire que tout va bien dans la situation où nous nous trouvons, en plein salmigondis spatio-temporel !

— Oui... oui..., fit Hunter avec un peu de contrition dans la voix.

— D'après ce que vient de me dire Frank, vous jugeriez qu'il y a... euh... un pépin... À mon avis, il s'agit là d'un euphémisme.

— Nous sommes le 1er juin, dit Hunter. Or, logiquement, Frank et moi devrions être partis pour le secondaire depuis une quinzaine... Donc... Vous voyez où je veux en venir...

— À peu près, professeur... Logiquement aussi, vous ne pouvez être là et être partis en même temps...

— Quelque chose comme ça, oui...

Bill Ballantine avait pris l'écouteur. Il grommela :

— Eh ! on dirait que ça se complique...

Morane ignora la remarque. Jamais peut-être ses neurones n'avaient fonctionné à un tel rythme.

— Il me vient une idée, professeur, dit-il soudain. Demandez à Frank d'aller jeter un coup d'œil dans sa salle d'armes, afin de voir si ses fusils Express manquent.

— Frank écoute sur un autre poste, en communication simultanée, fit Hunter. Il est déjà en route pour la salle d'armes...

Au bout de quelques minutes, la voix de Reeves se fit entendre.

— Vos suppositions sont exactes, Bob. Les fusils Express manquent au ratelier. Les mêmes que ceux que j'ai emportés pour me rendre à la Villa Josuah. Il en va de même pour les munitions...

— Les choses ne s'arrangent pas, conclut Morane.

— Plutôt, intervint Hunter, il semble que, réellement, nous soyons partis...

— Et revenus, glissa Frank Reeves.

— Pas si certain, reprit Hunter. Nous pouvons avoir été emportés par... euh... deux flux parallèles du Temps... Il faudrait contrôler...

— De quelle façon ? demanda Bob.

— En allant voir sur place. Si le cylindre se trouve toujours à la Villa Josuah, c'est que tout s'est remis en place...

— Et dans le cas contraire ?

— On verra bien, fit Hunter. Se livrer à des conjectures quand nous risquons de nous trouver face à un paradoxe temporel ne servirait à rien... Je propose que vous veniez au plus vite... Ensemble, nous irons à la Villa Josuah...

— Qu'en pense Frank ? interrogea Morane.

— Je crois que le professeur a raison, intervint Reeves. Il faut absolument que nous sachions. Prenez

le premier avion pour Miami avec Carlotta... Morane raccrocha, se tourna vers ses amis.

— Il faut gagner Miami dare-dare... Si vous décidez de m'accompagner, bien sûr...

Le professeur Clairembart proposa :

— Si vous nous disiez de quoi il s'agit exactement, Bob ?

En quelques mots, Morane résuma la conversation qu'il venait d'avoir avec Hunter et Frank Reeves.

— Bien entendu, conclut-il, ni toi, Bill, ni vous, professeur, n'êtes contraints de m'accompagner à Miami...

— Personnellement, commandant, je vous accompagnerai, fit l'Écossais. J'espère être un des premiers à connaître la fin de l'histoire. Tout ce que je souhaite, c'est de ne pas être contraint à retourner au Crétacé.

— Je vous accompagnerai également, dit Clairembart. Vous savez bien, Bob, que la curiosité a toujours été mon péché mignon.

— Il ne nous reste plus qu'à nous occuper des billets d'avion et de nos visas...

— Les visas ne seront pas un obstacle, Bob, intervint Carlotta. Le consul des États-Unis, ici à Paris, est un ami de Frank. Nous allons nous rendre chez lui immédiatement, tous les quatre. Dans une heure, vous aurez les visas en question...

Un peu de transpiration perla aux tempes de Morane. Les paroles de Carlotta étaient les mêmes, exactement, que celles qu'elle avait prononcées déjà lors de sa visite de l'autre 1er juin.

*
*   *

4 juin.

La grosse Cadillac allongée roulait à travers le désert de Mojave. À son bord, Carlotta, Frank, le professeur Hunter, Bob Morane, Aristide Clairembart et Bill Ballantine. Frank Reeves tenait le volant.

À gauche, à droite, le même décor que la première fois. Des arbres de Josué, des cactus cierges et, au fond, la ligne tourmentée des sierras.

Oui, le décor était semblable, mais les acteurs changeaient, Cette fois, le F.B.I. n'avait pas été averti de la visite à la Villa Josuah et aucun agent fédéral n'accompagnait Morane et ses compagnons. Et Bob ne pouvait s'empêcher de remarquer, une fois de plus, que, si tout se répétait, ce n'était pas tout à fait de la même façon. Comme si le Temps et les événements n'entraient pas en contact parfait. La présence de Carlotta, de Frank et de Hunter en était une autre preuve.

La puissante limousine quitta la route et s'engagea sur le chemin de terre menant à la villa. Le soleil dardait ses lances aux fers incandescents et, quelque part entre le ciel et le sable, des busards volaient en rond. Dans les lointains, l'air vibrait de chaleur mais, à l'intérieur de la Cadillac climatisée, il faisait une fraîcheur de cimes.

Toujours entourée par les arbres de Josuah, auxquels elle devait son nom, la villa se dressait, immobilisée dans le silence. La grille n'était pas fermée et, cette fois, aucun G-man ne la gardait. Là encore, la même remarque. Tout se répétait, mais avec des variantes. Le Temps recommencé ne ressemblait jamais tout à fait à lui-même.

La grille franchie, la voiture alla s'arrêter devant le hangar, à une centaine de mètres de la maison.

Tout le monde mit pied à terre et Bob alla ouvrir la porte du hangar. Vide. Nulle part, on ne trouvait trace du cylindre. Frank Reeves triompha.

— Vous voyez, tout est en ordre. Ce que nous craignions ne s'est pas produit...

— N'en soyons pas si certains, dit Morane.

— Voyons, commandant, intervint Bill Ballantine. Souvenez-vous... Quand nous sommes venus la première fois, le cylindre était là. Il occupait presque tout l'intérieur de cette bicoque...

— Juste, reconnut Morane, mais souviens-toi aussi, Bill... Deux heures plus tôt, suivant les dires de l'agent fédéral de garde, ce hangar était vide... comme maintenant.

— Je suppose que vous avez votre petite idée derrière la tête, Bob ? intervint Clairembart avec un air narquois marqué par les tremblements de sa barbiche de chèvre.

— Vous supposez bien, professeur, fit Morane. Quand nous sommes venus ici, la première fois, c'était également le 4 juin et, je m'en souviens très bien pour avoir consulté ma montre, il était quatre heures de l'après-midi et des poussières... Or, peu de temps auparavant, le hangar était vide... Et quelle heure est-il à présent ?

Bill Ballantine jeta un regard à sa montre-bracelet, s'exclama :

— Trois heures quinze p.-m. !... Ça y est, je vous vois venir avec vos gros sabots !

— Je vois également où veut en venir Bob, fit Frank Reeves. Nous avons trois quarts d'heure à attendre et si, à quatre heures, le cylindre ne s'est pas matérialisé...

— ... ce sera la preuve que tout s'est remis en ordre dans les méandres du Temps, dit Hunter.

D'une double poussée, Morane referma la porte du hangar et tous allèrent se réinstaller dans la voiture, portières ouvertes, à attendre.

Les minutes s'écoulèrent. Les regards ne se détournèrent du hangar que pour interroger les montres.

Au bout d'une dizaine de minutes à peine, un grand bruit troubla le silence du désert. Quelque chose comme une tôle qui frémit en se déchirant. Cela pouvait passer pour le tintamarre des réacteurs d'un jet cherchant à atteindre et à franchir le mur du son.

Plusieurs têtes se penchèrent hors de la voiture, mais le ciel californien, vaste feuille de magnésium en train de se consumer, demeurait vide.

Le bruit s'amplifia, devint presque assourdissant puis, brusquement, il cessa, et le silence, reformé, lui succéda.

— Qu'est-ce que c'était ? interrogea Bill.

— Souviens-toi, fit Morane. Le G-man de garde — il s'appelait Herman, je crois — a parlé d'un bruit semblable qui avait retenti peu avant que le cylindre ne réapparaisse.

— Vous croyez, Bob ?. interrogea Carlotta avec une angoisse à peine masquée dans la voix.

— On ne va pas tarder à le savoir, dit Morane.

Il quitta la voiture, se dirigea vers le hangar, en ouvrit la porte à deux battants. Le cylindre était là, occupant presque tout l'espace intérieur de la construction. À part les hublots, il continuait à ressembler à une boîte de conserve. Les autres vinrent rejoindre Morane. La fatalité s'appesantissait sur eux et il leur fallut de longues secondes pour retrouver leurs esprits.

Finalement, Hunter s'avança, posa la main sur la coque du cylindre.

— Chaud, constata-t-il. Il vient de se matérialiser... Il recommanda à ses compagnons :

— Restez à l'écart. Je vais jeter un coup d'œil à l'intérieur...

Il manœuvra le système de fermeture du sas, tira la portière à lui, pénétra à l'intérieur de l'appareil. Presque aussitôt, il héla :

— Venez voir... Et il ajouta :

— N'ayez crainte, j'ai désenclenché le processus de virement.

L'un après l'autre, Carlotta, Frank, Bob, Clairembart et Ballantine pénétrèrent dans l'engin. Tout de suite, ils repérèrent le corps lacéré étendu sur le plancher. « Tout comme la première fois », songea à nouveau Morane.

— C'est Sam Gray, mon assistant, expliqua Hunter.

— Mais son corps a été emporté par les fédéraux ! protesta Bill.

— Oui, mais ça, c'était la première fois, glissa Clairembart.

Les restes mutilés de Sam Gray furent transportés au dehors. Ensuite, on passa à l'inspection de l'appareil. Tout s'y révéla dans le même état que la première fois. Les armoires métalliques contenaient les mêmes vêtements de chasse, vivres en conserve et matériel de camping. Dans l'une de ces armoires, la collection d'armes de gros calibres et leurs munitions s'y trouvaient toujours. Parmi elles, le fusil 600 Express à deux coups avec, sur la crosse, la plaque marquée des initiales F.R.

Cette découverte plongea Frank Reeves dans la consternation.

— Nous sommes partis, murmura-t-il d'une voix sourde. Nous sommes partis...

Carlotta considérait son époux avec un peu de curiosité mêlée d'une vague inquiétude. Visiblement, elle ne comprenait rien à la bizarrerie de la situation.

— Nous avons mis un grain de sable dans les rouages du Temps, dit Hunter sur le même ton que s'il annonçait l'approche du « big crunch »[4].

— Vous ne devez vous en prendre qu'à vous-même, professeur, glissa Clairembart. À jouer à l'apprenti sorcier...

Le physicien parut ne pas entendre.

— Il nous faut savoir, reprit-il. À tout prix. Frank et moi ne pouvons être en même temps en deux endroits différents, fût-ce à des millions d'années de distance...

Hunter prit une soudaine décision.

— Nous devons repartir là-bas... Pour savoir   Pour intervenir si c'est encore possible...

— Vous voulez dire : retourner au Crétacé ? interrogea Frank.

— Oui... Tous les deux.   Nous sommes tous les deux concernés, ne l'oubliez pas...

Carlotta bondit. Paisible et belle, elle se changeait soudain en tigresse défendant son mâle.

— Pas question !... Frank ne repartira pas !... De la main, Frank l'apaisa.

— Garde ton calme, Carlotta... Le professeur a raison... Il nous faut intervenir   S'il y a des hommes là-bas, abandonnés, au Crétacé, il nous faut les ramener   QUELS QU'ILS SOIENT !...

La voix de l'Américain avait appuyé sur ses derniers mots, qui demeuraient en même temps lourds de sous-entendus.

— Je propose que Hunter et moi partions seuls. Nous serons prudents... Comme l'a dit le professeur, il nous faut absolument savoir. Savoir sur quels flux du Temps nous naviguons.

_____

[4] Contraire du « big bang ».

— Il n'est pas question que je laisse repartir Frank seul, s'entêta Carlotta. PAS QUESTION ! Tu m'entends, Frank ?. Si tu veux m'empêcher de vous accompagner, il faudra me tuer...

Depuis un moment, Bob Morane se taisait. Il sentait monter en lui cette curiosité, contre laquelle il ne pouvait lutter, et qui avait si souvent failli le perdre. Cette fois encore, elle l'emporta sur la raison. Savoir comment tout cela se terminerait, c'était là, pour le moment, sa seule préoccupation.

— J'irai également, décida-t-il. De toute façon, il vous faut un témoin... euh... neutre !

Bill Ballantine poussa un rugissement.

— Vous êtes dingue ou quoi, commandant ?... Dingue à lier...

— Comme si quelqu'un en doutait encore, Bill ! fit calmement Morane. Et puis, si je suis dingue, ça ne regarde que moi... Tu resteras ici avec le professeur... Quatre personnes à courir des risques, c'est déjà bien assez...

— Bob a raison, intervint Clairembart. Nous resterons ici, Bill... Quant à Bob, vous savez par expérience qu'il est inutile de chercher à le faire changer d'avis...

De sa large main ouverte, l'Écossais se frappa le front à trois reprises, ce qui fit un bruit de plats entrechoqués.

— Moi, j'continue à dire que c'est dingue !... Complètement dingue !...

Morane n'écoutait pas. Clairembart entraîna Ballantine au-dehors, et Bob resta, en compagnie de Frank, de Carlotta et de Hunter, à l'intérieur du cylindre.

— On y va ? fit Hunter.

Personne ne répondit. Hunter fit de rapides contrôles, des mises au point, enfonça le bouton rouge commandant le processus de transfert temporel. La porte se referma et une grande vibration se communiqua à l'appareil tout entier.

*

*   *

En regardant par un hublot, on n'apercevait plus rien du monde familier, disparu dans un brouillard vaguement lumineux. Les vibrations s'accentuaient, doublées d'une sensation de vertige. Puis l'intérieur de l'appareil lui-même s'estompa, et tout fut noyé dans une lumière nacrée, éblouissante. En même temps, une impression de chute vertigineuse.

Carlotta mise à part, les passagers du cylindre n'éprouvaient aucune surprise. Ces sensations, ils les avaient déjà connues au cours de leur premier voyage à travers le continuum.

Ensuite, lentement, tout se stabilisa. L'impression de chute cessa. Les objets retrouvèrent leurs contours, se rematérialisèrent, devinrent nets. Les vibrations s'arrêtèrent tout à fait et un silence presque douloureux s'installa.

Par les hublots, Morane et ses compagnons scrutaient le paysage s'offrant maintenant à eux. Un paysage que Bob, Frank et Hunter connaissaient bien. Une savane couverte d'une herbe courte, des arbres épineux d'une variété inconnue du quaternaire. Des boqueteaux aux fleurs rouges et, au loin, les cônes couronnés de fumée des volcans.

— Nous y sommes, constata Hunter.

Frank passa des armes à ses deux compagnons, s'empara lui-même d'un 600 Nitro Express. Il se tourna vers son épouse, conseilla :

— Reste en arrière, darling. À la moindre alerte, regagne le cylindre. Les bêtes qui errent par ici n'ont rien de commun avec des perdrix...

La porte fut ouverte, et les trois hommes et la jeune femme passèrent au-dehors, foulant l'herbe sèche. Au loin, un cri déchira le silence : un bruit ressemblant à celui d'une énorme scie mordant le métal. Quelque part, un tyrannosaure chassait.

Carlotta frissonna, se rapprocha de Frank, mais sans laisser échapper la moindre parole de crainte.

— Nous voilà bien avancés, dit Morane. Bon, on est de retour au Crétacé. Pour rechercher quoi ?

— Peut-être pourrons-nous retrouver Steve Marshall vivant, risqua Hunter.

— On ne ressuscite pas les morts, vous le savez, fit Bob d'une voix dure, même en s'amusant avec le Temps...

De derrière un bouquet d'épineux aux larges feuilles charnues, un vol de ptérodactyles jaillit dans un bruit d'ailes. De claquements de torchons mouillés. Pendant un instant, on eut la vision de leurs têtes de gargouilles aux yeux fixes, sans paupières. Puis ils disparurent au loin en poussant des cris stridents. Des cris auxquels, presque aussitôt, s'enchaîna celui du tyrannosaure, tout proche cette fois.

Le monstre apparut entre les arbres. Avec ses sept mètres, il hissait la tête au niveau des hautes branches. Sa mâchoire inférieure, pendante, élargissait encore le gouffre de sa gueule béante barbelée de crocs pareils à des cimeterres. Ses yeux fixes, minéraux, avaient une expression de férocité qui glaçait.

Le tyrannosaure avait aperçu les hommes. Pourtant, bien qu'affamé, il hésitait à attaquer. Ces formes verticales, inhabituelles, l'inquiétaient, et aussi leur nombre.

L'odeur également. Il vivait dans un univers d'animaux à température variable, et ceux-ci, au sang chaud, lui étaient complètement étrangers, voire hostiles. Il se balançait de gauche à droite sur ses puissantes pattes de derrière et sa queue fouettait, fracassant les arbustes autour de lui. Par moment, un grincement de machine rouillée s'échappait de sa gorge.

— Rentre dans le cylindre, Carlotta, dit Frank.

Et, à ses compagnons, leur montrant le tyrannosaure d'un mouvement de tête :

— S'il attaque, concentrons nos tirs sur l'endroit du cœur.

Mais le saurien géant n'attaqua pas. Un petit dinosaurien herbivore jaillit des fourrés, fila à travers la broussaille par bonds de kangourou, et le tyrannosaure préféra se lancer à la poursuite de cette proie familière, moins inquiétante que les hommes.

— Ouf ! fit Hunter. J'ai bien cru qu'il allait nous tomber dessus...

— Ce ne serait pas la première fois que nous aurions eu affaire à ces lourdauds, dit paisiblement Frank Reeves. Après tout, c'est à peine plus gros et plus dangereux qu'un éléphant.

— N'empêche que ça ne doit pas nous encourager à poursuivre, déclara Morane. La première fois que vous êtes venu ici, Frank, c'était pour chasser... Une raison comme une autre, bien que vous sachiez que, personnellement, je sois davantage du côté du gibier que de celui du chasseur... En la circonstance présente, nous ne savons même pas ce que nous cherchons...

Et Bob acheva, plus bas :

— Ou bien nous ne le savons que trop...

Il éleva la voix :

— Si vous voulez mon avis, nous devrions...

Un sifflement assourdi lui coupa la parole. Tous levèrent la tête. Un appareil de forme lenticulaire venait d'apparaître dans le ciel. Il grossissait rapidement et s'immobilisa au-dessus du sol, à une centaine de mètres de Bob Morane et de ses compagnons.

— Coucou !... fit Bob. Revoilà la Patrouille du Temps !... On aurait dû le prévoir...

Le vaisseau se posa sur son trépied d'atterrissage, les sifflements de ses réacteurs spatio-temporels s'éteignirent. Quelques secondes d'attente. Sur la coque de l'appareil, le sigle TP de Time's Patrol apparaissait nettement, vaguement luminescent. Presque en même temps, la coupole de l'appareil s'ouvrit et, automatiquement, un escalier se déploya.

Un homme apparut, vêtu de la combinaison au sigle TP, et se mit à descendre les marches. La visière de son casque relevée laissait voir son visage. Morane, Reeves et Hunter reconnurent le capitaine Graigh.

À pas lents, Graigh s'avança vers Bob et ses compagnons, s'arrêta à quelques mètres d'eux, les salua de la tête, parla sans s'attarder à d'inutiles préambules.

— En vous déposant à une date mal choisie, au XXe siècle, fit-il en s'adressant à Morane, Reeves et Hunter, nous avons commis une erreur qui n'a été décelée que plus tard par nos ordinateurs. Nous vous avons de cette façon permis de voyager sur deux zones parallèles du Temps. En même temps, cela nous a confortés dans la nécessité qu'il y avait pour la Patrouille de ne jamais intervenir dans le déroulement de l'Histoire...

Le capitaine Graigh s'interrompit, demeura un instant silencieux, comme s'il ménageait ses effets, reprit :

— Comme tous ceux, du passé et du futur, qui ont été en contact avec la Patrouille, vous aviez été « marqués ». Une empreinte invisible, dont vous n'avez même pas eu conscience, qui permettait à nos radars spatio-temporels de demeurer sans cesse en contact avec vous, de surveiller tous vos actes, vos déplacements à travers le continuum. Nos ordinateurs faisaient le reste, déclenchaient l'alarme au cas où votre comportement le rendait nécessaire...

— Et notre comportement a rendu votre intervention nécessaire ? fit Morane.

Autant une affirmation qu'une interrogation, auxquelles Graigh répondit :

— Vous allez en juger...

Il se tourna vers son vaisseau, lança un ordre dans le communicateur fixé au bord de son casque.

Quatre hommes quittèrent l'engin, se mirent à descendre l'escalier. Deux d'entre eux portaient l'uniforme de la Patrouille du Temps, les deux autres étaient des civils à la silhouette familière.

Les deux membres de la Patrouille gardaient les visières de leurs casques relevées et, comme ils se rapprochaient, Morane, Frank et Hunter reconnurent les lieutenants Nelson et Chase. Les deux autres personnages, eux, marchaient le front baissé, d'une démarche un peu chancelante. Nelson et Chase les forcèrent à s'arrêter quand ils furent à mi-distance. Alors seulement, ils relevèrent la tête et Carlotta, Morane, Reeves et Hunter les reconnurent.

En un geste réflexe, Carlotta porta la main à la bouche pour étouffer un cri qui ne sortait pas. Tout juste si elle trouva la force de gémir :

— Non !... Ce n'est pas possible !... Pas possible ! Frank et Hunter avaient eu un sursaut.

Seul, Bob Morane ne broncha pas. Tout à fait comme si, depuis le début, il devinait ce qui était en train de se passer.

Les deux hommes encadrés par Nelson et Chase n'étaient autres que... Frank Reeves et le professeur Hunter. Non pas des individus qui leur ressemblaient, mais Frank Reeves et le professeur, en personne ; pour Morane, il s'agissait d'une absolue certitude.

— Il s'agit bien de vous, Mister Reeves, et de vous, professeur Hunter, dit Graigh. Il s'agit bien de vos doubles, absolument identiques, jusque dans la moindre cellule, le moindre atome... Nous les avons récupérés, car chaque être humain est unique, et deux Frank Reeves et deux professeur Hunter ne peuvent coexister dans l'Univers, fût-ce sur des plans différents du Temps.

— Je me demande comment vous allez réussir à trancher ce nœud gordien, capitaine Graigh ? interrogea Morane.

Ni Carlotta, ni Reeves, ni Hunter ne trouvaient la force de parler. La stupeur les privait de toute réaction.

— Comment résoudre ce problème ? fit Graigh. La question a été posée à notre Conseil, et la seule décision possible a été prise, confirmée par nos ordinateurs centraux...

Graigh s'interrompit, son visage se durcit, et il appuya :

— Je vous le répète : IL NE PEUT EXISTER DEUX FRANK REEVES NI DEUX PROFESSEUR HUNTER... n'importe où dans le continuum...

Il se tourna vers Nelson et Chase et leur adressa un geste de la main. D'un même mouvement, Nelson et Chase s'écartèrent, portèrent la main à leurs ceintures, tirèrent leurs désintégreurs ioniques, les braquèrent sur les deux doubles.

— NON !. hurla Carlotta. NON !

Appel inutile. Les désintégreurs crachèrent leurs faisceaux de lumière rouge, frappèrent en plein Reeves et Hunter numéros deux. Ils semblèrent un instant brûler d'un feu interne, puis ils disparurent sans laisser la moindre trace, tout à fait comme s'ils n'avaient pas existé.

— Pourquoi avez-vous fait cela, Graigh ? interrogea Frank Reeves, tandis que Carlotta se jetait, sanglotante, dans ses bras.

— Il le fallait, affirma Graigh. Auriez-vous aimé qu'un second Frank Reeves se promène quelque part dans le Temps ? Vous auriez risqué de le rencontrer tôt ou tard, avec les conséquences que cela aurait entraînées.

— Le capitaine a raison, intervint Hunter. Chaque être est unique et doit le demeurer.

— Qu'allez-vous faire maintenant, Graigh ? interrogea Bob.

La réponse vint aussitôt. Tout devait avoir été programmé à l'avance.

— Pour commencer, expliqua Graigh, la machine à voyager dans le Temps du professeur Hunter sera détruite. Un tel engin est un anachronisme à votre époque... Ensuite, nous vous ramènerons au XXe siècle, à une date où il n'y aura aucune chance qu'un nouveau paradoxe temporel se produise. Et vous nous oublierez. Ou tout au moins

nous vous demanderons de tout oublier...

De la main, Graigh montra son vaisseau, invitant Morane et ses compagnons à y pénétrer. Les trois hommes et la jeune femme, encadrés par Graigh et ses lieutenants, s'avancèrent vers l'appareil. Sans prononcer une seule parole. Frank Reeves et le professeur Hunter semblaient écrasés par l'idée d'avoir vécu deux fois. Carlotta continuait à sangloter doucement, accrochée au bras de son mari.

Les regards de Morane se promenaient sur le paysage qui, maintenant, lui était devenu presque familier. Làbas, il apercevait la haute cime du ginkgo sur lequel il avait passé plusieurs heures lors de son premier voyage au Crétacé. Par endroits, des fougères géantes masquaient l'horizon de leurs larges feuilles digitées. Quelques vols lourds de ptérodactyles ponctuaient le ciel. On n'apercevait aucun tyrannosaure, ni aucun autre dinosaurien, mais Bob savait qu'il en rôdait là-bas, quelque part, faisant trembler le sol sous leurs masses primitives.

« Nous vous demanderons de tout oublier », avait dit le capitaine Graigh. Comment serait-ce possible ? « Tout oublier ? » pensa Morane. Oui, comme on oublie un rêve, ou un cauchemar, dont on vient de se réveiller.

FIN

La Mort de l'Épée

Qu'était devenue l'épée de Roland, que Morane avait retrouvée après la mort du paladin ? C'était la question que de nombreux lecteurs m'avaient posée.

Faire une seconde fin au roman intitulé L'épée du paladin, paru en 1973 dans « Pocket Marabout » et adapté de la BD illustrée par Forton en 19641965, c'est à cette tâche que je m'attelai en écrivant La mort de l'épée, dont l'original fut inséré dans le volume du tome 2 de l'Intégrale du Cycle du Temps, aux éditions « Lefrancq », en 1993.

H. V.

Introduit par Bertrand, le professeur Hunter[5] pénétra dans la grande salle de séjour. Dans la cheminée monumentale, le feu de bûches brûlait tel un enfer miniaturisé. Hunter marchait en s'appuyant sur deux cannes. Il traînait la jambe. Son chauffeur, Igor, le suivait comme une ombre, sanglé dans son uniforme couleur canon de revolver.

Bob Morane et Bill Ballantine s'étaient avancés vers le visiteur qui fit passer une de ses cannes d'une main à l'autre, se tenant légèrement penché pour rétablir un équilibre devenu un peu instable. Les mains se serrèrent.

— Vraiment navré que vous n'ayez pas le téléphone ici, Bob, commença le savant.

De la main, Morane coupa la parole au physicien.

— Surtout, professeur, ne me dites pas que vous avez essayé de me contacter à Paris, et qu'on vous y a dit que je m'étais retiré dans ce repaire de moines guerriers...

Hunter eut un léger sursaut, roula des regards étonnés.

— Comment avez-vous deviné ?! C'était justement ce que j'allais vous dire !

— Je vais vous raconter, dit Morane. Installez-vous, professeur...

Hunter prit place dans une des bergères, face au feu. Bob reprit :

— Je vais vous étonner davantage encore, professeur, en vous apprenant — en fait je ne vous apprendrai rien du tout — que vous êtes venu pour nous proposer d'essayer votre nouvelle machine à explorer le Temps.

Cette fois, le sursaut d'étonnement de Hunter fut si violent qu'on put croire un moment qu'il allait se coller au plafond.

— Seriez-vous sorcier, Bob ?

---

[5] Lire L'Épée du Paladin (BMP 2038).

— Avec le commandant, il faut s'attendre à tout, ricana Ballantine. Pourtant, dans ce cas, il ne s'agit pas de sorcellerie...

— Si vous m'expliquiez, Bob ? fit Hunter qui en oublia son effarement.

Par le menu, Morane raconta... son rêve. Quand il eut terminé, Hunter haussa les épaules.

— Un rêve... rien qu'un rêve, Bob...

— Votre arrivée ici, dans mon rêve, s'est passée exactement comme il y a quelques minutes, remarqua Morane. Avec les mêmes paroles, professeur.

Nouveau haussement d'épaules du physicien.

— Le hasard, maugréa-t-il. Le hasard...

— Voulez-vous que je vous dise ce que, en venant ici, vous vouliez m'apprendre au sujet de votre nouvelle machine à explorer le temps ? demanda Morane.

— Allez-y, fit Hunter avec un sourire narquois.

— Eh bien ! dit Morane, c'est un accident de voiture qui vous force, pour le moment, à marcher avec des cannes anglaises. Alors, comme vous êtes infirme, du moins provisoirement, vous avez pensé à nous pour vous aider à essayer votre engin. Exact, professeur ?

Hunter ne dit rien. Seule, une expression interrogatrice se lisait sur son visage. Morane reprit :

— Votre première machine — celle avec laquelle nous sommes allés faire un tour au Crétacé — ne pouvait que se déplacer dans le Temps. La nouvelle, elle, est capable de se déplacer également dans l'Espace. Bref, elle roule. C'est ça ?

— Je dois reconnaître, approuva le physicien, que tout ce que vous venez de dire est exact...

— Et il y a une autre preuve, intervint Bill, c'est que cette nuit, j'ai fait exactement le même rêve que le commandant... s'il s'agissait bien d'un rêve...

— Je possède encore une autre preuve, fit Morane. Attendez...

Il se leva, quitta la pièce. Quelques minutes plus tard, il revenait, porteur de l'épée qu'il avait trouvée tout à l'heure, gisant au pied de son lit. Il la tendit à Hunter, qui la prit.

Longuement, Hunter examina l'arme, sa large lame délicatement forgée et renforcée par du damas à la mode franque, sa garde plaquée d'or et son lourd pommeau trilobé, orné de cabochons barbares.

— Une épée du Haut Moyen Âge, conclut Hunter. Belle copie, c'est certain...

— Je vous ai dit, fit Morane, que dans mon rêve, nous avions visité le début du IXe siècle dans votre nouvelle machine. C'est de cette époque que vient cette épée. Il s'agit de celle de Roland... Oui, l'Épée du Paladin... Durendal...

Nouveau sourire narquois de Hunter.

— Je ne vous croyais pas naïf à ce point, Bob. Je viens de vous dire qu'il s'agissait d'une belle copie et de rien d'autre...

— Je vous assure qu'il s'agit bien de l'épée de Roland ! protesta Morane.

Le sourire de Hunter s'accentua.

— Voyons... S'il faut en croire la légende, ou tout au moins la Chanson de Roland de Turold — si c'est bien Turold qui l'a écrite —, Roland serait mort à Roncevaux au début du IXe siècle, voilà donc près de douze cents ans... Or, cette épée est neuve, polie, intacte... sauf peut-être cette légère éraflure, là, sur le tranchant de la lame.

— À l'endroit où Roland a frappé le rocher ! protesta encore Morane.

Bill Ballantine se mit à rire. Ce rire tonitruant, dépassé seulement par celui de Charlemagne.

— J'vous l'avais bien dit, commandant, que quand vous ramèneriez cette épée, on dirait qu'elle est fausse !

— Il y a une chose que vous oubliez, professeur, reprit Morane en négligeant l'interruption de son ami, c'est que cette épée a franchi les douze siècles dont vous venez de parler en un éclair et qu'elle n'a pas pu, ainsi, prendre la patine du temps...

— En rêve, Bob ! jeta Hunter. Tout cela s'est passé en rêve, ne l'oubliez pas...

— Peut-être, reconnut Morane. Toujours est-il que, quand je me suis levé, voilà moins d'une heure, cette épée se trouvait au pied de mon lit. Et je puis vous assurer que ce n'est pas moi qui l'y ai mise... À part dans... euh. mon rêve, je ne l'avais jamais vue auparavant.

— Une blague de Bill ? supposa Hunter. Violent signe de dénégation du géant.

— Innocent comme l'enfant qui vient de naître, professeur !

— Il y aurait un moyen d'avoir une preuve définitive que votre rêve en était bien un ou n'en était pas un, glissa Hunter. Ce serait d'essayer effectivement mon nouvel engin, comme j'allais vous le proposer En quelle année a débuté votre. rêve, Bob ?

— En janvier 1375. J'en ai un souvenir précis, ce qui, une fois encore, prouve qu'il ne s'agissait pas d'un rêve... Une des caractéristiques du rêve, vous devez le savoir, professeur, c'est justement l'imprécision...

Hunter feignit d'ignorer la remarque.

— Bon, dit-il, vous allez faire un petit tour en janvier 1375 et, si tout se passe comme dans votre rêve, c'est que ce rêve était prémonitoire. Je ne vois pas d'autre explication.

— Et l'épée ? insista Morane.

D'un geste de la main, Hunter balaya la remarque.

— Allez au diable avec votre épée de carnaval, Bob ! Acceptez-vous d'essayer ma nouvelle machine, oui ou non ?

— Surtout, ne vous laissez pas fabriquer, commandant ! jeta Bill.

Contrairement à la première fois, Morane ne se laissa pas « fabriquer ». Il secoua la tête.

— Non, professeur... Je ne sais pas ce que peuvent signifier ces... euh... rêves... que Bill et moi avons faits, mais il doit s'agir encore là de quelque paradoxe temporel... Et nous savons où cela mène... Déjà, souvenez-vous, grâce à, ou à cause de votre première machine, nous avons failli mourir au Crétacé, sous la dent des dinosauriens carnivores ou de toute autre façon[6]. Un homme y a même perdu la vie... Steve Marshall... Vous vous souvenez ?...

---

[6] Lire : Les Chasseurs de Dinosaures (BMP 2041).

Le professeur Hunter se souvenait. À ce rappel d'un événement tragique, son visage se fit soucieux. Une intense expression de regret s'y lut. Il murmura :

— Je vous comprends, Bob... Je vous comprends...

— Voilà pourquoi, cette fois, poursuivit Morane, nous ne jouerons pas avec vous... Notre rêve nous suffit...

Au ton de son hôte, dont il connaissait l'énergie et l'entêtement, Hunter dut se rendre compte qu'il était inutile d'insister. Il se contenta de répéter :

— Je vous comprends, Bob... Je vous comprends... Bill Ballantine triompha.

— Bon !... Voilà qui est décidé... On reste dans notre bon vingtième siècle... Au moins, le whisky y est déjà inventé !... En parlant de whisky, un petit verre ne nous ferait pas de mal... Les rêves comme celui de cette nuit, ça me dessèche la gorge, à moi...

— Trop tôt pour le whisky ! coupa Morane. Et je te préviens, Bill, que j'ai enlevé la clé de la cave à liqueurs... Une bonne tasse de caoua fera mieux l'affaire...

Il se tourna vers Hunter, enchaîna :

— Dans quelques jours, Bill et moi regagnerons Paris... En attendant, bien sûr, professeur, vous pourrez demeurer mon hôte... Nous aurons pas mal de choses à nous raconter...

— Pourquoi pas ? fit Hunter. Après mon accident, un peu d'air frais dans cette campagne isolée me fera le plus grand bien...

Au fond de lui-même, le physicien conservait peut-être un espoir de convaincre les deux amis. Mais cet espoir devait ne demeurer qu'un espoir...

*

* *

Paris. Une semaine plus tard.

Le Soir. Bill Ballantine buvait un dernier verre — ce jour-là — et il ne lui en paraissait que plus précieux car, le lendemain, il regagnerait l'Écosse. Et son château à courants d'air, comme disait Bob.

La télévision, allumée, passait un ancien feuilleton, aussi élimé qu'une vieille guenille et que personne ne regardait. Surtout pas Bob et Bill.

Morane sirotait une tasse de tilleul, ce qui, bien entendu, suscitait la réprobation de l'Écossais, qui ne comprenait pas comment on pouvait trouver du plaisir à avaler une décoction « de foin bouilli ».

De temps à autre, Morane couvait du regard l'Épée du Paladin fixée au mur, en face de lui. Légèrement détachée de la muraille par des supports en protubérance, presque invisibles, la lumière projetait sur la peinture claire une ombre agrandie, étalée, qui faisait songer à un fantôme. Les escarboucles de la garde lançaient des miroitements multicolores et la lame formait comme une coulée de mercure.

Bill dut s'apercevoir de la contemplation de son ami. Il remarqua :

— Vous, les collectionneurs, vous êtes ainsi. Un nouvel objet et, pendant quelques jours, vous n'avez d'yeux que pour lui. Ensuite, vous ne vous apercevez même plus de sa présence...

— Pour celui-ci, ça m'étonnerait, fit Morane. L'épée de Roland !... Tu te rends compte !... Durendal !... Tous les musées du monde me l'envieraient, c'est sûr...

Un ricanement sonore échappa au géant.

— C'est ça, allez montrer vot'chignole aux experts du Louvre ou du British, et on vous rira au nez. Tout juste si on ne vous fera pas conduire chez les dingues... L'est toute neuve, vot'épée à Machin-Chose...

— L'épée de Roland, Bill... L'épée de Roland... Nouveau ricanement de l'Écossais.

— L'épée de Roland ou de Machin-Chose, c'est du pareil au même...

Morane eut un mouvement d'exaspération qui faillit faire se renverser sa tasse de tilleul. Qu'il déposa, encore à demi pleine, sur un guéridon à ses côtés. Rageusement, il alla éteindre la télévision, jeta à l'adresse de Bill :

— Vais me coucher... Et n'oublie pas d'éteindre la lumière...

Et, sur le pas de la porte, il cria encore par-dessus son épaule :

— Ça m'étonnerait que tu oublies d'éteindre... Un Écossais, ça n'oublie jamais d'éteindre la lumière... sauf si c'est chez les autres !

Morane devait passer une fort mauvaise nuit. Dans la chambre voisine, il entendit Bill se tourner et se retourner dans son lit. Le sommier était excellent, mais il ne pouvait s'empêcher de gémir sous le poids du colosse. Du côté du salon, il y eut également de drôles de bruits.

Métalliques. Cependant, Bob n'eut conscience de tout cela que dans un demi-sommeil. Ce ne fut que le lendemain qu'il devait se rendre compte que quelque chose s'était passé.

*

*   *

Luigi Ganelloni n'avait jamais connu l'Italie que pour y avoir fait de courts séjours afin d'y visiter une lointaine famille. Son grand-père, natif de Naples, était venu en France cent ans plus tôt pour y travailler dans les mines du Nord. Il avait épousé une Française et, par la vertu des naturalisations, ses enfants étaient devenus des Français bon teint.

Très jeune, Luigi s'était installé à Paris et y avait réussi. Son magasin de pâtes faites à la main était célèbre dans tout le Marais, et même au-delà. On venait des quartiers chics rien que pour acheter ses macaronis, ses spaghettis, ses tagliatelles, verde ou non. La réputation des canelloni Ganelloni n'était plus à faire.

Ce soir-là, fatigués par une dure journée, Luigi Ganelloni et sa femme Luisa, née Rossi, s'étaient couchés tôt. Ils reposaient à présent, dormant paisiblement dans leurs lits jumeaux. Au-dehors, tout était calme. Seule, amortie par les vitres des fenêtres fermées, montait la douce rumeur de Paris pas encore tout à fait endormi. Sur cette rumeur, un bruit s'imposa. Quelque chose frappait à la fenêtre. Le bruit s'intensifia et Luisa se réveilla. Elle prêta l'oreille. Le bruit persistait.

— Luigi !... jeta Luisa à haute voix... Ce bruit. Tu entends ?

Et comme son mari ne réagissait pas, elle tendit le bras à travers la ruelle et le secoua.

— Luigi !... Luigi !...

Ganelloni sursauta, se dressa sur son séant.

— Quoi ?!... C'qui s'passe ?

— On frappe à la fenêtre, dit Luisa. Comme si quelqu'un voulait entrer...

— Qui pourrait frapper à la fenêtre, folle ? fit Ganelloni, encore à moitié endormi. On est au quatrième étage, n'oublie pas...

Le bruit à la fenêtre se reproduisit, et cette fois Luigi l'entendit.

— Oui, tu as raison, Luisa... Il y a quelque chose au dehors...

— Là, je te l'avais bien dit...

Ganelloni haussa les épaules et se renfonça dans son oreiller, en maugréant :

— Bah !... Un oiseau sans doute... Les pigeons font pas mal de dégâts ces temps-ci...

Au moment où la fenêtre volait en éclats.

Quelque chose de long et de brillant jaillit à l'intérieur de la chambre. Cela ressemblait à une faux, « ou à une épée », pensa Luigi ; mais l'obscurité l'empêchait de bien discerner de quoi il s'agissait exactement.

L'objet se mit à virevolter à travers la pièce, fracassant tout sur son passage. Les meubles, massacrés, volèrent en éclats. Une grande psyché, frappée en plein, fut pulvérisée en mille morceaux ressemblant à du givre. Des fragments de miroir volèrent, aiguisés comme des poignards. L'un d'eux frappa Luigi à la joue et il sentit le ruissellement chaud du sang jusque dans son cou. La chose manqua Luisa de peu et alla crever un tableau qui voulait se faire passer pour l'œuvre d'un maître français du

XVIIe siècle.

— Dans la salle de bains ! hurla Luigi.

Il poussa sa femme dans ladite salle de bains, s'y engouffra derrière elle, referma la porte sur lui, donna un tour de clef — ce qu'il ne faisait jamais par sécurité. De l'autre côté de la porte, la chose continuait à se déchaîner, fracassant tout.

— Qu'est-ce que c'est, Luigi ? interrogea Luisa.

Sa voix donnait l'impression de feuilles agitées par le vent.

— Aucune idée, fit Luigi — sa voix était également mal assurée et la sueur le trempait —, on aurait dit une épée...

Et il ajouta, dans un souffle, comme s'il ne croyait pas lui-même à ce qu'il disait :

— ... Une épée que personne ne tenait...

Soudain, la chose s'attaqua à la porte. Des coups violents ébranlèrent le battant. Une longue pointe d'acier passa au travers, à plusieurs reprises, tandis que des esquilles de bois volaient à travers la salle de bains.

Luigi Ganelloni n'y tint plus. Il se précipita vers la fenêtre, l'ouvrit et se mit à hurler au dehors :

— Au secours !... On veut nous assassiner !. Au secours !...

Cette fois, ce fut un pied de fer qui passa à travers la porte, qui cédait lentement.

— À l'aide !... hurla encore Ganelloni. On veut nous tuer !... Au secours !...

Et, brusquement, tout cessa. Les coups ne retentirent plus de l'autre côté de la porte. Ce fut le silence. Cela dura de longues secondes, puis Luisa dit :

— On dirait que c'est parti...

— Je ne sais pas, fit Luigi. Peut-être est-ce une ruse... Restons là... Attendons...

Mais rien ne se passa. Un peu partout, au dehors, des bruits de voix. Des voisins s'interrogeaient de maison à maison. Dans ce quartier populeux, les habitants vivaient encore en symbiose, comme au bon vieux temps. Très loin, les hurlements d'une voiture de police montèrent, grossirent à chaque seconde.

*

* *

— Hé ! commandant !... Regardez le mur, là-bas... Morane sursauta. Sur le mur d'en face, l'Épée du Pala-

din brillait par son absence. Il l'y avait fixée quelques jours plus tôt, et à présent elle n'y était plus. Seuls les supports demeuraient en place, comme pour le narguer.

Les deux amis venaient de se lever et, dans quelques heures, Bob mènerait l'Écossais à l'aéroport. Au dehors, Paris s'éveillait dans la rumeur des voitures d'un peuple affairé se rendant au travail.

Bill Ballantine déplia le journal du matin que Madame Durant, la gardienne de l'immeuble, venait d'apporter. Il se mit à rire.

— J'ai l'impression que vot'Durendal-bidon s'est fait la malle, commandant...

— Elle a dû tomber, dit Morane. Pourtant, je l'avais bien fixée...

— Ça vous arrive de faire les choses à moitié, non ? Pendant que le géant commençait à éplucher le journal, Bob se mettait à la recherche de l'épée. Il finit par la retrouver à l'autre bout de la pièce. À cinq mètres environ du mur auquel, la veille au soir, elle se trouvait encore fixée.

— Étrange, constata Morane. Si elle était tombée durant la nuit, elle devrait se trouver sur le plancher, tout près de l'endroit où je l'avais suspendue... et non à plusieurs mètres de là...

— Élémentaire, mon cher Morane, goguenarda Bill. Morane récupéra l'épée et alla la reposer sur ses supports, tout en remarquant :

— Je n'y comprends rien. Il aurait fallu la soulever de quelques centimètres, puis tirer vers la droite pour la détacher des griffes de fixation... Elle ne peut donc être tombée toute seule, pour qu'ensuite je la retrouve à plusieurs mètres. J'ai bien entendu un bruit cette nuit, mais j'étais à moitié endormi...

— Bob ! fit Bill. L'avait envie de faire un tour. Ça arrive à tout le monde...

— Pas aux épées, mon vieux... Pas aux épées...

— Sauf, peut-être, si elles sont le produit d'un rêve, remarqua Ballantine avec un bon sens certain.

Tout en considérant l'épée avec curiosité, Morane se rassit et se mit à siroter son café. Il continuait à se poser des questions sans parvenir à y trouver de réponses.

Tout à coup, Bill sursauta légèrement, ce qui fit frissonner le journal qu'il tenait étalé devant lui.

— Écoutez ça, commandant !

— Que se passe-t-il ? demanda Morane rêveusement. Les Martiens ont débarqué...

— Je lis ?...

— Vas-y... L'Écossais lut :

Y A-T-IL DES FANTÔMES AU « MARAIS » ?

Cette nuit, de mystérieux événements se sont produits dans le Marais. M. et Mme Ganelloni, commerçants bien connus dans le quartier, dormaient paisiblement quand ils furent réveillés par d'étranges bruits. Leur fenêtre fut brisée et quelque chose pénétra dans leur chambre. Un objet qui, d'après M. Ganelloni, ressemblait à une épée. Une épée tenue par personne. Un fantôme d'épée en quelque sorte. L'épée en question — s'il s'agissait bien d'une épée — se mit à tout briser dans la pièce, et les Ganelloni durent chercher refuge dans la salle de bains. Ils appelèrent à l'aide et les voisins avertirent la police.

Quand les policiers arrivèrent sur place, tout était rentré dans l'ordre. Pourtant, ils ne purent que constater que, dans la chambre des Ganelloni, tout était saccagé. Les meubles brisés, les matelas éventrés, les miroirs pulvérisés. Le plancher lui-même et la porte de la salle de bains portaient des marques qui, effectivement, pouvaient avoir été faites par une épée.

Jusqu'à présent, les enquêteurs ne possèdent aucun indice pouvant faire croire à un canular. Les Ganelloni passent pour des gens sérieux, attachés seulement à faire fructifier leur magasin spécialisé dans la fabrication de pâtes fraîches. En outre, le mari a dû être hospitalisé, au bord de la crise cardiaque.

On se perd pour le moment en suppositions plus farfelues les unes que les autres. Certains pensent à une influence démoniaque et parlent de faire venir un exorciste. D'autres parlent de fantômes, ou encore d'un phénomène de poltergeist.

Bill Ballantine laissa retomber le journal, interrogea :

— C'que vous en pensez, commandant ?. Croyez que ?...

Leurs regards se concentraient sur l'épée. Morane haussa les épaules.

— Sais pas... Peut-être... Mais ce serait à ce point extraordinaire !... Sais pas... Ganelloni... Ganelon. Tu comprends... L'Écossais grimaça.

— Roland contre un marchand de pâtes alimentaires !... La chanson de geste n'est plus ce qu'elle était... Hé !... Mais !... Regardez, commandant !. C'qui se passe encore ?

Sur ses supports, l'épée avait frémi. Et soudain, elle fut un peu comme du sucre mouillé. Elle parut fondre, se détacha de ses supports. Quand elle toucha le sol, elle n'était déjà plus qu'un petit tas d'oxydes qui, rapidement, diminua de volume, disparut. À la place de Durendal, la fière épée de Roland, l'Épée du Paladin, il n'y avait plus que du néant.

— Qu'est-ce que ça veut dire ? interrogea Bill.

Morane haussa à nouveau les épaules. Une intense expression de tristesse se lisait sur ses traits maintenant fermés. Il dit d'une voix sourde :

— Elle devait disparaître, Bill. J'aurais dû le deviner plus tôt... Depuis longtemps, elle n'existait plus. Elle était de trop dans notre monde... dans notre temps...

Y aurait-il eu d'autres oraisons à la mort de l'Épée du Paladin ? Peut-être... si le téléphone n'avait sonné...

D'un geste las, Bob Morane décrocha. Ses yeux gris acier avaient pris la couleur d'un lac de montagnes sous un ciel chargé de nuages.

— Allo, oui ?...

Une voix qu'il crut reconnaître sans pouvoir y mettre un nom, la voix d'une très jeune femme, une voix douce et pleine de lumière, fit :

— Commandant Morane ?

— C'est ça...

La voix de Morane faisait penser à un vieux morceau de papier qu'on froisse.

— Je suis étudiante en philologie, fit la jeune inconnue à l'autre bout du fil. Je prépare un mémoire sur l'œuvre de Henri Vernes... Malheureusement, je ne parviens pas à entrer en contact avec lui... Mon professeur m'a dit que vous pourriez m'aider...

— Sûr, dit Bob avec un pâle sourire. Henri Vernes est un ami très cher... Je lui dois beaucoup... Évidemment, si je puis vous aider, mademoiselle... Mademoiselle... ?

— C'est vrai, commandant Morane. J'aurais dû commencer par me présenter... Je m'appelle Yolande... Yolande de Mauregard...

FIN

La Jeunesse de l'Ombre Jaune

Claude Lefrancq me demanda, pour la parution aux éditions « Lefrancq » de l'Intégrale du cycle de l'Ombre Jaune en trois tomes, une aventure inédite de Bob Morane mettent en scène l'Ombre Jaune.

Je m'y attelai en écrivant La jeunesse de l'Ombre Jaune, nouvelle découpée en trois parties, parue à l'origine en 1993 (tome 1) et 1994 (tomes 2 & 3).

H. V.

Un jour, le professeur Clairembart, ami de Bob Morane, reçut les photocopies d'une série de documents trouvés en différents endroits par un certain Eliphas Sarasian, endroits allant des monastères tibétains aux archives nationales de différents pays, en passant par les grottes de la mer Morte.

Sarasian était un pilleur de monuments anciens, qui vendait ses découvertes au plus offrant. Il était en outre soupçonné de fabriquer des faux quand le besoin s'en faisait sentir. Il certifiait cependant que les originaux des photocopies envoyées à Clairembart étaient bien authentiques. Et, en effet, un premier examen des différentes écritures des documents semblait le confirmer. Bien entendu, Sarasian se disait prêt à céder les originaux contre paiement en espèces.

Selon Sarasian, les photocopies ne représentaient qu'une partie des originaux. Une amorce, un appât, en quelque sorte. Les textes de plusieurs origines, étaient écrits en différentes langues : chinois archaïque, sanscrit, persan ancien, égyptien, hébreu, copte, grec, latin... Clairembart entreprit de les traduire. Par endroits, des phrases étaient effacées, ou mutilées, par l'humidité sans doute, ou par les insectes ; en d'autres endroits, des passages entiers manquaient, et il fallut les reconstituer, ou pire, s'en priver.

Ce fut Bob Morane qui se livra à la rédaction définitive, s'efforçant de transformer un texte haché en un récit suivi, parfaitement lisible. C'est ce texte, soigneusement rewrité, que nous vous livrons ici. Relate-t-il des faits réels, ou les actes imaginaires d'un être devenu légendaire ?... Nous devons demeurer en pleine conjecture. Mais, avec l'Ombre Jaune, tout, justement, ne devient-il pas possible ?

*

*   *

C'était à l'époque où l'Empire du Milieu du Ciel vivait des années troubles, traversait une énorme zone d'incertitude. Des barbares déboulant du Nord ravageaient les plaines, changeaient ses cultures en déserts, ruinaient ses cités et y installaient de fugitives dynasties presque aussitôt écrasées par d'autres barbares. Sur ses côtes, des pirates, venus de l'Est sur des jonques armées, allumaient des incendies qui ne s'éteignaient que pour laisser place à d'autres incendies.

Sous un soleil de mercure, l'Enfant et la Première Nourrice fuyaient depuis des jours, des semaines, la Cité Impériale mise à sac par les guerriers de la Horde de Feu. L'Enfant avait douze ans. Il s'appelait Ming Taï Tsu. Il était le Dernier Enfant et, dès sa naissance, on l'avait consacré au Gautama et, pour cela, on lui avait rasé la tête. Par la suite, ses cheveux n'avaient jamais repoussé, et son crâne lisse ajoutait encore à l'étrangeté d'un visage aux hautes pommettes, éclairé par des yeux couleur d'ambre, qui ne cillaient jamais.

Parfois, il ressentait, depuis sa petite enfance, une violente douleur au poignet droit, comme si on le lui eût tranché. « Souvenir de toutes les mains innocentes que ses ancêtres ont coupées », avaient décrété les sages-hommes-de-médecine. Mais pouvaient-ils savoir que cette douleur n'était en réalité qu'une prémonition ? Une main serait coupée, mais dans le futur, et ce serait la sienne. Cette même main droite dont le poignet, sporadiquement, le faisait souffrir.

Dès qu'il avait ouvert les paupières, dans son berceau d'ivoire incrusté d'émeraudes et de perles, les regards de Ming Taï Tsu avaient inquiété son entourage. Les regards de ces yeux d'un jaune doré, d'une fixité étrange, et qui faisaient se détourner quiconque. Et, si on ne se détournait pas, on se sentait saisi d'une étrange langueur, voisine de la suggestion. Même son père l'Empereur, même sa mère l'Impératrice, même la Première Nourrice, ne pouvaient supporter ces regards d'ambre liquide.

La Première Nourrice était jeune, mais elle était blessée. Une flèche de pillard l'avait atteinte au flanc gauche et la pointe de fer avait remonté très haut, jusqu'à proximité du cœur. Elle s'immobilisa, porta la main à son côté, se plia en deux.

— Je ne puis plus continuer, Sublime Enfant...

Il rit. Un rire auquel ses yeux d'ambre ne participaient pas.

— Cesse de m'appeler Sublime Enfant, Première Nourrice. Je ne suis plus rien. Les moines m'ont exclu du couvent parce qu'ils avaient peur de mes regards. Et maintenant le Palais est détruit, la Cité Impériale rayée de la carte, mon père et ma mère et tous les miens sont morts. Mort aussi l'Empire du Milieu du Ciel. Je ne suis plus rien.

— Un jour tu régneras, Sublime Enfant. Tu succéderas à ton père sur le trône de l'Empire aux Mille Sourires.

Ming secoua la tête.

— L'Empire des Mille Pleurs, veux-tu dire... Non... Je régnerai autrement que sur un trône... Il y a des règnes occultes, plus puissants que ceux qui se manifestent uniquement par des ors, des vêtements chamarrés et des sceptres. Mon pouvoir aura les tentacules de la pieuvre... Allons, continuons notre route. Je ne sais exactement où nous allons, mais nous y arriverons...

Malgré ses douze ans, Ming parlait avec la force, l'assurance, l'expérience d'un adulte. Son savoir dépassait déjà celui de la moyenne des hommes les plus savants.

— Non, grimaça la Première Nourrice. Je m'arrête là. Mes forces m'abandonnent en même temps que mon sang... Continue sans moi, Sublime Grandeur...

Ming ne dit rien... En dépit de son jeune âge, il savait lire sur le visage des gens et, sur celui de la Première Nourrice, il vit passer l'ombre de la mort.

Un quart d'heure plus tard, la Première Nourrice trépassait. Lui donner une sépulture ? Dans le ciel, le vol des oiseaux de proie claquait dans des bruits de torchon mouillé. Les vautours attendaient que l'enfant s'éloigne avant de s'abattre sur leur proie encore chaude. Ming se mit en marche. Au bout de quelques minutes, il tourna derrière lui les regards fixes de ses yeux d'ambre, n'aperçut que la masse glapissante des charognards agglomérés sur le corps de la Première Nourrice. Il était insensible à la pitié, au regret, il reprit sa marche. La vie devait retourner à la vie.

Ming marcha ....

(Une portion du texte chinois manquait. Il reprenait plus loin.)

.... L'homme en robe de bonze s'arrêta à peu de distance de Ming. Celui-ci remarqua tout de suite qu'il évitait de le regarder dans les yeux. Est-ce que, même sans le connaître, il lisait en lui ?

— Où vas-tu si loin, enfant ? interrogea le vieil homme en robe de moine.

Ming eut un geste vague, répondit :

— Peu importe, moine... Je vais droit devant moi...

— Tu es bien jeune La campagne est pleine de dangers... La mort y rôde...

Nouveau geste de Ming, mais d'indifférence cette fois.

— Je sais, moine... La mort, j'y ai déjà échappé plusieurs fois... J'y échapperai encore...

— La mort finit toujours par vous rejoindre, enfant...

Pourquoi ne viendrais-tu pas avec moi ?

De la main, le bonze désigna une imposante construction de pierre, là-haut, sur une montagne couronnée de pins courbés par le vent. Ses toits cornus mordaient le ciel comme des crocs. Ming décida qu'il s'agissait d'un temple-forteresse comme il en existait beaucoup dans ces campagnes hantées par les bandes barbares.

— Là-bas, tu serais en sécurité, poursuivit le bonze.

Mon nom est Hsiao Hsien et je dirige la communauté des bonzes de la Troisième Main...

— Des moines guerriers, sans doute, fit Ming.

Qu'est-ce que cette Troisième Main ?

— Je t'en apprendrai l'art et, quand tu y seras expert, personne ne pourra te vaincre en combat singulier. Devant toi, six hommes forts seront aussi faibles que des fourmis...

Maintenant, Ming se souvenait d'avoir entendu parler de l'art de la Troisième Main — une méthode de combat infaillible — mais il croyait qu'il s'agissait d'une légende. Il courait tant de légendes dans l'Empire du Milieu du Ciel !

Déjà, Ming savait qu'il suivrait Hsiao Hsien. Près de lui et de ses moines guerriers, il serait en sécurité. Plus tard, on verrait. Hsiao Hsien ne serait qu'une étape dans sa route vers le pouvoir. Mais il ne savait pas encore exactement de quel pouvoir il s'agirait.

— J'irai avec toi, Hsiao Hsien, dit-il.

— Oui, mais, avant, quel est ton nom ?... Tu connais le mien...

L'enfant eut peur qu'en révélant son vrai nom, il n'éveillât la méfiance du vieillard. Il mentit.

— Je m'appelle Fan Lung, dit-il. Je viens de très loin, du Nord...

Il venait de l'Est.

Hsiao Hsien ne soupçonna pas le mensonge. Ou, tout au moins, s'il le soupçonna, il n'en laissa rien paraître.

— Lung, dit-il, Dragon... Je t'appellerai Petit Dragon... Suis-moi...................................

(Manque important de texte. On n'apprend rien du séjour de Ming au monastère de la Troisième Main. On peut supposer, d'après ce qui suit, qu'il y passa plusieurs années et qu'on le pria finalement de partir parce que, d'une façon ou d'une autre, il perturbait la vie des autres moines.)

.... as grandi... Tu es presque un homme maintenant. (C'est, selon toute probabilité, Hsiao Hsien qui parle). Tu as appris l'art de la Troisième Main et tu peux vaincre à mains nues n'importe quel adversaire. Tu as grandi aussi en sciences et en sagesse. Mais ta sagesse regarde le mauvais côté du Ciel. Tes regards sont comme deux monstres enfermés et prêts à tout moment à nous dévorer... Pour cela, tu dois partir... Notre monastère doit retrouver sa paix... Vas-y, parcours le monde Je sais que tu y sèmeras la semence du Mauvais Dragon qui a des pieds de flammes, mais personne n'y peut rien. Le Mal comme le Bien sont entre les mains de la Grande Connaissance................................

(Ici texte illisible, mais il faut supposer que c'est toujours Hsiao Hsien qui parle.)

.... ta main droite, n'oublie pas. Elle te fait déjà souffrir, mais un jour elle te fera plus grande souffrance encore... N'oublie pas aussi ce que la Poudre de Vérité a dit... Tu rencontreras un homme à la peau blanche, aux yeux-comme-desmorceaux-de-ciel-quand-le-soleil-tue-les-nuages... Cet homme te sera comme une plaie purulente au flanc et.............................

(Nouvelle partie de texte illisible.)

.   des années, Ming erra dans le monde jaune, marchant sans cesse en direction de l'endroit où le Soleil creuse son nid de ténèbres dans la terre.....................................

(Ici s'arrête le texte chinois. La suite est écrite en ancien sanscrit, ce qui laisse supposer que l'action se passe en Inde.)

.... marchait vers l'ouest. Il avait traversé un fleuve où nageaient des dragons, une forêt hantée par des fauves, mais ceux-ci se détournaient de son chemin, comme terrorisés par les regards d'ambre.

Un soir, alors que la lune s'apprêtait à hisser sa double corne dans le ciel, l'Homme-qui-avait-des-yeuxde-sommeil aperçut un groupe, sous un arbre. Plusieurs hommes, au nombre d'une demi-douzaine, en assaillaient un autre qui ne pouvait se défendre et, très âgé, ne tarderait pas à succomber. Ming comprit qu'il s'agissait d'une bande de pillards étrangleurs, inféodés à la Déesse Noire, qui assaillaient un paisible voyageur.

L'homme-qui-avait-des-yeux-de-sommeil   voulut expérimenter sa science de la Troisième Main. Il bondit sur le groupe, frappa et laissa trois étrangleurs, brisés, sur le terrain. Les autres fuirent, terrorisés, croyant avoir affaire à un démon destructeur.

Se relevant, le Vieillard regarda l'Homme-qui-avaitdes-yeux-de sommeil, baissa la tête, demanda :

— Qui es-tu, toi qui es aussi rapide que le tigre ?

Le Vieillard portait une robe aux reflets nacrés qui le rendait comme immatériel.

— Qu'importe qui je suis ! Ne me fais pas regretter, avec tes questions, de t'avoir sauvé la vie...

Le Vieillard sourit, et Ming eut soudain l'impression que ce sourire appartenait à un autre monde.

Tendant la main, Ming prit la main du Vieillard. Elle ne lui parut pas être faite de chair.

Ce fut au tour de l'Homme-aux-yeux-de-sommeil d'interroger :

— Et toi, qui es-tu ?

Le Vieillard sourit à nouveau, dit :

— Si tu veux savoir, suis-moi...

Ming ne connaissait pas la peur, et une grande curiosité l'habitait. Il suivit le Vieillard. Celui-ci le mena dans de profondes cavernes aux entrées secrètes et dont les parois étaient faites d'un métal inconnu, aux reflets changeants d'or et d'argent. Parfois, quand on le touchait, il communiquait le froid de la glace polaire ; d'autres fois, il apparaissait brûlant comme le fer porté au rouge. D'autres vieillards y erraient, vêtus des mêmes robes aux reflets nacrés. Comme le premier vieillard, ils donnaient l'impression de ne pas appartenir au monde des hommes.

Pour avoir cultivé les arts de la pensée, Ming possédait un don de seconde vue.

— Vous n'êtes pas de ce monde, dit-il. Vous n'êtes pas humains...

Le vieillard approuva :

— Tu as raison. Je vais te révéler ceci, à toi, parce que tu es marqué du Signe... Nous sommes arrivés ici il y a très longtemps, venus d'au-delà des étoiles. et

(texte illisible)................................ les Ancêtres... venus d'ailleurs (texte illisible)................... Agart.......

Ag.......... Tu m'as sauvé .... Nous allons te donner une partie de notre .... le temps ne s'écoulera plus pour toi à la même vitesse.......

.... vieillissement plus lent..................................

(La fin du discours du vieillard manque.)

.... quand Ming en ressortit, il se sentait revigoré, lavé de toutes les privations subies au cours de son long périple en direction de l'Ouest. Le Vieillard lui dit qu'il............. de sa main droite...........................

.... méfier d'un homme à la peau blanche et aux yeux....... saphir......................

(Ici s'arrête la partie des manuscrits envoyés en photocopies au professeur Clairembart par Eliphas Sarasian.)

L'archéologue repoussa le texte, rewrité par Morane, sur la plage encombrée de documents de son immense table de travail. Il releva la tête vers son visiteur. Derrière les verres de ses lunettes cerclées d'acier, ses petits yeux vifs brillaient d'une lueur amusée.

— Beau travail, Bob, mais il me semble que c'est un peu trop... euh... interprété. Le texte original est plus simple...

— Plus télégraphique et plus incompréhensible, vous voulez dire, professeur, fit Morane. Un squelette sur lequel j'ai mis un peu de chair, voilà tout...

Aristide Clairembart hocha la tête, commenta :

— Je dois reconnaître que vous avez respecté le sens de l'ensemble. Disons que vous avez rendu tout cela plus lisible...

— Remarquez également, professeur, que j'ai évité de reconstituer le texte là où il manquait... Je voulais vous en parler avant, pour confronter nos opinions et en tirer une vérité...

— Encore une autre remarque à votre actif, Bob : tel qu'il apparaît maintenant, le texte devient beaucoup plus clair, les différents éléments, en style télégraphique à l'origine, comme vous dites, étant reliés entre eux par votre lyrisme.

— Lyrisme ! protesta Bob. N'exagérez pas, professeur Il y a cependant une chose certaine : il s'agit bien de Monsieur Ming, de l'Ombre Jaune.

— Aucun doute là-dessus, approuva l'archéologue. Le crâne rasé, les yeux couleur d'ambre... Même le nom... Tout y est... Il y a aussi l'histoire de la main qui fait souffrir l'Enfant... Elle sera coupée plus tard, comme nous le savons. Il y a d'ailleurs la prédiction de Hsiao Hsien : « ... ta main droite, n'oublie pas. Elle te fait déjà souffrir, mais un jour elle te fera plus grande souffrance encore... » Et, plus loin, le Vieillard lui parle aussi de sa main droite Il pourrait même être question de vous, Bob. Hsiao Hsien parle en effet d'un homme à la peau blanche, dont Ming doit se méfier, un homme aux yeux-comme-des-morceaux-de-ciel-quand-le-soleiltue-les-nuages. Par cette métaphore faut-il comprendre « bleu-gris » ? Et le vieillard, lui, parle d'yeux. saphir, c'est-à-dire bleus.

— Les miens sont franchement gris, remarqua Morane.

— Gris d'acier, corrigea Clairembart. C'est-à-dire un gris tirant sur le bleu. Mais n'ergotons pas... C'est bien de vous qu'il est parlé ici...

— Ne vous laissez pas emporter par votre imagination, professeur, fit Bob en souriant à nouveau. Vous me donnez l'impression de quelqu'un qui cherche à interpréter une fois de plus les prédictions de Nostradamus... Et ce fleuve où nagent des dragons, avez-vous une idée à son sujet ?... Je suis certain que vous en avez une...

— J'en ai une, Bob... Réfléchissez... Cette partie du texte est rédigée en sanscrit. Donc, il doit s'agir de l'Inde... Donc, également, il doit s'agir du Gange, ou de l'Indus, ou d'un autre fleuve indien... Quant aux dragons... des crocodiles, mon cher Bob !... Des crocodiles !

— C. Q. F. D., fit Morane toujours narquoisement.

Le vieil archéologue fit mine de ne pas s'apercevoir de l'attitude sarcastique de son ami. Il reprit :

— Venons-en, maintenant, à ce vieillard que Ming tire des griffes des « étrangleurs ». Il emmène Ming « dans de profondes cavernes aux entrées secrètes dont les parois étaient faites d'un métal inconnu, aux reflets changeants... Parfois, quand on le touchait, il communiquait le froid de la glace polaire ; d'autres fois, il apparaissait brûlant comme le fer porté au rouge ». Drôle de cavernes, n'est-ce pas, Bob ? Plus loin, le vieillard dit : « ... Nous sommes arrivés ici il y a très longtemps, venus d'au-delà des étoiles... ». Et, un peu plus loin encore : « ... les Ancêtres... venus d'ailleurs... » et ce mot qui se répète : « Agart... Ag... ». Vous voulez mon avis sur tout ça, Bob ?...

— Je vous écoute, professeur. Mais, surtout, ne vous remettez pas à rêver...

Aristide Clairembart ignora la remarque.

— Voilà, dit-il. Ces « cavernes » aux parois de métal pourraient ne pas être vraiment des cavernes, mais un vaisseau spatial enfoui sous la terre. Peut-être à la suite d'une matérialisation intertemporelle. N'oubliez pas que le vieillard a dit qu'ils étaient venus d'au-delà des étoiles... Quant au mot « Ancêtres », ne s'agirait-il pas de ces Grands Ancêtres dont parlent certains textes ésotériques ?... Dans ce cas, ces Grands Ancêtres seraient des extra-terrestres. L'idée n'est pas neuve. Et il y a ce mot... Agart Ne pourrait-il s'agir du mot Agartha tronqué ? Il nous faut en savoir plus. Et, pour cela, une seule solution...

— Pouvoir consulter le reste des documents, enchaîna encore Morane. Et, autant que possible, les originaux.

— Sarasian ne nous les communiquera pas gratuitement. Pour avoir les originaux, il faudra les lui acheter...

Morane sourit, dit :

— Je possède une petite réserve de numéraire que je pourrais employer à cet usage, professeur. À condition que les documents soient authentiques, bien sûr. Et puis, ce ne serait pas payer trop cher l'occasion d'en apprendre plus sur l'Ombre Jaune... si toutefois nous pouvons, que les documents soient vrais ou faux, accepter le fait que Monsieur Ming soit âgé de plusieurs siècles...

— Vous savez bien, Bob, fit Clairembart avec un haussement d'épaule, que le Temps n'a qu'une valeur toute relative... Peut-être n'a-t-il pas la même valeur pour l'Ombre Jaune que pour nous. Et puis, souvenez-vous de ces phrases : « ... le temps ne s'écoulera plus pour toi à la même vitesse....... vieillissement plus lent... » et, plus loin : « ... quand Ming en ressortit, il se sentit revigoré... ». Sans doute s'agissait-il d'un procédé quelconque pour ralentir le vieillissement. Il y a quelques années, cela aurait pu nous paraître extraordinaire, mais plus aujourd'hui... Vous ne devez pas ignorer, Bob, que nos modernes généticiens ont découvert le gène du vieillissement, vieillissement qui nous est donc programmé. Les mêmes généticiens espèrent, en agissant sur le gène en question, pouvoir, sinon la supprimer, tout au moins retarder la vieillesse. Et je vous rappelle encore la déclaration du Vieillard : « ... nous sommes arrivés ici IL Y A TRÈS LONGTEMPS... ». Ne serait-il pas possible que les Grands Ancêtres aient découvert le secret de « longue-vie » dont rêvent nos généticiens ?

Et l'archéologue enchaîna :

— Bon, c'est décidé... Je vais contacter Sarasian par téléphone et, s'il est d'accord, nous filerons dare-dare pour Londres...

*

*   *

Eliphas Sarasian habitait un de ces quartiers de Londres appelés mansion. Un square circulaire — ce qui pourrait paraître bizarre pour un « square » — autour duquel s'arrondit, en fer à cheval très fermé, une rangée de maisons toutes pareilles, au rez-de-chaussée surélevé, bâties à l'époque victorienne.

Quand le taxi déposa Bob Morane et Clairembart devant le numéro 24, où était censé habiter Eliphas Sarasian, l'après-midi était déjà fort avancé.

La nuit tombait. Une de ces nuits d'automne londoniennes, où toute l'humidité venue de la mer en longeant la River se condense en une bruine pénétrante et glacée.

Clairembart remonta le col de son manteau, mima un frisson.

— Brrr ce temps n'a rien de favorable pour mes vieux poumons...

Dans l'ombre, Morane sourit. Les poumons du vieil archéologue, il le savait, n'avaient rien à envier à ceux d'un homme de vingt ans en parfaite santé. Néanmoins, il lui fallait reconnaître que ce temps bruineux n'était en rien réjouissant.

Il montra le numéro 24, consulta le cadran lumineux de sa montre digitale.

— Nous avons dix minutes de retard. Ces avions ne sont jamais à l'heure... Enfin, dix minutes, c'est acceptable... Allons-y...

Ils grimpèrent l'escalier d'une douzaine de marches menant au rez-de-chaussée. La porte sculptée, peinte en vert sombre, portait en son centre un heurtoir de laiton figurant un dauphin, et parfaitement astiqué comme tous les heurtoirs anglais.

D'une maison voisine venait un air des Beatles qui semblait remonter de la nuit des temps. Morane manœuvra le heurtoir de laiton. Le bruit couvrit la musique des Beatles et le Yellow Submarine coula par le fond.

Longtemps, le bruit de marteau-pilon du heurtoir résonna à travers le silence de la maison. Sans le moindre résultat. Quelques secondes s'écoulèrent, puis Clairembart dit :

— On dirait qu'il n'y a personne...

— Ça m'étonnerait, fit Bob. Il y a de la lumière... Plusieurs fenêtres de la maison étaient éclairées.

À nouveau, Morane manœuvra le heurtoir, plus violemment que précédemment. Cette fois cependant, une voix fit, venue du parlophone que les deux visiteurs n'avaient pas repéré :

— Entrez... J'ouvre la porte...

— Ce n'est pas la voix de Sarasian, constata Clairembart.

Haussement d'épaules de Morane.

— Sans doute celle d'un domestique...

— La voix m'a semblé avoir un accent asiatique. Morane ricana.

— Quand il s'agit de l'Ombre Jaune, on voit des Asiatiques partout... Ils sont peut-être des milliards, mais faut quand même pas exagérer...

Un déclic avait indiqué que le battant venait de s'ouvrir. Ouvre-porte automatique. Bob poussa et la porte s'ouvrit sur un corridor où régnait une douce lumière issue d'une suspension à vitraux. Aux murs, des estampes sobrement encadrées, des armes orientales disposées en panoplies. Un décor banal. Au fond, un escalier menait aux étages. Mais pas la moindre présence humaine.

— Quelqu'un ? cria Bob.

La profondeur du corridor devait être supérieure à dix-sept mètres, car l'écho fit : « ... un ? ». Pourtant, après quelques minutes d'attente, personne ne répondit.

— Drôle ça, fit Morane. On répond par le parlophone, et maintenant plus rien.

Il eut beau répéter ses appels, il n'obtint que des échos monosyllabiques. Il ne s'entêta pas davantage, demanda à l'adresse de l'archéologue :

— C'qu'on fait, professeur ? Clairembart n'hésita pas.

— On nous a invités à entrer. Et puis, on a rendez-vous et nous n'avons pas fait le trajet Paris-Londres pour rien... Allons jeter un coup d'œil... Si je me souviens bien, le bureau de Sarasian est au fond, vers le jardin...

Ils trouvèrent effectivement le bureau de Sarasian à l'arrière de la maison. Une pièce qui tenait autant du bureau que de la véranda avec son grand ajout vitré. Un peu partout, des œuvres d'art, de toutes les époques, mais où il était difficile de distinguer le vrai du faux.

Tout de suite, Bob et l'archéologue repérèrent l'épais dossier, en carton rigide, au centre de la table de travail éclairée par une lampe orientable déjà allumée quand ils avaient pénétré dans la pièce. Sur le dossier, un bristol portait cette inscription au marqueur rouge et en capitales : POUR LE PROFESSEUR CLAIREMBART.

Rapidement, l'archéologue ouvrit le dossier. Il contenait une série de documents, certains roulés, d'autres pliés en accordéon, d'autres encore en feuilles libres. Tous paraissaient anciens et portaient des écritures en différentes graphies et de différentes époques.

Très vite, Aristide Clairembart réussit à se faire une opinion.

— Il s'agit bien des documents concernant le passé de Ming, conclut-il. Et à vue de nez, ils me paraissent authentiques...

Rapidement, Morane referma le dossier, noua les liens qui permettaient de le clore, glissa le tout sous son bras, décida :

— Il ne nous reste plus qu'à filer...

— Pas sans avoir retrouvé Sarasian, protesta l'archéologue.

Mais ils eurent beau fouiller la maison des caves aux combles, nulle part ils ne devaient découvrir ledit Sarasian. Pas plus que l'homme du parlophone d'ailleurs. La bâtisse était, du moins en apparence, vide de toute présence humaine.

Qu'était devenu Eliphas Sarasian ? Bob Morane et Aristide Clairembart décidèrent, pour le moment, de ne pas chercher à trouver une réponse à cette question.

Comme ils quittaient la maison et gagnaient la rue, Morane sursauta.

— Vous avez entendu, professeur ?

— Quoi, Bob ?

— On aurait dit que quelqu'un riait. Un rire que j'ai cru reconnaître.

L'archéologue eut un petit ricanement nerveux.

— Je sais ce que vous allez me dire, Bob... Le rire de l'Ombre Jaune, hein ?... Je n'ai rien entendu, moi... Il faut dire que, de temps à autre, il m'arrive d'être dur d'oreille... Le souvenir de mes plongées sous-marines... À ce moment, au loin, un klaxon de voiture retentit, étouffé par la bruine, sur un rythme narquois.

— Voilà ce que vous avez entendu, Bob, remarqua Clairembart... Un coup de klaxon aussi peu réglementaire que possible... Et on dit que les Anglais sont respectueux des lois !

Morane n'insista pas, se contentant de prêter l'oreille, mais il ne perçut plus ce qu'il avait pris pour un rire. Clairembart continuait :

— Quand il s'agit de l'Ombre Jaune, on voit du mystère partout, ne l'oubliez pas, Bob...

Ledit Bob poussa un grognement.

— Et l'absence de Sarasian, alors que, logiquement, il aurait dû nous attendre, cette voix inconnue au parlophone, ces documents déposés à votre nom sur le bureau, vous n'appelez pas ça du mystère, professeur ?

— Peut-être, Bob... Peut-être... Mais cela cessera d'être du mystère quand nous en aurons l'explication...

— Si jamais nous l'avons, professeur...

Clairembart et Bob se mirent en route sous la bruine, à la recherche d'un cab.

Le lendemain, ils reprenaient l'avion pour Paris.

*

*   *

Le téléphone sonna. Cela faisait une semaine que Bob Morane et le professeur Clairembart étaient rentrés de Londres et, depuis, Morane n'avait plus eu de nouvelles de l'archéologue, plongé dans l'étude des documents trouvés chez Sarasian.

Morane décrocha. C'était Clairembart, qui déclara :

— J'ai débroussaillé une partie des documents de Sarasian... Ce sont des originaux...

— Authentiques, professeur ?

— En apparence. Je les ai soumis à tous les tests, chimiques et physiques. Ils sont positifs.

— Avec Ming, ça ne veut rien dire, professeur. Sa science le rend capable de truquer n'importe quoi sans qu'on puisse détecter la fraude par les méthodes classiques.

— Sans doute, Bob, mais il nous faut nous contenter de ce que nous savons et, pour le moment, considérer les documents de Sarasian comme authentiques... Par contre, les photocopies ne l'étaient pas... Sarasian a volontairement tronqué les textes qu'il m'a envoyés... Notamment le passage concernant son séjour chez le vieillard « venu d'ailleurs ». Vous vous souvenez ?

— Je me souviens, professeur. Mais pourquoi Sarasian aurait-il agi ainsi ?

— Pour nous appâter, Bob... N'oubliez pas qu'il voulait nous vendre les documents. Alors, il avait tout intérêt à nous mettre l'eau à la bouche.

— Peut-être avez-vous raison, professeur. Alors, que signifie ce mot Agart, dans la bouche du Vieillard ?

— Il s'agissait bien d'Agartha, mais autrement orthographié... Il faudrait que vous veniez, vite... Pour me mettre en musique ce que j'ai déjà réussi à traduire...

*

*   *

Nous reprenons ici le récit au moment où, Ming l'ayant sauvé des griffes des étrangleurs, le Vieillard l'emmène dans une profonde caverne aux parois de métal. Le texte, tronqué par Sarasian sur les photocopies, a été restitué ici dans sa version originale, rewrité par Morane.

... Nous sommes arrivés ici il y a très longtemps, venus d'au-delà des étoiles, sur un vaisseau qui était à lui seul tout un monde.

(C'est le Vieillard qui parle.) L'univers dont nous venions ayant cessé d'exister, usé par le Temps, nous nous installâmes sur la Terre, ou plutôt à l'intérieur de la Terre. Notre vaisseau, enfoncé profondément sous le sol, nous servit de refuge.

Plus tard, nous le reliâmes à tout un réseau de cavernes qui couraient sous l'écorce terrestre. Notre science nous permettait de subvenir à nos besoins et, pour faciliter nos rares contacts avec les humains, nous avions nous-mêmes pris forme humaine. Tel que tu me vois, je ne suis qu'une apparence. Si tu me fendais la poitrine, tu n'y trouverais ni cœur ni organes qui font votre fragilité, à vous humains.

— À quoi ressembliez-vous, sous votre vraie nature ? interrogea l'Homme-qui-avait-des-yeux-de-sommeil.

— Si je te le montrais, dit le Vieillard, tu hurlerais d'épouvante.

Et le Vieillard ajouta :

— Notre nature nous rendait quasi immortels, tout au moins en jugeant d'après le Temps terrestre. Nous demeurâmes ici, à assister à la décomposition de votre Monde, n'intervenant que lorsque cette décomposition menaçait notre propre sécurité. Les siècles coulèrent pour nous, dans l'adoration de nos trois dieux, Aghh, Hhhar et Thha, issus de l'Étoile Suprême.

« Au cours des siècles, nous ne pûmes faire sans entrer en contact avec des hommes. Nous en accueillîmes ici, leur donnâmes une part de notre immortalité extraterrestre et en fîmes nos adeptes. Ils nous servent d'émissaires occultes auprès des autres humains. D'autres hommes furent ou seront nos ennemis, mais ils l'ignoraient ou l'ignoreront. Leur besoin de conquête menaçait ou menacera notre sécurité, mais nous réussîmes ou réussirons à les vaincre.

Ming devait passer un certain temps avec le Vieillard et les autres êtres issus d'Aghhhhharthha — c'était le nom de l'Étoile Suprême. D'autres Vieillards, qui n'avaient que l'apparence humaine. Il y avait des hommes aussi, nombreux, tous assujettis à ce qu'on appelait là La Vérité Suprême.

Au cours de son séjour, Ming visita la caverne de métal — le vaisseau spatial — et les grottes profondes que prolongeaient des galeries, s'insinuant très loin sous la surface de la Terre, s'imbriquant à d'autres cavernes et formant avec elles un réseau infini. Là régnaient les Maîtres du Monde.

Quelque part, dans les recoins cachés de ce prodigieux repaire souterrain, un temple de cristal abritait les dieux d'Aghh, Hhhar et Thha. Trois énormes pierres noires, d'origine inconnue. Parfois opaques, parfois translucides, il sourdait d'elles une étrange lumière, noire comme elles-mêmes. Chaque fois, Ming eut l'impression qu'une énergie colossale émanait de ces trois pierres noires, mais il ne put en apprendre plus, ou feignit de ne pas en savoir plus.

Le Vieillard avait dit à l'Homme-aux-yeux-de sommeil :

— Tu m'as sauvé... Nous allons te donner une partie de notre savoir. Quand tu nous auras quittés, le temps ne s'écoulera plus pour toi à la même vitesse. Ton vieillissement deviendra plus lent.

Le Vieillard tint parole. Ming fut soumis à des opérations qui, en langue Aghhhhharthha, s'appelaient Arhhhaga saghhha et, pour cela, il fut enfermé dans un appareil condensant l'énergie des trois pierres noires. Quand il en ressortit, il se sentait revigoré, lavé de toutes les privations subies au cours de son long périple en direction de l'Ouest. Le Vieillard lui dit qu'il devait prendre soin de sa main droite et, plus tard, se méfier d'un homme à la peau blanche et aux yeux de couleur grise ou saphir.

Après avoir passé un certain temps chez les Maîtres du Monde, Ming fut reconduit au dehors. Pourtant, il ne devait pas savoir comment il en était sorti, pas plus qu'il ne savait comment il y était entré. Pendant un moment, à l'aller comme au retour, il avait été privé de conscience.

Par la suite, il chercha à retrouver l'entrée du monde souterrain, mais sans y parvenir.

L'Homme-aux-yeux-de-sommeil reprit sa route vers l'endroit où le soleil se couche. Avec plus de certitude encore, possédant maintenant une partie de la science et des capacités physiques que lui avait transmises le Vieillard, qu'un jour il aurait le pouvoir. Mais, comme jadis il l'avait dit à la Première Nourrice, un pouvoir qui aurait les tentacules de la pieuvre.

Ici s'arrête le texte traduit par le professeur Clairembart et récrit par Morane. Celui-ci leva la tête vers le vieil archéologue, dit :

— On aimerait en savoir plus, professeur.

— Pour le moment, dit Clairembart, je n'ai pas encore eu le temps d'aller plus loin dans le déchiffrage des manuscrits de Sarasian. La traduction en est difficile. Un mélange de sanscrit, de mongol, de chinois archaïque, et j'en passe, avec des mots inconnus dont il me faut reconstituer le sens par le contexte qui, lui-même, n'est pas toujours très clair.

— Je sais, approuva Morane. J'ai moi-même eu de la peine à mettre en musique le texte que vous m'avez fourni...

— En outre, poursuivit l'archéologue, il m'a fallu élaguer, supprimer de nombreuses considérations pseudophilosophiques qui ne faisaient qu'alourdir le récit et n'avaient que de lointains rapports avec celui-ci. Je traduirai la suite, mais cela prendra un certain temps... Et j'ai beaucoup de travail pour le moment... Un rapport à rédiger pour l'Académie des Sciences sur les concordances de l'archéologie inca avec celle de l'Égypte prépharaonique...

Aristide Clairembart fit une pause, avant d'interroger :

— Que pensez-vous de tout cela, Bob ? Morane haussa les épaules.

— Je pense que ça sent la combine, professeur. Tout d'abord, il y a la disparition de Sarasian. Bidon, si vous voulez mon avis... Et puis Agartha — car nous savons à présent qu'il s'agit d'Agartha... Et les Grands Ancêtres venus d'ailleurs... Tout ça, c'est la tarte à la crème de l'histoire parallèle...

— La tarte à la crème, Bob ? Ce n'est pas si sûr... Voyons à nous rafraîchir la mémoire au sujet d'Agartha...

Le vieux savant alla au puissant ordinateur qui renfermait dans ses mémoires toute l'histoire de l'archéologie et de la cryptarchéologie. Il sélectionna un programme, tapa Agartha. Une série de données apparut sur l'écran. Clairembart les consulta rapidement, triompha :

— Mes souvenirs ne me trompaient pas, mais je préférais vérifier... La légende d'Agartha — s'il s'agit bien d'une simple légende — est basée sur quatre ouvrages.

Ils sont ici cités dans l'ordre. Le premier qui en a parlé est un certain Louis Jacoliot dans son livre Les Fils de Dieu. Ensuite vint Saint Yves d'Alveydre, dans Mission de l'Inde. Ensuite encore, Ferdinand Ossendowsky relata assez longuement l'histoire d'Agartha (qu'il orthographie Agarti) dans le célèbre Hommes, Bêtes et Dieux, paru en 1924. Enfin, il faut citer Le Roi du Monde de René Guénon. Tous rapportent des récits récoltés en Inde ou en Mongolie.

— Oui, mais, si je me souviens bien, ils n'apportent aucune preuve, intervint Bob. Agartha n'est donc, probablement, qu'une fiction ésotérique...

— Peut-être... jusqu'à preuve du contraire, Bob. Pourtant, si là encore mes souvenirs sont exacts, il existe certaines similitudes entre les détails rapportés par, notamment, Ossendowsky et Guénon et ceux des documents de Sarasian... Écoutez plutôt...

L'archéologue manipula à nouveau le clavier de son ordinateur jusqu'à ce qu'un texte suivi défile sur l'écran, puis il enchaîna :

— Voilà... Je lis... c'est le texte d'Ossendowsky, qui écrit notamment « ce royaume est Agarti. Il s'étend à

travers tous les passages souterrains du Monde entier... toutes les cavernes souterraines de l'Amérique sont habitées par le peuple ancien disparu sous terre. » Or, que disent les documents de Sarasian ?

« Ming visita les grottes profondes dont les galeries... s'insinuant très loin sous la surface de la Terre, s'imbriquant à d'autres cavernes et formant avec elles un réseau infini. » Voilà donc une première concordance. Deuxième concordance. Ossendowsky écrit encore : « C'est là, dans des palais de cristal merveilleux qu'habitent les chefs invisibles des fidèles, le Maître du Monde, Brahytma, qui peut parler à Dieu comme je vous parle, et ses deux assistants, Mahytma, qui connaît les événements de l'avenir, et Mahynga, qui dirige les causes de ces événements.» Il s'agit donc d'une trinité, comme dans les documents de Sarasian, dont je cite les termes : « Quelque part, dans les recoins cachés de ce prodigieux repaire souterrain, un temple de cristal abritait les dieux d'Aghhhharthha, Aghh, Hhhar et Thha. » Là aussi donc, une trinité. Seuls les noms changent. Et il y a aussi, d'un côté un « palais de cristal » et de l'autre, un « temple de cristal ». Curieux, n'est-ce pas, Bob ? Et ce n'est pas tout. Ossendowsky parle également d'une « pierre noire » envoyée par le Roi du Monde au Dalaï Lama. Or, dans le récit des manuscrits de Sarasian, il est question de trois pierres noires. Elles auraient pu être rouges, ou vertes, ou bleues. Mais non, il s'agit de « pierres noires », comme par hasard.

Silence. Clairembart arrêta l'ordinateur et l'écran s'éteignit.

— Que faut-il conclure de tout ça ? interrogea Bob. En supposant que « tout ça » ne soit pas, justement, un prodigieux coup monté par l'Ombre Jaune.

— Supposons que cela soit, dit l'archéologue, que l'histoire de la jeunesse de Ming, comme contée dans le manuscrit, soit vraie. Ce serait alors à sa sortie d'Agartha que Ming établit sa puissance. C'est à Agartha qu'il aurait acquis le don de longue vie... Ne passe-t-il pas pour immortel ?

— Ou tout au moins c'est lui qui l'affirme, glissa Morane, et on sait ce que valent les affirmations de Ming. N'est-il pas le Prince du Mensonge ?

— Ne confondez pas avec Satan, Bob...

— Difficile de ne pas les confondre, dit Morane.

— Si je me souviens bien, insista l'archéologue, il y a, dans le texte brut que je vous ai livré, une phrase que vous avez oublié de lire. Plusieurs phrases même. À moins que vous ayez omis de les rewriter. Elles corroborent ce que je viens de vous dire au sujet du point de départ de la mission de Ming... si on peut appeler ça une mission...

Morane jeta un coup d'œil à son texte, tourna la page, dit :

— Vous avez raison, professeur. J'avais oublié le verso de mon dernier feuillet.

Il lut :

— Quand Ming reprit sa marche en direction de l'Ouest, il se devina à nouveau investi d'une tâche que tout autre que lui aurait trouvée surhumaine. Apporter à l'Occident toute la sagesse de l'Orient. Empêcher l'Occident d'entraîner l'homme à sa perte. Mais pour cela, il lui fallait user de la force. Mais d'une force occulte. Et il pensa une fois encore que sa puissance devrait avoir les tentacules de la pieuvre.

Morane s'arrêta de lire. Il n'avait d'ailleurs plus rien à lire devant lui. Il poussa un soupir.

— Il faudra que vous me dégrossissiez le reste des documents, professeur... Peut-être trouverons-nous un indice d'authenticité.

— Je sais, Bob, fit Clairembart, en tapant du plat de la main sur la liasse de manuscrits, mais ce sera pas mal de boulot. Il me faudra élaguer Je le répète, il y a pas

mal de fatras, de choses inutiles dans tout ça...

Nouveau soupir de Morane.

— Ce qu'il faudrait, professeur, c'est retrouver Sarasian pour mettre un peu de lumière dans tout ça. En nous basant sur ses renseignements, nous pourrions remonter la piste des documents, connaître leur exacte origine...

— Oui, fit Clairembart d'une voix égale. Mais Sarasian est-il vivant, ou mort ? Nous avons indirectement affaire à Monsieur Ming. Et vous savez bien qu'avec lui, on ne peut jamais savoir. Nous sommes tous un peu comme des marionnettes dont il tire les ficelles...

... quand la sonnerie de l'interphone grésilla, et la voix de Jérôme, le majordome de l'archéologue, fit :

— On vient d'apporter un colis pour vous, professeur...

— Plus tard, fit Clairembart d'une voix distraite. J'ai d'autres chats à fouetter pour le moment...

Le majordome insista :

— C'est marqué « Très urgent », professeur...

— Bon... C'est quoi votre colis, Jérôme ?

— Je n'ai pas ouvert, professeur, mais ça a l'air d'être des livres...

— Des livres !... On ne finit pas de m'envoyer des livres... Et est-ce qu'il y a une adresse d'expéditeur sur votre colis, Jérôme ?

— Une adresse ?... Non, professeur... Seulement cette indication : From Eliphas Sarasian. London.

Aristide Clairembart sursauta, lança un regard en direction de Morane, jeta dans l'interphone :

— Eliphas Sarasian !... Bon sang !... Apportez-moi ce colis tout de suite, Jérôme !...

Derrière les lunettes cerclées d'acier, les yeux de l'archéologue pétillaient d'intérêt et sa barbiche de chèvre frissonnait d'impatience.

Quelques minutes plus tard, Jérôme remettait le colis entre les mains de son maître, pour disparaître aussitôt.

Longuement, Clairembart tâta le paquet, pour conclure :

— Il semble bien qu'il s'agisse de livres...

S'armant d'un coupe-papier, il allait faire sauter la ficelle, quand Morane intervint :

— Attendez, professeur Mieux vaut ne pas prendre de risques... Passez-moi ça...

Des mains de Clairembart, le colis passa à celles de Morane. Celui-ci en étudia soigneusement la fermeture, les attaches du lien qui fixait l'emballage. Il huma, colla son oreille au paquet. Conclut au bout d'un moment :

— Rien d'anormal... Je crois qu'on peut ouvrir... L'archéologue eut un petit rire grinçant.

— Puisque c'est vous l'expert en explosifs, Bob, allez-y...

Précautionneusement, Morane dénoua la ficelle, puis déplia l'épais papier Kraft. Le contenu du colis apparut. Quatre livres. Un très ancien, à la reliure de parchemin fatiguée. Trois autres, qui devaient dater du XVIIIe siècle ou du début du XIXe, aux reliures de basane fauve également fatiguées. Un bristol les accompagnait, portant ces simples mots, écrits à la main : « Lisez les passages soulignés en rouge, aux pages marquées par un signet. » Morane passa le bristol à l'archéologue, qui l'étudia rapidement, conclut :

— L'écriture de Sarasian... Pas de doute... Ou alors c'est parfaitement imité...

De son côté, Morane inspectait les livres, les ouvrait tour à tour à la page des titres. Il énonça à haute voix :

— Marco Polo : Le Devisement du Monde, Genève, 1520.

Et ensuite le second titre :

— Souvenirs du Valet de chambre du Comte de SaintGermain, Rome, 1786.

Le troisième titre :

— Odilon Laval : Mémoires d'un Bourgeois de Paris sous la Révolution, Paris, 1804.

Quatrième titre :

— Colonel X... Journal de la Bataille d'Austerlitz, Paris, Chez Sertin Éditeur, 1813.

— Qu'en pensez-vous, professeur ? interrogea Morane quand il eut fini d'énoncer les titres des quatre livres.

— Que voulez-vous que je pense, Bob ? Tout ce qui compte, puisque ces livres sont censés nous être envoyés par Sarasian, c'est qu'ils nous apprennent quelque chose sur ce qui nous intéresse... Voyons ce que ça raconte... à commencer par Marco Polo...

Morane ouvrit le Devisement du Monde à la page marquée par un signet. Tout de suite, il repéra le passage souligné en rouge, lut :

Le Prêtre Jean, qu'on appelait Ong Khan, était venu de l'est. Ses yeux jaunes troublaient quiconque croisait leurs regards. On disait qu'il s'était fait raser le crâne en l'honneur d'Allah.

— Le Prêtre Jean ! ricana Clairembart. Pour commencer, il faudrait savoir qui il était exactement et, pour cette raison, on peut lui faire endosser n'importe quelle identité. Ce qu'on n'a pas manqué de faire d'ailleurs... Autre remarque. Je connais Marco Polo comme ma poche. Dans aucune édition que j'ai eue sous la main, je n'ai lu cette mention d'un prêtre Jean aux yeux jaunes et au crâne rasé... Bon... Passons... Voyons maintenant ce que raconte le valet de chambre du comte de SaintGermain...

Morane ouvrit le deuxième livre, à la place du signet, lut le passage souligné en rouge :

Dépouillée de ses fards, la peau du visage du Comte apparaissait d'une teinte rappelant celle du citron, comme les malades du foie, ou les habitants de la Chine. Sa perruque enlevée, il avait le crâne complètement chauve, ou rasé, bien que je ne le visse jamais se raser le crâne, et qu'il ne dût jamais le faire. Un jour, sans qu'il me soupçonnât, je le surpris en train d'enlever d'étranges pellicules teintées, qui ressemblaient à du verre, qu'il portait sur les yeux. Et je vis dans le miroir que ses yeux n'étaient pas de la couleur qu'ils paraissaient, mais jaunes comme ceux des chats. Jamais Monsieur le Comte ne m'en parla et jamais non plus je ne lui en parlai...

Le passage souligné en rouge lu, Morane se tut, et Clairembart commenta aussitôt, d'une voix narquoise :

— Bon... Maintenant, on veut nous faire croire que Ming et le mystérieux comte de Saint-Germain n'étaient qu'une seule et même personne...

— Et qu'il portait des verres de contact pour dissimuler la couleur de ses yeux d'ambre, enchaîna Morane. Au XVIIIe siècle, c'est plutôt curieux, non ?. Apparemment, nous ne sommes pas au bout de nos surprises.

Cette fois, l'archéologue ne fit pas de commentaires. Mais derrière les verres de ses lunettes, ses prunelles brillaient d'un intérêt accru.

— Troisième bouquin, dit-il calmement.

Bob ouvrit Les Mémoires d'un Bourgeois de Paris sous la Révolution, lut encore le passage souligné en rouge :

Hier, passant rue de la Madeleine, j'entr'aperçus l'Incorruptible dans une calèche. Il était accompagné d'un étrange personnage inconnu. La calèche passait près de l'endroit où j'étais, et je me trouvais très proche. Au moment où la calèche arrivait à ma hauteur, l'étrange inconnu se tourna vers moi, et je vis nettement son visage. Il avait la peau et des yeux jaunes, qui me mirent mal à l'aise. Il avait en outre un crâne chauve et luisant comme une boule de jeu de quilles. Je ne pus savoir qui était cet étrange individu, que je ne vis plus jamais et dont je n'entendis non plus parler...

Silence. Morane referma nerveusement le livre, dont la couverture craqua légèrement.

— Quatrième bouquin, dit Clairembart d'une voix morne.

Morane lut, dans le Journal de la Bataille d'Austerlitz, du Colonel X :

La veille de la bataille, l'Empereur s'enferma dans sa tente avec un homme vêtu d'un étrange costume noir et dont tout, dans l'allure, témoignait d'une grande confiance en soi. Cet homme ne devait pas être de nos pays, car il avait la peau jaune et des yeux de la couleur de ceux des tigres. En outre, il ne portait pas perruque bien qu'il eût le crâne complètement nu. L'Empereur resta enfermé avec lui durant plusieurs heures, puis l'homme partit et on ne le revit plus, sans qu'on sût jamais de qui il s'agissait...

Nouveau silence. Prolongé même. Que Morane rompit, pour répéter :

— Que pensez-vous de tout ça, professeur ? Haussement d'épaules d'Aristide Clairembart.

— Que voulez-vous que j'en pense, Bob ? répéta-t-il à son tour. Que ça sent la combine à plein nez. Ou bien Sarasian se paie notre tête depuis le début. peut-être pour tenter de nous soutirer un peu d'argent... ou beaucoup... À moins que ce soit Ming lui-même qui...

— Pourquoi ferait-il ça, professeur ?

Encore le petit rire grinçant de l'archéologue.

— Vous savez, Bob... Ming est un joueur Parfois aussi il aime s'amuser...

— Drôle d'amusement, fit Morane d'une voix sombre.

Re-silence.

— Bon, dit Clairembart, on veut nous faire croire que Ming et le Prêtre Jean ne faisaient qu'une seule et même personne. De même pour le comte de Saint-Germain, encore un homme mystérieux. Qu'il faisait copain avec Robespierre, ce qui revient à dire qu'il avait quelque chose à voir dans la Révolution française. Qu'il a rencontré Bonaparte juste avant Austerlitz. Sous-entendu : peut-être pour lui donner des conseils sur la tactique à employer pour battre l'adversaire...

— Ming pourrait l'avoir fait, glissa Bob.

— Peut-être, mais à condition d'avoir plusieurs vies...

— N'a-t-il pas toujours affirmé qu'il était immortel, ou tout au moins qu'il était vieux de plusieurs siècles ?

— Oui, mais ce n'est pas parce qu'il l'a affirmé qu'il faut le croire... Personne n'est immortel... Personne n'a jamais vécu plusieurs siècles.

— D'après la Bible, professeur, Mathusalem aurait vécu 969 ans...

— Justement, Bob, il ne faut pas toujours croire la Bible : il y a en elle autant de légendes que de vérités. , bien que ce soit un livre fort précieux pour les archéologues et pour les historiens...

— Ce que vous dites est vrai, professeur. Il y a cependant ici quelque chose qui me trouble...

Tout en parlant, Morane se mit à inspecter les livres, à les étudier pour voir de quelle façon ils étaient reliés, à regarder les différents papiers par transparence. Au bout d'un moment, il poursuivit :

— Ces quatre livres sont authentiques, anciens selon toute évidence. Reliures, cuirs, papiers, impression, tout est parfait, sans le moindre doute... Il s'agit bien d'imprimés du XVIe, du XVIIIe et du XIXe siècle... Faites-moi confiance... Je m'y connais en livres...

— Je m'y connais également, Bob et, comme vous, je ne doute pas de l'authenticité de ces satanés bouquins... Je ne veux pas parler des trois derniers... Je n'en avais jamais entendu parler jusqu'à ce jour... Mais pour le Marco Polo, il y a un hic, c'est sûr... Je le répète, dans aucune édition du Devisement du Monde que j'ai eue en mains il n'était fait allusion à ce Prêtre Jean aux yeux jaunes...

Durant un moment, Clairembart demeura perplexe, puis il décida :

— On va en avoir le cœur net !

Il se mit en communication téléphonique avec la Bibliothèque Nationale, dont il connaissait personnellement le bibliothécaire en chef. Il eut une longue conversation avec ce dernier, raccrocha, dit à l'adresse de Bob :

— Nous serons bientôt renseignés sur ces mystérieux bouquins...

Une demi-heure s'écoula, puis le téléphone sonna. Clairembart décrocha. C'était le bibliothécaire de la Nationale.

Tout le temps que dura la conversation, l'archéologue prenait des notes. Quand il eut raccroché, il leva la tête vers Morane.

— Voilà, dit-il. Suivant la Nationale, il n'existe pas d'édition connue de Marco Polo éditée à Genève et datée de 1520.

— Ce qui ne veut pas dire qu'il n'y en ait pas eu, glissa Morane.

Aristide Clairembart ignora la remarque, poursuivit :

— Quant aux trois autres titres, on n'en trouve pas traces dans le catalogue électronique. Par contre, pour les Mémoires d'un Bourgeois de Paris sous la Révolution et pour le Journal de la Bataille d'Austerlitz, il en est fait mention dans un vieux catalogue datant de la fin du XIXe siècle. Mais les exemplaires manquent, sans doute égarés ou volés. C'est pour cette raison sans doute qu'ils n'ont pas été répertoriés sur l'ordinateur... Voilà tous les renseignements que j'ai pu obtenir. Si on découvre d'autres éléments, on me les fera connaître.

— Bref, fit Bob, nous ne sommes pas plus avancés...

— Nous avons cependant obtenu quelques certitudes, Bob...

— La seule que nous ayons, professeur, c'est que ces livres sont anciens. Sans aucun doute.

— Ça ne veut rien dire, remarqua Clairembart. Vous savez bien, Bob, que l'Ombre Jaune est passé maître en illusions. Pour le moment, nous continuons à ignorer si ce que nous avons appris sur la jeunesse de l'Ombre Jaune, sur son passé, ne relève pas de la plus haute fantaisie. Devant l'extraordinaire des événements, une pure analyse des possibilités nous permet de le penser...

À ce moment, un tintement retentit, et Clairembart se retourna vers le télécopieur, à l'autre bout de la grande table. Lentement, une feuille sortait de l'appareil. Quand elle fut coupée, l'archéologue s'en empara, jeta un coup d'œil au texte, puis la tendit à Morane.

— Lisez ça, Bob... Des nouvelles de notre ami mongol...

Morane prit la feuille de papier thermique. Elle était couverte de quelques lignes manuscrites, et il lut :

« Je m'adresse à Monsieur Morane et au professeur Clairembart, pour leur dire de cesser d'investiguer sur ma jeunesse, sur mon passé. Ils n'appartiennent qu'à moi et je n'aime pas qu'on se mêle de ce qui fut et de ce qui est ma vie. D'autres l'ont déjà payé de leur existence. Vous me connaissez suffisamment pour savoir que mes représailles peuvent être terribles. Pour qu'il n'y ait pas équivoque, j'écris ceci de ma main et de mon nom. Ming Taï Tsu. »

Ce fut au tour de Clairembart de demander :

— Qu'en pensez-vous, Bob ?

— Ma première réaction, fit Morane, c'est que tout cela n'est pas une invention... disons... narquoise de Ming. S'il avait imaginé cette grosse plaisanterie pour se moquer de nous, il ne nous interdirait pas, justement, de continuer à enquêter sur sa jeunesse. Cela expliquerait la disparition de Sarasian, qui se cacherait afin d'éviter les représailles de Ming, pour avoir découvert une partie de ses secrets.

Cette conclusion de Morane ne parut pas convaincre Aristide Clairembart.

Morane n'insista pas. Il étudiait avec attention le papier du téléfax.

— Si c'est ça l'écriture de Ming, dit-il, on ne peut pas dire qu'elle soit banale...

C'était en effet une étrange écriture. Tracée à l'aide d'un fin pinceau, comme le font les Chinois, elle était cependant composée de caractères latins. D'une régularité révélant une main habituée à tracer des idéogrammes, elle présentait quelque chose de mécanique.

« Quelque chose de presque inhumain », pensa Morane. Il le dit à Clairembart, qui approuva.

Entre les deux amis, il y eut à nouveau un épais silence, que Bob brisa pour dire :

— Il faudrait soumettre cette écriture à un graphologue... Puisque c'est la première fois, je pense, que nous nous trouvons en présence d'une écriture qui pourrait être celle de Ming...

L'archéologue se frotta le front, ce qui manqua de faire voler ses lunettes.

— J'aurais dû y penser le premier ! s'exclama-t-il. J'ai un ami expert en graphologie. Je vais lui téléphoner et lui faxer le message de Ming. Avant une heure d'ici, il nous dira ce qu'il en pense...

Une heure plus tard, toujours par téléfax, l'expert en graphologie communiquait les résultats de son étude :

... Après un examen préliminaire, il apparaît que, de toute ma carrière de graphologue, il ne m'a jamais été donné d'observer une écriture aussi insolite. Tracée de la main gauche, elle témoigne de qualités psychologiques exceptionnelles. Si, en y réfléchissant bien, on peut qualifier de qualités ces caractéristiques. Intelligence prodigieuse. Manque total de sentiments, bons ou mauvais. Un homme — s'il s'agit bien d'un homme — auquel la pitié est inconnue. Une volonté de fer, sans failles. Rien de ce qui ressemble à des qualités humaines... Oui, c'est ça, après un premier examen, je pourrais affirmer qu'il est impossible qu'un tel homme existe...

— Nous, conclut Morane, nous savons qu'un tel homme existe... Il s'agit bien de Ming... Votre ami, professeur, affirme que le texte a été écrit de la main gauche. Or, Ming a été amputé de la droite...

— Oui, remarqua Clairembart, mais nous savons aussi que la main bionique de l'Ombre Jaune, la droite, est aussi habile, sinon davantage, que la gauche... N'empêche, le fait que le texte ait été écrit de la sénestre pourrait passer pour une signature...

— En saurons-nous un jour davantage sur la jeunesse, sur le passé de Monsieur Ming ? fit Morane, le front barré verticalement par une ride profonde.

En même temps, il se passait et se repassait une main, ouverte en peigne, dans les cheveux. Ce qui, chez lui, témoignait d'un profond embarras.

FIN

Les Perles de l'Oncle Robert

En 1964, les Éditions Marabout lançaient un concours à l'intention des lecteurs de Marabout Junior en général et de Bob Morane en particulier.

Il s'agissait d'identifier les différents auteurs d'une nouvelle à paraître en cinq chapitres, chaque chapitre étant l'œuvre d'un écrivain maison. Un texte disait : « Chaque partie de la nouvelle a été écrite par un auteur différent et sera publiée séparément. Les cinq auteurs se sont efforcés de respecter leur style et leur vocabulaire habituel. À vous de découvrir quel est l'auteur de chacune des parties... »

J'étais l'auteur de la cinquième partie. Et c'est ici que j'ai récrit la nouvelle, en la transformant et en lui donnant son ton propre. À l'origine, le texte était intitulé Le Dieu de Maïtuka. En même temps qu'une œuvre propre, il devient Les Perles de l'Oncle Robert. Il met pour la première fois en scène le bisaïeul de Bob Morane, ancêtre digne de la vie aventureuse de son arrière-petit-fils.

L'« Oncle Robert » deviendra-t-il un nouveau personnage de la saga moranienne ?

Seul, l'avenir nous le dira...

H. V.

Prologue

La grande maison que Bob Morane habitait, quai Voltaire, à Paris, était sa propriété par héritage. Il s'en était réservé le dernier étage, ainsi que la totalité des vastes combles, changés en un énorme entrepôt où étaient déposés non seulement les nombreux objets d'importance secondaire rapportés de ses voyages, mais aussi, et surtout, une partie des souvenirs laissés, au cours des âges, par ses ancêtres. Un véritable capharnaüm dont, sans doute, il ne parviendrait jamais à faire le tour.

Régulièrement, quand l'envie lui en prenait, lors de ses brefs séjours à Paris, Bob grimpait dans ces greniers aux merveilles pour visiter quelques caisses choisies au hasard parmi les centaines d'épaves amoncelées. Des épaves qui, comme le veut la tradition, renfermaient parfois d'indicibles trésors. Car il n'y a pas de trésors plus précieux que les menus témoignages du passé d'une famille à tout moment sur le point de s'éteindre.

Après avoir écarté une douzaine de caisses remplies de livres, de vieilles poteries, de verres, de bibelots de toutes sortes, Bob tomba sur une énorme caisse de carton ficelée, sur laquelle était écrit, au pinceau :

ONCLE ROBERT — en lettres capitales.

Oncle Robert... Bob Morane ne savait pas de qui l'« oncle » était réellement l'oncle. Mais ce dont il était certain, c'était qu'il était son arrière-grand-père à lui. Le père de son grand-père quoi ! « Oncle Robert », c'était ainsi que, de tradition immémoriale, dans la famille, on appelait son arrière-grand-père. Pourquoi ?... Mystère... Et pourquoi Robert ? Parce que, depuis toujours, dans la famille, tous les premiers héritiers mâles étaient prénommés ainsi. Encore une tradition, issue, disait-on, d'un lointain ancêtre du temps des croisades connu de tout le monde sous le surnom de Robert le Diable, à la fois chevalier et brigand. Plus brigand que chevalier. Une tradition à laquelle d'ailleurs Bob Morane, dernier du nom, ne croyait pas beaucoup, bien qu'elle lui plût par son caractère folklorique. Avoir un lointain ancêtre chevalier et brigand de grand chemin, ce n'était pas donné à tout le monde.

Intéressé, Bob Morane fit donc sauter les ficelles protégeant l'intégrité du carton marqué « Oncle Robert ». Une rapide inspection de son contenu l'assura qu'il s'agissait bien de reliques provenant de son arrièregrand-père.

Parmi les documents de toutes sortes, il devait repérer un mince recueil de feuillets dont le premier portait comme en-tête « Les Perles de Maïtuka ». Oncle Robert qui, dans sa jeunesse, avait pas mal bourlingué racontait une de ses aventures dans le Pacifique.

Le style était haché, presque télégraphique parfois. En outre, par endroits, l'encre délavée rendait la lecture difficile. Bob décida donc de rewriter l'ensemble, d'en faire un récit suivi, devenu lisible. C'est ce texte, revu et corrigé, que Bob nous livre ici.

1

C'était à l'époque où la navigation à moteur était loin d'avoir supplanté la navigation à voile. Et, à cette époque également, Oncle Robert faisait du « commerce » dans le Pacifique avec son vieux complice Rik-le-Canaque.

Ce jour-là, alors qu'ils erraient, à bord d'un petit cutter, à travers la mer d'Afu Afu, au nord de la NouvelleGuinée, à commercer avec les indigènes — objets culturels anciens, perles et nacre, contre verroterie et mauvaise coutellerie —, une tempête les surprit et immobilisa leur bateau sur un récif, pas loin d'une petite terre que, cartes aidant, ils identifièrent comme étant l'île de Maïtuka.

— Un sale coin, décida Rik-le-Canaque. Habité par des makang oran...

Ça voulait dire des cannibales, des Papous mangeurs d'hommes.

Des amateurs de « long cochon ».

En outre, les habitants de Maïtuka adoraient un volcan, le Harakoa, depuis longtemps éteint, mais qui, comme tout volcan qui se respecte, surtout dans le Pacifique, pouvait se réveiller à tout moment, ainsi qu'en témoignait le panache de fumée qui, parfois, s'échappait de son cratère.

La nuit était tombée et Rik-le-Canaque décida qu'on devait mettre pied à terre. Oncle Robert, lui, n'était pas du même avis et il protesta en faisant remarquer :

— Nous ferions mieux de rester à bord. Si les Papous nous attaquaient, nous pourrions mieux nous défendre, sans risquer d'être cernés... Nous avons des armes et...

Mais Rik-le-Canaque lui coupa la parole.

— Si nous restons ici et que le temps se remet à la tempête, nous risquerions d'être emportés. Et puis, n'oubliez pas, old chap, à terre il y a les perles...

Les perles... Si on y avait pensé, on n'en avait pas encore parlé...

Selon la rumeur qui traînait à travers tout le Pacifique occidental, l'île de Maïtuka recelait dans son lagon plus d'huîtres perlières, donc de perles, que dans tous les lagons des îles de tout l'océan. Un trésor que la férocité des indigènes protégeait. On voulait bien aller chercher des perles, mais non risquer d'être dévorés tout cru par les makang oran.

Finalement, Oncle Robert se laissa convaincre, pour accepter de suivre Rik-le-Canaque sur la terre ferme.

— Nous sommes trop coriaces, avait affirmé le Canaque et les cannibales ne risqueront pas de se casser les dents sur nos carcasses en voulant nous dévorer...

Il y avait une telle conviction dans les paroles de son compagnon que, chez l'Oncle Robert, la confiance avait donc fini par prendre le meilleur sur la crainte.

Un drôle de type d'ailleurs, ce Rik-le-Canaque. Pour commencer, on ne lui connaissait pas d'autre nom — car il devait bien en avoir un autre puisque, justement, Rik-le-Canaque, ce n'était pas un nom ; tout juste un surnom. Pourquoi « le Canaque » ? On ne l'avait jamais su et sans doute ne le saurait-on jamais. Rik était un blanc, bon teint. On le disait Hollandais, né à Sumatra. Ou encore Anglais de Hong-Kong. Pour un autre, c'était un Belge chassé du Congo pour avoir été plus ou moins mêlé à un vague trafic d'esclaves, ou de diamants, on ne savait pas exactement. On ne savait d'ailleurs rien « exactement » en ce qui concernait Rik-le-Canaque. Cela faisait des années qu'Oncle Robert bourlinguait avec lui à travers le Pacifique, et il n'en connaissait rien de plus sur lui qu'au début.

2

Les deux hommes abandonnèrent donc leur bateau sur son récif et gagnèrent une plage de sable gris, mélange corallifère et volcanique. Là, ils allumèrent un feu, certains de ne pas être agressés, car la nuit tombait et les Papous n'attaquaient pas la nuit dans la crainte des fantômes qui erraient un peu partout dans la forêt.

Rik-le-Canaque avait décidé que, le lendemain, on entrerait en contact avec les indigènes et que, après de nombreuses palabres, on finirait par leur arracher assez de perles pour finir ses jours dans une douce abondance.

Et, en effet, le lendemain, à l'aube, les Papous apparurent à la limite de la brousse. Et ils n'avaient rien de rassurant. Une vingtaine de guerriers peints comme des tableaux fauvistes. Des os humains dans le nez — en « vergue de beaupré » comme on disait. Des plumes de casoar dans leurs chevelures en tête-de-loup. Et, dans leurs mains en forme de serres, des lances dont ils donnaient l'impression de savoir se servir — hélas ! Mais, en même temps, Oncle Robert et Rik-le-Canaque ne pouvaient s'empêcher de remarquer les rangs de merveilleuses perles brillant parmi les colliers de verroteries qui ornaient leurs cous et leurs poitrines.

Les Papous commençaient à se faire de plus en plus agressifs, quand Oncle Robert se souvint que la parole était souvent la meilleure des armes. Il fit un geste apaisant de la main et se mit à haranguer les guerriers en usant d'un jargon où se mêlaient l'anglais, le portugais, le pidgin et le patois bêche-de-mer.

Peine perdue. Les Papous, au lieu de se calmer, se faisaient au contraire de plus en plus menaçants. Une lance vint même se planter en sifflant à un mètre des pieds des deux compagnons.

C'est alors que Rik-le-Canaque intervint en faisant de grands moulinets avec les bras, pour se mettre aussitôt à hurler dans une langue que l'Oncle Robert ne comprenait pas, mais que les Papous, eux, paraissaient comprendre parfaitement.

« Voilà que Rik parle le maïtukais à présent ! » s'étonna l'Oncle Robert.

Étonnés, eux aussi, qu'un étranger parlât leur langue, les Papous s'étaient calmés.

Rik, encouragé par ce premier résultat, continuait à les haranguer. Puis il se tourna vers le volcan, dont le cône tronqué se détachait, presque en ombre chinoise, sur l'étendue mauve de l'aube, pour s'incliner à plusieurs reprises et se mettre à crier dans une langue qui, Oncle Robert en était certain, n'existait nulle part sur la planète. Sans doute une invention de ce fameux fantaisiste de Rik. Le seul mot qu'on pouvait comprendre était celui de Harakoa, répété à maintes reprises. Et, chaque fois, Rik-leCanaque s'inclinait avec des marques de profond respect.

3

À la répétition du nom de leur dieu volcan Harakoa, un murmure avait passé dans les rangs des guerriers papous. Les lances s'étaient abaissées. Certains guerriers s'étaient même reculés, comme repoussés en arrière par la peur.

Maintenant, Rik-le-Canaque agitait les bras très haut au-dessus de sa tête en hurlant, en direction du volcan :

— HARAKOA !... HARAKOA !...

Alors, quelque chose d'extraordinaire se produisit. L'Oncle Robert lui-même n'en revenait pas. Au-dessus du cratère du volcan Harakoa, il y eut une vague lueur pourpre qui, vite, s'intensifia et envahit le ciel encore assombri de l'aube.

Les reflets du rougeoiement avaient attiré l'attention et, instinctivement, tous les regards s'étaient tournés vers le volcan.

Rik-le-Canaque continuait à agiter les bras, tout en hurlant :

— HARAKOA !... HARAKOA !...

Tout à fait comme s'il s'adressait au volcan luimême. Et ce fut comme si ce dernier l'avait entendu. Un sourd grondement sortit de ses entrailles, tandis que le sol se mettait à trembler, avec une telle violence qu'on avait l'impression que l'île allait se déchirer en deux. Plusieurs Papous, déséquilibrés, roulèrent sur le sol, tandis que Rik continuait sa litanie.

— HARAKOA !... HARAKOA !...

Il y eut un nouveau grondement, suivi d'un bruit sourd d'explosion.

Et, presque en même temps, une gerbe de feu jaillit du cratère. Puis ce fut la pluie lumineuse des bombes volcaniques.

Cette fois, tous les Papous, jettant leurs armes, étaient tombés à genoux en hurlant de terreur.

Rik-le-Canaque se tut et laissa retomber les bras. Et, en même temps, le volcan se calma. Le brasier rouge audessus du cratère s'éteignit. Le grondement mourut dans un dernier borborygme.

Ce fut le silence. Un silence pesant qui, bientôt, fut troublé par les murmures des Papous fanatisés. Puis un grand cri, collectif, monta de leurs rangs.

— HARAKOA !... HARAKOA !...

Et, soudain, ils se dressèrent et entourèrent Rik-leCanaque pour s'agenouiller à nouveau, mais devant lui cette fois, en clamant toujours :

— HARAKOA !... HARAKOA !...

En même temps, sans prendre garde à leurs parures de plumes de casoars et de paradisiers, ils se frappaient le front contre le sol fait de lave et de corail pulvérisés.

Et l'Oncle Robert comprit aussitôt que les indigènes prenaient son compagnon pour une incarnation du dieu Harakoa. Sinon pour le dieu Harakoa lui-même...

Un Papou plus peinturluré et plus emplumé que les autres, se dressa et, d'un geste du bras, indiqua une direction à Rik-le-Canaque, et à l'Oncle Robert en même temps. Assurément s'agissait-il de la direction de son village.

4

Ce fut entre une double haie de Papous que les deux naufragés se mirent en route. À tout moment, les Papous continuaient à témoigner le plus grand respect à l'égard de Rik-le-Canaque. À mi-voix, l'Oncle Robert devait interroger ce dernier.

— Qu'est-ce que c'est, ton truc avec le volcan ? Rik-le-Canaque avait souri.

— Un hasard, mon vieux... Juste au moment où le volcan allait entrer en éruption...

— Mais comment avais-tu pu le deviner ?...

— Juste un hasard, mon vieux... Juste un hasard...

Mais Rik-le-Canaque ne paraissait pas croire qu'il s'agissait d'un hasard. Et l'Oncle Robert n'y croyait pas davantage. Décidément, Rik-le-Canaque n'en finirait pas de l'intriguer !

Le village s'élevait à quelques centaines de mètres à peine de la plage, derrière une haie de cocotiers. Quand la petite cohorte y pénétra, un homme, sorti de la case principale, vint à sa rencontre. Un blanc que, tout de suite, l'Oncle Robert et Rik-le-Canaque reconnurent.

— Hiéropoulos ! sursauta Oncle Robert.

— Ce maudit Grec ! enchaîna Rik-le-Canaque.

Tous deux avaient déjà eu affaire à l'homme, qui les avait escroqués lors d'une transaction concernant une importante cargaison de coprah. Tout de suite après, Hiéropoulos avait été condamné par les autorités australiennes pour vol, tentative d'assassinat et des dizaines d'autres délits de diverse importance. Mais le Grec, emprisonné au bagne de Port Moresby, surnommé Never come back — D'où l'on ne revient pas —, avait réussi à se faire la belle. Jamais, par la suite, on ne l'avait revu et on avait supposé qu'il avait été dévoré par les requins lors de son évasion. Et voilà que, contre toute attente, Rik-le-Canaque et l'Oncle Robert le retrouvaient, en chair et en os, sur cette île où, s'il fallait se fier aux apparences, il faisait la loi.

Hiéropoulos avait toutes les raisons d'en vouloir à Rik-le-Canaque, car c'était lui qui l'avait fait condamner. Il accueillit donc les deux compagnons avec un rictus et des paroles qui n'avaient rien à voir avec des paroles de bienvenue.

Il serait difficile de rapporter ici les mots du Grec, car la plupart d'entre eux n'avaient rien à voir avec la bienséance, ni avec la morale, ni avec la pudeur. Il termina par un immense ricanement qui fit fuir, dans des piaillements effarouchés, toute la gent volatile des environs. Ensuite, il désigna Rik-le-Canaque aux Papous et leur jeta un ordre en langage maïtukais. L'Oncle Robert n'y comprit rien, mais il en devina le sens. Quelque chose comme « Tuez-le », ou bien pire encore.

Aucun Papou ne bougea. Le chef protesta même, également dans le problématique jargon maïtukais. Ce qui provoqua la colère du Grec, qui arracha sa lance au chef et la jeta, avec un cri de rage haineuse, en direction de Rik-le-Canaque.

Hiéropoulos était peut-être une franche crapule, mais il savait manier la lance en expert, et avec force.

L'arme atteignit Rik à la gorge, lui perça le cou et ressortit par derrière, dans la nuque. Pourtant, le Canaque ne tomba pas. Bien que le coup eût dû le tuer net, il demeura debout. Il souriait et n'avait pas le moins du monde l'air de souffrir. Mieux, il saisit la lance par sa hampe et l'arracha d'un coup.

Parmi les Papous, il y eut un grand cri où se mêlaient, en un étrange amalgame, surprise, admiration et frénésie fanatique : la gorge de Rik-le-Canaque ne portait aucune trace de blessure.

Le Grec, lui, avait poussé un hurlement de rage. Il voulut arracher une seconde lance à un indigène, à ses côtés, mais il n'en eut pas le temps. Tous les Papous s'étaient tournés contre lui, dardant leurs traits dans sa direction. Et, bientôt,

Hiéropoulos fut changé en quelque chose qui ressemblait à une énorme pelote d'épingles.

Pendant que les Papous s'acharnaient sur l'infortuné Hellène, Oncle Robert se pencha sur le cou de Rik-leCanaque, à la recherche des traces du coup de lance, mais sans en découvrir aucune. Le cou était intact, lisse comme la peau d'un jeune goret, sans la moindre plaie.

— Qu'est-ce que c'est encore que cette histoire ? ne put s'empêcher de s'étonner l'Oncle Robert.

Rik-le-Canaque cligna de l'œil, un sourire narquois sur sa face camuse, tout en disant :

— N'oublie pas que je suis dieu maintenant, old chap !

Cependant, les Papous continuaient à s'acharner à coups de lances et de massues sur le corps, maintenant sans vie, de Hiéropoulos. Ensuite, ils l'emportèrent en direction de la plage.

— Que crois-tu qu'ils vont en faire ? interrogea Rikle-Canaque.

— Sans doute le jeter en pâture aux requins, risqua l'Oncle Robert.

Qui ajouta aussitôt :

— À supposer que les requins en veuillent...

— Ce qui expliquerait pourquoi les Papous renoncent à le dévorer eux-mêmes, ricana Rik-le-Canaque.

Ce qui fut, à la connaissance de tous, l'unique oraison funèbre destinée à Hiéropoulos-le-Grec.

5

Par la suite, l'Oncle Robert et Rik-le-Canaque furent menés à la grande case qui, auparavant, servait de demeure à Hiéropoulos-le-Grec. Les indigènes marquaient à présent le plus grand respect pour les deux Blancs. Et surtout à l'égard de Rik, devant lequel ils se prosternaient sans cesse. En même temps, ils lui donnaient le titre de Ouka-Ouka-Ouka, ce qui, comme chacun sait, signifie, en papou classique : Grand dieu parmi les grands dieux.

Les jours s'écoulèrent, heureux, pour les deux amis, habitués, depuis qu'ils bourlinguaient à travers les mers du Sud, aux coutumes barbares des insulaires. C'était vrai surtout pour Rik-le-Canaque, qui se faisait très bien à son rôle de divinité. Tout à fait comme s'il avait fait ce métier toute sa vie.

En même temps, avec l'aide des plongeurs indigènes, l'Oncle Robert et Rik-le-Canaque récoltaient un joli magot constitué par des perles du lagon. Vendues en pays civilisés, ces perles leur auraient rapporté à chacun une petite fortune.

C'était ce que pensait l'Oncle Robert qui, n'étant pas dieu, lui, n'avait aucune raison de demeurer sur place. Il décida donc de reprendre la mer.

Une vague plus forte que les autres avait détaché le petit cutter de son récif de corail. L'Oncle Robert s'y embarqua donc un jour, emportant avec lui un petit sac de perles du plus bel orient. Et il mit les voiles, tandis que, sur la plage, Rik-le-Canaque, entouré de sa cour emplumée et peinturlurée, lui adressait un dernier signe d'adieu.

À la voile donc, l'Oncle Robert gagna Port Moresby et, de là, l'Australie. D'où il regagna la France. La vente des perles devait contribuer à renforcer la fortune familiale. Jamais plus il n'entendit parler de Rik-le-Canaque, l'homme-dieu de Maïtuka.

Mais peut-être entendrons-nous encore parler, nous, de l'Oncle Robert...

Épilogue

Ici se termine le récit d'une des aventures de l'Oncle Robert. Mais il devait y avoir, dans le grenier encombré du quai Voltaire, d'autres caisses contenant les souvenirs du fantasque bisaïeul. Car Bob pensait, alléché, qu'il ne se trouvait pas encore, et de loin, au bout de ses surprises...

FIN

La Bête Aux Six Doigts

1

— Nous ne pouvons aller plus loin, sir, fit l'un des guides népalais qui accompagnaient Bob Morane.

Au bord de l'étroite sente, à demi bouchée par la végétation qui s'enfonçait à travers la forêt pluviale, une pancarte, accrochée au tronc d'un banian, disait en lettres noires sur fond blanc, le tout plastifié : PRIVATE NO TRESPASSING. Avec, comme illustration, une non-équivoque tête de mort sur deux tibias entre-croisés. Un symbole connu dans tous les pays du monde, quelles que soient la langue et la religion.

Bob Morane demeurait perplexe. Qui pouvait se permettre d'instituer « terrain privé » une portion de cette jungle qui, en principe, n'appartenait à personne. Sauf peut-être au gouvernement népalais. Ou indien. On était dans une zone de frontières mal définies.

*

*   *

Tout avait commencé quelques semaines plus tôt, à Paris, alors que Morane s'apprêtait à gagner le Népal pour un trekking himalayen. Pour le plaisir. Juste pour le plaisir...

Averti de ses intentions, Bernard Maudret, le directeur de la revue Reflets, avait demandé à Morane de passer lui rendre visite avant son départ. À de nombreuses reprises, Morane avait collaboré à Reflets comme reporter extraordinaire, et il s'était donc rendu à l'invitation de Maudret.

À peine les deux hommes se trouvaient-ils assis de part et d'autre du grand bureau directorial de Maudret que ce dernier était entré dans le vif du sujet.

— Déjà entendu parler des « Frères-de-tous-lesSaints », Bob ?

— Avec tous les saints des agiographies cela doit faire beaucoup de monde, remarqua Morane.

Qui enchaîna aussitôt en secouant la tête :

— Jamais entendu parler... C'est quoi ?

— Un drôle de truc, Bob... Ça se passe quelque part à la frontière de l'Inde et du Népal...

— Le Népal !... C'est pour le Népal que je m'apprête à partir... Justement...

— Justement, Bob...

— Et ça ne doit pas être un hasard...

— Oui et non... Mais laissez-moi vous expliquer...

Bob Morane n'insista pas. Se contenta de croiser et de recroiser les jambes. Car, ainsi que chacun le sait, il était crotopodomane.

Bernard Maudret poursuivait :

— Les « Frères-de-tous-les-Saints » est une société secrète nouvelle — comme il y en a tant d'autres — et encore mal connue...

— Sans doute parce qu'elle est secrète, risqua subrepticement Morane.

Tandis que le rédacteur en chef poursuivait :

— Son but ?. Rassembler les trois plus grandes religions du monde pour n'en faire qu'une. D'où son nom.

« Tous les Saints », ce qui résume les saints chrétiens, musulmans et bouddhistes...

— Beau rêve ! avait encore glissé Morane. Réunir ces trois religions en une seule serait créer une puissance à laquelle rien ne pourrait résister... Heureusement, ce n'est qu'un rêve. IRRÉALISABLE par le fait même de

ce qui oppose ces trois religions...

Bob avait appuyé sur le mot « irréalisable ». Maudret hocha la tête.

— Oui, un rêve irréalisable, mais que quelqu'un veut réaliser, justement... Et ce quelqu'un est connu sous le nom de Baron Kurt von Molau. Un étrange personnage, hors du commun, dont le grand-père et le père avaient appartenu à la « Thulé Gesellschaft », à laquelle aurait adhéré également Adolf Hitler.

Il y eut un bref silence, que Maudret interrompit d'un geste de la main, pour glisser :

— Je ne vous parlerai pas davantage du Groupe Thulé. Je

soupçonne que vous en savez autant que moi, sinon davantage, sur ce sujet.

Bob Morane avait approuvé de la tête. En même temps, un éclair avait brillé dans ses yeux gris d'acier et une ride verticale avait creusé son front. Maudret continuait :

— La société des « Frères-de-tous-les-Saints » est donc dirigée par ce Baron Kurt von Molau. Un étrange personnage, je le répète. À la fois mystérieux et insaisissable. Par une contraction de son nom, il est mieux connu — si l'on peut dire — sous le pseudonyme de Molok, dont il s'est affublé lui-même, en souvenir du dieu dévorateur des anciens Assyriens... Molau... Molo... plus le K de Kurt... En outre, un physique monstrueux... Il serait atteint de polydactilie... Six doigts à chaque main au lieu de cinq... et peut-être la même chose pour les pieds... En plus, il souffre d'acromégalie... Il a également l'habitude de se maquiller... Pour cacher quoi ?...

— Un phénomène de foire, en quelque sorte, avait fait remarquer Morane.

— Oui... à moins qu'il s'agisse de légendes... Des légendes que la Bête aux Six Doigts — c'est un autre surnom qu'on lui donne — laisse courir comme à plaisir... Cela ajoute d'ailleurs au mystère qui l'entoure... et dont il aime s'entourer...

— Et où trouver ce phénomène... et ses adeptes ? interrogea Morane.

— Là est le hic, fit Maudret. Contrairement aux autres sociétés dites secrètes, les « Frères-de-tous-lesSaints » n'ont pas vraiment de locaux fixes. Leur association reste informelle et ils se réunissent, pour ce qu'on en sait, par convocation personnelle, ou par tout autre moyen de correspondance... Téléphone... Fax... Internet... On ne sait exactement... Une seule chose est certaine, c'est que les « Frères » ne possèdent qu'un repaire...

— Un repaire ! intervint Morane. Cela me semble un mot bien péjoratif...

— J'y viendrai... Le repaire en question se trouverait quelque part au nord de l'Inde, près de la frontière avec le Népal. Un ancien couvent de carmélites édifié jadis, à l'époque de l'occupation britannique, et abandonné depuis. On dit qu'il s'y trouveraient encore des nonnes qui partageraient les lieux avec les « Frères-de-tous-lesSaints »... et Molok... Mais ce ne sont encore que des rumeurs.

— Est-ce que quelqu'un, à part les membres de la secte, y est jamais allé ?

— Personne... Ou tout au moins, si quelqu'un y est allé, nul n'en est jamais revenu. L'endroit est propriété privée, interdite...

Morane haussa les épaules.

— Bon. Une secte de plus, et qui n'aime pas qu'on vienne mettre le nez dans ses affaires... La routine... Qu'y pouvons-nous ?...

— Les « Frères-de-tous-les-Saints » n'est peut-être pas une secte de plus, Bob. Ou tout au moins pas une secte comme toutes les autres. Elle aurait d'autres buts que ceux qu'elle affiche... La drogue... Le crime organisé... L'espionnage... Le terrorisme. Le passé de Kurt

von Molau est plus que douteux... Avec des ancêtres comme les siens, membres du Groupe Thulé, partisans du nazisme...

Un geste vague de Morane.

— Et où ça nous mène tout ça ?

En réalité, il voyait parfaitement où Maudret voulait en venir, mais il préférait le laisser parler. Autant par méfiance que par jeu.

— Justement, vous vous apprêtez à partir pour le Népal...

— Pour un trekking, Bernie... Seulement pour un trekking...

« Seulement pour un trekking. » Bob en était de moins en moins certain.

*
* *

Morane connaissait suffisamment les guides népalais — et les guides en général — pour savoir que, quand ils refusaient d'aller plus loin, il était inutile de tenter de les en faire démordre. Suivre des chemins tout tracés d'accord ; mais, quand il s'agissait de se lancer dans l'inconnu, plus personne.

À Paris, Bob avait fini par se laisser convaincre par le rédac-chef de Reflets. Celui-ci avait dit : « Aller jeter un coup d'œil du côté de Darjeeling, cela ne vous coûtera rien... C'est même sur votre route... Tenter d'obtenir des renseignements sur l'ancien couvent, aujourd'hui repaire des « Frères-de-tous-les-Saints », sera également de la routine... Vous en tirerez une série d'articles pour Reflets. Des articles qu'on pourra revendre dans le monde entier... Les médias, et le grand public, sont friands de tout ce qui concerne les sociétés secrètes... »

Morane savait que tout ce que venait de dire Maudret était vrai dans son ensemble, mais ce n'était pas cela qui avait motivé sa décision. La curiosité. Le goût de l'aventure et du mystère. Un cocktail de sensations auxquelles il n'avait jamais réussi à résister, ce qui avait failli cent fois lui coûter la vie et était en même temps pour lui le piment de l'existence.

À Darjeeling, il s'était renseigné sur ce que Maudret et lui avaient décidé d'appeler « le secret tous les saints ». Pourtant, personne n'avait pu lui fournir les explications qu'il attendait. Et surtout pas les autorité locales auxquelles la secte payait un lourd tribut. Plusieurs personnes s'étaient rendues chez les « Frères-de-tous-lesSaints » mais aucune n'avait reparu. On en avait déduit qu'elles avaient adhéré à la secte, et aucune enquête n'avait eu lieu. Seul l'argent intéressait les autorités locales. Et tant qu'aucune plainte internationale n'était déposée...

De Darjeeling, Bob s'était rendu par la route — une mauvaise piste — jusqu'à un petit village, en bordure de la forêt pluviale. Là, prétextant vouloir effectuer un trekking en solitaire sur les premiers contreforts de l'Himalaya, il avait recruté deux guides. Un éléphant porterait, sous la conduite de son cornac, le matériel et les vivres nécessaires pour une expédition de plusieurs jours. Un second éléphant servirait de véhicule pour Morane lui-même et les deux guides népalais.

Tout d'abord, tout avait bien marché. Les éléphants, en se frayant un passage à travers une jungle de plus en plus dense, avaient facilité l'avance. La nuit, on campait. Un confort relatif à cause de l'humidité que même les feux ne parvenaient pas à dissiper. Mais Bob Morane avait, au cours de sa vie aventureuse, traversé trop de jungles semblables pour en être réellement incommodé. C'était au matin du quatrième jour que les choses s'étaient compliquées, quand les guides et les cornacs avaient refusé d'avancer encore à la vue du panneau d'interdiction PRIVATE NO TRESPASSING.

*
* *

Après le « Nous ne pouvons aller plus loin, sir » de l'un des guides népalais, Bob Morane avait enjambé le garde-fou du hoddah et, se laissant glisser le long des flancs de l'éléphant, il avait touché le sol. Le second guide népalais vint le rejoindre. Bob leur montra le panneau à la tête de mort et demanda :

— C'est ça qui vous interdit de continuer ?

Le second guide hocha la tête. Son visage s'était fermé. Il dit :

— Oui... oui... Là-bas, il y a des gens très mauvais... Verry bad... Bad...

— Là-bas, c'est quoi ? interrogea Morane. Le second guide eut un geste vague.

— Une grande maison, expliqua-t-il. Secret... On ne peut pas approcher...

Le premier guide intervint :

— Des villageois, des chasseurs, se sont approchés... On a tiré sur eux... Des gardes...

— Népalais ou Européens ?

— Les deux... Népalais et Européens... Très méchants... Deux villageois ont été blessés...

— Et les autorités laissent faire ? Geste d'impuissance du second guide.

— Les autorités... Les autorités... Les gens de la grande maison leur donnent beaucoup d'argent... Alors on laisse faire... Propriété privée... Vous comprenez, sir ? Bob Morane comprenait. Il leva la tête vers les cornacs, demeurés à califourchon sur la nuque de leurs pachydermes. Tous deux maniaient leurs ankus avec une indifférence qui en disait assez sur leur accord avec les guides. Bob décida de ne pas insister. Il laissa tomber d'une voix sèche, qui n'admettait pas de réplique :

— Vous avez été payés pour me servir pendant une semaine... Payés d'avance... Vous allez m'attendre ici...

— Et si vous ne revenez pas, sir ? demanda l'un des guides.

Bob se mit à rire. Il ne fallait pas avoir l'air de s'inquiéter du tour que prenait la situation. Sauver la face. Cela avait cours dans toute l'Asie.

— Si je ne reviens pas, fit-il, c'est que le tigre m'aura mangé.

Et il ajouta, après un moment de réflexion

— Si je ne suis pas revenu à la tombée de la nuit ; vous pourrez regagner votre village sans moi. Vous direz qu'un tigre m'a dévoré...

— Oui, sir, fit un cornac, il y a encore beaucoup de tigres dans ces forêts... Les éléphants le sentent. Des mangeurs d'hommes...

Morane récupéra la 375 Remington accrochée au hoddah de l'éléphant qu'il venait de quitter. Du plat de la main, il frappa sur la crosse puis, rapidement, il manœuvra la culasse pour faire glisser une cartouche dans la chambre. Un double geste qui se passait de commentaires.

Sans attendre, il remplit un havre-sac de quelques objets et aliments nécessaires. Puis il tourna les talons et s'éloigna. Quelques secondes plus tard, la forêt l'avait avalé.

2

En vieil habitué de la nature sauvage, Bob Morane n'éprouvait aucune difficulté à progresser à travers la jungle changée maintenant en forêt tropicale. À la brousse faite de hautes herbes et de buissons épais, avait succédé la selva pluviale. Banians aux troncs noueux, palmiers épineux, gommiers géants, leurs cimes entremêlées dans le fouillis de leurs branches jusqu'à former un dôme végétal qui occultait le ciel. Et, partout, les voiles impénétrables des mousses qui annonçaient les premiers contreforts himalayens. On respirait un air chargé d'humidité qui embuait les yeux, prenait à la gorge.

Accoutumé qu'il était à la forêt, Morane progressait sans difficulté. D'ailleurs, une sente mal tracée favorisait la marche.

En elle-même, la forêt ne présentait pas le moindre danger, sauf peut-être de s'y perdre. Le danger, c'était le cobra qui, dérangé, pouvait jaillir à tout moment pour donner la mort. Et les tigres aussi. Ceux-ci avaient été beaucoup chassés et il en restait peu. Assez cependant pour qu'ils présentassent un risque. À tout moment, Bob se retournait pour fouiller les taillis du regard. Il savait que le tigre assaillait sa victime par derrière, d'un seul bond qui ne pouvait qu'être mortel.

Au fur et à mesure de la progression, le sol s'était mis à monter. Déjà, l'approche de l'Himalaya se faisait sentir, bien qu'on fut encore à des centaines de kilomètres de la chaîne elle-même. Pourtant, la chaleur demeurait aussi étouffante. Une chaleur de serre, sans doute encore intensifiée par l'approche de la mousson.

Partout, ce n'étaient qu'hibiscus tâchant de pourpre le vert sombre de la végétation. Les daturas ouvraient les trompettes de leurs larges fleurs blanches. Des orchidées multicolores s'élançaient à l'assaut des géants végétaux. Une pluie lourde tombait de la canopée qui s'égouttait et y entretenait une humidité qui attirait les sangsues de jungle et en faisait autant de petits monstres assoiffés de sang. De grands papillons aux ailes bariolées voletaient, affolés par l'averse et peut-être par l'approche de l'homme.

Soudain, tout changea. La forêt disparut, comme écrasée, dans un éclat de lumière. Très loin, les sommets aigus de l'Himalaya scièrent le ciel d'un bleu intense où seuls passaient quelques nuages solitaires.

Ce qui avait attiré tout de suite l'attention de Morane, c'était cette construction qui s'élevait à peu de distance — quelques centaines de mètres à peine — de l'endroit où il se trouvait. Une construction... Plutôt une grande ruine blanche, mi-temple mi-forteresse, frappée par le temps mais qui cependant avait résisté à celui-ci. Des coupoles effondrées, des murailles ébréchées, des tours ressemblant à des minarets renversées telles de gigantesques quilles. Pourtant, la solitude, l'abandon ne régnaient pas sur ce gigantesque débris. On le devinait habité, hanté par l'esprit de l'Homme, dans ce qu'il avait de bon et de mauvais, de positif et de négatif.

— Surtout, ne bougez pas, fit une voix toute proche.

— Et jetez votre arme, enchaîna une autre voix.

Bob Morane eut un sursaut. Très léger. Presque intérieur. En dépit de son habitude du danger, il ne les avait pas entendus venir, et il comprit qu'il était tombé dans un piège, comme un débutant.

Évitant tout mouvement brusque, il se retourna. Ils étaient trois ; deux métis, sans doute d'Indien ou de Népalais, et un Blanc aux cheveux clairs tirant sur le blond. Tous trois étaient vêtus de pantalons de toile et de chemises flottantes. Les deux métis étaient coiffés de turbans — le couvre-chef classique dans tout le sous-continent. Le Blanc était tête nue. Chacun braquait une AK 47, l'arme indispensable des forces parallèles.

— Salut ! fit Morane.

Un salut auquel aucun des trois types ne répondit. Leurs visages demeuraient aussi inexpressifs que s'ils avaient été ceux de marionnettes taillées dans le bois. Les AK 47, elles, étaient braquées sur Morane depuis le début, et même avant sans doute.

— Que faites-vous là ? interrogea l'homme blanc.

Il parlait l'anglais avec un accent qu'il eût été difficile de définir.

— Et vous, fit Morane, armés jusqu'aux dents comme vous l'êtes ?

Du menton, le blanc désigna le 375 de Morane, jeta simplement :

— Votre fusil !

En même temps, il tendait la main, tandis que l'autre continuait à braquer sa Kalash...

Docilement, Bob lui tendit son arme, en disant :

— Surtout, prenez-en soin... Et, surtout, faites attention... Sais pas si la sûreté est mise...

Sans faire le moindre commentaire, l'homme prit la Remington, pour ensuite pointer le menton vers la construction qui élevait ses murs en ruines à quelques centaines de mètres de l'endroit ou ils se trouvaient, et jeter :

— Avance !

En même temps, d'un coup de canon d'AK 47, on poussait Bob en avant.

Il ne résista pas. Il voulait atteindre l'ancien couvent de carmélites dont lui avait parlé le rédac-chef de Reflets, eh bien ! son souhait allait être exaucé.

*

* *

Si, un jour, elle avait été appelée ainsi, la vaste construction, à moitié ruinée, n'avait de couvent de carmélites que le nom. Tout au moins au premier regard.

Il s'agissait selon toute évidence d'un ancien temple, ou palais, construit il y avait des siècles, à l'époque des tout puissants rajahs. Une construction de pierre blanche, couverte de sculptures hindouistes. Mais le temps avait passé, changeant les dentelles de pierre en débris dont, parfois, il était difficile de distinguer la forme originelle. Le soleil, la pluie, la végétation dont les racines s'insinuaient partout, avaient accompli leur œuvre destructrice.

Toujours encadré par les trois hommes armés, Bob Morane fut contraint de gravir un escalier monumental menant à la construction elle-même qui, vue de près, se révélait plus monumentale encore. Un gigantesque complexe de pierre blanche que les pluies avaient délavées. Sauf, par endroits, des traînées vertes et moussues. L'escalier lui-même, de construction fort ancienne, portait des traces de restaurations datant sans doute de l'époque coloniale, quand des religieux avaient pris possession des lieux.

Ensuite, ce fut une succession de couloirs, de galeries cernant des jardins changés en brousse. Partout, des fresques hindouistes, dont la plupart s'écaillaient, voisinaient avec des symboles chrétiens. Et il allait de même des statues, dont beaucoup étaient mutilées.

Contrairement à ce qu'on aurait pu penser, ces ruines n'étaient pas désertes. À tout moment, Bob et ses gardiens devaient croiser des hommes et des femmes aux accoutrements les plus divers. Nonnes portant encore la robe et la coiffure à l'ancienne mode des carmélites. Bonzes bouddhistes dans leurs robes orangées. Femmes indiennes en sari. Hommes enturbannés.

Il y avait aussi les individus armés, tous porteurs d'AK 47 comme ceux qui escortaient Morane. Visiblement, il s'agissait de gardes promus à on ne savait quelles sinistres besognes.

À un moment, Bob remarqua une femme qui venait vers eux. Tout d'abord, ce ne fut qu'une silhouette comme les autres. Éclairée de biais par la lumière du dehors, elle avançait d'un pas égal le long du péristyle qu'ils suivaient. Puis cette silhouette se précisa.

Il s'agissait d'une très jeune femme portant la robe des carmélites. Un visage ovale, aux contours précis, éclairé par des yeux clairs. De la coiffe dépassaient quelques mèches de cheveux châtains tirant sur le roux. Une métisse indo-européenne sans aucun doute. Rien de bien extraordinaire en soi. Pourtant, quand la jeune femme parvint à sa hauteur, Morane sursauta. Le parfum !... Le parfum !...

Il s'agissait d'une senteur ténue, discrète, et pourtant parfaitement identifiable pour Morane. Un parfum d'ylang-ylang !

« Pourtant, ce ne peut être Elle, pensa Bob. Elle ne lui ressemble pas. »

Ce rappel de son ennemie de toujours, la redoutable et belle Miss Ylang-Ylang, en cet endroit, le bouleversait et l'intriguait à la fois. Une carmélite qui se parfumait, c'était déjà bien extraordinaire. Et à l'ylang-ylang en plus !...

Un hasard ?... Sans doute... Peut-être. Mais le hasard faisait souvent bien les choses. D'autant plus qu'au passage la jeune métisse lui avait lancé un regard appuyé de ses yeux couleur de ciel, tout à fait comme pour lui adresser un message muet, plein de complicité.

Quand l'inconnue l'eut croisé, dépassé, Bob se retourna pour se rendre compte que, tournant elle aussi la tête, elle lui adressait un vague sourire, empreint de sous-entendus, par-dessus son épaule.

Ce manège, qui pouvait n'être dû qu'à la curiosité, semblait avoir échappé aux trois gardiens encadrant Morane. Il s'agissait, selon toute évidence, de simples brutes privées de toute subtilité. On leur avait ordonné de s'assurer de la personne de tout étranger s'approchant du temple-monastère ; là s'arrêtaient leurs soucis.

3

Après quelques nouvelles minutes de marche à travers d'interminables couloirs et galeries, Bob avait été poussé dans une vaste salle éclairée par une baie à pilastres ouverte sur des jardins mal entretenus, sinon pas entretenus du tout. Aux murs, à gauche : les scènes de la passion du Christ ; à droite : les avatars du Bouddha. Derrière, de chaque côté de la porte, des représentations de Kâli et de Ganesha s'écaillaient.

— Salut ! fit une voix.

Alors seulement, ses yeux s'habituant à la semiobscurité régnant dans une partie de la salle, Bob se rendit compte de la présence de trois hommes assis dans la pénombre. Des prisonniers comme lui sans doute.

— Moi c'est André Lessur, fit un homme d'une cinquantaine d'années, aux cheveux roux mangés de gris et porteur de lunettes à monture de métal.

— Et moi je m'appelle David Kahn, déclara un deuxième personnage.

La cinquantaine également. Une tignasse poivre et sel et, lui, d'épaisses lunettes à monture d'écaille.

— Le professeur André Lessur, sinologue et le professeur David Kahn, archéologue ? fit Morane.

Plus une affirmation qu'une interrogation.

— C'est ça, approuva le dénommé Lessur.

— En personne, dit en écho David Kahn.

— J'ai entendu parler de vous, déclara Morane. Vous aviez disparu, Non ?

— Disparu ? ricana David Kahn. Pas vraiment.   On était ici...

— Et prisonniers comme vous l'êtes sans doute à présent, enchaîna André Lessur.

Le troisième occupant de la salle devait avoir atteint le milieu de la trentaine. Un visage jeune mais marqué par la vie.

— Moi, dit-il, c'est Nathan Orowitz, chercheur de trésors archéologiques. Pilleur de ruines si vous préférez. Dans ce pays, les vieilles sculptures, de tous âges, sont abandonnées à l'humidité et au soleil. Alors, je les récupère avant qu'elles soient complètement détruites, et je les vends à des collectionneurs avertis... Faut bien que quelqu'un en profite avant qu'elles ne soient totalement pourries. Même si ce trafic est puni par la loi.

Bob Morane ne risqua pas de commentaires. Il connaissait ce genre d'individus qui, souvent, agissaient pour le compte de grands antiquaires internationaux. Il ne tenait pas à les juger. Tout au moins pas en la circonstance. Il avait d'autres chats à fouetter.

Au cours de la conversation qui suivit, Bob devait apprendre que les trois hommes avaient été capturés une quinzaine de jours plus tôt, et également par des hommes armés.

*

* *

Au cours des jours qui suivirent, le temps devait se passer pour Bob à se demander comment il réussirait à s'échapper. Ses compagnons et lui jouissaient d'une relative liberté. Ils pouvaient circuler librement dans la partie du bâtiment où ils étaient retenus captifs, mais cependant non sans être toujours sous la surveillance d'un garde armé. Morane aurait pu tenter de le maîtriser. Ce qui ne lui aurait été guère difficile par sa connaissance du combat rapproché encore perfectionné par une longue pratique. Cependant, le garde se tenait toujours à distance respectueuse des captifs, ce qui rendait toute action hasardeuse.

4

— À quoi pensez-vous ? fit une voix derrière Morane.

Ce dernier était accoudé au garde-fou de pierre sculptée de la galerie d'où il avait vue, au-delà d'un vaste jardin envahi par les mauvaises herbes, sur la partie interdite du temple.

Bob avait reconnu la voix. Il se retourna vers Nathan Orowitz qu'il n'avait pas entendu s'approcher.

— À quoi voulez-vous que je pense ?

— À la façon de se tailler d'ici, c'est sûr, fit Orowitz avec un sourire amer. Comme si nous pouvions penser à autre chose !...

Cela faisait maintenant près d'une semaine que Bob était au pouvoir des « Frères-de-tous-les-Saints ». Bernard Maudret lui avait suggéré d'obtenir des renseignements, voire d'entrer en contact avec eux. Et il y était parvenu. Pas de la façon escomptée bien sûr. Tout ce qu'il avait réussi à faire, c'était devenir leur captif. Sans doute pour servir tôt ou tard d'otage. C'était du moins ce que pensaient Orowitz, Lessur et Kahn.

En ajoutant aux siennes les constatations faites au cours de leur détention par ses compagnons de captivité, Bob Morane s'était fait à la certitude de la présence de Kurt von Molau. À plusieurs reprises d'ailleurs, il l'avait aperçu, de loin, circulant dans la partie interdite des bâtiments. Il s'agissait d'un homme de haute taille, vêtu de sombre. À cause de l'éloignement, il était difficile de détailler ses traits. Mais Bob possédait une vue assez perçante pour distinguer un visage blafard, déformé. Un nez épaté, comme écrasé, un menton en galoche, des zygomas anormalement saillants, des arcades sourcilières en visières, telles en étaient les caractéristiques. Un autre détail avait également frappé Morane. L'homme semblait ne pas avoir de mains, mais sans doute parce qu'il portait des gants noirs qui ne tranchaient pas sur les vêtements sombres. Cela cadrait bien avec ce qu'avait déclaré le rédac-chef de Reflets. Selon lui, Kurt von Molau souffrait d'acromégalie, ce qui expliquait son apparence quasi-caricaturale.

Bob tentait d'apercevoir encore l'énigmatique personnage, quand Nathan Orowitz l'avait interpellé. En même temps, il tentait, en vain, de repérer une voie de fuite qui leur permettrait, à ses compagnons de captivité et à lui, de quitter les lieux.

Du menton, Orowitz avait désigné les deux hommes armés, à chaque extrémité de la galerie, pour constater :

— Avec ces deux chiens de garde qui ne cessent de nous surveiller, il nous reste peu de chances de filer en douce... À la moindre tentative d'évasion, ils n'hésiteraient pas à nous canarder... Depuis le début, les professeurs et moi avons compris ça... et nous avons décidé de prendre notre mal en patience.

Bob Morane secoua la tête.

— Ce n'était pas une solution. Tôt ou tard, notre captivité ne pourrait que tourner mal... On ne nous a pas capturés pour le simple plaisir, c'est sûr...

Le mouvement de tête se changea en hochement.

— On pourrait tenter de les faire se rapprocher, risqua Morane. On leur tomberait dessus, on les désarmerait et...

Les professeurs Lessur et Kahn vinrent les rejoindre et, à quatre, ils discutèrent de la situation. Ce qu'ils évitaient de faire dans la salle qui leur servait de cachot, dans la crainte de micros qui pouvaient y être dissimulés. Les hommes qui gardaient les extrémités de la galerie étaient, eux, trop éloignés pour pouvoir entendre.

Il y avait quelques minutes à peine que les quatre prisonniers s'étaient réunis, qu'une jeune femme s'avançait dans leur direction. Tout de suite, Bob reconnut la fille en costume de carmélite croisée lors de son arrivée et que, par la suite, il avait aperçue à différentes reprises. Chaque fois, la mystérieuse créature adressait à Morane ce qui pouvait passer pour un sourire et, chaque fois, il avait perçu le parfum discret de l'ylang-ylang.

Cette fois encore, la jeune carmélite — s'il s'agissait bien d'une carmélite, ce qui était peu probable — eut encore un sourire à l'adresse de Bob, mais plus appuyé que d'habitude.

Quant aux effluves d'ylang-ylang, elles lui parurent plus vives.

L'attitude de la jeune femme n'était pas passée inaperçue des compagnons de Morane. Quand elle se fut éloignée, le professeur Kahn ne put s'empêcher de faire remarquer :

— On dirait que cette fille vous connaît...

Orowitz eut un rire gras, accompagné d'un clin d'œil égrillard.

— C'est que Morane est plutôt beau gosse, professeur...

— Oui, fit à son tour Lessur. Beau gosse ou non, ce n'est pas une façon d'être pour une carmélite...

Ricanement d'Orowitz.

— Carmélite de la Sainte Farce, oui... C'est plutôt une démone qu'on s'attendrait à rencontrer dans ce repaire du diable...

Bob Morane ne fit aucun commentaire. Il continuait à se demander quel rapport la jeune carmélite, vraie ou fausse, pouvait avoir avec la capiteuse et dangereuse Miss Ylang-Ylang, la belle Eurasienne, chef du Smog et son ennemie de toujours. Seul un parfum les rapprochait. Mais était-ce suffisant ? Il pouvait s'agir d'un hasard. Mais, justement, il ne croyait pas, en certaines circonstances, au hasard. Et puis il y avait ces regards appuyés, ces sourires lourds de sous-entendus, voire de complicité. Et de la part d'une inconnue ! Il ne croyait pas non plus au « beau gosse » dont avait parlé Orowitz...

— Regardez ce qui se prépare, là-bas ! fit le professeur Lessur.

L'archéologue montrait le ciel, en direction du nord, là où se hissaient les cîmes himalayennes. Un ciel de fin d'univers, où un grouillement de nuages noirs faisait penser à une harde de pachydermes en furie. Des nuages qui se chevauchaient en déboulant, chargés d'eau, prêts à crever en un nouveau déluge.

— La mousson est en avance, fit Kahn.

— Comme si elle n'était pas TOUJOURS en avance, remarqua Orowitz en appuyant sur l'adverbe.

« La mousson, pensa Morane. Ça détruit et ça reconstruit tout... Le pire et le meilleur.   »

5

Venus du sud et gorgés de l'eau de l'océan Indien, les lourds nuages s'étaient heurtés à l'Himalaya qui les avait crevés de ses pics. Et la pluie s'était répandue en torrents dévastateurs et bienfaisants à la fois, comme chaque année, sur le sous-continent indien. Ainsi que l'avait pensé Bob Morane, la mousson détruisait tout et reconstruisait tout, à la fois le pire et le meilleur.

Étendu sur sa couche, cette nuit-là, Bob ne savait pas s'il fallait bénir ou maudire la mousson. Elle s'était abattue avec une violence inouïe, changeant le vieux temple en un gigantesque vaisseau de pierre voguant sur un lac aux eaux déchaînées. La transpiration, mêlée à la condensation, le baignait des pieds à la tête. À peine s'il réussissait à somnoler de temps à autre. Et, dans ses intervalles de veille, en dépit du ruissellement de la pluie au-dehors, il percevait les respirations oppressées de ses compagnons perdus dans l'obscurité nocturne.

Une voix le tira d'une vague torpeur où il venait de plonger.

— Réveillez-vous... Réveillez-vous...

Une voix douce, féminine. Une voix d'ange peut-être ?

Bob garda les yeux fermés. Il ne voulait pas les rouvrir. Peut-être qu'il rêvait, et il voulait continuer à rêver. Mais, cette fois, une main, qu'il jugea petite au toucher, le secoua à l'épaule, tandis que la voix féminine répétait :

— Réveillez-vous !... Réveillez-vous !...

Sorti cette fois tout à fait de sa torpeur, Morane ouvrit les yeux et, reprenant conscience, il perçut l'odeur ténue de l'ylang-ylang. Pour, en même temps, apercevoir la fine silhouette pâle penchée sur lui.

Grâce à sa nyctalopie, il reconnut la jeune femme en habit de religieuse qui l'avait tant intrigué pendant sa brève captivité. À plusieurs reprises, au cours des jours précédents, il l'avait croisée dans la galerie qui leur servait de promenoir, aux autres prisonniers et à lui. C'était à peine si, au passage, elle lui jetait un regard... et un sourire. Mais le parfum d'ylang-ylang rendait les paroles inutiles.

« À moins qu'il ne s'agisse d'un hasard », pensait-il chaque fois, mais sans grande conviction.

Il interrogea, à mi-voix :

— Que se passe-t-il ?

— La mousson, fit la fille. Il faut en profiter...

— En profiter ?

Dans la pénombre, la main de la fille chercha, lui agrippa le poignet, tira.

— Venez voir... Vous allez comprendre...

Bob se leva, pour la suivre sur la galerie. Celle-ci était déserte et, à chaque extrémité, les gardes armés brillaient par leur absence.

La jeune inconnue continuait à l'entraîner. Elle le força à se pencher par-dessus la balustrade de pierre.

C'était à peine si on y voyait à travers le rideau tissé par la pluie qui tombait drue, dans un bruit de cataracte.

Bob Morane s'attendait au spectacle qui s'offrait à lui dans la pénombre d'aquarium de la nuit. Un spectacle pareil à celui des jours précédents, quand la mousson avait commencé à ouvrir ses écluses. Devant lui, les jardins du temple s'étendaient, changés en une gigantesque mare boueuse, aux eaux clapotantes et transpercées par les millions de poignards de l'averse.

Un peu partout, des hommes et des femmes s'affairaient. À coups de sacs de sable et de terre, ils tentaient de colmater les voies d'accès par lesquelles l'eau, ruisselant à flanc de collines, s'engouffrait, menaçant de submerger l'ensemble des bâtiments.

— Vous comprenez ? fit la jeune fille parfumée à l'ylang-ylang.

Elle haussait le ton pour parvenir à couvrir de la voix les rumeurs du déluge.

— Oui, je crois comprendre, dit Morane sur le même ton. Tout le monde est trop occupé pour faire attention à nous.

Même les gardes ont dû se mettre à la tâche, ce qui explique leur absence... C'est ça ?...

— C'est ça... Et je veux en profiter pour vous aider à fuir...

— Par un temps pareil ?... Nous aider à nous noyer, oui... Pour commencer, vous devez bien avoir un nom, ma belle ?...

— Vous pouvez m'appeler Nanda...

— Ce n'est pas un nom ça... Peut-être si vous étiez indienne... Mais vous n'avez rien d'une Indienne...

— Je suis sang-mêlée. Quant à Nanda, il faudra vous en contenter...

— Et votre parfum, qu'est-ce qu'il signifie ?

La dénommée Nanda eut un rire clair, dans lequel passait un peu de moquerie.

— Je savais que vous me poseriez cette question, mais un parfum ce n'est rien d'autre qu'un parfum...

— Sauf si c'est celui de la toute puissante patronne du Smog...

Cette fois, il n'y eut pas de commentaires.

— Et le patron, ici, ce... euh.   Molok, que devient-il dans tout ça ?...

La réponse vint aussitôt.

— On ne l'a plus aperçu depuis plusieurs jours... Sans doute s'est-il terré, ou a-t-il fui. Vous   devez   profiter   de l'inondation, vous aussi...

Bob aurait aimé poser des questions sur ce mystérieux personnage entre-aperçu à plusieurs reprises au cours des jours qui avaient précédé l'arrivée de la mousson, mais il comprenait que ce n'était pas le moment. Selon toute probabilité, le temps pressait. Il demanda cependant :

— Comment ferions-nous pour fuir ? Nous sommes sans armes et...

— Prenez ceci... C'est tout ce que j'ai pu trouver...

Morane saisit l'objet qu'elle lui tendait. Au toucher, il reconnut un revolver. Sans doute un Webley. Au poids, il décida que le barillet était garni. Il glissa l'arme dans sa ceinture, tandis que la fille lui jetait d'une voix hâtive :

— Allez prévenir les autres... Le temps presse.   À tout moment, un garde pourrait venir jeter un regard par ici...

*

*   *

Il y avait longtemps que cette chapelle n'avait plus servi à célébrer la messe. Au cours des années, elle avait été changée en débarras. Les croix avaient disparu et, seules, sur les murs, des fresques qui s'écaillaient rappelaient le culte de la vierge et des saints. Bientôt, elles seraient totalement effacées par le temps, l'humidité et la moisissure.

C'était vers cette chapelle que Nanda avait mené Bob Morane, André Lessur, David Kahn et Nathan Orowitz. Pour ce faire, ils avaient longé des couloirs déserts, gravi et descendu de brefs escaliers. Partout, l'humidité régnait et, en dépit de l'épaisseur des murs, les clapotements de l'inondation montante se faisait entendre. Les rares personnes qu'ils avaient croisées n'avaient pas prêté attention à eux. La mousson, changée en catastrophe, gommait semblait-il toute autre préoccupation.

À plusieurs reprises, Bob avait interrogé la jeune fille sur leur destination, mais il n'avait obtenu, pour toute réponse, qu'un doigt posé sur ses lèvres.

Dans la chapelle, les quatre hommes sur les talons, Nanda s'était glissée derrière l'autel. Là, elle bougea quelques caisses et libéra une ouverture carrée qui béait dans le pavement. Elle sortit, on ne savait d'où, une vieille lampe tempête qu'elle alluma. La flamme éclaira l'amorce d'un escalier qui s'enfonçait dans le sol.

— Là ! fit simplement la jeune fille en désignant l'ouverture.

Sans attendre, la lampe brandie, elle se mit à descendre, suivie aussitôt par Morane et les trois autres prisonniers.

Après avoir descendu une trentaine de marches rendues glissantes par la mousse et l'humidité, ils prirent pied dans un couloir voûté. Par endroits, les murailles s'effritaient sous la poussée du salpêtre. Une odeur de moisissure prenait aux narines.

Nanda désigna les lointains du couloir, qui se perdaient dans les ténèbres. En même temps, elle recommandait :

— Parlons le moins possible... Les sons portent loin sous le sol...

Sans attendre, elle se mit en marche, son luminaire brandi haut pour éclairer le passage devant eux. Les quatre hommes suivirent d'un pas hésitant car la lampe tempête n'émettait qu'une pauvre lumière roussâtre. Seul Bob Morane, qui fermait la marche, était servi par sa nyctalopie et, en dépit de la pauvre clarté, y voyait presque comme en plein jour.

Il fallut ainsi parcourir plusieurs centaines de mètres de corridors, entre-coupés seulement par de brèves jetées de degrés, soit montants, soit descendants. Aux murs, des bas-reliefs, dont beaucoup à demi-érodés, indiquaient que ces lieux appartenaient déjà, voilà très longtemps, des siècles, au culte hindouiste. Ce n'était que bien après, lors de l'occupation britannique, qu'ils avaient été dévolus au christianisme. Un christianisme maintenant en partie oublié avec le retour de l'Inde aux coutumes ancestrales.

Toujours cette odeur de moisissure doublée d'un bruit de clapotis qui tissait un univers sonore et inquiétant. Le bruit de la mousson qui enrobait comme d'un cocon toute l'énorme bâtisse de pierre jadis dédiée à des dieux maintenant impuissants.

Parfois, les quatre hommes et leur guide devaient patauger dans l'eau jusqu'aux genoux. Ou même jusqu'à la taille. Une eau qui coulait en rivières le long des murailles et changeait peu à peu ces souterrains en cloaques. Des chauves-souris voletaient en tous sens, fantômes ailés effarouchés par la lumière avare de la lampe-tempête.

*
* *

Nanda s'arrêta au bas d'une volée de marches, éteignit la lampe-tempête. Un moment d'obscurité totale. Puis, au sommet de l'escalier, une vague nébulosité. Pas une lumière. Juste un pan de pénombre.

— Que se passe-t-il ? fit quelqu'un. C'était la voix du professeur David Kahn.

— Chut, fit la jeune fille. Nous sommes arrivés... Je vais voir si la voie est libre... Attendez mon retour... en silence...

Elle s'était mise à gravir les marches, pour disparaître au sommet de l'escalier, avalée par le rectangle de nébulosité qui marquait l'ouverture d'une porte ouverte sur la nuit.

Il y eut un long moment de silence. Si l'on pouvait donner le nom de « silence » à la rumeur de la mousson : crépitements de la pluie, rafales du vent en fond sonore.

— Elle ne va pas nous abandonner ? fit encore David Kahn à haute voix, en oubliant les recommandations de leur guide.

La voix d'Orowitz en forme de reproche :

— Allez-vous vous taire, sale bavard !

Dans l'obscurité, Morane sourit. Pour lui seul. Il trouvait plaisant que, même en la circonstance, on put traiter de « sale bavard » un membre de l'Académie des Sciences.

Longs moments d'attente. Chaque seconde prenait le poids

d'un siècle. Puis une silhouette apparut dans le rectangle de pénombre, au sommet des marches. La voix de Nanda, qui s'imposait difficilement sur les crépitements de l'averse, au-dehors :

— Tout va bien... Vous pouvez venir...

En les tâtant du bout du pied, les quatre hommes gravirent les degrés. Au nombre d'une dizaine, ils les menèrent dans une étroite salle où les attendait leur guide. L'endroit avait dû servir jadis de temple secondaire, car on y devinait, le long des murs, les formes étêtées de statues de divinités hindouistes. Les fenêtres et les portes, éventrées, béaient sur le dehors et, dans le vide, au-delà, on devinait les cataractes sonores de la mousson.

Sans une parole, Nanda montra une porte à l'opposé de celle par laquelle Bob et ses compagnons venaient d'entrer. C'est alors seulement que Morane remarqua l'étrange pendentif, jusqu'alors dissimulé sous les vêtements de la jeune fille et qu'un mouvement de celle-ci venait de découvrir.

Cela n'avait rien d'un bijou. Un carré de quelques centimètres de côté, protégé par du plastique et fixé au cou de Nanda par une simple cordelette. Qu'est-ce que ça pouvait être ?... Sans raison précise, Bob pensa à un disque dur d'ordinateur. Sans y croire vraiment. Ça ou autre chose... Un bijou certainement pas... Mais, déjà, Nanda avait reglissé l'objet sous son vêtement, tout à fait comme si elle cherchait à le dissimuler.

Ils sortirent sous l'averse. Pourtant, très haut entre les bords d'une lézarde dans la masse opaque des nuages, la lune dardait un éclair d'argent. Une lueur suffisante pour éclairer le mur de la forêt proche. Et, plus près, presque à être touchées, les masses de schiste de deux éléphants supportant des hoddahs bâchés et surveillés par leurs cornacs en attente sous la pluie.

Quelques minutes plus tard, les deux éléphants emportaient les quatre hommes et leur guide vers le sud, à travers jungle et bourbier. Vers le sud, c'est-à-dire en direction de ce qu'il était convenu d'appeler « la civilisation »...

6

Paris 16 mai.

Encore la nuit sur la capitale. Trois heures du matin et des poussières. Une cité silencieuse, écrasée par des nuages de fonte dans le ciel. Par à-coups, les grésillements de la pluie qui faisait briller les rues comme des dos de scarabées. Parfois également, le vent nocturne lançait un coup de faux.

Dans ce matin qui était encore la nuit, des voitures, rares, passaient dans des chuintements de pneus. Comme apeurées, venues on ne savait d'où, allant on ne savait où.

Et Nathan Orowitz, lui, fuyait. Il fuyait à travers le Quartier Latin endormi, poursuivi par il ne savait qui. Ou, plutôt, il le savait trop bien. Mais il avait l'habitude. Depuis qu'il avait quitté son Autriche natale, il emportait avec lui le danger collé à ses talons. Même dans un palace, il serait demeuré collé à ses talons.

Une seule pensée l'occupait pour le moment : trouver Bob Morane. Lui seul représentait une planche de salut. Un ennemi implacable, ivre de vengeance, le traquait.

Nathan Orowitz frissonna. Il mit cela sur le compte de la pluie qui s'était remise à tomber, lui collait les cheveux au crâne, ruisselait le long de ses joues, perçait son mauvais imperméable, pénétrait dans ses chaussures fatiguées. Il frissonna à nouveau. « Fichu temps ! » pensa-t-il. En réalité, il avait peur.

Il continua à marcher. En direction de la Seine. Du quai Voltaire. Du moins il l'espérait.

Quai Voltaire. C'était là que Morane créchait. Orowitz avait l'adresse sur un papier, tout au fond de la poche de son imper.

L'adresse de Morane y était inscrite. Quai Voltaire. Mais l'humidité avait effacé le numéro. Impossible de s'en souvenir.

Dans l'autre poche, la droite, de l'imper, il y avait ce vieux PPK qui devait dater de la Seconde Guerre mondiale. Parfois, Orowitz en empaumait la crosse, comme on tend la main à un ami.

Au coin d'une rue, longue et rectiligne, il parvint à lire : Rue des Saints-Pères. Là-bas, tout au bout, dans l'obscurité de la nuit bourrée de pluie, elle semblait mourir dans le vide. Peut-être les quais... la Seine... le quai Voltaire... Morane... Le salut...

Il se remit en route. Avec l'impression que, à tout moment, des silhouettes sombres s'encadraient dans l'encoignure des portes. Il s'apprêtait alors à tirer le PPK, mais les phares des rares voitures qui passaient n'éclairaient que des encoignures vides. Pourtant, Orowitz se savait traqué, menacé... Et c'était tout juste s'il savait pourquoi, ou simplement parce qu'un jour il avait croisé un homme qui n'avait rien de différent des autres hommes... Sauf qu'il avait six doigts à la main droite... Six doigts au lieu de cinq...

Brusquement la Seine fut devant lui. La bande lustrée par la pluie des boîtes à livres. Les arbres en bordure. Et, là-bas, les silhouettes grises du Louvre avec l'éclat de quelques lumières oubliées.

Au coin du quai, une plaque : Quai Voltaire. Restait à trouver le logis de Morane. Si seulement le numéro de la maison n'avait pas été effacé ! S'il pouvait s'en souvenir ! Mais, depuis pas mal de temps, sa mémoire était obnubilée par le danger.

D'un pas hésitant, Orowitz s'était mis en marche le long des maisons, cherchant un nom à chaque porte. Mais il dut vite s'arrêter. À une dizaine de mètres à peine de lui, une demi-douzaine de silhouettes sombres s'étaient dressées, convergeant dans sa direction, dans l'intention évidente de lui barrer la route. Trois hommes aux poings desquels brillaient les lames de longs poignards courbes.

Orowitz tira le PPK d'une saccade, dégagea le cran de sûreté d'un coup de pouce. Ces types n'étaient armés que de poignards, il le savait. Il allait en descendre deux ou trois et le bruit des détonations attirerait Bob Morane, peut-être. À deux, ils repousseraient les autres.

Quelqu'un bougea derrière lui. D'où sortait-il celui-là ? Orowitz n'eut pas vraiment le temps de se le demander. Un éclair d'acier. Il sentit une violente douleur au poignet et, les nerfs tranchés, il lâcha le PPK qui rebondit sur le sol avec un bruit mat de cloche fêlée.

Fuir... La route des maisons lui était barrée. Orowitz se détourna... Fuir... Il franchit la chaussée à grandes enjambées, tenta de hurler, mais les sons s'étranglaient dans sa gorge.

Le pont du Carrousel s'offrait à lui, mais déjà trois des silhouettes en avaient atteint l'entrée, lui barraient le passage. Les lames des poignards brillaient.

Dans un sursaut, Orowitz bloqua sa course, redémarra vers la droite, le long du quai Malaquais, longeant le serpent de zinc frotté des caisses à livres. Derrière lui, il entendait le bruit des pas des hommes lancés à sa poursuite. Mais il avait toujours été un excellent coureur et il avait pris une certaine avance quand il atteignit la passerelle du pont des Arts.

Là, il s'arrêta. La passerelle lui offrait un long ruban désert qui enjambait la Seine. Quelques dizaines de mètres à peine pour atteindre la Rive Droite.

Il s'élança. Et, soudain, l'homme fut devant lui, à quelques mètres à peine. D'où était-il venu ? Quelques dizaines de secondes plus tôt à peine, il n'était pas là, et à présent, il était là. On ne distinguait que difficilement ses traits sous les bords baissés d'un chapeau noir. Orowitz pouvait cependant distinguer la partie basse du visage déformé, menaçant, et en tout cas presque inhumain. Un masque sous lequel ne se cachaient rien d'autre que la cruauté et la haine. Un long manteau noir faisait comme une chape mortuaire au personnage.

Orowitz savait qui était cet homme, aperçu parfois lors de son séjour forcé dans l'ancien temple-forteresse, à la frontière de l'Inde et du Népal. « Kurt von Molau », songea Orowitz. Ce fut sa dernière pensée. Il y eut trois petits plof plof plof... Le bruit d'une arme munie d'un silencieux.

Nathan Orowitz sentit trois chocs au côté gauche de sa poitrine, tenta de résister à la force des impacts qui le repoussaient en arrière, eut un mouvement en direction de son agresseur... Un quatrième plof... Orowitz tomba à genoux, roula sur le côté, puis sur le ventre, les bras étendus devant lui.

Avant de sombrer dans quelque chose qui ressemblait au néant, Orowitz trouva encore la force d'ouvrir la main gauche, doigts légèrement écartés. Son poing droit, fermé, ne laissait pointé que l'index.

Six doigts...

7

Pas loin de minuit. Un début de printemps pluvieux, aux sautes de vent en tranchant de faux. Bob Morane referma derrière lui, en la claquant, la lourde porte à deux battants du grand immeuble du quai Voltaire dont il occupait tout le dernier étage et les combles. Logiquement, il eut dû être de mauvaise humeur du fait qu'on l'obligeait à sortir à pareille heure. Mais, chez lui, la curiosité avait toujours supplanté tout autre sentiment.

C'était cet après-midi là en bord de soirée. Vers dix-huit heures il était rentré chez lui après avoir écumé les brocanteurs et bouquinistes quand il avait trouvé sur son répondeur un message du commissaire principal Daudrais. « Rendez-vous cette nuit, à minuit, sur le chemin de halage, quai Saint Michel. C'est important. Surtout, ne me rappelez pas ! »

Qu'est-ce que ça voulait dire ? Pourquoi tout ce mystère ? Un plaisantin qui se faisait passer pour Daudrais. Mais, sur le répondeur, pas de doute, il s'agissait bien de la voix du commissaire principal ; ou alors c'était bien imité. Et, d'ailleurs, sur la liste des messages de son poste téléphonique, Bob avait bien repéré un appel venant du portable du policier. Il devenait donc fort improbable qu'il puisse s'agir d'une mauvaise plaisanterie.

À Londres on eût dit « Minuit sonnait à Big Ben » mais on était à Paris et les cloches y étaient plus discrètes. Bob Morane traversa le quai en slalomant entre les voitures, assez rares d'ailleurs. Par ce printemps pourri, les Parisiens restaient chez eux, devant la sacro-sainte télévision. Et, en plus, c'était ce soir là qu'avait eu lieu la rencontre entre l'O.M. et Barcelone. L'O.M. avait gagné par deux buts à un, mais ça n'avait pas fait revenir le beau temps.

D'un pas rapide, serré dans son trench haut boutonné, Bob se mit à longer le quai en direction de l'Île Saint-Louis, dépassa le pont des Arts, n'eut pas un regard pour la Coupole, abri de toutes les sciences, atteignit le quai Conti, puis le quai Malaquais.

À sa gauche, il frôlait les boîtes à livres dont les couvercles, garnis de zinc, faisaient songer, sous les pellicules brillantes de la pluie, aux dos de pachydermes endormis. Au fur et à mesure qu'il avançait, sa curiosité montait. Qu'est-ce qui l'attendait au bout de cette route ? Allait-il se jeter tête baissée dans un piège ? Au cours de son existence aventureuse, il s'était fait assez d'ennemis pour redouter une quelconque vengeance. Mais la possibilité d'un danger n'était qu'un piment de plus, qui aiguisait encore son incurable curiosité.

Place Saint Michel, la pluie se fit soudain plus drue. Le bruit des pneus sur la chaussée mouillée se changeait en un ricanement continu. Éclaboussures. Bob franchit l'entrée du pont, repéra, à sa gauche, l'étroit escalier permettant d'accéder au chemin de halage maintenant inutilisé. Il se mit à le descendre à pas comptés, frôlant la muraille de la main pour éviter de manquer une marche dans les demi-ténèbres. Heureusement, dans des cas semblables, sa nyctalopie le servait toujours.

Quelques mètres plus bas, il atteignit le chemin de halage, maintenant désert depuis qu'on en avait chassé les clochards qui trouvaient abris sous le ressaut formant biche. Les lumières de la Préfecture, de l'autre côté du fleuve, se reflétaient sur les pierres de la rive gauche qui diffusaient un reflet blafard. On y voyait maintenant presque comme en plein jour. À sa gauche, à un mètre à peine en contrebas, Morane pouvait suivre la fuite du courant de la Seine, tavelée de piqûres scintillantes.

Douze coups sonnèrent, peut-être à l'horloge de la Place Saint-Michel, ou à la Sainte Chapelle, et Bob repéra aussitôt la silhouette qui se détachait dans la pénombre du ressaut. Il s'arrêta tandis que l'homme continuait à avancer dans sa direction.

Une voix fit :

— Tout à fait exact au rendez-vous, Bob.

— Nous n'avions pas rendez-vous ! protesta Morane. Vous m'avez plutôt convoqué... ici... Un drôle d'endroit... Et à une drôle d'heure... Minuit... L'heure du crime comme on dit...

Il avait reconnu le commissaire Daudrais. Élégant. Un visage lisse, aux traits reposés. Rien de Maigret. Seul, un léger embonpoint aurait pu l'empêcher de servir de modèle pour la revue Men. Il prévint une nouvelle question de Morane.

— Laissez-moi vous raconter, Bob...

*
* *

— Avez-vous déjà entendu parler de « La Bête aux Six doigts », Bob ? Morane savait de qui il s'agissait, bien entendu, mais il préférait voir venir.

— Aucune bête n'a six doigts, se contenta-t-il de déclarer.

Le commissaire Daudrais secoua la tête.

— Il s'agit d'un homme, et il est à Paris...

— Ça me fait une belle jambe...

Le policier et Morane étaient à présent assis au bord du ressaut, à l'abri de la pluie.

— Une belle jambe ! fit Daudrais. Ne prenez pas la chose à la légère, Bob... Surtout que c'est à vous qu'il en veut...

— Aucune bête ne possède six doigts, insista Bob.

— Notre homme oui. Six doigts à la main droite, au lieu de cinq... et peut-être à la main gauche...

— Bon... Un type atteint de polydactilie... Une malformation congénitale assez courante. Et moi qu'est-ce que je viens faire là-dedans ?. Et pourquoi tout ce mystère, pourquoi ce rendez-vous sur ce chemin de halage pourri ?... En général, les flics agissent plus ouvertement. On vous convoque à la Tour Pointue, ou on vous y amène de force...

En réalité, Bob mentait, tout au moins par omission. Il savait très bien qui était l'homme aux six doigts, pour avoir déjà eu affaire à lui, on le sait.

Le policier n'avait pas réagi à la tirade de Morane.

— Le nom de Nathan Orowitz vous dit-il quelque chose, Bob ? demanda-t-il simplement.

Léger sursaut, à peine perceptible, de Morane, qui savait d'habitude contrôler ses nerfs. Un sursaut, si léger fut-il, qui n'échappa pas à Daudrais. Celui-ci insista :

— Ce Nathan Orowitz vous est connu ?

Bob décida que le policier ne lui posait pas cette question sans raison. Il déclara :

— Orowitz... oui... je le connais... Mais que vient-il faire là-dedans ?

— C'est à son sujet que je désirais vous parler... en secret... Hier matin... Oui, c'était hier puisqu'il est passé minuit... Hier matin, donc, des passants ont découvert un homme gisant, inanimé, au beau milieu du pont des Arts. Beaucoup, avant, l'avaient ignoré, pensant avoir affaire à un soûlard. Et ce fut à l'aube seulement que la police fut prévenue... L'homme n'était pas mort, mais il n'en valait guère mieux... Trois balles dans la région du cœur...

— Et cet homme c'était Nathan Orowitz je suppose ? glissa Morane.

— Exact... Dans sa poche, on trouva un passeport à son nom... Et la photo dudit passeport représentait bien les traits du blessé...

— Bon ! jeta Bob. Mais qu'est-ce que je viens faire là-dedans ?... Je dois avoir connu pas mal de gens qui ont reçu trois balles dans le corps...

— Bien sûr... bien sûr... Mais, dans la poche du blessé, on a trouvé un papier sur lequel était inscrits votre nom et votre adresse quai Voltaire... Le numéro était effacé... Vous savez ce que je pense, Bob ?

— Non, mais peut-être allez-vous me le dire...

— Eh bien, je pense que le dénommé Orowitz, que vous connaissez, vous venez de le reconnaître, que le dénommé Orowitz donc se rendait chez vous quand il a été abattu...

— Vous savez, commissaire, le pont des Arts, ce n'est pas tellement près de chez moi...

— Quelques centaines de mètres, Bob. Seulement quelques centaines de mètres... Vous savez ce que je pense encore ?

— Vous pensez beaucoup, commissaire, fit Morane avec un sourire narquois, fabriqué de toutes pièces. Je n'ai même jamais connu un flic qui pensait autant...

— Je pense qu'Orowitz était en danger et qu'il cherchait du secours auprès de vous, ou qu'il avait un secret à vous confier.

Bob Morane ne réagit pas immédiatement. Ce que venait de dire le policier, c'était ce que lui pensait également. Orowitz avait tenté de le contacter. Il ne voyait pas d'autre explication à sa présence dans le coin.

— Reste à savoir quel danger Orowitz courait, se contenta de déclarer Morane. Ou le secret qu'il avait à me confier.

Le danger qu'Orowitz courait, il le connaissait. Quant à l'éventuel secret...

— Je suppose encore que vous savez qui est celui qu'on appelle la Bête aux six doigts ? fit Daudrais.

Morane hocha la tête. Daudrais continua :

— Il s'agit d'un personnage mystérieux... On ne connaît pas sa véritable identité, mais il se fait appeler Molok. Le nom du dieu de la destruction chez les Phi-

listins... On faisait, paraît-il, brûler des petits enfants vivants pour l'honorer... Oui, Molok, cela va bien au personnage qui nous intéresse. Mais sans doute n'est-ce là qu'un pseudonyme...

— Peut-être s'appelle-t-il en réalité Dupont ou Smith, comme tout le monde, risqua Morane le plus sérieusement du monde.

Le policier ignora la remarque, pour poursuivre :

— Il s'agit d'un être sans pitié, sans foi ni loi, qui dirige une association de malfaiteurs spécialisée dans l'organisation d'attentats, moyennant finance bien entendu... Son organisation se camouflerait derrière une société secrète, ou plutôt une secte, aux buts œcuméniques, les « Frères-de-tous-les-saints ». Peut-être est-ce l'un de ceux qui ont organisé l'attentat du 11 septembre 2001 à New York, mais on n'en a guère de preuve... De toute façon, dans ce cas, comme toujours, il aurait agi pour quelqu'un d'autre... Reste à savoir ce que Molok ferait à Paris, et ce que cet Orowitz vous voulait...

Bob décida soudain de prendre le taureau par les cornes, de se jeter à l'eau puisque, en la circonstance, il eut été difficile de faire autrement. Si Molok était à Paris, ce n'était pas pour se faire membre de l'Armée du Salut.

— Bon, commissaire... Je ne sais peut-être pas ce que Nathan Orowitz me voulait en l'occurrence, mais je peux vous dire comment je l'ai rencontré... et votre Bête aux Six Doigts en même temps... Je me trouvais au nord de l'Inde, pas loin de la frontière du Népal...

— Que faisiez-vous là ? s'étonna Daudrais. Morane haussa les épaules.

— Vous savez, commissaire, les voyages forment la jeunesse... Non, ma présence aux frontières du Népal n'a rien à voir avec ce qui va suivre... Un épiphénomène et rien d'autre... Donc, je me trouvais à la frontière du Népal et de l'Inde... Une région de montagnes couvertes de forêts, sur les premiers contreforts de l'Himalaya. C'est là que je rencontrai Nathan Orowitz..

— D'après ce que nous savons de lui, glissa Daudrais, Orowitz était un trafiquant d'antiquités orientales...

Bob éluda la remarque, reprit :

— J'étais moi-même en reportage pour la revue Reflets quand je fus capturé. Par qui ? Je l'ignorais. Il s'agissait d'Asiatiques armés de Kalashnikov. Bref, je fus mené à un vieux temple hindouiste qui, plus tard, avait servi à abriter une communauté chrétienne. Un peu partout, toute la mythologie brahmanique voisinait avec les images chrétiennes... Vous imaginez ça... Shiva faisant la causette avec Saint-Pierre... Des nonnes résidaient encore dans cette étrange bicoque, mais elles y passaient comme des ombres, tout à fait comme si elles faisaient seulement partie du décor... Je ne pourrais même pas vous dire à quelle congrégation elles appartenaient exactement... Si seulement elles appartenaient à une congrégation... C'est là aussi que je retrouvai Orowitz et deux autres prisonniers : le professeur Lessur et le professeur Kahn.

— Vous voulez parler de Lessur, l'archéologue et de Kahn, le sinologue ? glissa Daudrais.

— C'est bien d'eux que je veux parler, commissaire, en effet...

Le policier fronça les sourcils. Il y avait peu, Lessur et Kahn avaient disparu au cours d'une expédition dans l'Himalaya. Pendant plusieurs semaines, on les avait cru perdus, et on s'apprêtait à envoyer des sauveteurs à leur recherche, quand ils étaient réapparus en fournissant comme explications qu'ils avaient été abandonnés par leurs guides. En plus, Kahn avait été immobilisé par un accès de malaria. Des explications difficilement contrôlables par ailleurs. Bref, ils étaient revenus. Et bien qu'on eût trouvé bizarre qu'ils ne fournissent pas d'autres détails sur leur disparition, on n'avait pas insisté.

Mais Bob Morane poursuivait :

— Au cours de notre captivité, nous apprîmes que ce repaire était celui de Molok et de son organisation de malfaiteurs... J'avais déjà entendu parler de lui lors d'attentats terroristes. Je savais qu'on le surnommait la Bête aux Six Doigts, et que son vrai nom était Kurt von Molau, descendant d'un criminel de guerre complice d'Hitler. Je savais que, quand on tombait aux mains de Molok, on avait peu de chances de s'en sortir vivant. Cependant, grâce à la complicité d'une jeune nonne, et dans des circonstances qu'il serait trop long d'expliquer ici, nous parvînmes à fuir, Orowitz, Lessur, Kahn et moi. Par la suite, nous convînmes tous quatre de ne rien raconter de notre aventure. Il y allait peut-être de nos vies. Nous espérions que, tant que nous n'aurions pas parlé et révélé le lieu de son repaire, la Bête aux Six Doigts nous épargnerait... Les événements de la nuit précédente viennent de prouver le contraire.

Presque à portée de main, la Seine continuait à couler, comme dans la chanson, couleur de zinc frotté avec, par moments, les tavelures de la pluie. Le commissaire Daudrais, les regards perdus dans le défilement du courant, hocha la tête à plusieurs reprises, fit remarquer :

— Et Molok aurait attendu pour vous traquer, au lieu d'agir tout de suite. Comme s'il ne savait pas où vous trouver !

— Peut-être avait-il d'autres chats à fouetter pour le moment, supposa Morane. Si les autres et moi avions parlé, il y a belle lurette que son repaire, à la frontière de l'Inde et du Népal, aurait été investi. Donc, il n'avait aucune raison de se presser...

— Alors, pourquoi Molok voudrait-il vous annihiler ainsi maintenant, à retardement ?

— Je crois avoir une explication, commissaire. Supposons qu'il ait quelque chose d'important à faire à Paris. Il sait ma présence ici et, me connaissant de réputation, il craint que je ne me dresse sur son chemin. Il commence par éliminer Orowitz qui cherche à me contacter...

— Reste à savoir pourquoi Orowitz aurait cherché à vous contacter, justement !

Morane secoua les épaules, se passa une main ouverte en peigne dans les cheveux, eut un geste vague.

— Peut-être Orowitz avait-il connaissance de la présence de Molok et de ses séides à Paris, et aussi de ses buts, et cherchait-il à m'en avertir... Peut-être aussi, se sentant traqué, cherchait-il ma protection... Sais pas...

— Ça se tient, approuva le policier. Reste à savoir ce que Molok avait à faire de si important ici, à Paris... Orowitz... Puis vous... Lessur et Kahn doivent également être en danger...

— Sans doute, commissaire...

— Je vais les faire prévenir. Quant à vous, je pense qu'il serait prudent que vous quittiez Paris pour aller vous cacher quelque part, loin... très loin...

Un court moment, Bob hésita, puis il fit un signe d'assentiment de la tête.

— Vous avez raison, commissaire... Je vais me mettre au vert...

— Vous avez un endroit où aller ? s'inquiéta Daudrais.

— Vous inquiétez pas pour ça... Surtout, vous inquiétez pas...

En réalité, Morane ne comptait pas se dérober. Tôt ou tard, il le savait, Molok le retrouverait et il préférait prendre les devants, prévenir toute attaque en contre-attaquant lui-même. Il enchaîna :

— De votre côté, mettez la machine policière en route... Sécurité et tout le Saint Frusquin... La Bête aux Six Doigts n'est pas un animal avec lequel il serait prudent de prendre des demi-mesures...

8

Après avoir quitté le commissaire Daudrais, Bob Morane avait regagné le quai supérieur. Pendant un long moment il resta en attente indécis, à l'entrée du pont St-Michel. Accoudé à la rambarde, il continuait à contempler sans la voir, la longue bande mouvante, aux reflets argentés, de la Seine qui coulait dans son allure paisible de printemps.

Bob hésitait. Rentrer chez lui ? Ne pas rentrer ? Si, comme l'affirmait le policier, la Bête aux Six Doigts était sur sa trace, il était probable que son logis était surveillé et il risquait de tomber dans un piège.

— Bon sang, murmura-t-il, quand donc pourrai-je chausser mes charentaises sans craindre que, quelques minutes plus tard, le ciel ne me dégringole sur la tête ?...

Il sourit. Murmura encore :

— Comme si je n'avais pas l'habitude de ce genre de situation !

Avec la vie de bâton de chaise qu'il menait ! L'amour du danger c'était bien, mais cela n'empêchait pas la prudence. Une prudence relative, à laquelle, en dépit de toutes les aventures vécues, il devait sans doute la vie.

C'est alors seulement qu'il se rendit compte qu'un objet lourd, compact tirait vers le bas la poche de son trench. Il le récupéra. Un 38 Special à bâti d'aluminium qu'il avait emporté instinctivement en quittant son logis. Pourquoi ? Il se le demandait. Était-ce en prévision d'un danger toujours possible ?

Dans l'autre poche de son vêtement de pluie, il trouva deux clips de munitions. Cette fois, il ne s'agissait plus d'un hasard, sans aucun doute, mais de prémonition. Seule, la possibilité du risque l'avait fait agir, d'instinct, sans qu'il en ait réellement conscience.

Sa décision était prise. Il lui fallait se rendre compte de l'évidence du danger, savoir avec précision si les sbires de Molok le guettaient, mais cela sans risquer de se faire lui-même repérer.

À babord du Boulevard Saint-Michel, il trouva un garage qui demeurait ouvert la nuit et où, souvent, il allait faire le plein d'essence. Le garagiste, qui le connaissait bien, le reçut avec un :

— Alors, monsieur Morane, on se balade à pied par un temps pareil ?... Drôle de printemps, non ?

L'homme avait l'accent du midi — ou de midi moins le quart. En réalité, il était originaire d'Avignon.

— J'ai besoin d'une tire, fit simplement Morane. L'autre s'étonna.

— Votre fusée interplanétaire est en panne ?

Fusée interplanétaire, c'était le nom qu'il donnait à la classique Type E de Morane. Celui-ci secoua la tête.

— Non... ma... euh... fusée interplanétaire va bien...

C'est pas ça... Je cherche une tire, c'est tout. à louer ou quelque chose dans le genre...

Et il précisa :

— Une tire aussi peu voyante que possible, pas nécessairement rapide. Elle n'est pas destinée à disputer un grand prix...

Le garagiste connaissait Morane de réputation. Au ton de ses paroles, à son visage fermé, il devina que quelque chose ne tournait pas rond.

— Des ennuis, monsieur Morane ? Hochement de tête de Bob.

— Comme ci, comme ça... Oui et non... Le garagiste n'insista pas, fit :

— Vous voulez une tire pas trop voyante. Z'allez être servi...

Il mena Bob vers le fond du garage et s'arrêta devant une vieille R4 aussi obsolète que possible depuis que Renault, au grand regret des usagers, en avait arrêté la production.

— C'que vous en dites ? fit le garagiste en montrant l'ancêtre.

Morane eut un geste vague et fit le tour de la R4. Elle faisait son âge, mais pas trop et elle cadrait justement bien avec l'usage dont Bob voulait en faire. Passer inaperçu, c'était ce qui comptait. Par endroits, la couleur, encore d'origine, de la R4 s'écaillait, mais il ne s'agissait pas d'un concours d'élégance. Un rapide coup d'œil aux pneus : cote huit sur dix.

— Ça roule encore ? demanda Morane par acquit de conscience.

— Au poil, assura le garagiste. Encore bonne pour cent mille bornes sans problème. Carrosserie solide, moteur révisé et tout le Saint-Frusquin... Je vous fais le plein et vogue la galère... Vous me payerez au kilomètre parcouru quand vous me la ramènerez... intacte bien entendu...

— Ferai en sorte, assura Bob d'une voix mal assurée. Il aimait déjà le petit véhicule. Peut-être allait-il lui sauver la vie et que peut-être, après, il l'achèterait. Il avait toujours rêvé de posséder une R4.

*
*   *

Le garagiste à l'accent du midi-moins-le-quart n'avait pas menti. La R4 roulait comme si elle était neuve. Son moteur de quatre cylindres en ligne de 782 cm3 tournait rond. La jauge indiquait le plein. Quant à la carrosserie, elle était aussi silencieuse qu'elle l'aurait été si le véhicule tout entier avait été taillé dans du caoutchouc mousse.

Roulant à vitesse réduite, Morane s'engagea sur les quais de la Seine, rive gauche, en direction de la passerelle des Arts, puis du pont du Carrousel et du quai Voltaire.

Le printemps continuait à marquer du retard. La pluie tombait par intermittence, provoquant le ballet des essuie-glace. La nuit aurait été complète sans les lumières tamisées de l'éclairage urbain et les phares des voitures qui filaient sur l'asphalte mouillé avec un bruit prolongé de baisers. À droite, les caisses à livres étaient des fantômes cubiques taillés dans le zinc.

Quai Voltaire. Bob ralentit. À quelques mètres de l'embouchure du pont du Carrousel, il repéra une place de parking miraculeusement libre le long de l'accotement. Il y glissa la R4. Éteignit ses phares. Coupa le moteur. Attendit, aux aguets.

D'où il se trouvait, il n'avait aucun mal à surveiller les parages immédiats, et ses yeux de nyctalope lui permettaient d'y voir comme en plein jour dans la pénombre. La façade de son immeuble lui apparaissait clairement, éclaboussée de biais par le fanal d'une suspension électrique. Une de ces grandes bicoques prétentieusement bourgeoise, avec porte-cochère, construite à l'époque où un certain Baron Haussman avait détruit le vieux Paris pour en construire un nouveau qui, déjà, prenait de l'âge. Le toit à double pans, à la Mansard, faisait penser à la coque d'un vaisseau naufragé, la quille en l'air.

Aucune lumière au dernier étage, celui dont Bob avait fait sa résidence parisienne. Cela indiquait, au moins, qu'aucun intrus n'avait envahi les lieux, mais sans certitude.

Morane abaissa ses regards pour se mettre à scruter les environs. Presque aussitôt, il remarqua les deux grosses Mercedes noires, parquées en double file non loin de son immeuble. Et, à proximité des deux véhicules, plusieurs hommes se tenaient debout, comme en attente. En attente d'on ne savait quoi, bien que Bob en eut une vague idée. Son instinct du danger, acquis au cours d'une vie aventureuse, lui permettait d'identifier ces hommes. Des individus de sac et de corde, des sicaires prêts à tout, et qui ne pouvaient en vouloir qu'à lui-même. Qui, en effet, pouvaient-ils guetter, à part lui, dans cette nuit quasi déserte ?

Durant quelques instants, il demeura immobile, les mains sur le volant, continuant à scruter les parages.

L'asphalte mouillé mirait les lumières, donnant à chaque reflet un aspect fantastique, si bien qu'on ne savait plus très bien les distinguer des vraies lumières.

Rapidement, Bob s'assura que toutes les portières de la R4 étaient bien verrouillées. Non qu'il eut peur, mais on lui avait appris, dans sa toute jeunesse, que la prudence était « la mère de la porcelaine ». Une vérité que l'expérience lui avait confirmée.

Le silence était presque total. Seuls, les chuintements des pneus, sur le revêtement mouillé, des rares voitures qui passaient le troublaient. Paris somnolait dans cette nuit de printemps raté.

Près des deux Mercedes parquées en double file, les hommes n'avaient pas bougé. On eut dit des statues. Mais il ne s'agissait pas de statues, c'était sûr.

Glissant la main dans la poche de son trench, Bob en tira le 38 spécial qu'il posa à côté de lui, prêt à prendre, sur le siège. Avec les tueurs de la Bête aux Six Doigts aux trousses, on ne prenait jamais assez de précautions.

La Bête aux Six Doigts ? Elle ne devait pas être loin, à

attendre que ses sicaires aient accompli leur travail de fossoyeurs. Au débouché du pont du Carrousel, Bob crut repérer une silhouette sombre. Ça ressemblait à celle d'un homme de haute taille, vêtu d'une sorte de macfarlane et coiffé d'un chapeau à larges bords. Mais il n'en était pas sûr. Le jeu de lumières et de reflets créait des fantômes et, en outre, la pluie, qui s'était remise à tomber en bruine, jetait un voile sur toutes choses.

« Inutile de rester là, pensa Morane. De toute façon, l'accès de mon logis m'est probablement interdit pour le moment. Passer par l'arrière ? Il doit aussi être surveillé... »

Il pensa également que mieux valait se mettre à distance de Molok et de ses hommes de main, leur faire perdre sa trace. Plus tard, on verrait...

Un tour à la clef de contact, un léger coup d'accélérateur, et le moteur de la R4 démarra avec un bruit feutré. Ce fut seulement quand il atteignit l'entrée du pont du Carrousel que Morane alluma ses phares. La silhouette devinée quelques minutes plus tôt était bien là, précise à présent malgré les voiles de la bruine. L'homme tournait le dos, ses regards sans doute perdus sur le large ruban tavelé de la Seine.

La R4 dépassa le pont du Carrousel sans que Molok — si c'était bien lui — ne l'aperçoive sans doute, car il continuait à tourner le dos.

Par précaution, Bob avait décidé d'éviter le pont du Carrousel. Il longea le quai Voltaire, passa devant son immeuble, jeta au passage un coup d'œil aux deux Mercedes et aux hommes qui se tenaient à proximité et acquit en même temps la certitude, s'il lui restait un doute, que c'était bien lui qu'on guettait.

Le pont Royal. Morane y engagea la R4, le franchit, atteignit la Rive Droite, fila le long de la Seine, en direction de l'ouest.

Au passage, sur le quai Voltaire, il n'avait pas remarqué la petite Mini-Cooper noire stationnée le long de l'accotement, ni la femme qui se tenait au volant. Très belle, de type euro-asiate, il émanait d'elle un parfum qui concrétisait toutes les délices — souvent empoisonnées — d'un Orient mythique. À ses oreilles pendaient des boucles en or, en forme de larmes et qui, dans la pénombre, brillaient telles deux étoiles baroques.

9

L'intention de Morane était d'atteindre un quai de la Seine, quelque part du côté de Billancourt, où était amarrée une péniche qui servait de résidence à un de ses anciens compagnons d'école, Gérard Levasseur, retrouvé par hasard peu de temps auparavant. Huit jours plus tôt, Levasseur avait quitté la France pour un long séjour au Canada. Avant son départ, il avait dit à Morane :

« Si tu as envie de te mettre au vert, loin des appels téléphoniques, ne te gêne pas... Vas t'installer quelques jours dans ma villa flottante, loin des bruits et des ennuis de la ville. » Et Levasseur avait ajouté : « De toute façon, cela me plairait que quelqu'un de confiance aille de temps à autre jeter un coup d'œil chez moi... »

Tout d'abord, Morane n'avait pas relevé mais, à présent, il venait de repenser à l'offre de son ami. Molok avait retrouvé sa trace, et la péniche de Gérard Levasseur pouvait lui garantir un abri provisoire et sûr. Là, il pourrait, dans une relative sécurité, organiser la suite des événements. La Bête aux Six Doigts semblait lui avoir déclaré la guerre, et il comptait contre-attaquer. Morane considérait que la formule « si l'on vous frappe sur la joue gauche, tendez la joue droite » était complètement obsolète. Surtout dans le cas où votre vie était en jeu.

Le quai était complètement désert à cette heure de la nuit quand Bob y parqua la R4 à quelque distance de l'endroit où était amarrée la péniche de Gérard Levasseur.

À première vue, celle-ci faisait penser à un grand cétacé endormi. Mais cette illusion s'effaçait vite à la brillance du pont comme laqué, des écoutilles vernies, de l'aspect parfaitement net de l'ensemble. À la proue et à la poupe, un nom en lettres de laiton parfaitement astiquées : La Joyeuse. Elle n'avait pas volé son nom. Quant à Gérard Levasseur, lui, peut-être habitait-il une péniche, mais cela ne l'empêchait pas d'avoir le goût du beau.

Précautionneusement, Bob s'approcha. Il regardait de droite à gauche avec, dans la poche de son trench, la main serrée sur la crosse du 38 spécial. Mais rien. Pas la moindre présence. Pas le moindre bruit. Ou plutôt seulement le murmure feutré de la Seine contre la rive et les flancs des bateaux amarrés.

Une passerelle à franchir en quelques pas. Bob se retrouva sur le pont de la péniche, découvrit la clef là où Gérard Levasseur le lui avait dit : sous une des lames du pont qu'il suffisait de faire basculer à plusieurs reprises, longitudinalement, de gauche à droite.

Encore quelques secondes et il se retrouva à l'intérieur de l'habitacle, porte bouclée et verrouillée. Il s'assura que les fenêtres-hublots étaient bien occultées par d'épais volets qui ne laisseraient filtrer aucune clarté. Alors seulement, il fit de la lumière.

L'intérieur de La Joyeuse était doté de tout ce qui peut assurer le confort. Un salon-salle à manger, une cuisine bien équipée, deux chambres minuscules, un cabinet de toilette. Des livres et des bibelots qui, s'ils n'étaient pas de grands prix, se révélaient de bon goût.

Dans la cuisine, Bob trouva une réserve de conserves et de boissons. De quoi soutenir un siège. Mais il ne comptait pas soutenir un siège. Ni demeurer là plus qu'il ne fallait. La péniche n'était qu'un refuge provisoire, une sorte de relais d'où il rebondirait pour contrer l'adversaire. Un homme prévenu en vaut deux, affirme le proverbe ; Bob Morane, lui, selon une timide estimation, valait bien dix hommes à lui seul, mais sa modestie l'empêchait d'en tenir vraiment compte.

Il aurait voulu téléphoner à ses amis, Bill Ballantine et Sophia Paramount, l'un en Écosse et l'autre à Londres, mais la ligne de Gérard Levasseur était coupée. Quant à son portable, il ne l'avait pas emporté car il n'en usait qu'en de rares circonstances. Non qu'il en refusât l'utilité, mais parce qu'il ne tenait pas à en devenir l'esclave.

Une douce tiédeur régnait dans l'espace réduit de la péniche et ce bien qu'au dehors la pluie continuât à tomber par intermitences. Bob s'étendit tout habillé sur le lit d'une des chambres, le 38 special à bâti d'alu à portée de la main, et il s'endormit aussi sec, tout en se disant que la nuit portait conseil et que le lendemain serait un autre jour...

Il n'entendit même pas le bruit du moteur de la petite Mini-Cooper qui était venue se ranger le long de la berge, à une vingtaine de mètres de là... Avec, à son bord l'Eurasienne saucée à l'ylang-ylang...

*
*   *

Combien de temps avait-il dormi ?. il se le demanderait...

Morane se réveilla. C'était comme si un avertissement venait de lui être adressé... La présence d'un danger... Ce « sixième sens », acquis au cours de ses nombreuses aventures, le prévenait de quelque chose d'« anormal »... Dans le noir, il amena son bras gauche à hauteur de son visage, poussa de l'index de la main droite le bouton

« light » de sa montre digitale. Lumière verte du cadran qui s'éclairait. Sept heures moins dix. Et, au-dehors, il devait encore faire nuit, à cause du printemps qui ne voulait vraiment pas s'imposer et laissait traîner un peu partout des résidus de l'hiver.

Ce bruit... Le glissement du courant contre la coque... Non, c'était autre chose... Un glissement, oui, mais pas celui de l'eau... Des pas feutrés... Pas loin... Tout près même... Quelqu'un marchait sur le pont, s'approchait, de pas feutrés en pas feutrés. Maintenant, le visiteur se trouvait derrière la porte. Bob percevait sa respiration, ou il l'imaginait...

Ensuite, il y eut ce bruit à la porte elle-même. Le bec-de-cane qui tournait, à plusieurs reprises. Des grincements. On tentait d'ouvrir la porte, de forcer la serrure... Puis, soudain, il y eut un silence. Suivi presque aussitôt, très assourdi par l'épaisseur de la porte, d'un « plop » qui faisait penser à une bouteille de champagne qu'on débouche. Bien entendu, Morane ne se demanda pas qui débouchait une bouteille de champagne derrière cette porte. Surtout que le « plop » en question avait été suivi aussitôt par un autre bruit, celui de la chute d'un corps.

Quelques heures plus tôt, Bob s'était allongé tout habillé en prévision de quelque surprise. Il se leva donc, le 38 au poing, se glissa vers la porte, colla l'oreille au battant.

Rien. Pas le moindre indice d'une présence humaine. Seul, encore le clapotis du courant contre la coque de la péniche.

Mais Bob Morane était l'homme des décisions rapides. Il

s'accroupit pour ne pas servir directement de cible à un éventuel ennemi. Le revolver dans la main droite, il fit jouer la clef et le verrou, entrebâilla la porte, jeta un coup d'œil à l'extérieur, son arme braquée, prête à cracher le feu.

Sur le pont, personne. Tout au moins au premier coup d'œil. Mais, quand il abaissa ses regards, il repéra tout de suite le corps étendu tout de son long, la face contre terre, les bras en croix, dans la position dite du croyant tourné vers La Mecque. Pas un mouvement et, tout de suite, à force d'habitude, Bob eut la certitude que le type était mort.

Un type vêtu de noir qui, la tête légèrement de côté, montrait le profil dur d'un homme de main. Bob ne douta pas qu'il s'agissait d'un des sbires postés en face de chez lui, quai Voltaire, la nuit précédente. Il ne voyait qu'une explication à sa présence : il avait été repéré, et suivi, depuis le début.

L'aube grise de ce mauvais printemps fut soudain transpercée par l'épée d'un rayon de soleil, qui éclaira en plein, tel un faisceau de phare, le corps inanimé. Cela permit à Morane de repérer la petite tache noire, à hauteur des cervicales du mort.

Toujours accroupi, Bob s'approcha. La petite tache noire masquait une petite plaie, bien ronde, qui avait à peine saigné. Le type avait été tué d'une balle dans la nuque, sans doute tirée avec un silencieux. De là venait le petit « plop » assourdi perçu quelques instants plus tôt.

Rapidement, presque certain de ne pas se tromper, Morane reconstituait la scène. Un homme, à neuf chances sur dix un complice de Molok, avait tenté de l'atteindre avec l'intention de l'exécuter. Mais quelqu'un était intervenu. Quelqu'un... Qui ?. Ce qui était certain, c'était que ce quelqu'un cherchait à le protéger, lui, Morane...

Le rayon de soleil avait disparu derrière les ultimes ombres de la nuit et une brume descendait doucement, tissant ses voiles à la surface du fleuve. Des odeurs mixées parvenaient à Morane. L'odeur de fumée fixée par la brume ; l'odeur de la mégalopole. Une odeur un peu piquante encore de cordite, reste du coup de feu tiré, et qui se dissiperait vite. Mais il y avait encore autre chose. Un parfum... nettement identifiable. L'ylang-ylang...

Morane secoua la tête, fit, tout bas :

— Non... Non... Je me trompe... Que viendrait-elle faire là-dedans ?...

Durant un instant, il pensa qu'il pouvait s'agir d'une odeur de papier d'Arménie. Mais il repoussa vite cette idée. Il ne s'agissait pas de l'odeur de papier d'Arménie, mais bien de celui de l'ylang-ylang. Et il pensa encore :

« Que viendrait-elle faire là-dedans ? »

Il s'enhardit. Toujours accroupi, balayant à gauche et à droite du regard, il s'engagea sur la courte passerelle menant au quai. Là, personne. Au-delà de l'accotement, quelques voitures passaient, fugitives dans la brume qui se changeait en crachin.

Sur le parking, parmi les véhicules rangés, Bob repéra les deux Mercedes noires déjà aperçues la veille quai Voltaire. Deux hommes en noir étaient là aussi mais, comme le premier, ils gisaient à plat ventre, la nuque percée par une balle de petit calibre.

Durant un instant, Morane pensa à fouiller les deux corps, comme il en avait eu l'intention pour celui étendu sur le pont de la péniche, mais il y renonça. Il était quasi certain que cette fouille ne lui apprendrait rien.

Il demeura un instant en attente, toujours accroupi, le dos appuyé à la carrosserie d'une des Mercedes. Finalement, il s'enhardit, pensant que, s'il courait encore un danger, celui-ci se serait déjà manifesté.

En quelques bonds, il alla fermer la péniche, revint à la R4 demeurée là ou il l'avait laissée. Il grimpa à bord, démarra. Pour filer dans la direction opposée celle de la veille.

Pas un seul instant, une fois encore, il n'avait prêté attention à la petite Mini noire parquée à peu de distance de la péniche. Avec, au volant, toujours la même belle Eurasienne... La belle Eurasienne et ses boucles d'oreille en forme de larmes... et son parfum...

À présent, la Mini filait dans le sillage de la R4...

10

Tout en conduisant, très doucement, Bob consultait régulièrement les rétroviseurs de la R4 pour savoir s'il était suivi ou non. Rien ne lui paraissait anormal. Pourtant, en dépit de l'heure matinale, la circulation était déjà dense et, à aucun moment, il ne put toujours pas repérer la Mini qui, à bonne distance, continuait à le pister avec une patience d'insecte.

Cependant, afin de dérouter un éventuel poursuivant — et bien réel en fait — Bob gagna la Rive Gauche en effectuant un petit détour. Quai de la Mésigerie. Châtelet. Pont au Change. Cité. Pont et Place Saint-Michel. Pas loin de la rue Danton, il alla remiser la R4 là où il l'avait louée la veille et, par la rue de Seine, fila à pied en direction du fleuve. Il s'arrêta au coin de L'Institut et, collé à la muraille, inspecta les quais.

D'où il se trouvait, il avait à présent vue, en enfilade, sur le quai Conti et, plus loin, sur le quai Voltaire. La circulation, maintenant presque à son plein, ne l'empêchait pas de distinguer les détails. Rien d'anormal cependant. Aucune voiture suspecte ne stationnait en bordure des accotements. Aucune silhouette humaine inquiétante ne se révélait. Tout à fait comme si Kurt von Molau et ses sbires l'avaient oublié. Pourtant, il savait qu'il n'en était rien. Quand on s'appelle von Molau et qu'on est surnommé Molok, ou La Bête aux Six Doigts, on ne renonce pas aussi facilement. Ça, au moins, c'était une certitude.

Tournant les talons, Morane enfila la rue de Seine dans l'autre sens, jusqu'à la rue Jacobs qu'il emprunta, dépassa la rue Bonaparte, puis la rue des Saints-Pères, tourna à droite dans la rue de Beaune jusqu'à son débouché sur le quai.

Là, il demeura un instant immobile, tous les sens aux

aguets. Le quai Voltaire s'étendait à sa droite avec, à quelques dizaines de mètres, la façade Hausman de la maison dont il occupait le dernier étage.

Sur le macadam de la chaussée, les voitures se livraient à une sorte de course poursuite. Les unes bifurquaient sur le pont Royal pour gagner les Tuileries et la Rive Droite ; les autres filaient en direction de la Chambre des Députés. Rien d'anormal. Le carrousel parisien habituel.

À demi rassuré seulement, Bob s'engagea sur le quai, longeant les voitures immobilisées le long de l'accotement afin qu'elles forment écran. Il marchait à demi-courbé, se faisant aussi petit que possible. Avec son mètre quatre-vingt-cinq, il faisait une cible idéale. À tout moment, il pouvait recevoir une balle sans que personne n'entende la détonation, couverte par le bruit du charroi automobile ou par un réducteur de son.

Pourtant, quand il atteignit la porte de son immeuble, c'était à peine si son cœur battait plus vite. L'habitude du danger.

Rapidement, il forma le code secret sur le système d'ouvre-porte électronique. Après un grésillement, le battant s'entrebâilla. Bob le poussa. Se glissa dans l'ouverture, prit pied dans le large corridor d'entrée, referma le battant derrière lui, s'y adossa, heureux d'être encore en vie.

Au moment où une voix fit, un peu enrouée et marquée d'une pointe de respect :

— Encore des problèmes, monsieur Morane ?

La concierge, fidèle et attentionnée, se tenait à l'entrée de sa loge.

Bob se redressa, sourit, haussa les épaules.

— Pourquoi voudriez-vous que j'aie des problèmes, madame Durant ?

D'un pas égal, il se dirigea vers l'ascenseur.

*

* *

Dans le vaste appartement, rien n'indiquait qu'il eût reçu une visite. La porte d'entrée n'avait pas été piégée, pas plus que le système d'alarme, aux portes et aux fenêtres, n'avait été sollicité. Seul, le voyant rouge du répondeur clignotait.

Bob prit le message. Il disait simplement :

« Rappelez-moi d'urgence sur mon portable ». Et c'était la voix du commissaire Daudrais.

Le temps que le policier enregistre l'avertisseur sonore et vibreur de son portable, qu'il extirpe celui-ci de sa poche, qu'il établisse le contact, et une voix fit dans le diffuseur de l'appareil téléphonique, côté Morane :

— Oui ?

— Vous m'avez laissé un message, commissaire ?

— Plusieurs messages même... Où étiez-vous passé ?

— Nulle-part et partout... Quelques petits contretemps...

— Rien de grave ?

— Pas vraiment...

Morane souriait. Plutôt un ricanement silencieux. Pour lui seul. Il pensait aux trois corps, qu'on avait sans doute découverts à présent, sur et près de la péniche de Gérard Levasseur, mais on n'avait assurément pas encore fait le rapprochement. Il enchaîna :

— Mais je suppose, commissaire, que vous ne m'avez pas demandé de vous rappeler seulement pour connaître mon emploi du temps durant ces dernières heures...

— Tout juste, Bob... J'avais seulement pensé que vous aimeriez savoir que Miss Ylang-Ylang, puisque c'est le seul nom qu'on lui connaisse, est à Paris pour le moment... La Sûreté et les services de contre-espionnage la surveillent, mais sans trop en avoir l'air. Si vous l'ignorez je vous l'apprend, la donzelle est à présent protégée par une grande puissance asiatique que toutes les nations occidentales courtisent actuellement pour des raisons business... Alors, pas question de faire des vagues...

Morane ne se montra pas surpris. La présence de la belle et dangereuse Eurasienne à Paris n'avait rien pour l'étonner, puisque son parfum traînait partout.

— Un rapport avec la Bêtes-aux-Six-Doigts ? interrogea-t-il.

— Peut-être, mais pas dans le sens de la complicité.

D'après ce que je viens de vous dire concernant la grande puissance asiatique, le Smog, et par conséquent Miss Ylang-Ylang, virent plutôt vers la gauche, tandis que Molok, lui, est nettement à droite, à l'extrêmedroite même. Car il y a une chose que vous ignorez peut-être, et que je peux vous révéler sous le sceau du secret...

— Vous savez que je suis muet comme la tombe, commissaire... Muet comme la tombe. et curieux !

— Eh ! bien, Kurt von Molau est connu de nos services de

sécurité pour être le chef, ou tout au moins le coordinateur, d'un mouvement néo-nazi international à destination terroriste... Ce mouvement aurait même un nom : Svaztika International. Avec les « Frères-de-tousles-Saints », ça complique les choses.

— Cela n'a rien d'étonnant, glissa Morane, qui ne s'étonnait pas facilement.

Il en avait tant vu que, à force, les pires horreurs finissaient par lui paraître naturelles, ce qui ne l'engageait que davantage à les combattre. Et il poursuivit :

— Et, si je comprends, d'après ce que vous venez de dire, commissaire, ce Svazkika International et le Smog, donc Molok et Miss Ylang-Ylang, s'opposeraient plutôt, l'un étant politiquement à l'extrême droite et l'autre à l'extrême gauche...

Et il ajouta, presque en aparté :

— À supposer que le Smog, qui d'habitude loue ses services au plus offrant, ait une quelconque couleur politique... Plutôt rose que rouge. Plutôt bleu pâle que bleu foncé... et vice-versa...

— Je crois que vous avez tout compris, Bob...

À chaque extrémité de la conversation, il y eut un long silence, à croire que la communication avait été coupée.

— Vous êtes toujours là, Bob ? interrogea le policier.

— Plus que jamais, commissaire... Je réféchissais tout simplement au rôle que je puis jouer dans tout ça...

— À la suite de votre séjour forcé dans son repaire, aux frontières indo-népalaises, von Molau pense que vous auriez pu surprendre certains de ses secrets. Il n'en est sans doute pas certain mais il ne veut pas courir de risques, et il cherche à vous éliminer... Seuls les morts ne parlent pas...

— La vérité sort déjà de la bouche des enfants, commissaire... Alors, de la vôtre...

— Pour le moment, donc, vous ne bougez pas de chez vous... Vous vous calfeutrez... Vous ne courez aucun risque... Vous êtes en danger de mort, ne l'oubliez pas...

— Je ne l'oublie pas, commissaire, je ne l'oublie pas...

En même temps, les deux hommes coupèrent la communication.

Durant de longues secondes, Bob Morane demeura immobile, la main toujours posée sur le combiné rabattu dans son logement. Puis il se mit à rire.

— Vous vous calfeutrez... vous vous calfeutrez, fit-il à haute voix. Comme si j'avais l'habitude de faire mentir ma réputation !

Avant tout, il lui fallait se mettre en contact avec ses anciens co-détenus du temple-couvent. Pour Orowitz c'était trop tard. Restaient le professeur Lessur et le professeur Kahn. Il chercha leurs numéros de téléphone dans l'annuaire ; ils n'y étaient pas, et les renseignements lui annoncèrent qu'ils étaient sur la liste rouge. Restait à les contacter directement. Heureusement, Bob connaissait leurs adresses.

Restait à savoir qui il contacterait en premier lieu.

Lessur ou Kahn ?

Sur un coin de table, Bob repéra une pièce de deux euros oubliée là il y avait des années-lumière. Il la prit, la fit sauter dans le creux de la main. Face, ce serait Lessur. Pile, Kahn.

La pièce retomba face...

« Quelques heures de sommeil, pensa encore Bob en bâillant, et je serai d'attaque. » Car il aimait être en pleine forme pour agir. Même si le temps pressait !

11

Le professeur Lessur habitait, pas loin de Sceau, une longue rue bordée, à gauche et à droite, de jardins entourant chacun une maison-chalet cossue comme on en construisait, à la fin du xixe siècle, pour les bourgeois aisés avides de grand air et désireux de quitter un Paris dont l'air, déjà, se polluait. Un peu partout des rosiers qui, en dépit d'un printemps nauséeux, commençaient à boutonner ; et des glycines en pluie mauve.

Bob stoppa la petite 204 dont il se servait pour la ville, la rangea en bordure de la route, à une certaine distance de la villa du professeur Lessur, mit pied à terre.

À ce moment, une Mini noire le dépassa, et ce fut tout juste s'il eut le temps de distinguer la vieille dame, coiffée d'un ridicule chapeau à fleurs, qui tenait le volant et qui ne regarda même pas de son côté.

D'un geste instinctif, Morane caressa la crosse du 38 à bâti d'aluminium glissé dans la poche de son imper. Dans celle de son veston, son téléphone portable pesait doucement. Cette fois, comme on disait jadis dans la marine, il ne s'était pas embarqué sans biscuits.

Sans se presser, il gagna la maison, but de sa visite.

Sur un des poteaux de briques et de pierres encadrant la grille d'entrée du jardin, cette double inscription « Villa des Roses Trémières. Pr A. Lessur ».

Pas de sonnette. Bob poussa la grille qui émit un grincement d'âme en peine, suivit un sentier tortueux recouvert d'un fin gravier qui crissait sous les pas. La maison ne fut plus qu'à quelques mètres devant lui. Et, à ce moment précis, quelqu'un, à l'intérieur, ouvrit les rideaux occultant une grande baie vitrée du rez-de-chaussée donnant sur le jardin. La bicoque était donc habitée.

Pourtant, Morane ignorait que, presque au même moment, la petite Mini s'arrêtait et se rangeait à peu de distance. La « petite vieille » enleva son ridicule chapeau à fleurs, libérant une soyeuse chevelure bleu nuit. Dans le même mouvement, elle se débarrassait du masque qui lui faisait des traits séniles et découvrit un beau visage lisse et jeune, aux traits finement dessinés et éclairés par de grands yeux d'eau sombre. Dans la boîte à gants de la voiture, elle prit un 375 Magnum qui paraissait hors de proportions avec sa fine main mais dont, selon toute évidence, elle savait se servir avec adresse. Il ne lui restait plus qu'à visser sur le canon un réducteur de son pareil à un groin.

Morane s'était approché de la porte ornée de sculptures art-nouveau. Au centre, un heurtoir de bronze représentait une tête de gorgone entourée d'algues. Bob l'empoigna, pour frapper trois coups qui firent résonner toute la maison tel un gigantesque tambour.

Le silence tout d'abord. Puis un pas pesant ébranla ce qui, au-delà de la porte, devait être un corridor.

Il y eut un bruit de verrou qu'on tirait, d'une clef tournant dans la serrure. Puis, lentement, le battant s'ouvrit, en même temps qu'une voix rauque interrogeait :

— Ouais... c'que c'est...

L'homme qui s'encadrait maintenant dans l'ouverture de la porte qu'il bouchait presque entièrement en hauteur, avait tout de l'épouvantail. À tel point que Morane avait eu de la peine, en l'apercevant, à réprimer un sursaut de surprise. Mais l'habitude lui avait appris à maîtriser ses nerfs.

Deux mètres de taille, ou peut-être quelques centimètres de plus. Un visage émacié, aux pommettes saillantes. Un nez de polichinelle. Un menton en galoche. Des petits yeux enfoncés sous des arcades sourcilières-visières ornées de sourcils en touffes. L'homme était maigre — une maigreur encore accentuée par sa haute taille — et pourtant il émanait de lui une impression de force redoutable, peut-être due au volume des bras qui, semblait-il, menaçaient de faire craquer les manches d'une mauvaise veste de toile. Et il y avait les mains, monstrueuses. L'une d'elle, la gauche, amputée de presque tous ses doigts, faisait penser à une gigantesque pince de homard.

— C'que c'est ? répéta l'homme.

— Je désirerais parler au professeur Lessur, répondit

Morane.

En même temps, il remarquait une bosse, à hauteur de la ceinture de l'homme, sous la veste de toile, assurément due à la présence d'un revolver.

Le monstre s'effaça, en rauquant :

— Entrez...

Il y avait juste la place pour livrer passage à un être humain normal, et Bob se glissa entre le chambranle et l'homme, pour pénétrer dans un corridor dallé de pierres bleues à demi recouvertes de tapis d'orient. Aux murs, des gravures persanes joliment encadrées, et aussi quelques masques No.

Derrière, l'homme au nez de Polichinelle faisait autant de tapage qu'un char d'assaut. Il bouscula Morane, passa entre le mur et lui désigna une porte, sur la droite, éructa :

— Là !...

Pour s'enfoncer en martyrisant les tapis d'orient dans les profondeurs du corridor et disparaître.

Bob s'approcha de la porte qui venait de lui être désignée et la frappa de l'index de sa main droite replié. Une voix fit, de l'autre côté du battant :

— Entrez !

Morane ne réagit pas. Frappa à nouveau.

— Mais entrez donc ! fit la voix.

Ce n'était pas la voix du professeur André Lessur.

Bob aurait pu en jurer.

Alors seulement, il tourna le bec de cane, poussa le battant et entra.

*

* *

Une grande salle éclairée par une large baie vitrée donnant sur le jardin. Des meubles de style renaissance tardif dont Bob n'avait pas le loisir de tester l'authenticité. Des tapis d'orient. Quelques post-impressionnistes anonymes aux murs. Dans un coin, un grand Ganesha en marbre patiné tentait vainement de faire bouger une trompe épaisse comme une cuisse humaine et attestait de la qualité d'orientaliste du maître des lieux. Ce dernier se leva de derrière une lourde table de chêne qui, jadis, devait meubler un réfectoire de couvent.

— Que puis-je pour vous... euh... monsieur... ?

— Robert Morane, fit Bob.

Et il enchaîna, sur un ton interrogatif :

— Professeur Lessur ?...

— C'est ça... C'est ça... Mais asseyez-vous...

Le « maître de céans » désignait une chaise, en face de lui, de l'autre côté de la lourde table de chêne.

— Mais asseyez-vous, je vous en prie, monsieur.., euh... Morane... C'est ça ?...

— C'est ça, professeur, fit Bob en s'asseyant. Pendant que se déroulait cette brève entrée en matière, il faisait un rapide tour de la situation. Pour commencer, là où il espérait retrouver le professeur André Lessur, il était accueilli par un quidam qui lui était complètement inconnu et qui, apparemment, cherchait à se faire passer pour le sinologue. Alors, qu'en était-il advenu de ce dernier, ou plutôt qu'était-il devenu ? Quant à lui, Bob Morane, il semblait bien qu'il fut tombé dans un piège. Ce qui, d'ailleurs, ne l'étonnait qu'à demi.

Rapidement, il cherchait une solution, la façon d'agir au cas où la situation tournerait à son désavantage. Bien sûr, il y aurait la solution du 38 glissé dans sa ceinture, mais il préférait n'y avoir recours qu'à la toute dernière extrémité. Ce qu'il voulait savoir, avant tout, c'était ce que cet inconnu assis-là, devant lui, de l'autre côté de la table, avait derrière la tête.

C'était un homme jeune. La petite quarantaine. Costaud mais pas trop. Des regards fuyants qui rendaient inutile toute autre analyse.

Négligemment, Bob croisa les jambes et posa le bout du pied sur la tranche, épaisse de dix centimètres, du plateau de la table.

— Que puis-je pour vous, monsieur Morane ? fit l'homme qui était censé se faire passer pour le professeur Lessur.

— Un renseignement, fit Bob. Rien qu'un renseignement... Je ne sais si vous pourrez me le fournir...

— Dites toujours...

— Voilà. Je suis en train d'effectuer des recherches sur les dieux mal connus de l'Inde pré-hindouiste, et je ne réussis pas à trouver le moindre renseignement sur l'un d'eux, ou plutôt l'une d'eux... Aboonapour, la déesse de l'Ennui...

Bien sûr, ladite déesse Aboonapour était inventée de toutes pièces, et l'homme, de l'autre côté de la table, dut juger qu'il était temps de cesser la comédie. Il se mit à rire..

— La déesse de l'Ennui !... La déesse de l'Ennui !... Votre Aboonapour n'existe pas plus que je ne suis le professeur Lessur, monsieur Morane... et vous le savez bien...

Le pied de Bob pesa plus fort sur la table de chêne, qui frémit légèrement sous la poussée. L'autre continuait :

— La curiosité vous perdra, monsieur Morane. Car, vous l'ignorez sans doute, j'ai pour mission de vous tuer. Vous êtes tombé tête baissée dans le traquenard qui vous était tendu...

— Par Kurt von Molau, alias Molok, alias la Bête aux Six Doigts, sans doute ? fit calmement Morane.

Son pied pesa plus fort encore sur la table, dont l'armature de vieux chêne frémit davantage.

— Peu importe qui m'a commandé de vous tuer, jeta l'autre. Tout ce que vous devez savoir, c'est que je me nomme Jacques Dupont et que...

— Dupuis... ou Duval... ou Dubois, ricana Morane en accentuant sa poussée sur la table. Ça sent plutôt le carnaval, non ?

— Vous allez mourir, achevait le supposé Jacques Dupont.

Un Stan 28 était apparu à son poing et fixait sur Morane un œil froid et rond, sans prunelle.

La réaction de Bob fut immédiate. Son second pied alla rejoindre le premier et, d'une poussée, il fit basculer la table. Le tout en une fraction de seconde. Surpris, Dupont reçut le choc en pleine poitrine et, le bras fauché, il lâcha son arme tandis que la lourde masse de chêne, s'abattant sur lui, le clouait au sol. D'un bond, Morane s'élança par-dessus la table pour mettre définitivement fin à l'action par un coup plongeant à la mâchoire.

Au moment où la porte de la pièce s'ouvrait avec fracas, Bob pivota sur lui-même pour repérer le valet au nez de polichinelle qui se précipitait sur lui. Il l'évita d'un retrait du corps et frappa aux côtes. Un « coup de poing démon » qui, logiquement, aurait dû couper le souffle à l'agresseur, mais ce fut tout juste si le monstre marqua un temps d'arrêt. Sa main en forme de pince de homard toucha Morane à l'épaule, avec une telle force qu'il l'envoya valdinguer à l'autre extrémité de la pièce. D'un coup de reins, Morane se redressa. Fit face. Trouva devant lui un gros automatique braqué par le valet au nez de polichinelle. Dans son énorme pogne, l'automatique faisait penser à un jouet d'enfant. L'œil rond, froid, sans regards, de l'arme prête à cracher le feu. Le sourire carnassier du valet qui crachouilla :

— Tu vas mourir... Maintenant...

Son index se crispa sur la détente. Il y eut une détonation, mais assourdie, venant du jardin. En même temps, le verre de la baie vitrée volait en éclats. Touché au genou par la balle de 357 Magnum, le valet poussa un hurlement de douleur, lâcha son arme, se replia sur lui-même, tout à fait comme si on venait de lui scier les jambes.

Le menton en galoche du valet présentait une cible parfaite pour le Hon Ken de Morane qui ne le manqua pas. Quand le géant gît inanimé sur le sol, Bob se tourna vers la baie fracassée, repéra la silhouette féminine qui fuyait à travers le jardin, se perdait dans la luminosité brumeuse du jour, disparaissait...

Bob haussa les épaules. « Trop d'avance, pensa-t-il. Impossible de la rejoindre. » Il ne cherchait même pas

à deviner l'identité de celle qui venait de le sauver, car il avait la quasi-certitude qu'il s'agissait bien d'une femme. Pas de senteur d'ylang-ylang cette fois. Pourtant, il était certain qu'il s'agissait de la même personne qui, le matin même, était intervenue sur la péniche.

Le valet et le pseudo Jacques Dupont reprenaient lentement conscience. Avant qu'ils aient totalement retrouvé leurs esprits, Bob les ligota à l'aide de leurs ceintures et des embrasses des rideaux.

Quand il en eut terminé, il se redressa, pensa :

« À présent, il s'agit de savoir ce qu'est devenu le professeur ! ».

Il se mit en quête à travers la maison, s'attendant à tout moment à être assailli par l'un ou l'autre séide de von Molau. Il n'en fut rien. Le valet et le supposé Jacques Dupont devaient être les seuls à être demeurés sur place. Par contre, il découvrit le professeur Lessur dans une chambre du premier étage. La mort avait fait son œuvre, mais il ne portait pas la moindre trace de blessure. Sans doute l'avait-on empoisonné, ou étouffé.

Venant du bureau, au rez-de-chaussée, la sonnerie du téléphone déchira le silence.

12

La curiosité était un sentiment qui l'avait toujours emporté chez Bob Morane, même si c'était aux dépens de la prudence. Cette fois, il devinait que, s'il répondait au téléphone, il risquait de révéler sa présence. Pourtant ce fut encore la curiosité qui triompha.

Au rez-de-chaussée, le téléphone continuait à sonner, faisant, à chaque sonnerie, un trou béant dans le silence. Quatre à quatre, Bob déboula dans l'escalier. On en était à la sixième sonnerie. « Pourvu que ça ne s'arrête pas !... Pourvu que ça ne s'arrête pas ! » La curiosité l'avait vraiment emporté.

À la huitième sonnerie, Morane déboucha dans le bureau. Enjamba les corps ligotés et immobiles du pseudo Jacques Dupont et du valet. Atteignit le téléphone. Décrocha. Porta le combiné à hauteur de son visage, mais sans prononcer la moindre parole ; il préférait laisser venir...

Un long moment de silence, puis une voix fit, à l'autre bout du fil :

— C'est vous, Boris ?... Qu'est-ce que vous attendez pour répondre ?

Bob Morane demeura silencieux. Cette voix, il ne l'avait jamais entendue mais, cependant, il devinait à qui elle appartenait.

Une image défilait rapidement dans son souvenir, presque fantomatique. C'était là-bas, dans le templeforteresse, à la frontière indo-népalaise. Une silhouette drapée de noir. Un visage blafard, cabossé, comme déformé sous le bord d'un feutre noir également... Kurt von Molau... Le baron Kurt von Molau... Molok... La Bête aux Six Doigts, maître des « Frères-de-tous-lesSaints »... Bob n'avait jamais entendu sa voix, mais il était certain que c'était cette voix-là qui venait de retentir au téléphone.

La voix insistait d'ailleurs :

— Boris !... Vous m'entendez ?...

Boris, c'était sans doute le vrai prénom du faux Jacques Dupont, ou encore du valet monstrueux.

Morane décida soudain de prendre le taureau par les cornes.

— Il n'y a pas de Boris ici, lança-t-il. Vous êtes chez le professeur Lessur... Et je ne suis pas le professeur Lessur... Pas plus que je ne suis Boris...

À l'autre bout du fil, il y eut un moment de silence.

Puis la voix interrogea :

— Qui êtes-vous ?

Bob ne répondit pas immédiatement, se contenta de ricaner, puis lança :

— Logiquement vous devriez parler à un fantôme, Herr von Molau... Je devrais être mort, comme le sont Nathan Orowitz et le professeur Lessur, que vous venez de faire assassiner.

La Bête aux Six Doigts répéta, sur un ton plus agressif :

— Qui êtes-vous ?

Nouveau ricanement de Morane.

— Je croyais que vous auriez deviné, Herr von Molau... Je suis celui que vos tueurs ont manqué. Bob Morane, vous vous souvenez ?

Molok marqua un nouveau temps, pour se faire menaçant :

— Vous nous avez échappé, monsieur Morane, mais on vous retrouvera...

Il y eut encore un silence, puis la voix enchaîna :

— À moins que...

— À moins que ? fit Bob en écho.

— À moins que vous nous remettiez ce que nous cherchons...

Ça c'était nouveau. Nathan Orowitz et le professeur Lessur étaient morts parce que von Molau voyait en eux une menace. C'était tout au moins ce que les dernières paroles de la Bête aux Six Doigts laissaient supposer. La Bête aux Six Doigts cherchait quelque chose qui, pour lui, présentait une menace ; c'était ce qu'il fallait conclure.

Le cerveau de Morane fonctionnait à la vitesse d'un ordinateur de la dernière génération. Von Molau cherchait quelque chose qui présentait une menace pour lui et, sans doute, pour son organisation. Restait à savoir quelle était cette chose.

Flash !. Une nouvelle image apparut soudain dans la mémoire visuelle de Morane. Ce fut très bref, mais net. Cet étrange pendentif que la petite Nanda portait, à demi-caché par ses vêtements, lors de leur fuite du temple-forteresse. Un carré de quelques centimètres de côté protégé par du plastique... Peut-être un disque dur d'ordinateur... C'était à cela que Bob avait tout de suite pensé... Et Nanda l'avait aussitôt reglissé sous son vêtement, tout a fait comme si elle voulait le dissimuler...

Que contenait le disque dur — si c'était bien d'un disque dur qu'il s'agissait ? Le secret du Baron von Molau... Le secret ou les secrets ?... Impossible de répondre à cette question... Tout au moins pour le moment... La petite Nanda et son étrange pendentif avaient disparu... Tout au moins pour le moment également... Mais pourquoi la petite Nanda laissait-elle flotter derrière elle ce vague relent d'ylang-ylang ? Un mystère de plus qui s'ajoutait aux autres. Pour le moment encore...

— Ce que vous cherchez ? fit Morane à l'adresse de son invisible interlocuteur. Je ne sais vraiment pas de quoi vous voulez parler...

Et, soudain, sur un ton de colère non feinte, il enchaîna :

— Vous voulez la guerre, Herr von Molau !... Eh ! bien, vous allez l'avoir.

Aussitôt, il coupa la communication, mais sans déposer le combiné sur sa fourche. La Bête aux Six Doigts pouvait rappeler ; il ne trouverait que le signal occupé.

Jusqu'alors, von Molau s'était attaqué à lui-même, Bob Morane, à Nathan Orowitz et au professeur Lessur. Restait David Kahn. Mais peut-être, pour celui-ci, comme pour Orowitz et Lessur, était-il déjà trop tard.

13

« Si vis pacem para bellum — Qui veut la paix prépare la guerre » — songeait Morane en pilotant la 204 en direction de Roissy, ou habitait David Kahn.

Puisque, en se basant sur les événements de la nuit précédente, Molok lui avait déclaré la guerre, il passerait à la contre-offensive. Bien qu'il ne sût pas encore exactement de quelle façon. Sa vie était en jeu ; et cela seul comptait.

À vrai dire, pas mal de choses lui échappaient dans cette affaire. Après s'être enfui du temple-couvent, à la frontière indo-népalaise, ses compagnons et lui s'étaient séparés en décidant de ne rien révéler de leur aventure. Tout au moins en ce qui concernait Morane, Orowitz, Lessur et Kahn. Pour Nanda, il en était peut-être autrement. Elle avait disparu, sans même un adieu, dès leur arrivée dans un endroit habité.

Au sujet de la mystérieuse jeune femme, Morane ne pouvait s'empêcher de continuer à se poser des questions. Il était évident qu'elle était autant nonne que lui était évêque. Il y avait aussi cet étrange pendentif qu'elle portait lors de leur fuite. Un pendentif qui, par sa taille et sa forme, pouvait faire penser à un mini CD Rom.

Et le parfum d'ylang-ylang ? Ce parfum, Bob l'avait décelé à la frontière indo-népalaise, sur la personne de Nanda elle-même. Et, aussi sur la péniche qu'il venait de quitter, quand il avait découvert l'homme, tué d'une balle dans la nuque.

Il roula ainsi, en se posant des questions qui n'obtenaient pas de réponses précises, jusqu'à atteindre le quartier où habitait David Kahn. Il dut tâtonner un peu, mais il finit par trouver la rue qu'il cherchait. Pas vraiment une rue d'ailleurs, mais plutôt un chemin empierré bordé de constructions dont la plus récente ne devait pas dater de moins d'un siècle.

La maison elle-même, ainsi que d'autres qui l'entouraient, était une grande bâtisse de briques et de pierre, toute en toits pentus, en tours d'angles et en fausses échauguettes. Construite, comme celle de Lessur, à la fin du xixe siècle pour de riches parisiens avides de fuir le tintamarre de la capitale, elle gardait le souvenir d'un néo-gothisme déjà supplanté par les fantaisies végétales de l'Art Nouveau.

Tout de suite, en s'approchant de la bicoque, Bob devina le danger. Une sensation confirmée par quelques silhouettes tapies à l'abri de haies que l'abandon avait changées en taillis. Des ombres passaient, courbées, cauteleuses, obliques. Les exécuteurs de Molok étaient sur place. Tout au moins cela en avait l'apparence...

En passant devant la maison de l'archéologue, Morane ne devait remarquer aucune trace de vie. En plus, les volets, au rez-de-chaussée comme aux étages, étaient fermés alors qu'on était encore en pleine journée.

Ralentissant son véhicule autant qu'il pouvait le faire sans risquer d'attirer l'attention, Bob se demandait comment parvenir à pénétrer dans la maison. Il ne se voyait pas très bien se garant devant la grille, poussant celle-ci, la franchir et aller sonner à la porte d'entrée. Tout cela avec sans doute les tueurs de von Molau sur les talons. Autant acheter tout de suite une concession à perpétuité. Von Molau voulait sa peau et avait assurément donné à ses séides l'ordre de ne pas le manquer. Comme ils n'avaient pas manqué Nathan Orowitz et le professeur Lessur.

Continuant à rouler lentement, il vira à droite, puis encore à droite, dans une rue bordée d'usines pour la plupart à présent désaffectées. Un air d'abandon, le silence, régnaient partout. Seules, quelques voitures anonymes croisèrent la 204, pour disparaître au loin, dans la bruine qui s'était mise à tomber.

Finalement, il jugea pouvoir courir le risque de s'arrêter et gara la voiture le long de l'accotement, à hauteur de la façade arrière de la maison du professeur Kahn. Là, il attendit. Tira le 38 à bâti d'alu de sa ceinture et le posa sur ses genoux, prêt à prendre.

Rien ne se passait, et il supposa que les hommes de mains de la Bête aux Six Doigts n'étaient postés que devant la maison, attendant la tombée de la nuit pour y pénétrer.

Au bout d'un moment aussi long qu'une éternité, Bob ouvrit

la portière et se glissa au-dehors. La bruine s'empara de lui comme un chat s'empare d'une souris. Ce qui l'arrangeait, car le mauvais temps n'encourageait pas les habitants du quartier à sortir. En outre, la nuit tombait, ce qui rendait son action plus discrète.

Durant un long moment, Bob demeura accroupi, adossé contre la portière de la 204, à écouter le silence. Rien... Sur la chaussée, une voiture passa, phares encore éteints, avec le seul murmure de ses pneus sur le revêtement humide. Quelque part, un chien aboya. Un aboiement étouffé, ce qui indiquait qu'il résonnait à l'intérieur d'une maison.

Courbé, Bob se dirigea vers le mur, en face de lui, de l'autre côté du trottoir. Un mur de brique, effrité, sans doute celui d'une petite usine abandonnée, comme l'indiquait un écriteau : « Terrain à vendre ». Une porte à double battant et des fenêtres, mais barricadées par de lourdes poutres. Ce qui avait peu d'importance, puisque l'intention de Morane n'était pas de pénétrer dans le bâtiment, mais passer par-dessus pour atteindre l'arrière de la maison du professeur Kahn.

Entre les briques et les pierres de la muraille, le ciment s'effritait, devenu pulvérulent, laissant des interstices qui permettaient une escalade relativement aisée.

Glissant les doigts et le bout de ses semelles entre les moellons, Bob se mit à grimper, lentement et précautioneusement. Non qu'il craignit la chute, qui ne serait jamais que de quelques mètres. Mais il voulait éviter de faire le moindre bruit. Autant pour ne pas risquer d'alerter les habitants du voisinage que pour ne pas attirer l'attention d'éventuels complices de von Molau.

Au bout de quelques minutes d'une ascension précaire, il atteignit le chéneau pour s'y accrocher, en éprouver la solidité d'une traction. Ensuite, un rétablissement, et il se retrouva allongé au bord du toit dont, à quatre pattes, s'aidant des genoux et des coudes, il n'eut aucune peine à atteindre le faîte. Au-delà, un jardin, assez bien entretenu semblait-il, et au-delà encore la maison à fausses échauguettes du professeur David Kahn. Sur la pointe des fesses, freinant sa descente de ses pieds posés à plat sur les tuiles, il se mit à descendre l'autre pente du toit, jusqu'au chéneau opposé. Là, il prêta à nouveau l'oreille. Rien. Pas un bruit. Le chien inconnu ne remettait pas ça tandis que la nuit, elle, tombait en une nappe silencieuse et grise. La bruine avait cessé mais ça n'en valait guère mieux.

Un avion long-courrier, qui venait de décoller, passa dans le fracas de fin du monde de ses réacteurs poussés au maximum, s'éloigna. Pendant un moment, Bob suivit du regard ses feux de position jusqu'à ce qu'ils eussent disparu en même temps que le bruit s'estompait. Rassuré, il se laissa glisser le long de la muraille et atterrit, quelques mètres plus bas, derrière une haie de fusains. La terre meuble amortit le bruit de sa chute. Tout juste un froissement de feuillages et rien d'autre. Bob ressortit son 38, qu'il avait glissé dans sa ceinture et le braqua devant lui, le doigt sur la détente, prêt à faire feu.

Des secondes, lourde chacune comme une tonne de plomb. Pas un seul sbire de von Molau ne montrait le bout du nez.

« Sont pas encore dans la place, pensa Bob. À moins qu'ils ne soient déjà partis. Où qu'ils n'aient jamais été là. »

Bondissant de massifs en bosquets, il fila, courbé, en direction de la maison.

La façade arrière se détachait en grisaille dans la nuit maintenant tout à fait tombée à cause des lourds nuages occultant le ciel. Les fenêtres n'étaient que des trous noirs et géométriques.

Pour atteindre la maison, il restait à franchir une trentaine de mètres de jardin à découvert. Juste le temps qu'il fallait à un tireur embusqué pour l'ajuster et l'abattre.

Avant de s'élancer en invoquant la déesse Baraka qui l'avait si souvent protégé au cours de sa vie aventureuse, Bob inspecta l'arrière de la maison. En détail cette fois. Trois portes, en sous-sol, donnaient sur le jardin. Étaient-elles fermées, ou ouvertes ? Allez le savoir !

Déesse Baraka ou Madame La Chance, Morane s'élança et atteignit l'une des portes. Celle du milieu. Tenta de l'ouvrir. Fermée !...

La seconde porte, celle de droite, était ouverte. Mauvais signe. Une porte ouverte, dans de telles circonstances, ça ne présageait rien de bon. Bob la poussa cependant, l'ouvrit en grand, fouilla de ses regards de nyctalope le gouffre noir au-delà. Pour se rendre compte qu'il se tenait sur le seuil d'une cuisine assez vaste. Aux murs, suspendues à des étagères, des casseroles de cuivre étaient autant de lunes rouges. Comme au bon vieux temps. Quant au silence, il était trop complet pour être vrai. On y devinait une présence. « La mienne », pensa Bob pour se rassurer.

Accroupi, il pénétra dans la cuisine sous les regards des

casseroles des étagères. Il referma la porte derrière soi, se redressa, s'adossa à la muraille. À part lui-même, toujours personne. La grande bâtisse semblait inhabitée. Si elle était encore habitée, cela pouvait être par un corps sans vie, celui du professeur Kahn.

Sur la pointe des pieds, il traversa la cuisine, ouvrit une autre porte, au fond, déboucha dans un étroit corridor dallé de blanc et de noir, comme un échiquier. Un escalier, qui devait mener au rez-de-chaussée, s'y amorçait.

Lentement, Bob se mit à gravir les marches, une à une, en prenant soin de ne pas faire craquer le bois. Pour cela, il évitait de poser les pieds au centre des degrés, mais à leur extrémité, côté mur. Une technique à laquelle une longue vie d'aventure l'avait accoutumé. Autour de lui, la pénombre régnait mais, toujours grâce à ce précieux don qu'était sa nyctalopie, il y voyait presque comme en plein jour.

Quand il déboucha dans le grand hall d'entrée, où s'amorçait l'escalier monumental menant aux étages, une demi-clarté y régnait, venue d'une grande verrière pratiquée dans le haut plafond. Un peu partout, des pans d'ombre. Pourtant, Morane ne parvenait pas à repérer de présences suspectes, ni à percevoir le moindre bruit. Quant à son cœur, il n'avait jamais battu la chamade.

Il avait déjà visité des maisons de ce type, toutes bâties au xixe siècle sur le même modèle. À gauche, le salon et la salle à manger reliée à la cuisine par un monte-plats ; à droite le bureau bibliothèque. En quelques pas silencieux, il atteignit la porte de ce qu'il supposait être un salon, y colla l'oreille. N'entendit rien du tout d'abord. Puis un faible bruit, qui ne se répéta pas. Il pensa : « Un rat sans doute. Les rats doivent s'en donner à cœur-joie dans cette maison vide. » Et tant pis pour les livres de la bibliothèque !

Très lentement, Bob tourna la poignée, poussa la porte qui s'ouvrit sans faire le moindre bruit. Ensuite, il pénétra dans la pièce. Deux pas seulement. Puis il s'immobilisa.

En dépit de l'obscurité, il n'y avait aucun doute : il s'agissait en réalité d'un bureau. Une grande table de travail, massive qui, dans la pénombre, faisait penser à un catafalque. Sur le mur d'en face, la bibliothèque dont une vague lueur incidente faisait briller l'or des reliures. Un peu partout, des silhouettes marquaient la place de statues élémentaires, dressées dans l'immobilité du bois ou de la pierre. On était bien chez le professeur Kahn, sinologue de son état. Restait à savoir où se trouvait le professeur Kahn lui-même, et ça ce n'était pas gagné.

Allait-il trouver un cadavre, comme il avait trouvé celui du professeur Lessur ?

Soudain, il se raidit, tous les sens en alerte. Il avait deviné une présence. Où ?... Quelque part... N'importe où... Et, en même temps, une impression de danger.

*

* *

À la pendule du silence, les secondes s'égrenaient, inaudibles et pourtant redoutablement présentes. Bob prêtait l'oreille, sans entendre. Mais il savait que le temps s'écoulait, le rapprochant à chaque instant d'un danger de plus en plus évident. Peut-être lui tournait-il le dos ; peut-être lui faisait-il face. Une chose était certaine : à chaque instant il pouvait s'abattre. Doucement, il tâta la crosse de son arme, à sa ceinture, de façon à s'assurer qu'il pouvait la tirer à tout moment, aisément et prête à faire feu. Dans un combat corps à corps, il préférait avoir les deux mains libres.

On bougea dans son dos. Il voulut pivoter sur lui-même pour faire face, mais on ne lui en laissa pas le temps. Quelque chose l'atteignit sous l'oreille droite et il pensa qu'on venait de lui porter un atémi, avec la jugulaire comme cible, mais pas assez fort pour le mettre hors de combat. La précision oui, mais pas la puissance nécessaire. Une femme ?... Oui... Peut-être...

Il se baissa juste à temps pour éviter un nouvel atémi qui lui rasa le sommet du crâne. Il repéra une mince silhouette, eut tout juste le temps d'éviter un troisième atémi que, cette fois, on lui portait à la gorge. En même temps, il se sentait soulevé, le bras bloqué en porte-à-faux contre une épaule. Un kata bien fignolé !... Projeté cul par-dessus tête, il atterrit sur le plancher, amortissant sa chute et entraînant avec lui son agresseur. Un agresseur qui ne pesait pas bien lourd. Cinquante kilos et des poussières, eut le temps de penser Morane. À peine un poids plume. Bob le maintenait cloué au sol par une clef au cou. Un cou délié, qu'il jugea gracile. Il conseilla :

— Pas bouger !... Surtout pas bouger !...

Mais l'autre ne paraissait pas vouloir insister, conscient sans doute d'avoir affaire à trop forte partie et que sa victime, une fois passés les premiers moments de surprise, possédait au moins dix fois sa force et ne se laisserait pas prendre une seconde fois.

— Ça va... Je me rends...

Une voix fluette. Une voix de femme.

— Qui êtes-vous ? interrogea Morane.

— Et vous ?

— Aucune importance. Les présentations, ce sera pour plus tard... Pour le moment, tenez-vous à carreau... Sinon je vous brise votre joli cou...

Pourquoi « joli cou »... ? La femme pouvait être une matronne, laide à faire peur.

— Je vous ai dit que je me rendais, fit la fille dans un râle.

— Ça va, je vous fais confiance, dit Bob en relâchant sa prise sur le cou de l'inconnue.

En réalité, il ne lui faisait pas confiance le moins du monde et il se tenait prêt à subir un nouvel assaut à tout moment.

Ils se relevèrent en même temps.

Sur une table, tout près, Bob repéra la tache blanche d'un abat-jour. À tâtons, il chercha le commutateur de la lampe, le trouva et l'actionna. La lumière se fit, orangée, intime, se limitant à la table et à ses parages immédiats. La fille lui faisait face, tout près, car il lui maintenait un bras replié en clé, derrière le dos. Un âge où on ne pouvait pas encore donner d'âge à une femme. Très jeune, c'était certain. Très jolie aussi ; le contraire eût été étonnant en la circonstance. Blonde ; ce qui n'arrangeait rien.

Elle considérait Bob avec curiosité et intérêt, tout en balançant doucement la tête de droite à gauche d'un air interrogateur.

— Bon, dit-elle, je vois que vous n'avez rien d'un loup-garou... Alors, vampire ou tueur en série ?

Morane continuait à se tenir sur ses gardes.

— Mon nom c'est Morane, fit-il. Rien d'un cambrioleur... Robert Morane... Quand nous serons plus intimes

— si nous le devenons un jour —, vous pourrez m'appeler Bob...

Elle éclata d'un petit rire qui sentait le préfabriqué.

— Bob !... J'avais jadis un professeur qui avait un chien qui s'appelait ainsi... C'était un setter. Mais vous n'avez rien d'un setter...

— C'est vrai, je n'aboie pas...

— Est-ce que, par hasard, vous seriez le fameux Bob

Morane ?

— C'est ça tout juste.

— Bob Morane !... Je croyais qu'il n'existait que dans les livres...

— Il ne faut jamais croire à ce qui est écrit dans les livres...

— C'est vrai... Vous avez raison... Moi c'est Adélaïde... Mais vous pourrez m'appeler Adée quand nous serons également plus intimes... Adélaïde Kahn...

— Adélaïde KAHN !

*

* *

— Adélaïde KAHN

Pour la seconde fois, après un bref instant de silence marquant la stupeur, Bob Morane avait poussé la même exclamation, mais en haussant le ton sur la seconde.

Il cherchait, sur le visage de la jeune fille, des traits qui lui rappelleraient ceux de David Kahn, mais sans en découvrir. David Kahn, dans sa cinquantaine bien sonnée, n'était pas particulièrement beau ; alors que la jeune Adélaïde était fort jolie, belle même. À moins que le nom de Kahn ne fut qu'une rencontre due au hasard.

Bob posa néanmoins la question :

— David Kahn... Le professeur... Votre père ?... La jeune fille secoua la tête.

— Non... Mon oncle...

Tout s'éclaircissait. À moins qu'elle ne mente.

Morane lança, presque instinctivement :

— Si vous m'expliquiez ?

— C'est plutôt à vous de m'expliquer ce que vous faites ici, chez mon oncle ?

Bob hocha la tête.

— Oh ! moi... C'est autre chose... Trop long... Tout un roman... Presque un conte à dormir debout... À vous la parole... Les dames d'abord...

Ils se tenaient à deux mètres à peine l'un de l'autre et, à tout moment, Morane s'attendait à ce qu'elle lui fasse un nouveau coup japonais. Par expérience, il savait la jeune fille experte en arts martiaux : la force en plus et, quelques minutes plus tôt, elle l'aurait mis K.O.

Adélaïde n'insista pas, se contenta de dire, tout sourire :

— Puisque vous voulez tout savoir, je suis journaliste pigiste à l'Express et à Paris Match, et mon oncle le savait. C'est pour cela qu'il désirait me rencontrer... Il avait, disait-il, des révélations à me faire qui pourraient me servir à avancer dans ma profession. C'était du moins le message qu'il avait laissé sur mon répondeur... Pourtant, je n'ai pu me rendre aussitôt à son invitation... J'étais en mission au Kenya, mais mon oncle devait l'ignorer...

— Vous étiez en relation suivie avec votre oncle ?

— Oui et non... Mon père, son frère, et lui ne s'entendaient pas... Je ne le voyais donc que de temps à autre... Je veux parler de l'oncle David bien sûr... Donc, quand je suis rentrée du Kenya, j'ai trouvé son message sur mon répondeur... Il me disait que cela concernait son dernier voyage en Inde et qu'il avait des révélations intéressantes à me faire... Alors, vous comprenez, la journaliste qui était en moi s'est trouvée intéressée et...

— Vous avez déjà entendu parler de Molok ? interrompit Morane.

— Molok ?. C'était pas un dieu assyrien, ou quelque chose comme ça, qui mangeait les petits enfants ?

Bob corrigea :

— Il les faisait brûler...

Rire un peu fabriqué d'Adélaïde Kahn, si c'était bien son nom, mais Bob lui laissait, jusqu'à preuve du contraire, le bénéfice du doute.

— Peut-être qu'il les aimait bien cuits, les petits enfants, votre Molok...

Cette remarque d'humour noir de ladite Adélaïde Kahn tomba à plat. Elle cessa de sourire, enchaîna :

— Tout ça pour vous dire que je ne connais pas votre Molok... S'il s'agit d'un être vivant bien sûr. Jamais entendu parler... J'aurais dû ?...

— Et les « Frères-de-Tous-les-Saints », vous connaissez ?

— Ça oui... Une secte politico-religieuse si je ne me trompe ?. Mais qu'est-ce qu'elle peut bien avoir affaire avec mon oncle ?...

— Passons, coupa Morane. Continuez votre histoire... Donc, vous rentrez du Kenya et trouvez le message de l'oncle David sur votre rep...

— Oui... Ce message en question devait bien dater d'une dizaine de jours... Plus très frais. Alors, j'appelai mon oncle.

Une sonnerie à tout casser et pas de répondeur... J'appelai pendant deux jours et toujours rien, à part la sonnerie. Alors, j'ai décidé de venir jeter un coup d'œil et j'ai trouvé la maison vide... La suite vous la connaissez...

— Et, en arrivant ici, vous n'avez pas eu une mauvaise surprise ? risqua Morane sur un ton d'indifférence feinte.

Il pensait à la présence d'hommes de main de la Bête aux Six Doigts.

— De quelle mauvaise surprise voulez-vous parler ? s'étonna Adélaïde.

Il feignit d'ignorer la question, en y superposant une autre.

— Et comment êtes-vous entrée ici ?

— Jadis, mon oncle m'avait confié un double des clefs... Alors, j'en ai fait usage...

« Drôle ça, pensa encore Morane. Voilà quelques minutes, elle m'a déclaré ne rencontrer son oncle que de temps à autre... et elle possédait un double de ses clefs !... »

Mais ce fut la jeune fille qui entama la joute sur un ton légèrement agressif, en disant :

— D'après ce que je sais de vous, monsieur Morane, vous êtes aussi journaliste...

— À mes heures perdues, corrigea Bob. Seulement à mes heures perdues... De là à en faire une profession...

— Ttt... Ttt..., monsieur Morane. Heures perdues ou non, vous êtes journaliste, comme moi... Et ça c'est plutôt disons... euh... embêtant...

— Je ne vois pas ce qu'il pourrait y avoir d'embêtant à ça ?

— C'est que, voyez-vous, nous risquons d'entrer en concurrence... Votre présence ici laisse en effet supposer que nous sommes sur la même affaire... Je crois avoir la priorité du scoop... La disparition inexplicable de mon oncle... Une affaire familiale... Vous comprenez...

— Je comprends, dit Bob en hochant la tête, mais... Et, ensuite, il prononça des paroles qu'il devait regretter par la suite.

— ...qui me dit que vous êtes réellement journaliste ?...

Petit rire de la susdite Adélaïde Kahn.

— Il m'est facile de le prouver, monsieur Morane. Je vais vous montrer ma carte de presse...

Elle se tourna vers le sac posé sur le coin d'une table proche. Et c'est là que Bob regretta les paroles qu'il venait de prononcer. Il s'attendait à être agressé à tout moment mais, au lieu de frapper au visage, elle attaqua au corps.

Tournée vers le sac posé sur la table, la jeune femme pivota rapidement dans l'autre sens. Un mouvement aussi rapide que celui du crotale frappant sa victime, et son coude toucha Morane à l'épigastre, juste à hauteur du plexus solaire. Le tsiou-oé des Chinois.

Le souffle coupé, les jambes sciées, Bob tomba à genoux, tenta de se redresser, la bouche grande ouverte pour chercher une goulée d'air. Un hon-ken le toucha à la pointe du menton, et il eut tout juste le temps de penser que, si la mignonne n'avait pas été aussi mignonne, il eut été bon pour aller cueillir des pivoines quelque part dans le nirvâna...

14

La perte de conscience de Morane fut de courte durée. Au bout de quelques secondes, il retrouva toutes ses facultés, tant auditives que visuelles. Il percevait le bruit de la fuite d'Adélaïde Kahn, mais celle-ci avait déjà quitté la pièce. Les claquements de ses talons résonnaient sur un pavement, peut-être celui du corridor d'entrée.

La rejoindre ! Bob tenta de se relever, se mit sur les genoux mais une violente douleur à hauteur de l'épigastre l'empêcha de se redresser tout à fait.

Il demeura agenouillé, grimaçant, maudissant la petite peste qui l'avait rendu aussi impuissant que s'il s'était soudain trouvé handicapé.

Une porte claqua. Celle qui donnait sur le jardin. De toute façon, il n'était plus question de rejoindre la fuyarde. Elle possédait trop d'avance, et lui n'avait pas retrouvé toute son énergie physique. Pas question de piquer un cent mètres.

« Elle doit traverser le jardin maintenant ! » pensa Morane.

La douleur à l'épigastre avait disparu. Il se redressa d'un coup de reins, poussa un léger cri de douleur, courut à la fenêtre donnant sur le jardin, écarta les pans des tentures qui étaient tirées.

Sa nyctalopie le servit encore et, en outre, un rayon de lune s'était glissé à travers une lézarde dans les nuages.

Tout de suite, Bob repéra la silhouette d'Adélaïde Kahn. Elle courait à travers le jardin, en direction de la porte basse, grillagée, qui donnait sur la rue. Elle l'atteignit, la franchit, courut en direction d'une petite voiture parquée à une dizaine de mètres plus loin. Elle allait l'atteindre quand quatre silhouettes, sorties on ne savait d'où, se dressèrent devant elle, l'entourèrent.

« La bande à Molok ! » pensa Bob.

Là-bas, Adélaïde avait beau se défendre, faire appel à sa science de karatéka, elle avait affaire à trop forte partie, et ses agresseurs connaissaient la musique. En quelques secondes, elle fut renversée, immobilisée, entraînée vers une grosse limousine qui, moteur tournant déjà, ne semblait attendre qu'elle.

Impuissant, Morane ne pouvait qu'assister, sans pouvoir intervenir, à la suite du drame. Adélaïde enfournée dans la limousine. Les portières qui claquaient. Et l'imposant véhicule qui démarrait, telle une puissante bête de proie, pour disparaître au premier tournant.

« La petite dinde ! » pensa Morane. Elle s'est jetée tête baissée dans la gueule du loup. »

Il s'était rejeté en arrière, car il ne voulait pas risquer d'être aperçu de la rue. Il ignorait même si les hommes de main de la Bête aux Six Doigts avaient connaissance de sa présence dans la maison.

Il en profita donc pour explorer les lieux et tenter de découvrir ce qui en était advenu exactement du professeur David Kahn. Pour le reste, on verrait plus tard. Il savait par expérience qu'en général les événements s'enchaînent automatiquement, selon un ordre immuable, et sans qu'on ait besoin d'intervenir.

Pourtant, il eut beau fouiller la maison de fond en comble, il ne découvrit nulle trace de l'archéologue. Pas davantage vivant que mort. Cependant, dans la salle de bain, il ne trouva aucun rasoir, électrique ou mécanique. Pas de brosse à dents non plus, ni de trousse de toilette. À l'étage, dans une grande penderie, il y avait des vides dans l'alignement parfait des vêtements. L'un des tiroirs d'une commode, contenant des chemises, était demeuré ouvert, ce qui tendait à prouver qu'on y avait fouillé en hâte. Une valise béante, posée sur un fauteuil, dans la chambre, et qui avait sans doute été négligée, indiquait un départ hâtif.

En aucun endroit de la chambre il n'y avait traces de précipitation, aucun désordre. Il était donc probable que Kahn avait quitté la maison, et peut-être la France, avant d'avoir été menacé directement par les tueurs de la Bête aux Six Doigts. Ce qui était certain, c'était que ceux-ci avaient fait chou blanc et que, selon toute évidence, ils n'avaient pas encore pénétré dans la maison.

Dans le bureau, Morane fit cependant une découverte qui se révéla intéressante : un petit carnet à couverture de toile noire collé derrière le fond d'un tiroir à l'aide d'une bande de tape.

Le contenu du carnet devait apprendre pas mal de choses à Morane. En style télégraphique, Kahn y avait enregistré des renseignements sur la présence de von Molau à Paris et sur ses buts. Les détails manquaient, mais l'ensemble du plan se détachait cependant nettement.

Le but de la Bête aux Six Doigts était de faire régner la terreur sur la capitale française afin d'y créer un désordre dont lui, et sans doute ceux qu'il servait, profiteraient. Dans quel but ? Cela n'était pas dit mais les intentions terroristes apparaissaient en filigrane. Tout ce dont on pouvait être certain, c'était qu'on avait payé Molok très cher et qu'il accomplissait son travail consciencieusement, en parfait technicien du crime qu'il était.

Dans le carnet noir, il y avait également plusieurs adresses, dont celle d'un hôtel particulier, célèbre dans toute la capitale. La résidence de la baronne de Montegrande, connue dans les milieux d'extrême-droite néofascistes. Elle était en effet le chef du O.N.S.F. — (Organisation Nationale Socialiste Française.)

Quand Bob eut pris connaissance de cette adresse, il commença à comprendre avec qui, ou pour qui, travaillait Kurt von Molau.

Le carnet devait également fournir à Bob d'autres indices qui lui permettaient de se faire une vue d'ensemble sur ce qui s'était passé en ce qui concernait le professeur Kahn. Celui-ci, menacé par Molok, avait accepté de collaborer avec lui, sans doute pour échapper à la mort. Cependant, il avait pris la précaution de consigner le peu qu'il savait dans le carnet noir. Ensuite, il avait préféré prendre la fuite. Sans doute parce que, maintenant qu'il ne servait plus à rien, ou parce qu'il était soupçonné de double jeu, il se sentait à nouveau menacé. Une règle stricte dans le jeu de la Bête aux Six Doigts : se débarrasser de ses complices quand ils devenaient encombrants. Une habitude héritée des chefs fascistes de jadis. N'était-ce pas ainsi qu'Hitler avait agi avec Rhoem et ses S.A. lors de la Nuit des Longs Couteaux ?

Il restait à deviner pourquoi David Kahn, en fuyant, avait abandonné le carnet noir derrière lui. Peut-être avait-il craint de l'emporter et de risquer qu'il tombât entre les mains de la police lors du franchissement d'une frontière, ou d'un contrôle d'identité. Il avait préféré le cacher dans son bureau et peut-être était-ce ce carnet, ou un document similaire, que cherchait sa nièce lorsque Bob l'avait dérangée dans ses recherches...

*
* *

Morane avait glissé le petit carnet noir dans l'une des poches-poitrine de sa veste et tiré le zip par-dessus.

Il demeura un instant indécis. L'enlèvement d'Adélaïde Kahn lui donnait la certitude que les sicaires de von Molau erraient dans les parages. Peut-être même surveillaient-ils maintenant l'arrière de la maison, par où lui-même était venu.

Par une des fenêtres de l'étage, il alla jeter un regard dans le jardin qu'il avait dû franchir pour atteindre la maison et y pénétrer. Il lui avait suffi d'écarter légèrement le rideau pour repérer, en dépit des ombres de la nuit, deux silhouettes adossées au mur d'usine dont la base était dissimulée par d'épais massifs de fusains. Les complices de Molok avaient pénétré dans le jardin derrière lui pour le guetter quand il voudrait quitter la maison. Pourtant, c'est par là qu'il devait passer, au retour comme à l'aller. Pas question, en effet, de passer par la porte donnant directement sur le devant de la maison. Il serait à découvert, et d'autres hommes de main, plus nombreux encore sans doute, devaient l'y attendre.

Sans se presser, Morane regagna la cuisine, repassa devant les lunes rouges des casseroles de cuivre, ouvrit la porte donnant sur le jardin, se glissa au-dehors, s'accroupit contre la muraille, tous les sens en éveil.

Rien. En quelques foulées, courbé, il se coula jusqu'à un sapin bas qui lui offrit la protection de ses premières branches. Regardant entre deux de celles-ci, il repéra le plus proche des hommes de von Molau. Il regardait dans sa direction, mais il aurait aussi bien pu regarder ailleurs. Bob distinguait à peine ses traits à cause de l'éloignement, mais il savait que les individus de ce genre se ressemblaient tous.

Après avoir fait, mentalement, un bref tour de la situation, Morane se rendit compte qu'il ne pourrait tromper la vigilance des complices de la Bête aux Six Doigts. Il allait devoir les combattre. Il ne voyait pas d'autre solution.

Dix mètres plus loin à peine, le plus proche des hommes avait tourné la tête. Bob en profita pour se propulser, aussi silencieusement qu'un chat, en direction des fourrés qui le dissimulèrent un instant.

Un bond encore, et il fut sur l'homme. Celui-ci n'eut même pas le loisir d'esquisser un geste de défense. Un shuto l'atteignit en dessous de l'oreille et il s'affaissa tel un ballon qui se dégonfle.

Rapidement, saisissant l'homme inanimé par le col de son vêtement, Bob l'attira sous les buissons. Il craignait que le bruit de la chute n'eut attiré l'attention d'un autre type. Crainte justifiée car un bruit de pas, qui se rapprochait, se fit entendre.

Tous les nerfs tendus, Bob se tassa parmi les feuillages. Le bruit de pas se rapprochait, puis une silhouette opaque se détacha sur l'écran bleu-gris de la nuit.

Une voix fit, toute proche :

— Sammy ?

Le nom du premier type, c'était sûr.

Morane tira le 38 de sa ceinture. Même avec son bâti d'alu, il ferait une matraque acceptable.

L'homme n'était plus qu'à deux mètres. Bob, toujours accroupi, se détendit comme un diable monté sur ressort jaillit d'une boîte. Le 38 atteignit le type à la mâchoire. Le type bascula en poussant un gémissement de douleur. Le bâti d'alu le toucha à nouveau, mais à la nuque cette fois, et l'étendit pour le compte.

Sans perdre de temps à savourer sa double victoire, Morane tira le second corps près du premier, à l'abri de la végétation. Les deux sicaires ne reprendraient pas conscience avant de longues minutes, et cela lui laisserait le temps de s'esquiver.

Cinq minutes plus tard, à bord de la 204, il filait en direction de la Rive Gauche et du quai Voltaire.

Pas plus que précédemment, en dépit de son attention, il ne devait repérer la petite Mini lancée à distance respectueuse sur ses traces et dont la conductrice baignait dans un discret parfum d'ylang-ylang.

15

Augustin Lobbet se sentait bien. Il avait passé une excellente nuit, avait dégusté un excellent petit déjeuner. Le moteur de sa vieille Citroën BX tournait rond, et il se sentait prêt à affronter les bijoutiers et horlogers de la capitale qu'il n'avait pas encore visités, et ils demeuraient nombreux.

Lobbet avait cinquante ans. Il avait épousé une femme fort jolie, de vingt ans plus jeune que lui et qui lui avait donné une mignonne petite fille prénommée Astrid. Augustin Lobbet était heureux. Ses affaires marchaient bien. Les nouveautés techniques, il n'y avait que ça. Augustin était représentant, à l'échelle nationale, pour les montres « Babil ».

« Babil », la-montre-qui-parle...

Ce matin-là, un matin de printemps bruineux, la circulation était dense et, par une rue qu'il n'avait jamais empruntée auparavant, Augustin avait prix un raccourci qui devait le mener, hors des encombrements, dans le quartier de l'Hôtel de ville, où il avait deux horlogers à visiter.

Peu de trafic dans cette rue hors de tout passage.

Quelques rares voitures et peu de piétons sur les accotements.

« Je serai vite rendu », pensa Augustin Lobbet. Il était de nature paisible et détestait les complications. La paix de cette rue l'encourageait à penser que la journée serait bonne.

Soudain, ses mains se crispèrent sur le volant de la BX. Une sensation étrange s'était emparée de lui. Comme un courant électrique, très léger, qui parcourait son corps de la plante des pieds au sommet du crâne. Juste un frémissement. Ce fut très bref. Pourtant, quand cela cessa, Augustin Lobbet était déjà devenu un autre homme.

Il se sentait brusquement devenu invincible, doté du pouvoir de vie et de mort. Par qui ?... Pour quoi ?... Il ne se le demandait même pas, tellement cela lui paraissait dans la norme des choses.

Devant lui, à quelques mètres à peine, deux passants s'engageaient sur un passage pour piétons. La suspension électrique, encore allumée par ce jour d'un gris crépusculaire, les éclairait en plein. L'homme portait un imper vert-sapin et la femme un léger manteau trois-quarts gris à col de fausse fourrure.

Et soudain, Augustin Lobbet décida qu'il n'aimait pas les impers vert-sapin, ni les manteaux trois-quarts à col de fausse fourrure.

Alors, il fit le contraire de ce qu'il aurait dû faire. Au lieu de freiner, il enfonça la pédale de gaz de la BX.

Déjà engagés sur le passage pour piétons, l'homme et la femme virent venir le bolide hurlant de toute la rage de ses quatre cylindres. Ils voulurent, dans un mouvement réflexe, se jeter de côté pour éviter l'impact. Trop tard !. Frappée à hauteur des cuisses, la femme fut pro-

jetée sur le capot du véhicule, rebondit de côté et, mannequin désarticulé, roula sur le bitume, où elle demeura immobile. L'homme, lui, touché à la hanche par l'un des phares, tomba à plat ventre et les quatre pneumatiques lui passèrent sur le corps.

La Citroën s'éloigna, disparut à la sortie de la rue. Au volant, Augustin Lobbet souriait, fier de son exploit.

Un « exploit » dont, une heure plus tard, il ne se souviendrait même plus. Il se demanderait même quelle était l'origine des légères cabossures à la carrosserie de son véhicule...

*

*   *

Alfred Lantie s'ennuyait. Le soir était tombé depuis longtemps et l'écran de télévision ne lui offrait que des images insipides. Il se demandait si, tout compte fait, les présentateurs people méritaient bien les salaires pharamineux qu'on leur allouait.

Il changea de chaîne, pour atterrir sur un compte-rendu de la dernière débâcle de Wallstreet. Une autre chaîne lui offrit un petit présentateur à lunettes, qui avait tout du potache prématurément vieilli et donnait l'impression de se prendre pour le nombril de la planète en dépit de son humour sorti tout droit de l'Almanach Vermot.

Autre chaîne. Un documentaire sur la pêche à la mouche, alors qu'Alfred n'était pas pêcheur, justement, mais chasseur...

Bref, Alfred Lantie s'ennuyait. À Paris, il était loin des étendues beauciennes où il avait l'habitude de tuer de pauvres petites bêtes qui ne lui avaient rien fait et qui n'avaient d'autres désirs que celui de vivre. En outre, la chasse n'était pas ouverte.

Il se leva. Alla prendre une cannette de bière dans le frigo. La décapsula. Avala une rasade... C'est alors qu'un frémissement lui parcourut tout le corps. Ça ressemblait à une légère décharge électrique. Une sensation à la fois inquiétante et agréable.

Alfred se mit à rire silencieusement. Pensa que la chasse était peut-être fermée, mais seulement pour le lapin, le lièvre, la perdrix et le faisan...

Il alla à une armoire de son bureau, choisit parmi les armes du ratelier un de ses fusils de chasse favori. Un vieux Darne à culasse coulissante, calibre 12. Rapidement, il ouvrit la culasse, glissa deux cartouches dans le canon, referma la culasse. Il ricana. Du 12, à chevrotines, ça faisait du dégât.

Ensuite, tout s'enchaîna très vite. Une poignée de cartouches dans la poche de son vêtement d'intérieur, et il quitta l'appartement. Ascenseur pour atteindre le rez-de-chaussée. Puis la rue. Et toujours ce léger frémissement qui l'occupait tout entier, tel un doux séisme.

Une femme, venait à sa rencontre, l'apostropha :

— Bonsoir, monsieur Lantie... Triste printemps, n'est-ce pas...

Alfred avait reconnu une certaine madame Léger, sa voisine qui occupait le quatrième étage de l'immeuble alors que lui vivait au deuxième.

Jamais Alfred n'avait éprouvé beaucoup de sympathie pour cette personne « qui avait l'habitude, disait-on dans le quartier, de s'occuper des affaires des autres ». Et il y avait toujours cette vibration, ce frémissement qui le chatouillait par tout le corps. Une invitation en quelque sorte. Il grommela :

— Elle va voir, cette vieille carne, ce que j'en fais de son bonsoir !

Madame Léger l'avait dépassé. Il se retourna, releva le

canon de son fusil qu'il tenait collé verticalement à sa jambe droite.

À cette distance, même pas besoin de viser. Le coup partit et madame Léger dégringola tel un pantin dont on vient de couper les fils. Alfred n'avait même pas besoin de s'attarder à se rendre compte. Vraiment, du 12, à chevrotines, ça faisait du dégât. Il n'avait pas à se le répéter.

Sans presser le pas, il reprit sa route en direction du bout de la rue. Tout en marchant, il remplaçait la cartouche brûlée par une nouvelle dans le tonnerre de son fusil. En même temps, il se félicitait d'avoir emporté des munitions. Ce serait le plus beau tableau de chasse de toute sa carrière cynégétique. Et, en plus, cette fois, il s'agirait de gros gibier !

16

— Une dame demande à vous voir, monsieur Morane...

À l'interphone, c'était la voix de madame Durant, la concierge de l'immeuble, toute dévouée à Bob, dont elle était à la fois le cerbère et l'employée. L'immeuble du quai Voltaire appartenait à Morane et madame Durant s'en occupait avec le même dévouement que si elle en avait été elle-même propriétaire.

Cela faisait plusieurs jours que Morane avait regagné son logis depuis sa visite chez David Kahn et sa rencontre avec la nièce de celui-ci.

La piste de la Bête aux Six Doigts s'arrêtait là et Bob ne pouvait qu'attendre que celle-ci se manifestât. Ce qui ne pouvait que se produire, car il présentait toujours un danger pour von Molau.

Pourtant, rien ne se passait. Le calme plat. Depuis la veille, une épidémie de crimes, perpetrés sans motifs apparents, semait la terreur dans Paris. Des hommes, d'habitude paisibles, se mettaient à tuer sans raison, comme pris de folie. Arrêtés, ils répondaient à toutes les questions des enquêteurs qu'ils ne savaient pas. Que c'était quelqu'un, ou quelque chose, qui les commandait, une force inconnue qui les poussait, sans qu'ils soient capables de lui résister. Fallait-il, derrière ces crimes, supposer l'action de la Bête aux Six Doigts ? La question demeurait posée. Une question à laquelle Bob Morane ne trouvait pas de réponse, ni négative, ni positive.

— Une dame ? fit Morane. Jeune ou vieille ? Petit ricanement de madame Durant.

— Comme si ce n'était pas toujours des jeunes femmes qui vous rendent visite, commandant Morane. Oui... Jeune... et jolie.., comme toujours... Et elle sent bon en plus...

Morane sursauta, très légèrement.

— Le parfum de l'ylang-ylang ? interrogea-t-il.

— Sais pas si c'est de l'Ylang je ne sais quoi, fit madame Durant. Mais elle sent bon la mignonne. Ça
c'est sûr...

Le « elle sent bon » décida Bob, qui lança :

— Bon, madame Durant... Laissez-la monter...

Moins de deux minutes plus tard, on sonnait à la porte de l'appartement situé au dernier étage de l'immeuble, juste sous les combles.

Par l'œillet-espion, Bob repéra une silhouette féminine légèrement déformée, sur laquelle il eut été difficile de mettre un nom. Il ouvrit la porte, constata tout de suite, à haute voix :

— Nanda !

Oui, c'était bien la petite Nanda qui les avait aidés, Orowitz, Lessur, Kahn et lui, à s'échapper du templeforteresse, à la frontière indo-népalaise. Pourtant, à présent, il n'y avait plus rien d'une nonne en elle, et un petit tailleur de fin tweed remplaçait les vêtements de religieuse. Mais le parfum d'ylang-ylang demeurait, lui, toujours aussi discret.

Bob répéta :

— Nanda !

Elle sourit, corrigea :

— Vous pouvez m'appeler... disons... euh... Annabelle... Annabelle Duranne... Oui, c'est ça... Duranne... Ça fait français... Et, puisque nous sommes en France...

Elle passa un doigt sur le revers de la veste de son tailleur de fin tweed, enchaîna :

— Nanda, ça me va aussi... Si vous voulez...

Elle fit mine d'avancer et Bob s'écarta pour lui livrer passage. En même temps, il pensait : « Ce parfum d'ylang-ylang... Ce ne peut vraiment pas être un hasard. »

Annabelle-Nanda pénétra dans l'appartement qui, dans son ensemble, ne devait pas avoir loin de la surface d'un terrain de foot. Elle s'y dirigea comme si elle y était toujours venue, gagna le grand salon-bureau, prit place dans la bergère favorite de Morane, s'assit, les jambes croisées. Des jambes qu'elle avait fort jolies. Mais Morane le remarqua à peine. Il avait autre chose en tête pour le moment.

Il s'assit sur un pouf, de l'autre côté de la table basse, attendit. C'était à la jeune fille de parler, de lui dire ce qu'elle venait faire là.

Un moment de silence, puis Nanda-Annabelle se décida.

— Vous ne m'en voulez pas, Bob ?... Je puis vous appeler Bob, n'est-ce pas ?

— Tout le monde m'appelle Bob... Mais pourquoi vous en voudrais-je ?

— De vous avoir abandonné, là-bas, en pleine mousson...

— Je suppose que vous ne pouviez pas faire autrement...

La jeune fille hocha la tête, fit la moue. Elle paraissait réellement désolée. Elle dit :

— On m'avait confié une mission, et je devais l'accomplir... Tout se passa bien jusqu'au moment où le hasard — mais était-ce bien le hasard ? — vous plaça sur ma route. Là, une seconde mission se superposa à la première. On me donna l'ordre de vous aider à vous évader, et je ne pouvais vous faire évader seul. En même temps, je devrais faire évader vos trois compagnons...

— Orowitz, Lessur et Kahn...

— C'est ça. Les laisser derrière vous risquait de tout compromettre. Vous comprenez ?

Bob hocha la tête.

— Je comprends et je ne comprends pas. Pour commencer, qui est ce « on » que vous avez cité à deux reprises ?

Nanda fit mine de ne pas avoir entendu. Bob n'insista pas puisque, de toute façon, son idée était faite, à quatre-vingt-dix-neuf chances sur cent de ne pas se tromper. Nanda enchaînait d'ailleurs, dans l'intention évidente de détourner la conversation :

— Je devais espionner von Molau, ou Molok si vous préférez, connaître ses buts réels.

— On les connaissait... « Les Frères-de-tous-lesSaints », c'était cela son but : rassembler les trois grandes religions pour n'en faire qu'une. Une société dite secrète de plus, comme il y en a tant d'autres, aux buts aussi farfelus que possible... Pourquoi votre « on » s'y serait-il intéressé ?

Encore une fois, Nanda éluda le « on ». Il y eut un long silence, ce qui n'empêchait pas Morane de se rappeler qu'il avait été lui-même délégué par Bernard Maudret pour enquêter sur les buts réels de von Molau

— Les Frères-de-tous-les-Saints ne sont qu'un paravent qui cache d'autres desseins, reprit Nanda. Des desseins bien plus sinistres, à base terroriste. On le sait maintenant que j'ai arraché son secret à von Molau, ou Molok si vous préférez...

— Cette chose que vous portiez autour du cou, lors de votre fuite, c'était ça ?... Le secret de la Bête aux Six Doigts.

— Exactement... Il s'agissait d'un mini CD camouflé... Tous les secrets ?... Non... La généralité, mais pas tous les détails... On s'en est contenté... jusqu'ici...

« On » ! Toujours ce « on » !

— Votre parfum ? risqua Morane.

La jeune fille minauda, très discrètement, demanda :

— Il vous déplaît ?

— Guère... C'est celui de l'ylang-ylang, hein ?

— Vous voilà connaisseur en parfum maintenant ! plaisanta Nanda.

— Je me demandais... Que vous le portiez, est-ce par fidélité à quelqu'un, ou par hasard ?

Elle hésita, comme si elle balançait entre deux réponses, puis elle laissa tomber, l'air de ne pas y croire elle-même :

— Un hasard, Bob... Rien... qu'un hasard...

Morane ne croyait pas non plus à ce hasard. Une image se dressa devant lui, en imagination. La longue silhouette d'une femme moulée dans un chéong san sombre qui lui faisait comme une seconde peau. Un visage d'une beauté presque irréelle mais à l'expression figée, éclairé par les soleils noirs de deux yeux allongés au-dessus de pommettes à ce point lisses qu'elles semblaient taillées dans l'ambre. La bouche arquée, au dessin précis, comme peinte avait, en dépit de sa beauté, quelque chose de redoutable. Miss Ylang-Ylang. La belle, la dangereuse Miss Ylang-Ylang...

Bob n'insista pas. Il devinait d'ailleurs que, s'il interrogeait sa visiteuse sur Miss Ylang-Ylang, il n'obtiendrait pas de réponse précise.

La jeune fille continuait d'ailleurs :

— Donc, on m'avait commandé d'espionner les Frères-de-tous-les-Saints et en même temps von Molau. Je ne vous raconterai pas comment j'ai réussi à m'introduire dans leur repaire, là où je vous ai rencontré. Ce serait trop long. J'ai très vite compris ce qui se cachait derrière « tous-les-Saints ». Une organisation terroriste et rien d'autre. Vous connaissez la suite... J'ai réussi à m'emparer du CD et à fuir en votre compagnie...

— Von Molau doit vous traquer pour tenter de récupérer ses secrets ? risqua Morane.

Elle secoua la tête, expliqua :

— Une habitante anonyme du couvent-forteresse qui aurait disparu lors du déchaînement de la mousson, cela a sans doute passé inaperçu... Surtout en regard de votre évasion, qui peut avoir seule attiré l'attention de Molok. Je ne sais même pas si ce dernier était présent

quand la saison des pluies s'était déclarée...

— J'ai cru apercevoir sa silhouette, risqua Bob.

— Cela ne veut rien dire. Un jour von Molau était là ; le lendemain il n'y était plus... Cette circonstance m'a d'ailleurs permis de remplir ma mission.

— On a dû s'apercevoir de la disparition du CD, fit Morane.

Nouveau mouvement de tête de Nanda.

— Il s'agissait d'une copie... L'original est demeuré sur place... Ni vu ni connu...

Hochant doucement la tête à son tour, Bob considéra longuement sa visiteuse, un doute évident dans le regard.

— Je suppose, dit-il finalement, que vous n'êtes pas là, à gaspiller mon précieux temps, simplement pour me raconter tout ça...

Nanda ne répondit pas tout de suite. Comme si elle ne se décidait pas à parler, dans la crainte peut-être d'une rebuffade. Finalement, elle dit :

— Je suis venue pour vous confier une mission... Ou vous demander de l'aide... en quelque sorte.

Froncement de sourcils de Morane.

— De l'aide ?... Une mission ?... Expliquez-vous, mignonne...

Nanda consulta la petite digitale qu'elle portait au poignet, fit :

— M'expliquer ?... Oui, mais pas tout de suite... Pas avant que vous n'ayez reçu un coup de fil... Dans vingt secondes... Oui... C'est cela.., dans exactement vingt secondes... Une... Deux... Trois...

Elle continua a compter, à haute voix, Morane comptait lui aussi, mais à voix basse...

Quinze... Seize... Dix-sept... Dix-huit... Dix-neuf...

Vingt...

Et rien de ne passa. Nanda s'était arrêtée de compter à « vingt » tandis que Bob, lui, continuait... Vint-et-un... Vingt-deux... Vingt-trois... À trente, il s'arrêta, triomphant, jeta :

— Trente secondes... Vous aviez dit vingt... Et rien ne se passait... Alors, votre coup de fil ?...

C'est à ce moment que le tétéphone se mit à sonner...

*
* *

Pendant un moment, Morane demeura immobile, contemplant avec une curiosité mêlée d'incrédulité le poste téléphonique, placé sur une table basse, à portée de main, et qui continuait à sonner.

À la huitième sonnerie, il décrocha, porta le combiné à hauteur de son visage et fit, sur un ton qu'il s'efforçait de rendre aussi neutre que possible :

— Oui ?... Allo ?...

Tout de suite, il reconnut la voix, à l'autre bout du fil. Une voix à la fois douce et feutrée qui, parfois, prenait un accent de feulement. Et il y avait, parfois également, cette dureté sur les consonnes. Une voix qui aurait été celle d'une tigresse si une tigresse avait été dotée du don de parole.

— J'ai eu peur que vous ne décrochiez pas, Bob...

— Pour vous, je décroche toujours, Ylang-Ylang, vous le savez bien...

Et Bob ajouta, dubitatif :

— Bien que...

— Bien que nous soyons ennemis... C'est ça ?...

Morane ne répondit pas, conscient de la relation chaud-froid qui l'unissait à la redoutable maîtresse de l'Organisation Smog. Il préféra couper court, en demandant :

— Ce que j'aimerais savoir, Ylang-Ylang, c'est ce que vous attendez de moi, car je vous connais trop pour savoir que vous ne perdez pas votre temps à parler de choses vaines.

— Vous avez raison, Bob... Ce que j'attends de vous, c'est que vous collaboriez avec Miss Annabelle Duranne

— ou Nanda si vous préférez — qui se trouve pour le moment assise devant vous...

— C'est-à-dire m'attaquer à la Bête aux Six Doigts... C'est ça ?

— C'est ça, Bob... Il faut absolument empêcher von Molau de nuire... Tous ces attentats gratuits, dans Paris, cette folie qui s'empare de gens paisibles, les poussant jusqu'au meurtre, sont provoqués par lui...

— Vous êtes vous-même le chef d'une organisation criminelle, Ylang-Ylang... Craindriez-vous la concurrence ?...

À l'autre bout du fil, Miss Ylang-Ylang marqua un moment d'hésitation, puis elle répondit :

— La concurrence ?... Oui... Mais à l'intérieur même de mon organisation... En ce qui concerne Molok, je suis sans cesse contrée par Orgonetz, lors des réunions, ce qui m'empêche d'agir.

Orgonetz... Roman Orgonetz... Mieux connu sous le pseudonyme d'Homme-aux-Dents d'Or... Une brute immonde, dont la haine à l'égard de Bob n'avait pas d'égale. Membre important de l'Organisation Smog, il s'opposait sans cesse à Miss Ylang-Ylang, surtout quand il s'agissait de Morane.

— Donc, fit Bob, Orgonetz vous empêche d'agir contre la Bête aux Six Doigts, et vous avez pensé à moi pour effectuer le travail... Un sale travail...

— Pas si sale que cela, Bob. Tous ces attentats gratuits qui, ces derniers jours, sèment la terreur dans Paris, sont l'œuvre de von Molau... Dans quel but ?. Nous l'ignorons.

Sans doute pour une raison terroriste quelconque... Et comment s'y prend-il ?... Nous l'ignorons... À l'aide d'une machine infernale sans doute. Pensez aux nombreuses victimes qu'il a déjà faites. Aux nombreuses victimes qu'il fera encore si nous n'arrêtons pas ce cycle infernal. C'est pour cela que j'ai pensé à vous, Bob... Pour ces victimes...

— Vous voilà devenue sentimentale, Ylang-Ylang... Le petit rire de machine bien rôdée de Miss Ylang-Ylang éclata. Avec un peu d'imagination, Bob pouvait sentir son parfum.

— Sentimentale, Bob ?... Moi, non... Vous, oui. Et puis, je sais que von Molau vous traque. Alors, il vous faut contre-attaquer... C'est le seul moyen de sauver votre vie, et vous ne l'ignorez pas... Je vous connais.Je sais que vous seul êtes capable de porter un coup mortel à la Bête aux Six Doigts...

Bob fit la grimace. Pour lui seul. Il connaissait bien le sentiment d'amour-haine que lui portait Miss Ylang-Ylang. Elle le connaissait bien aussi. Au cours de la lutte qui les avait opposés à de nombreuses reprises, il l'avait presque chaque fois vaincue... Oui, il l'avait vaincue, seul contre cette puissance armée du crime qu'était l'Organisation Smog...

Il haussa les épaules. Encore pour lui seul.

— Bon, dit-il, je vais voir ce que je peux faire. Vous avez bien quelques conseils, quelques renseignements à me donner au sujet de von Molau... Où le trouver ?... Quels sont ses complices ?...

— Annabelle Duranne vous les fournira... Elle est au

courant de tout... Ayez confiance en elle comme en moi-même... Si vous avez confiance en moi, bien entendu...

Un silence... Comme si le téléphone, avec fil ou sans fil, avait cessé d'exister, n'avait jamais existé.

Puis, encore la voix de Miss Ylang-Ylang :

— Soyez prudent, Bob... Vous savez que vous êtes mon meilleur ennemi...

Elle avait insisté sur le mot « meilleur » et sa voix, dure d'habitude, était devenue presque tendre. Le parfum d'ylang-ylang virtuel s'était épaissi, quasi étouffant.

Un léger déclic indiqua que la communication venait d'être coupée. Bob reposa le combiné sur sa fourche, releva la tête et se tourna vers Nanda, alias Annabelle Duranne.

*
* *

Un long silence. Le poste téléphonique, sur son guéridon, faisait à présent penser à un gros crapaud endormi. Bob Morane et Nanda se regardaient en chiens de faïence, comme si chacun attendait que l'autre prenne la parole.

Morane était convaincu. Les dernières paroles de Miss Ylang-Ylang l'avaient persuadé qu'à tout prendre il fallait mettre fin aux agissements de la Bête aux Six Doigts et, en même temps, à la vague de violence meurtrière qui s'étendait sur Paris, faisant tache d'huile. Ensuite, peut-être, ce serait toute la France. Tant pis si, en s'attaquant à Molok, il se rendait en même temps complice du Smog. Et puis, attaquer Molok n'était-ce pas, surtout, se protéger lui-même.

— Qu'en pensez-vous, Bob ? intervint Nanda qui brusquement se décidait à parler.

— Ce que j'en pense ? fit Morane. Je ne suis certain que d'une chose, si j'en ai jamais douté, c'est que c'est bien le Smog et Miss Ylang-Ylang qui se trouvent derrière tout ça, et que vous êtes leur complice... Je n'en doutais d'ailleurs qu'à peine... à cause de votre parfum surtout.

— Que décidez-vous ?

Cette fois, la question de la jeune femme était trop précise pour ne pas exiger une réponse.

— J'ai peut-être l'intention de. , commença Morane.

Nanda coupa :

— L'intention ce n'est pas suffisant... Il sourit, reprit :

— Bon... Allons-y. J'irai empêcher, ou tout au moins

essayer, Molok de danser en rond.   Ça vous suffit ?

— Ça me suffit...

— Reste à savoir comment je vais m'y prendre.   Je suppose que vous avez bien votre petite idée là-dessus... Ylang-Ylang me semblait en être sûre...

Nanda demeura un instant silencieuse, comme si elle prenait le temps de réunir ses idées. Puis elle dit :

— Vous avez déjà entendu parler de la baronne de Montegrande ?

Bob avait lu ce nom dans le carnet noir du professeur Khan. La baronne de Montegrande faisait partie de la hiérarchie people de Paris. Une réputation sulfureuse. Réfugiée en France, elle était la petite fille du général Montegrande, qui avait été l'une des éminences grises de Franco lors de la conquête du pouvoir par celui-ci. Montegrande agissait dans l'ombre. Et, bien que presque inconnu du public, son influence sur le dictateur espagnol était grande. C'était un homme impitoyable, ne reculant devant aucun crime pour assurer le pouvoir de son maître... et le sien en même temps.

Selon ce qu'on en savait, la baronne Lucia de Montegrande avait hérité du caractère de son aïeul. En plus, elle passait pour être un rouage important du néofascisme international.

— Je connais la baronne de Montegrande, dit Bob. Enfin de nom... Pas personnellement... Je n'ai pas d'aussi mauvaises fréquentations...

— On pense que c'est de chez elle que viennent les attaques de von Molau...

— Qui pense cela ?

Pas de réponse, et Bob n'insista pas. Il avait maintenant une idée précise sur l'identité de ce « on » qui pensait... Le Smog et Miss Ylang-Ylang bien sûr...

— Il faudrait aller jeter un coup d'œil chez la baronne, dit Nanda. J'y ai mes entrées comme membre de la société des « Frères-de-tous-les-Saints », mais il m'est impossible d'agir... Je me sais surveillée... comme le sont tous les « Frères » ou les « Sœurs »... Tandis que vous... Après demain, la baronne donne une réception dans son hôtel particulier du boulevard Pereire... Vous pourriez vous y introduire pour, profitant de la foule, aller jeter un coup d'œil... Où ? Je ne sais pas... Dans les caves de l'hôtel par exemple... Bien entendu, pas question de passer par la grande porte... Vous seriez repéré par les vigiles.. Mais nous vous faisons confiance... Vous avez la réputation d'être capable de passer à travers les murs...

— Ou tout au moins de parvenir à les franchir, corrigea Morane avec le sérieux compatible avec les événements...

— Je serai à l'intérieur, à vous attendre, précisa Nanda, et je vous guiderai à travers la maison, qui est immense... En vous attendant, je me serais moi-même renseignée...

Inutile d'hésiter. Bob Morane se sentait pris au piège. Outre le fait de réussir, peut-être, à contrer la Bête aux Six Doigts, il y avait Adélaïde Kahn. Il était probable qu'elle se trouvait entre les griffes de Molok. Peut-être celui-ci comptait-il se servir d'elle pour retrouver son oncle, et il était certain qu'il emploierait tous les moyens pour ça, même les pires.

Rien qu'à l'idée de la jeune fille torturée par les bourreaux de von Molau, Bob se raidit. Allons, quoi qu'il arrive, il irait jeter un coup d'œil à la bicoque de la belle baronne de Montegrande.

Après tout, ce ne serait pour lui qu'un danger de plus à affronter. Et, question danger, il en connaissait un bout !

17

Bob Morane avait arrêté sa petite 204 à proximité de l'hôtel de la baronne de Montegrande. Assez loin pour qu'on ne puisse la repérer, assez près pour pouvoir surveiller la maison à son aise.

La première chose qu'il devait remarquer, c'était l'abondance de voitures de grandes marques parquées dans les parages immédiats. Beaucoup portaient des plaques étrangères. Surtout espagnoles et allemandes. Il remarqua même deux Rolls et une Mercedes Classe S du tout dernier modèle. Bien sûr, il pouvait s'agir d'un hasard.

Sa seconde remarque fut que la presque totalité des fenêtres de l'hôtel de Montegrande étaient éclairées. Et, là, il ne pouvait s'agir d'un hasard.

Un bruit de musique lui parvenait même, fort atténué. Aucune erreur. Comme le lui avait annoncé la petite Nanda, il y avait bien fête chez la baronne. En quel honneur ?... Cela n'avait qu'une importance secondaire.

La première préoccupation de Bob était évidemment de s'introduire dans l'hôtel privé. Par la porte, cela serait impossible sans carton d'invitation. Quatre hommes de carrure imposante gardaient la porte d'entrée et ils devaient avoir pour mission de passer les invités au peigne fin. Seuls les amis de la baronne devaient pouvoir entrer et, justement, Bob ne tenait pas à ce qu'on le crût ami de la sulfureuse baronne.

Par moment, le bruit de musique lui parvenait plus fort, indiquant l'ouverture de la porte donnant sur la rue, et il se demandait quel événement pouvait bien justifier un tel déchaînement de bémols. Peut-être, après tout, célébrait-on l'anniversaire de la maîtresse des lieux. Tout simplement. Et, là encore, Morane se moquait bien de l'âge que pouvait bien avoir la baronne.

Naturellement, il aurait pu foncer et bousculer les quatre gardes, mais cela n'aurait rien arrangé. Pour ce qu'il voulait entreprendre, la discrétion était de mise.

Sans se presser, il quitta la voiture, en referma les portières à clé, en évitant de regarder en direction de l'hôtel. Il contourna celui-ci, de façon à atteindre l'arrière du pâté de maisons. Son plan : repérer un immeuble qui se trouvait à l'arrière de celui de la baronne et où il pourrait pénétrer sans se faire remarquer. Cela avait déjà marché lors de son exploration à la maison du professeur Kahn.

Cette recherche lui prit une dizaine de minutes. La porte cochère d'une maison à appartements s'offrit à lui, ouverte à deux battants. Il y pénétra comme si, tout naturellement, il allait visiter quelqu'un. La concierge brillait par son absence, et personne sur les paliers du premier et du second étage. Des tapis épais étouffaient le bruit des pas. Tout à fait comme si tout était arrangé pour faciliter l'intrusion d'un éventuel visiteur nocturne. La porte du grenier s'ouvrit sans même un grincement et Bob y pénétra sans que le plancher, lui non plus, ne craque sous ses pas. Quelques minutes plus tard, passant par l'étroite ouverture d'une lucarne, il prenait pied sur le toit.

Il n'eut aucune peine à s'orienter. Une musique, une rumeur de musique plutôt, puis une façade arrière, en contrebas, éclairée à giorno lui confirmèrent qu'il y avait bien fête chez la baronne de Montegrande. Quelque chose qui lui rappelait un air de Strauss, mais il n'en était pas tout a fait sûr, ce qui n'avait d'ailleurs aucune importance.

Passant de toit en toit, il se dirigea vers la façade arrière éclairée. Cela sans la moindre difficulté. Au cours de sa vie aventureuse, il avait acquis la technique de ces promenades aériennes nocturnes et il s'en tirait avec la facilité d'un chat de gouttière. Au fur et à mesure qu'il avançait, la musique se précisait : il s'agissait bien d'un air de Strauss.

Quant à la lumière, elle venait bien de l'hôtel Montegrande, et en particulier d'une grande verrière comme il en existe au-dessus des salles de réception dans les maisons de maître du xixe siècle.

Continuant à progresser, Bob domina bientôt la verrière puis, se laissant glisser le long d'un tuyau d'écoulement, il atterrit sur un toit en terrasse recouvert de zinc. Le bruit de l'orchestre lui parvenait maintenant nettement. Johan Srauss avait été remplacé par Franz Lehar.

Allongé au bord de la verrière, Morane frotta du bout des doigts la poussière encroûtant la vitre, se ménageant ainsi un étroit espace transparent par lequel ses regards pouvaient plonger sous lui.

Dix à quinze mètres plus bas s'offrait une vaste salle aux murs recouverts de marbre, ou de faux marbre. D'où il se trouvait, Bob ne pouvait en juger exactement. D'autant plus qu'une foule dense se pressait dans la salle. Hommes en habit ou en smoking. Femmes en robes de soirée plus ou moins longues ou plus ou moins décolletées et parées de bijoux plus ou moins vrais.

Du regard, Bob chercha Nanda, mais il ne la découvrit nulle part. Par contre, il repéra la baronne, dont il avait déjà vu la photo dans un magazine people. Belle, mais d'un âge cependant difficilement définissable. Vêtue d'une robe du soir à la dernière mode, elle montrait un visage lisse, éclairé par des yeux sombres et encadré d'une coiffure laquée, couleur aile de corbeau. En dépit de tout cela, l'expression de son masque indiquait la dureté.

C'est à ce moment que Morane devait se rendre compte qu'au lieu d'observer la maîtresse de céans, il eut mieux fait de regarder derrière lui. Un pas fit crisser la surface du zinc couvert d'une poussière agglomérée en croûte par les intempéries. Déjà sur la défensive, il voulut tourner la tête, se redresser pour faire face à un agresseur.

Trop tard ! Ce fut comme si une grenade lui explosait derrière la nuque.

*
* *

Il tenta d'ouvrir les yeux. Ses paupières étaient en plomb, mais il parvint quand même à les faire se soulever. Pour les refermer aussitôt, sous la lumière d'une lampe électrique suspendue au plafond, très bas. Il voulut tourner la tête pour échapper à l'éblouissement et poussa un cri de douleur, avec l'impression qu'un piège à loup se refermait sur sa nuque.

Maintenant ça y était. Il pouvait voir, encore à travers un brouillard léger peut-être, mais assez clairement pour parvenir à détailler les lieux.

Une salle basse, aux murs chaulés et au plafond voûté. Une

cave sans doute. Maintenant, il se rendait compte qu'il était étendu sur une surface dure, les mains liées derrière le dos. Il tenta de bouger les jambes, pour s'apercevoir que ses chevilles étaient elles aussi entravées.

Le silence. Aucune musique ne lui parvenait plus, ce qui le renforçait dans l'idée d'être bien enfermé dans une cave. Depuis combien de temps ? Impossible de le dire. Avec ses mains liées dans le dos, il n'avait pas accès à sa montre... si on la lui avait laissée !

Un bruit de pas retentit sur sa gauche, se faisant à chaque instant plus distinct. Puis la sensation que quelqu'un venait d'entrer dans la salle. Il tourna la tête pour échapper à la lumière de la lampe nue qui, accrochée à son fil, l'éblouissait. Nouvelle douleur à la nuque, mais fort brève, et il repéra les silhouettes épaisses de quatre hommes qui s'avançaient vers lui.

— Il est réveillé, constata l'un des hommes.

— Pas pour longtemps, fit un autre, le plus proche, qui tenait une seringue hypodermique à la main.

L'homme à la seringue n'était plus qu'à deux mètres. L'aiguille, braquée, était pareille à une arme et, à l'intérieur de la seringue elle-même, brillait un liquide rouge sang, légèrement fluorescent, qui faisait penser à un venin de type inconnu.

Morane pensa : « On dirait que tu t'es fourré dans un fameux pétrin, mon petit Bob. » Il sourit intérieurement — un sourire jaune — et il pensa encore, comme pour se rassurer : « Comme si c'était la première fois ! ». Ce fut à peine s'il sentit l'aiguille s'enfoncer dans la chair de son épaule, à travers le tissu de son vêtement. Puis il y eut la sensation brûlante du liquide rouge phosphorescent s'insinuant en lui. Le venin d'un crotale devait faire cet effet, et peut-être cette mixture inconnue était-elle aussi mortelle.

L'homme à la seringue retira l'aiguille après avoir vidé son instrument. En même temps, Morane se demandait si on ne l'avait pas vacciné. Mais vacciné contre quoi ? Peut-être contre la vie...

À tout moment, il s'attendait à sombrer dans des ténèbres définitives. Pourtant, ça ne se passa pas de cette façon. Il demeurait conscient. Seule, une langueur de plus en plus profonde s'emparait de lui, s'insinuait dans ses membres, gagnait tout son corps.

Un des types s'adressa à l'homme à la seringue, interrogea :

— Tu crois que ça suffira ?

Le ton des paroles retentissait dans les oreilles de Bob, comme si elles étaient issues d'un autre univers.

— Ce truc agit vite, fit l'homme à la seringue en haussant les épaules. Dans dix secondes, ce salopard sera à point.

À tout moment, Bob s'attendait à basculer dans le noir par l'effet de l'injection. Pourtant, rien de semblable ne se passa. Il demeurait conscient, presque lucide. Par contre, une langueur, voisine de l'engourdissement, s'emparait de son corps, se faisait de plus en plus profonde.

L'un des hommes se pencha sur lui, le retourna sur le flanc et trancha les liens qui lui enserraient les poignets, puis ceux des chevilles.

Pendant un moment, Bob se demanda pourquoi on le libérait, mais les événements lui fournirent aussitôt une réponse à sa question. Retourné sur le dos, il constata que ses membres, inférieurs et supérieurs, ne lui obéissaient plus. Tout son corps était devenu de plomb. Sous ses doigts, il sentait la rugosité du sol. Il voyait. Il entendait le bruit des pas et des voix des hommes qui l'entouraient. Mais ça s'arrêtait là.

L'homme à la seringue lui lança :

— Ça doit être drôle d'être changé en statue ?...

Bob voulut réagir, tenter de parler, mais les paroles lui restaient dans la gorge. Il voulut éructer mais, là encore, aucun son ne sortit.

Rire de l'homme à la seringue.

— Et une statue muette encore ! Comme toutes les statues... Voilà où en est le fringant commandant Morane... Plutôt réjouissant, non !...

Bob n'insista pas. Le type connaissait son nom, pas de doute à présent. Il s'était jeté tête baissée dans la gueule du loup. Nanda l'avait-elle trahi ? L'avait-elle attiré dans un piège ?

Ça servait à quoi de se poser des questions auxquelles, pour le moment, il lui était impossible de trouver des réponses. Il éprouvait sans doute la sensation la plus pénible de son existence. Se sentir prisonnier de son propre corps, paralytique et muet. Encore une chance qu'il pouvait y voir ! Restait à savoir pourquoi on ne l'avait pas tué tout de suite. Pour faire durer le plaisir peut-être...

On avait amené une civière, sur laquelle on l'étendit. Puis il y eut un escalier, étroit et d'accès difficile. Ensuite des couloirs, de plus en plus larges, et ensuite encore un nouvel escalier, large celui-là, monumental même, tout de marbre blanc. Au-dessus de la tête de Bob, des plafonds moulurés. On était dans le beau monde.

Finalement, il fut introduit dans une petite pièce meublée en boudoir. Des divans profonds, recouverts de fourrures. Des tapis d'orient. Des soies aux fenêtres. Des bibelots précieux disposés avec art sur les meubles. Instinctivement, Morane devina qu'il se trouvait dans l'antre de la baronne de Montegrande en personne.

On l'avait étendu sur l'un des divans. En tâtonnant

— c'était tout ce qu'il était capable de faire — il sentait sous ses paumes les poils de la fourrure. Une odeur un peu fauve en montait, mêlée à la senteur d'un parfum recherché.

Qu'est-ce que ça voulait dire, tout ça ? Pourquoi ?...

Dans quel but ?

Morane pouvait à peine tourner la tête, mais ses yeux demeuraient mobiles. Les rideaux n'étaient pas tirés et, au-dehors, il faisait toujours nuit.

Et, un peu partout, dans Paris, on s'était mis à tuer, comme l'avait fait Augustin Lobbet au volant de sa vieille BX. Comme Alfred Lantie et son vieux Darne. On s'était mis à tuer lâchement. Sans raison.

Gratuitement. Pour le seul plaisir de tuer, mais sans même y trouver vraiment de joie.

Mais cela, Bob Morane l'ignorait encore...

18

Quand la Bête aux Six Doigts entrait quelque part, l'ambiance changeait. De tendue, elle devenait dramatique, voire sinistre.

Le personnage tenait plus du phénomène de foire ou, mieux ou pire, du monstre issu d'un film d'épouvante que de l'être humain. Ses vêtements, en dépit de leur ampleur et de sombres qu'ils étaient, ne parvenaient pas à dissimuler l'énormité d'un corps déformé par la maladie. Son visage, bossué, se changeait en une masse informe dans laquelle les yeux, sous des paupières gonflées, semblaient à peine vivre. Et il y avait les mains, boursouflées par l'acromégalie et auxquelles, à chacune, les six doigts conféraient un aspect monstrueux.

La première fois que Bob avait aperçu von Molau, là-bas, à la frontière indo-népalaise, ce dernier portait des gants. Mais à présent nues, ses mains déformées appartenaient au cauchemar.

Molok venait d'entrer dans la pièce. Mais il n'était pas seul. Deux femmes l'accompagnaient. En l'une d'elles, Bob reconnut Nanda mais, aujourd'hui, tout dans sa mise rappelait une lointaine ascendance indienne.

Elle portait un pantalon de velour bouffant et ses cheveux noirs étaient maintenant coiffés en bandeaux. La marque rouge de Shiva à la racine du nez achevait le déguisement.

Dans la seconde femme qui accompagnait Molok, Morane avait également reconnu la baronne de Montegrande. Elle portait les mêmes atours que lorsqu'il l'avait aperçue dans la salle de réception de l'hôtel. Et son beau visage portait la même expression de passive cruauté.

À quelques mètres à peine de Bob, Molok s'était mis à parler d'une voix rauque qui, parfois, sifflait sur les voyelles.

— Vous m'avez vraiment donné beaucoup de mal, commandant Morane. J'ai même cru que je ne parviendrais jamais à vous coincer avant de quitter Paris. Vous laisser derrière moi, vivant, eut présenté un danger...

« Quitter Paris ! » Bob n'était pas en état de se demander quand Molok quitterait Paris, et peut-être la France. Probablement que, s'il avait posé la question, il n'eut pas obtenu de réponse — et il n'était pas en état de poser une question. La drogue qu'on lui avait injectée annihilait toujours une phase de sa volonté, un pan de son énergie et de sa force.

Tout en parlant, von Molau agitait ostensiblement ses mains non gantées, jouant de ses douze doigts comme sur un invisible clavier. On eut dit deux gros crabes repoussants, se livrant à quelque obscur rituel.

— Ce qui compte, monsieur Morane, continuait le monstre de sa voix grinçante de malade, c'est que vous êtes en mon pouvoir et que vous ne pourrez user contre moi de ce que vous avez surpris de mes secrets. Et, quand je dis « en mon pouvoir » c'est au pouvoir de la señora de Montegrande, ma belle, ma chère amie Lucia. Vous serez le dernier présent que je lui ferai avant de quitter Paris et la France, ma mission accomplie. J'avais un travail à effectuer et j'ai rempli mon contrat. Il ne faudrait pas croire cependant que, moi parti, la paix reviendra dans cette ville. J'ai tout organisé pour qu'on s'y souvienne longtemps de moi et de mes employeurs... Vous ne saurez jamais de quoi je veux parler. Vous ne serez plus de ce monde. Ma chère Lucia aura pris soin de vous...

Ces dernières phrases avaient été prononcées sur un ton à la fois doucereux et de menaces contenues. Bob ne s'y trompait pas. De biais, il porta ses regards en direction de la baronne. Quelles horreurs se cachaient derrière ces beaux yeux sombres, trop fixes, trop brillants et qui, apparemment, ne cillaient jamais. Le beau visage lui-même était celui d'une déesse criminelle. Lucia... Lumière... Il s'agissait d'une lumière noire, issue d'une impossible galaxie.

La Bête aux Six Doigts enchaînait :

— Vous verrez, commandant Morane, comme elle gagne à être connue, mon amie Lucia ! Elle m'a supplié de vous épargner et de vous confier à elle. Et je n'ai rien à refuser à une collaboratrice aussi dévouée... Voyez-vous, ce n'est pas tous les jours qu'elle peut avoir à sa disposition un sujet destiné à son passe-temps favori...

« Son passe-temps favori ? » Bob ne se le demanda pas, sûr qu'il était qu'il ne s'agissait pas d'un jeu comme les dames ou les échecs. Le « passe-temps favori » de la baronne Lucia de Montegrande devait appartenir à un genre qu'elle seule devait apprécier.

— Évidemment, commandant Morane, continuait von Molau, il se pourrait que tout ne tourne pas comme prévu. Avec vous, il faut s'attendre à tout. Mais, dans l'état où vous vous trouvez, il y a quatre-vingt-dix-neuf chances sur cent pour que vous ne réussissiez pas à échapper à notre douce Lucia. (Molok avait mis un accent narquois sur le mot « douce ».) Une chance vous reste. C'est peu, je le reconnais, mais je ne puis faire davantage pour vous.

Bref silence, puis le monstre reprit en reculant vers la porte :

— Je dois vous quitter... Dans une heure, j'aurai laissé Paris et la France... Ensuite, l'Europe... Je vous souhaite bien du plaisir, commandant Morane...

Logiquement, Bob aurait dû dire : « Ne m'appelez plus "commandant". Je ne commande plus rien du tout ». Bien que, semblait-il, son effet commençant à s'atténuer, la drogue qu'on lui avait injectée continuait à l'immobiliser. Les mots ne sortaient toujours pas de sa bouche et, de toute façon, il avait autre chose à faire qu'à perdre son temps à des paroles sans importance.

Autre chose !... Mais quoi ?...

Von Molau s'était tourné vers la baronne, pour lui lancer :

— Faites de votre mieux, chère Lucia...

Il tourna les talons et sortit, suivi par ses hommes de main et par Nanda, qui n'avait même pas jeté un regard en direction du prisonnier.

*
* *

Depuis le début, en apercevant Nanda, Bob avait espéré que, d'une façon ou d'une autre, elle interviendrait pour le tirer du mauvais pas dans lequel il s'était fourré.

À présent, il était seul en compagnie de la baronne. Celle-ci s'était mise à marcher de long en large et de large en long à travers la pièce et, instinctivement, Morane pensa à la danse de mort d'une grande hamadryade se préparant à frapper sa proie.

Il essaya de bouger, sentant la menace latente, mais tout ce qu'il parvint à faire, c'est crisper légèrement les doigts de sa main droite.

Après de longues secondes, Lucia de Montegrande s'arrêta devant une commode de style Louis XV, ouvrit un tiroir et en tira un objet que Bob n'identifia qu'après qu'il fut complètement déployé.

Il s'agissait d'un long fouet semblable à ceux dont usent les dompteurs de fauves, mais avec cette différence que la longue lanière était ornée de protubérances en forme de boules. Une variante de l'ancien knout russe.

Se plantant devant Morane toujours immobile, la baronne fit s'agiter la lanière de son engin à la façon d'un long serpent. Puis elle parla d'une voix rauque derrière laquelle on percevait un vague accent de haine.

— Vous vous souvenez de Linda Lunal, commandant Morane ?

Bob aurait aimé dire que cela ne lui rappelait rien mais, encore privé de la parole, il dut se contenter de secouer péniblement la tête de droite à gauche, seul mouvement qui, pour le moment, lui était permis.

— Non ?... Vous ne vous souvenez pas ? avait enchaîné la baronne. Eh bien, je vais vous rafraîchir la mémoire... C'était en Colombie... Linda Lunal était ma sœur, et vous l'avez tuée...

À présent, Bob se souvenait... La Colombie. Linda Lunal... Oui... Il y était...

Linda Lunal faisait partie d'une bande de terroristes qui, entre autres méfaits, avait fait sauter un car bondé d'enfants dont beaucoup — une dizaine — avaient été tués dans l'explosion. Morane avait assisté en témoin à l'attentat et c'était grâce à lui que les membres de la bande avaient pu être appréhendés. Au cours de l'arrestation, plusieurs des terroristes avaient tenté de fuir et avaient été abattus par la police. Parmi eux, une certaine Linda Lunal...

Face au knout de la baronne, Bob aurait aimé clamer que ce n'était pas lui qui avait abattu Linda Lunal, mais il ne pouvait toujours pas parler. Et s'il l'avait pu, cela n'aurait sans doute servi à rien. Lucia de Montegrande n'était pas de celles qu'on puisse raisonner. Seuls la haine, l'esprit de vengeance, la commandait.

« Si seulement je pouvais me lever et tordre le cou de cette furie ! » pensait Morane.

Mais ce n'était même plus le temps de penser. La baronne avait levé le bras et la longue lanière de cuir armée fila dans l'air. Toujours cette comparaison avec un serpent qui frappe, crochets à venin découverts.

Lucia de Montegrande était habile. Ses coups portaient là où elle le voulait. La lanière s'enroula autour des chevilles de Morane qui sentit les boules de plomb lui mordre la chair.

Le second coup de fouet frappa plus haut. Cette fois, le lien de cuir toucha Morane aux jambes et il sentit les lingots de plomb s'enfoncer dans les muscles de ses mollets.

Bob poussa un cri de douleur. Ce qui prouvait que, peut-être, la drogue commençait à perdre de ses effets. Ce qui ne changeait rien. Ses membres continuaient à refuser tout usage et il lui était même impossible de tenter de se redresser.

Il comprenait le but de son supplice. L'un après l'autre, les coups de knout remonteraient le long de son corps, finiraient par atteindre les centres vitaux, jusqu'à la conclusion létale.

Pour la troisième fois, le fouet se leva. Mais il ne se rabaissa pas.

La baronne sursauta alors qu'une silhouette, comme jaillie de nulle-part, se dressait derrière elle. Son visage se figea. Ses yeux perdirent de leur éclat cruel, s'éteignirent. Sa bouche peinte s'ouvrit sur un cri qui ne sortit pas. Et elle s'écroula en avant, d'une pièce, la face écrasée contre le tapis de Boukkara ancien recouvrant le plancher.

Nanda se dressait, belle comme un ange sauveur. Aux phalanges de sa main droite brillaient les anneaux d'un coup de poing américain.

— Vous en avez mis du temps ! fit Morane.

Il ne savait pas si ces paroles avaient été entendues, mais il les avait perçues à l'intérieur de lui-même.

19

Le commissaire Daudrais nageait en plein embarras. Il lui arrivait de tourner en rond, tel un fauve en cage, dans son bureau de la « Tour Pointue ». Parfois, à la fenêtre, il regardait, les yeux perdus, au-delà du bras de la Seine, en direction des maisons basses de la Rive Gauche. Il ne comprenait rien à la grande menace qui, depuis quelques heures, régnait sur Paris. Peu à peu, la nuit s'épaississait et, en même temps, la panique.

Un peu partout, on tuait, on incendiait sans raisons apparentes. Pour le plaisir d'incendier et de tuer semblait-il.

Des automobilistes précipitaient leurs véhicules l'un contre l'autre, fauchaient les piétons, créaient de monstrueux embouteillages. Des hommes et des femmes, jusqu'alors paisibles et respectueux des lois, couraient à travers les rues et agressaient d'autres hommes et d'autres femmes, allant parfois jusqu'au meurtre. Toutes les armes étaient bonnes, même les plus primitives, les plus inattendues. On avait parfois l'impression de retourner aux âges barbares.

La police de la capitale, le Ministère de l'Intérieur, étaient aux abois. On se posait des questions. On cherchait des raisons à cette violence soudaine. Actions terroristes ? Maladies mentales généralisées ? On ne savait. Et, en attendant, un peu partout le long de la Seine, des lueurs d'incendies, des colonnes de fumée marquaient les endroits où brûlaient des entrepôts. Ailleurs, des violences sporadiques de toutes natures éclataient.

Le commissaire Daudrais eut un mouvement d'impatience, puis un autre mouvement, d'impuissance celui-là. Si seulement il pouvait être certain de ses hommes ! Parmi eux, déjà, il y avait eu quelques indices d'une brutalité insolite. Même l'armée n'était pas à l'abri.

Un sentiment dépassait Daudrais : son impuissance devant les événements. Il était à la tête d'une des polices les mieux organisées de la planète et il se sentait aussi désarmé que s'il s'était trouvé seul face à l'ennemi.

Bien entendu, le policier soupçonnait l'intervention de la Bête aux Six Doigts dans ces événements. Il y avait, en outre, la disparition des trois savants : Orowitz, Lessur et Kahn. Le premier avait été tué sur l'ordre de von Molau, ou par von Molau lui-même, cela ne faisait aucun doute. Il en allait de même pour Lessur. Quant à David Kahn, il avait disparu sans laisser de traces.

Et il y avait Bob Morane. Au cours des heures précédentes, Daudrais avait tenté de le contacter, mais en vain.

20

Sans même un regard pour la baronne étendue inanimée sur le tapis, Nanda avait tiré d'un sac posé sur un guéridon, une seringue hypodermique et une ampoule remplie d'un liquide vert d'eau. Toujours sans parler, elle brisa l'un des cols de l'ampoule et, avec des gestes dignes d'une infirmière, elle remplit lentement la seringue jusqu'à ce que l'ampoule soit complètement vidée.

Tout de suite après, elle s'approcha de Bob en disant :

— J'aurais aimé intervenir plus vite, mais je ne le pouvais tant qu'il était là avec ses gardes du corps. Je veux parler de la Bête aux Six Doigts...

En même temps, elle enfonçait l'aiguille dans l'avant-bras de Morane, en plein muscle, et vidait la seringue d'une longue pression du pouce.

Elle commenta :

— Cette piqûre est destinée à contrecarrer l'effet de la drogue qu'on vous a injectée tout à l'heure... Dans quelques minutes, vous pourrez parler, bouger, marcher... Il n'y paraîtra plus rien.

Quelques minutes dont elle profita pour expliquer :

— Molok a été chargé d'installer, ici à Paris, une machine émettant une onde capable d'influer sur le comportement des individus porteurs du chromosome Y complémentaire, le chromosome du crime, afin de les pousser à la violence, voire au meurtre. Pour cela, il lui fallait s'assurer la complicité de la baronne.

Petit à petit, Morane se rendait compte qu'il pouvait à présent bouger les doigts de la main droite, puis ceux de la main gauche. Il respirait mieux. Ses jambes se mettaient à nouveau à lui appartenir.

— La machine a été mise en place, poursuivait Nanda, et elle fonctionne depuis plusieurs heures. Depuis plusieurs heures, à travers la ville, on tue, on provoque des accidents mortels, des innocents sont blessés, ou succombent. Quant à Molok, il est en train de quitter le pays, sa mission accomplie... Dans quelques heures, si la machine continue à fonctionner, il y aura des centaines de victimes... Et elle conclut :

— Il faut détruire cette machine !... ABSOLUMENT ! Maintenant, Bob avait recouvré la presque totalité de ses facultés. Pourtant, ce fut à peine s'il se demanda pourquoi le Smog et Miss Ylang-Ylang, s'ils étaient bien dans la course, cherchaient à contrer les desseins de von Molau et de ses employeurs. Peut-être parce que le Smog n'aimait guère la concurrence. Peut-être parce que le Smog avait, de son côté, reçu mission de détruire la machine. Mission de qui ? Pourquoi ? Deux questions sans réponses...

D'autre part, il était inutile de se demander pourquoi Ylang-Ylang voulait que Bob se charge de contrer les agissements de von Molau au lieu de faire confiance à la justice. La réponse était toute trouvée : Miss Ylang-Ylang et le Smog étaient, justement et en toutes circonstances, dans le camp opposé à celui de la loi et de la justice.

D'un coup de reins, Bob se redressa tout à fait. Dire qu'il était en pleine forme eut été exagéré, mais il se sentait capable de tenir le coup.

— Où se trouve cette fichue machine ? interrogea-t-il à l'adresse de Nanda. Si vous le savez, bien sûr...

La jeune fille sourit.

— Molok me croit toujours dans son camp, dit-elle. Il ignore tout de mon double jeu, et il a tort... Je sais maintenant où est la machine... Je vais vous montrer... Suivez-moi... Prenez ça...

De son vêtement, elle sortit un beretta 38 qu'elle tendit à Morane. Celui-ci s'assura que le chargeur était plein, fit d'une saccade glisser un projectile dans le canon. Devait-il faire confiance à Nanda ? Ne l'attirait-elle pas dans un nouveau piège ? Il ne le pensait pas. Sinon pourquoi, à deux reprises déjà, l'aurait-elle secouru ?

*

*   *

Dans l'hôtel, l'attention de tous les domestiques se concentrait sur la fête qui se déroulait au rez-de-chaussée et n'achevait pas de se terminer. Bob et Nanda ne devaient donc pas faire de mauvaise rencontre dans leur ascension vers les étages supérieurs du bâtiment, puis des greniers.

Pour atteindre la cachette de la machine infernale de la Bête aux Six Doigts, il fallait gagner le toit. De là, passer à celui d'une autre maison, inhabitée celle-là, et que Molok avait louée par l'intermédiaire d'un complice autre que la baronne.

Ce fut dans cette autre maison que Morane pénétra, toujours guidé par Nanda. Un énorme silence y régnait. Le silence inquiétant des maisons vides où l'imagination fait errer des fantômes.

Nanda rassura son compagnon, s'il en était besoin.

— Nous n'avons rien à craindre ici, assura-t-elle alors qu'ils traversaient les combles. C'est en bas que nous devrons prendre des précautions...

— C'est en bas que se trouve l'engin ? risqua Morane.

— En bas, oui... Dans la cave... Enfin, pas tout à fait... Vous verrez... Il y a des hommes de la baronne qui la gardent... Il faudra vous occuper d'eux...

Bob Morane ne perdit pas de temps à de vaines remarques. Il était prévenu et, comme disait la légende, un homme prévenu valait bien deux hommes. Lui en valait quatre :

— Vous savez comment fonctionne la machine ? interrogea-t-il alors qu'ils se dirigeaient vers la porte du grenier. Et comment on l'arrête ?

— Ni comment on la met en marche, ni comment on l'arrête...

Bob eut un ricanement feutré, murmura :

— La mettre en marche ?... On s'en balance... Ce qui m'intéresse, c'est comment on l'arrête... Allons-y...

Le beretta au poing, Bob atteignit la porte du grenier, l'ouvrit. Nanda sur les talons, il déboucha sur le palier. Un palier comme tous les paliers de greniers, sans luxe, bourré de poussière et de silence. Dans son prolongement, un escalier s'amorçait, ses marches éclairées de biais par une lumière diffuse de lune issue d'une lucarne. Ça faisait éclairage de film expressionniste. Mais la comparaison s'arrêtait là.

Lentement, Morane se mit à descendre. Sans bruit. Et ce fut seulement quand Nanda s'engagea à son tour sur les degrés que l'une de celles-ci craqua. Un bruit sec qui résonna dans toute la maison, mais sans obtenir d'échos. Dans la pénombre, Bob sourit. Il ne devait pas peser loin du double de sa compagne, et c'était elle qui faisait craquer les marches. Dans la jungle, le tigre, malgré son poids, ne faisait pas craquer davantage les branches tombées.

La maison se révélait vide d'occupants. Personne au second étage, ni au premier, ni au rez-de-chaussée. Les meubles, couverts de poussière, faisaient partie, semblait-il, d'un décor. Mais le silence était bien réel, trop réel même, insolite.

Ils gagnèrent les caves, semblables à toutes les autres caves avec leur odeur d'humidité mêlée à celle d'invisibles moisissures et leur bric-à-brac habituel. Un calorifère qui devait dater d'avant la Seconde Guerre mondiale, des nœuds de tubulures en apparence inutiles, un cellier aux casiers encore garnis de bouteilles, vides ou pleines, mais cela avait-il de l'importance ?

Pourtant, quand Nanda empoigna le montant de métal d'une étagère et l'attira à elle, tout changea. Les caves cessèrent d'être des caves comme toutes les autres. L'ensemble de l'étagère bascula, libérant un espace sombre et vide dans lequel la jeune femme se glissa, Bob sur les talons. Derrière eux, les casiers reprirent automatiquement leur place primitive.

Morane et Nanda se trouvaient à présent au départ d'une longue galerie, sans doute aménagée dans un passé proche, comme en témoignait l'odeur de ciment encore frais. Au fond, une vague clarté enluminait les lointains. Il ne pouvait s'agir de la lumière du jour puisque, au-dehors, c'était la nuit. En outre, la couleur ambrée de la lumière indiquait qu'elle ne pouvait venir que d'une source artificielle, électrique assurément. Peut-être s'agissait-il là de passages creusés lors de la Seconde Guerre mondiale pour relier les maisons entre elles et permettre de fuir en cas de bombardements. Des bombardements qui n'avaient d'ailleurs jamais eu lieu. Les galeries, elles, étaient restées.

Nanda avait indiqué la profondeur de la galerie pour dire :

— Je vais vous montrer le chemin...

Bob la retint, protesta en avançant d'un pas :

— Je passerai devant.. On ne sait jamais... Je m'y retrouverai bien... À moins qu'il ne s'agisse d'un labyrinthe... Et puis, j'y vois bien dans le noir, comme les chats...

Nanda lui emboîtant le pas, il se mit à avancer, sans même tâtonner.

Il ne leur fallut que quelques minutes pour parcourir la galerie qui débouchait dans une cave plus spacieuse que la première et éclairée par une unique ampoule électrique protégée par un grillage. Par endroits, des poutrelles sortaient de la muraille bétonnée. Plusieurs de ces poutrelles étaient tordues, mais il demeurait évident que, par le passé, elles avaient servi à soutenir des couchettes.

— Par là ! fit Nanda en montrant une porte sans battant qui se découpait à l'extrémité de la salle.

Bob dût se baisser pour passer sous le linteau de la porte, et ils s'engagèrent dans une seconde galerie, en tous points semblable à la première. Elle débouchait dans une autre salle, avec la même lampe grillagée et les mêmes poutrelles qui jaillissaient des murs.

Une troisième galerie, une autre porte sans battant et une troisième salle. Là, tout changeait. Encore la même lampe grillagée et les mêmes poutrelles, mais la porte, cette fois, s'ornait d'un battant de fer.

— C'est là qu'ils se trouvent, fit Nanda en se rapprochant de Bob, comme si elle cherchait sa protection.

« Ils ? ». La jeune femme voulait parler des hommes de la Bête aux Six Doigts, supposa Morane.

— Et c'est aussi là que se trouve la « machine », enchaînait Nanda. Vous entendez, Bob ?

Il entendait. Ça venait d'au-delà du battant de fer. Un bourdonnement, ou plutôt un grincement continu, désagréable à entendre, qui sciait les nerfs et qui allait en s'intensifiant au fur et à mesure qu'on s'approchait de la porte.

Bob s'avança, le beretta au poing.

— Prenez garde, Bob ! fit Nanda.

Il n'écoutait pas. Le moment de l'action était venu. Sa main gauche se posa sur le bec-de-cane et, d'une volée, il ouvrit la porte, prêt au pire.

21

Le bruit de grincement s'était à peine intensifié et, pourtant, il s'était fait assourdissant, se changeait en une sorte de menace latente.

Bob et Nanda, la seconde dans le sillage du premier, avaient jailli dans une étroite salle éclairée par une seule lampe posée sur une table de bois blanc, bancale. Le beretta braqué, Morane s'attendait au pire.

Il stoppa net, surpris dans un premier temps par l'odeur de cordite qui se superposait à l'odeur de moisissure régnant partout dans ces caves. Dans un second temps, il y avait ces hommes, au nombre de quatre, qui gisaient en désordre sur le sol. Deux d'entre eux, couchés tout de leur long, témoignaient, par leur immobile rigidité, d'une mort certaine. Un troisième, appuyé sur un coude, collait une main à son front ensanglanté, et bien qu'il fut encore vivant, il était probable que ses yeux, fermés par la douleur, ne se rouvriraient plus jamais. Le quatrième homme, lui, tenait à deux mains son flanc gauche où le manche d'un poignard formait une protubérance incongrue. Sur le sol également on pouvait repérer, là un automatique de gros calibre, là un revolver à canon court, là un poignard de commando à la lame ensanglantée.

— Que s'est-il passé ? interrogea Nanda. Bob haussa les épaules.

— On dirait que ces types se sont entretués.   C'est même quasi-certain...

— Pourquoi quasi-certain ?

Morane montra la bouteille d'alcool, les verres et les cartes éparses sur la table, puis il pointa le doigt vers une porte, de l'autre côté de la salle, de derrière laquelle le grincement de la «

machine » leur parvenait, de plus en plus audible.

— La « machine » !... Vous comprenez, Nanda ?...

— Comprendre quoi ?

— C'est simple... Réfléchissez... Ces types étaient ici, en surveillance... Des hommes de main de Molok... Pour passer le temps, ils jouaient aux cartes et, à un moment donné, peut-être parce que l'un d'eux trichait, une dispute éclata. Malheureusement, ou heureusement en ce qui nous concerne, un de ces hommes, ou plusieurs, était porteur du chromosome Y supplémentaire. Alors, sous l'influence de la « machine », la dispute tourna à la bagarre et...

— Et ils s'entre-tuèrent, c'est ça ? compléta Nanda.

— Vous devinez tout juste, mignonne, approuva Bob avec un sourire.

Pour éviter toute surprise, il alla récupérer l'automatique et le revolver abandonnés sur le sol, brisa la lame du poignard de commando d'un coup de talon. Puis, il pointa le menton vers la porte demeurée close, de l'autre côté de la salle et au-delà de laquelle la « machine » continuait ses grincements d'horloge mal graissée.

— Tout ce qui nous reste à faire, dit-il, c'est aller voir ce qui se passe exactement là derrière...

Il continuait à désigner la porte close, à l'autre extrémité de la pièce et de derrière laquelle venait le bruit de mécanique grinçante.

En même temps qu'il parlait, Bob avait atteint la porte. Il l'ouvrit d'une saccade, avança d'un pas à l'intérieur de la nouvelle pièce qui s'offrait à lui. À son poing, le beretta balayait l'espace, inutilement.

Aucun homme de main ne se montrait. Seule, à sa gauche, Adélaïde Kahn ligotée sur une chaise. Au fond, quelque chose qui ressemblait à un grand ordinateur et d'où émanait le bourdonnement grinçant qui, à présent plus que jamais, sciait les nerfs.

Adélaïde Kahn d'abord ! Bob se tourna vers elle. Bien vivante, elle se tordait dans ses liens et son beau visage, maintenant crispé, n'était pas loin de la laideur. Ses yeux fulguraient comme sous l'action d'une rage contenue.

Morane s'avança vers elle, dans l'intention de la libérer, mais Nanda intervint

— Non, Bob !... Attendez !... La machine d'abord !...

Morane hésita, surpris, tandis que Nanda enchaînait :

— Vous ne comprenez pas ?... La machine... Elle est sous l'influence de la machine.

Bob sursauta. Il comprenait... Adélaïde Kahn était porteuse du chromosome Y en surplus, le chromosome de la violence, du crime. Il dormait en elle et l'influence de l'engin, à quelques mètres d'elle à peine, le réveillait. Nanda avait raison. Il fallait détruite la machine avant tout, rendre la paix à Adélaïde, puis à Paris et peut-être, bientôt au monde...

Désespérément, il chercha un outil, quelque chose qui lui permettrait de mettre fin à l'influence de la mécanique infernale. Il repéra une barre de fer appuyée à la muraille, l'empoigna à deux mains, marcha vers l'engin, un peu comme Saint-Georges à la rencontre du dragon, frappa.

Une rangée de cadrans vola en éclats et il s'acharna sur eux, les réduisant en miettes. Un relais fut bousillé, un câble d'alimentation changé en charpie de métal et de plastique. Le ronronnement-grincement continuait à se faire entendre et Bob continuait à frapper, libérant sa rage, à croire qu'il était lui-même sous l'influence du chromosome Y. Mais ce n'était que la colère qui l'avait empoigné devant l'engin infernal issu de l'esprit malade de Kurt von Molau, la Bête aux Six Doigts qui, justement n'avait pas volé son surnom de Bête. Une bête monstrueuse, prête à tous les excès.

Quand Bob s'arrêta de frapper, la barre de fer était tordue, ses bras lui faisaient mal. La « machine » n'était plus qu'un amas de ferrailles bosselées, de fils arrachés, de relais massacrés. Un peu de fumée âcre s'en échappait.

Le ronronnement grinçant s'était éteint. À présent, le calme devait être revenu sur Paris. Un lourd silence s'était fait, très court, et la vie avait repris, avec ses rumeurs. Toute violence n'avait pas cessé, mais elle se limitait maintenant à celle de tous les jours.

Toujours ligotée sur sa chaise, Adélaïde Kahn avait, elle aussi, retrouvé son calme, à part un léger halètement. Morane marcha vers elle, interrogea bêtement :

— Ça pourra aller ?

Adélaïde sourit. Elle semblait avoir oublié l'état de transe dans lequel elle se trouvait quelques instants auparavant quand, en elle, l'influence du chromosome Y s'était réveillée. C'était comme si la « machine » à tuer de la Bête aux Six Doigts n'avait jamais existé.

Tirant un canif de sa poche, Morane coupa les liens qui

retenaient Adélaïde. Quelques minutes plus tard, Bob et elle, accompagnés de Nanda, quittaient la maison. Les rumeurs de la fête, chez la baronne, s'étaient maintenant tues.

Paris s'endormait, dans l'innocence d'un printemps qui, pourtant, à cause de la bruine qui tombait, semblait ne vouloir pas se décider à naître.

22

Bob Morane était ce qu'on appelle un « couche-tard ». Il aimait les nuits de Paris, et ce n'était pas seulement pour honorer Restif de la Bretonne. Il aimait simplement la Ville Lumière quand celle-ci, par antithèse, était livrée à l'obscurité, ou quasi, quand les décors coutumiers étaient offerts à la pénombre, dans une atmosphère d'insécurité, presque de danger. Chaque lumière — celle d'une suspension ou d'un taxi en maraude — y était un peu comme une bouée qu'on jette à un homme en train de se noyer.

Pourtant, ce soir-là — presque la nuit déjà — Bob avait renoncé à ses habitudes de noctambule pour cocooner dans son grand appartement du quai Voltaire, à lire un bon vieux polar du temps du hard boiled. Un peignoir, des pantoufles, un verre à portée de la main et la télévision allumée, son coupé, simplement pour faire joli.

Il en était à relire pour la centième fois la phrase célèbre de Raymond Chandler « Elle était si belle qu'un évêque aurait donné un coup de pied dans un vitrail pour la regarder par le trou », quand le grésillement de l'interphone se fit entendre.

« Qui peut bien venir me déranger à pareille heure ? » pensa-t-il. L'appel ne pouvait venir que de Madame Durant, la concierge, et celle-ci ne se manifestait généralement qu'en cas d'urgence.

Il alla décrocher l'interphone. C'était bien Madame Durant, qui déclara :

— Y a ici une dame qui demande à vous voir, m'sieur Morane.

— Une dame à cette heure ? s'étonna Morane. Il est passé

neuf heures du soir.. Et comment s'appelle cette dame ?

— L'a pas dit, m'sieur Morane. Tout ce que j'peux vous dire c'est qu'elle est belle et qu'elle sent bon. Et comme je sais qu'vous aimez bien les dames qui sont belles et qui sentent bon...

Bob sourit. Pour lui seul. Décidément, on ne savait rien cacher à la fidèle Madame Durant, qui ajoutait d'ailleurs :

— Oui, j'oubliais d'vous dire, m'sieur Morane, au sujet d'la dame, c'est qu'elle a pas l'air d'une dame de chez nous...

— Dites-lui qu'elle peut monter ! jeta Morane pour couper court car, une conversation avec la digne pipelette, on savait quand ça commençait, mais on ne savait jamais quand ça finissait.

Une minute plus tard à peine, il y eut le bruit, à peine perceptible, de la porte de l'ascenseur qui se refermait sur le palier. Ensuite, la sonnerie, à la porte de l'appartement, se fit entendre. Trois coups discrets, mais très nets.

Bob jeta un œil par le judas, repéra, au-dehors, une silhouette féminine, déliée, mais que la distortion de la lentille rendait à peine identifiable. Pourtant, nul doute ne lui restait quant à l'identité de la visiteuse. Il sentait presque — ou les imaginait — les effluves de son parfum à travers le battant.

Il ouvrit la porte d'une saccade, en grand, et elle se trouva devant lui, plus belle, plus dangereuse que jamais. Dans la pénombre du palier, les amandes de ses yeux brillaient tels deux diamants noirs taillés en marquise. Des regards envoûtants en dépit de leur fixité. La senteur de l'ylang-ylang s'était changée en une vague déferlante.

— J'aurais dû penser que, tôt ou tard, vous alliez vous manifester, Miss Ylang-Ylang, fit Morane.

En même temps, il s'effaçait pour la laisser franchir le seuil. Elle passa devant lui, irréelle, à la fois charme et menace, pour aller s'asseoir dans un fauteuil. Bob prit place devant elle, dans sa bergère coutumière de l'autre côté d'une table basse encombrée de livres et d'objets.

Un moment de silence. Le parfum de l'ylang-ylang demeurait présent, presque matériel.

La maîtresse du Smog attira à elle un grand fourre-tout de peau précieuse qu'elle avait déposé sur la table. Le bruit de soie froissée du zip qu'on ouvrait, et YlangYlang en tira un épais paquet rectangulaire, entouré d'une faveur rose et or qui le ligotait, et qu'elle déposa sur la table, à portée de Morane.

— Pour vous, Bob...

Il regarda le paquet comme s'il s'agissait d'une bête venimeuse. Trente-cinq centimètres de long environ, sur trente de large et d'épaisseur. Cela pouvait contenir une bombe mais, en ce cas, la visiteuse en aurait été également la victime.

Tendant les mains, Morane prit le paquet, l'amena à hauteur de sa poitrine, le soupesa. Lourd sans l'être trop, et aucun bruit n'en émanait.

Il reposa le paquet sur la table, sans poser la question qui venait à ses lèvres : « Qu'y a-t-il là-dedans ? ».

De ses beaux yeux d'amandes sombres, Miss Ylang-Ylang le considérait. Peut-être attendait-elle la question qui ne venait pas et s'apprêtait-elle à y répondre, ou à ne pas y répondre.

L'histoire des deux chiens de faïence qui n'en finissaient pas de se regarder.

« Que me veut-elle ? » pensait Morane. S'agissait-il d'une simple visite amicale — ou d'un contact concernant l'affaire de la Bête aux Six Doigts.

Cela faisait plusieurs semaines que cette affaire — puisqu'affaire il y avait — était terminée. Von Molau avait disparu sans laisser de traces et la paix était redescendue sur Paris. Le professeur Kahn, lui, était reparu sans fournir la moindre explication sur sa disparition. Adélaïde et Nanda avaient repris leurs routes, en droite ligne pour la première, pleine de mystère pour la seconde. Quant au commissaire Daudrais, fort des renseignements que lui avait fournis Morane, il avait bouclé le dossier dans le tiroir « Top secret » de son bureau. Il y avait des choses qu'il fallait oublier, comme si elles n'avaient jamais existé.

Alors, que venait faire là Misss Ylang-Ylang et sa venimeuse beauté ?

Ce fut elle qui parla la première.

— Je vous dois une explication, Bob... Nous avions pour mission d'éliminer Molok. Qui nous avait confié cette mission ne fait pas partie de la confidence... De mon côté, je savais par Nanda, notre agent, que Molok vous traquait et, vous connaissant, que vous contre-attaqueriez. Alors, nous vous avons laissé agir...

— En quelque sorte, vous me laissiez accomplir la sale besogne à votre place, glissa Morane.

Elle acquisça de la tête.

— À peu près ça, Bob. Restait à nous occuper de von Molau après sa déroute... Mais ça c'était mon problème...

Surtout que nous n'aimons pas la concurrence !...

Toujours ce « nous », mais il n'avait pas vraiment de sens caché pour Morane. « Nous » équivalait au Smog, la société terroriste dont Miss Ylang-Ylang tenait les rênes.

D'un long doigt braqué, aux ongles peints, elle désigna le paquet qu'elle avait posé sur la table.

— Je vous ai laissé un petit souvenir... Pour service rendu... En outre, je sais que vous êtes amateur de souvenirs... justement...

Elle se leva, dans une rumeur d'ylang-ylang, ajouta :

— Je sais tout de vous, Bob... Cela me permet de penser à vous... Il suffit de me souvenir... Souvent...

Elle secoua la tête. Le regret se lut dans ses yeux, presque trop beaux pour être vrais. Un léger tremblement des lèvres carminées. Elle murmura, mais assez haut pour être entendue :

— Dommage... Dommage...

Elle tourna les talons, quitta la pièce, puis l'appartement. Quelques dizaines de secondes plus tard, Bob perçut le chuintement modulé de l'ascenseur en descente vers le rez-de-chaussée.

Il haussa les épaules, se passa une main en peigne dans les cheveux, dit à son tour :

— Dommage... Dommage...

Il laissa passer un silence puis enchaîna :

— Oui... dommage... qu'elle soit le Mal incarné ! Puis encore :

— Voyons ce qu'il y a là-dedans...

Le paquet, sur la table, retenait maintenant son attention. Ylang-Ylang avait dit : « Je vous ai laissé un petit souvenir... »

Il fallait se méfier des « petits souvenirs » de la maîtresse toute puissante du Smog.

Après avoir saisi le paquet, Morane l'étudia avec soin, le soupesa encore, tenta à nouveau de repérer quelque son qui, pouvait venir de l'intérieur. Rien ne lui parut anormal. Alors, avec de multiples précautions, il entreprit de dénouer la faveur. Toujours rien. Il en alla de même pour l'emballage, puis pour la boîte. Aucun piège en apparence. Aucune machine infernale.

Finalement, après l'avoir débarrassé d'une gangue de papier de soie, Morane mit au jour un cube presque parfait de polystyrène cristallin avec, prisonnier à l'intérieur, quelque chose qui, au premier regard, faisait penser à une énorme araignée pâle.

Pourtant il ne s'agissait pas d'une araignée, mais d'une main humaine, une main gauche, tranchée à hauteur du poignet.

Une main qui n'était pas tout à fait comme les autres mains.

Une main avec SIX DOIGTS...

Miss Ylang-Ylang avait dit : « Restait à nous occuper de von Molau... Mais ça c'était mon problème... » Un problème qu'apparemment elle avait résolu.

FIN

Rejoignez Les Editions Ananké sur FACEBOOK ou Twitter (@EditionsAnanke) et soyez avertis des prochaines parutions, participez au choix des illustrations, découvrez les anecdotes de l'auteur au sujet de sa création...

Printed by Amazon Italia Logistica S.r.l.
Torrazza Piemonte (TO), Italy

46628743R00205